本书为国家社科基金青年项目

"六朝志怪小说的故事类型及其文化意蕴研究"

（批准号：15CZW016）的结项成果

六朝志怪小说的故事类型及其文化意蕴研究

宁稼雨题

孙国江 著

天津出版传媒集团

百花文艺出版社

图书在版编目（ＣＩＰ）数据

六朝志怪小说的故事类型及其文化意蕴研究 / 孙国江著. -- 天津：百花文艺出版社，2021.6
ISBN 978-7-5306-8091-9

Ⅰ. ①六… Ⅱ. ①孙… Ⅲ. ①志怪小说-小说研究-中国-六朝时代 Ⅳ. ①I207.41

中国版本图书馆 CIP 数据核字(2021)第 090225 号

六朝志怪小说的故事类型及其文化意蕴研究
LIUCHAO ZHIGUAI XIAOSHUO DE GUSHI LEIXING
JIQI WENHUA YIYUN YANJIU

孙国江　著

出 版 人：薛印胜　　　　　　装帧设计：蔡露滋
责任编辑：张　雪
出版发行：百花文艺出版社
地址：天津市和平区西康路 35 号　邮编：300051
电话传真：+86-22-23332651（发行部）
　　　　　+86-22-23332656（总编室）
　　　　　+86-22-23332478（邮购部）

网址：http://www.baihuawenyi.com
印刷：天津光之彩印刷有限公司
开本：787×1092 毫米　　　1/16
字数：260 千字
印张：19.25
版次：2021 年 6 月第 1 版
印次：2021 年 6 月第 1 次印刷
定价：68.00 元

如有印装质量问题,请与天津光之彩印刷有限公司联系调换
地址:天津市宝坻区潮阳工业园管委会路东 1 号
电话:(022)29644996
邮编:381015

序

中国叙事文学主题学研究的新探索

　　主题学研究源自十九世纪德国民间文学研究，经过西方学者的不断增补，形成以"AT 分类法"为故事分类体系，以个案故事为具体研究单位，以故事传播路径范围和文化意蕴挖掘为基本研究范式的民间故事研究模式，成为世界民间文学研究的通行方法。两百年来，这一方法不仅在民间文学研究领域盛行发展，而且也逐渐扩大影响范围，产生巨大的"滚雪球"效应，从空间范围到内在方法都促成很多新的研究领域和研究成果。孙国江博士这部《六朝志怪小说的故事类型及其文化意蕴研究》就是这些新成果中的一例。

　　一种经典的学术研究方法具有开放性和延展性，它能够在保持基本内核的前提下，根据研究者自身的研究兴趣与目的，针对不同的研究对象对其进行更新和调整，成为一种能够解决新问题、新对象的新方法。主题学研究在中国大陆传播实践的过程，大抵就是在保持其固有研究对象内涵的基础上，不断出现针对不同研究对象而将主题学固有方法进行更新调整的过程。

　　从保持主题学研究固有方法格局的角度看，使用主题学的方法在中国民间故事研究领域出现了一系列重要成果。如丁乃通教授的《中国民间故事主题类型索引》，沿用西方主题学通用的"AT 分类法"，是主题学研究方法在中国民间文学研究领域的具体应用和传承。相关大量采用主题学方法进行民间故事研究的案例也是这个套路。

除了沿用主题学方法对作为口头文学的民间故事进行研究之外，主题学研究方法在研究中国文学方面一个重要变化就是将其应用于书面文学的抒情诗领域。这一工作肇始于台湾学者陈鹏翔教授所编《主题学研究论文集》。这本论文集给人一个突出印象，就是在保持主题学原有方法的民间文学研究的基础上，拓宽研究领域和视野，将主题学研究方法应用于书面文学的诗歌领域。编者在前言中陈言：主题学研究不是一个封闭和固定的研究模式，而应该具有开放性和延展性，有待发展完善的动态系统（陈鹏翔《主题学研究论文集·前言》，台湾大东书局 1983 年版）。从这个主旨出发，该论文集不但收录了采用主题学方法研究中国民间故事的文章，而且还锐意开拓，收录数量可观的用主题学方法研究中国抒情诗的论文。这一举措起到了引导和推动中国文学的主题学研究热潮，从二十世纪八十年代开始，中国学界从几个不同方向，出现一股化用主题学方法研究解决中国文学的潮流和相关成果。其中民间文学的主题学研究方面有祁连休先生的《中国民间故事主题类型索引》和吴光正先生的民间传说故事个案研究，书面诗文方面的主题学研究有王立先生的中国文学意象主题学研究。我本人从二十世纪九十年代开始倡导的中国叙事文化学研究则是用主题学方法对中国叙事文学的故事类型进行研究。

该书作者孙国江博士是我指导的学生。他的硕士和博士论文均使用我提出的叙事文化学研究方法做个案的故事类型研究。可以说，他对主题学方法的原理和实践已经是相当熟悉了。可是他仍然还不满足于从我这里学到的知识和研究方法，还想继续开拓，去寻找用主题学方法研究中国叙事文学的新途径，于是便有了与这本书相关的项目申报和最终成果。

那么，本书作者所追寻探索的研究方法与传统的主题学研究，以及借鉴主题学进行的诗文领域的意象主题研究，还有我本人倡导的中国叙事文化学研究有什么异同和特色呢？

厘清这几个问题的关键是分清几个重要概念,他们分别是研究对象的文体情况和形态的层级情况。

区分文体,就是区分出几种借鉴主题学研究的方法在研究对象方面的文体差异。这方面的情况相对比较清晰,民间文学的主题学研究主要关注民间故事,意象主题学研究主要关注诗文,我的叙事文化学研究主要关注涵盖各种文体的叙事文学故事类型。

区分对象形态的层级情况,就是区分集中借鉴主题学研究方法研究对象的形态层级定位。民间文学的主题学研究和意象主题学研究的形态定位都是"意象"层级,即它的单位研究对象不是一个具体的个案故事,而是若干同类个案故事构成的主题意象。如民间故事类型中的"生死之交""上天入地",意象主题研究中"复仇主题""黄昏主题"都不是以一个具体个案故事为研究单位,而是一个具体个案故事的上一层级的主题群和意象群。

叙事文化学的对象层级分为四个级别,最高一级是宏观大类,分为"天地""神怪""人物""器物""动物""事件"六类;最低一级为具体的个案故事,中间则是从大类向个案具体故事过渡的层级。如"干宝父妾复生"个案故事从大到小四个层级的递进关系是:神怪—神异—复生—干宝父妾复生;"鹄奔亭女鬼"个案故事从大到小四个层级的递进关系是:神怪—鬼魅—冤魂—鹄奔亭女鬼(参见宁稼雨《先唐叙事文学故事主题类型索引》,南开大学出版社 2011 年版)。

了解了这一情况,再来看国江这本书,就可以发现,本书对于研究对象的文体定位是明确具体的,即六朝文言志怪小说。但在研究对象的形态层级方面却表现出与以往几种研究都有所不同的新尝试。它把"六朝志怪小说"分为"精怪故事""鬼神故事""预言故事""宗教故事""博物故事"等五种类型。这样的定位既不是叙事文化学个案故事研究关注的具体个案故事类型,也不是意象主题研究关注的"生死之交""黄昏主题"这样更宏大一些的形态单位。

该书"六朝志怪小说"这个总体范围相当于叙事文化学研究故事类型分类的第一层级"神怪"(节选),而下面一层的"精怪""鬼神""预言""宗教""博物"则相当于叙事文化学分类的第二层级。这样的层级定位介于民间文学主题学和诗文意象主题学大意象层级与叙事文化学研究具体个案故事类型(第四层级)之间,体现和反映出作者对于主题学研究在叙事文学研究领域中层级定位的新思考与实践,是主题学研究开放性和延展性实践探索的又一有益和成功尝试。

该书的具体研究既体现了这个总体定位的格局,又能在很多问题上体现出在前人相关研究基础上的新进展,体现出该书学术价值的实绩。

以往六朝志怪小说研究主要成果基本集中在文体史的研究和具体的作家、作品的研究。该书稿在吸收和借鉴前人研究成果的基础上,着重从六朝志怪故事的主题、母题和故事类型等方面对六朝志怪小说进行研究和探讨,进而分析了六朝志怪小说中的主题类型故事背后所蕴含的独特文化意蕴,这是该书稿在研究方法、研究视角和研究思路方面的独特之处和创新之处。主题学和故事类型学是比较文学和民间文学研究中的两种常用方法,将这两种方法相结合,并应用于六朝志怪小说的研究之中,这一选题角度具有理论意义和创新价值。

该书稿从六朝志怪小说的文本情况和时代背景出发,在了解和掌握前人研究成果以及六朝志怪小说相关作品基本情况的基础上,运用主题学和故事类型学的研究方法,深入探讨了六朝志怪小说中主要故事的主题类型与社会历史文化背景之间的关系,并以主题类型故事为线索,对六朝志怪故事的社会历史文化内涵和文化意蕴进行了分析。总体来看,该书稿的六朝小说故事类型研究能够做到立意明确、观点新颖、见解独特、逻辑清晰。

故事主题类型作为叙事文学作品的一种集结方式,具有单篇作品和文体研究无法包容的属性和特点。打破作品和文体的限制,对主题类型故事的形态和特征进行分析,是进一步进行文化分析的基础。在很长的一段时间里,国内的一些学者在运用西方的文学方法进行中国本土文本的研究方面,总体上还存在着用中国的文学素材来迎合西方学术框架的问题。如何打破西方学术框架的束缚,建立"中学为体、西学为用"的学术研究思路,是值得我们长期思考的问题。从这一层面来看,可以说该书稿的研究进行了可贵的探索和尝试。

从研究材料的角度来看,故事类型的研究首先需要"竭泽而渔"的文献搜集力度,研究者需要对研究对象的文本情况有清晰全面的把握。该书稿注意到了文献问题对于主题类型故事研究的重要性,在成果的第一章中首先对研究过程中所涉及的六朝志怪小说作品进行了叙录,奠定了后文研究的文献基础,使得后文的文化分析部分能够做到有的放矢。

在具体的故事类型研究和文化意蕴分析中,该书稿将六朝志怪小说中的主要故事按照故事主题类型分为五大主题,每个主题下面又选取了具体的故事类型和故事文本进行分析,分别探讨了这五大主题故事中的具体故事类型与原始信仰、巫鬼传统、谶纬思想、佛教道教传播以及中外文化交流等文化方面的关系,抓住了六朝志怪小说的独特文化内涵。六朝时期是中国文化的一个重要发展阶段,这一时期的许多叙事文学故事所蕴含的文化意蕴拥有深厚的内涵,因此难以进行简单的共性类型分析。该书稿通过对六朝志怪小说中具体的故事类型进行研究,分析了不同故事类型与上古神话、民间巫术、鬼神信仰、谶纬思想、佛教道教传播、中外文化交流等历史背景的关系,深入挖掘了不同故事类型得以产生、发展和演变的历史根源,分析了促使同一类型的故事文本在不同作者笔下产生变化的历史文化动因。

从目前的情况来看,在对于六朝小说的研究中,以《世说新语》为代表的志人小说与六朝社会历史文化的关系研究方面已经取得了丰硕的成果。但是,对于志怪小说与当时的社会历史文化的关系,尤其是与佛教道教文化的内在关联方面,还缺乏深层意义的观照和研究。该书稿的第五章中,讨论了六朝志怪小说中"法术疗病"故事和"断肢复续"故事与当时的道教和佛教传播的关系,可以看作是六朝志怪小说与宗教文化关系研究方面的积极探索。尤其是对于《搜神记》中"赵公明参佐"故事背后道教文化内涵的考察,取得了较为新颖的见解和认识。此外,该书稿的第四章中关于预言故事与士族家族政治神话及士族崛起背景的分析,也同样参考和借鉴了志人小说研究中关于六朝社会历史文化研究的方法和成果,将志怪小说中的故事类型与士人文化、士人家族兴衰的历史背景相联系,尝试把两个方面的文化解读进行合成关照,形成了自己独特的观点。

因为该书研究范围为断代式研究,所以对于故事类型演变过程的梳理和研究局限于六朝这一历史时期及志怪小说这一文体的内部。这样虽然能够自称格局和体系,但对于故事类型本身在中国文化中发展、传承和演变的阶段性和系统性特征来说,就难以发现同一故事主题在不同时代、不同文体中的不同表现,如何解决这样的矛盾问题,这是作者下一步应该思考和解决的深层问题。

国江为人低调笃实,治学扎实深入。博士毕业不久就获得国家社科基金青年项目,经过几年努力,项目顺利完成。值得提出并注意的是,与很多青年学者毕业后以博士学位论文作为自己申报项目和学术研究的主攻基础不同,这个项目并不是国江博士学位毕业论文(他的博士学位毕业论文题目是《大禹神话的故事演变与文化意蕴》)的选题和内容范围,而是比博士学位论文的研究范围有了更广泛的内容。这等于是离开自己相对比较熟悉的博士论文知识范围,去开拓更加深广的学术研究领域,对于一位刚毕业不久的博士来说无疑具有相当大的挑战性。从书稿内容看,可以说国江成功地应对了这个挑战。这除了证明该项目书稿的成功之外,同时也证明国江在学术研究方面具有比较大的提升潜力和空间。余对此寄予厚望焉!

宁稼雨

2021 年 4 月 23 日凌晨六时于津门雅雨书屋

目　录

绪　论

　　六朝在中国古代小说发展史上是一个十分重要的阶段,这一时期的文言小说创作不但超越了先秦和秦汉,更开启了唐传奇和宋元话本乃至后来明清长篇白话章回小说创作的繁荣局面。从六朝小说的主要内容来看,志怪是六朝小说最典型的代表。六朝志怪小说上承先秦的神话传说,下启唐五代传奇小说,在中国古代小说史上占有十分重要的地位。然而,受到时代、战乱以及传播方式等方面的影响,六朝志怪小说的作品大多散佚,至今已是十不存一。同时,受到历史上重经、史、诗、文而轻小说的传统观念的影响,对于六朝小说的整理和研究也一直处于相对较冷的状态。如今,已经有越来越多的学者开始注意到六朝志怪小说的重要价值,并不断运用新的思路和研究方法对六朝志怪小说中的很多问题进行研究和探讨。需要指出的是,六朝志怪小说是在独特的社会历史背景下产生的,六朝志怪小说的作者们往往抱着写作子书或史书的态度,而并不认为自己所进行的是文学创作,这一创作思路促成了六朝志怪小说的整体韵味和独特内涵。运用主题学和故事学的相关方法,探索六朝志怪小说所记载的神异故事背后的文化意蕴和文化价值,是本书的基本写作思路。

一、本书的研究对象及其研究现状

在中国古代文史研究中,"六朝"一词是常用的概念。但是,不同时代的学者对于"六朝"一词的具体解释并不完全相同。从字面意思理解,"六朝"指建都于今天南京的吴、东晋、宋、齐、梁、陈六个朝代,如《宋史·张守传》称"建康自六朝为帝都"①。从传统的狭义角度理解,六朝起自孙吴建国,止于陈朝灭亡,且仅指这段时期中国南部的历史。但实际上在许多情况下,人们对于"六朝"一词的理解通常是从广义的角度进行的,即用"六朝"一词指代汉末至隋初这段历史时期,并且包含了当时中国北部的历史,如清许梿《六朝文絜》中不仅收录了南方作家的作品,也有西晋、北魏、北齐、北周的作家作品;清严可均《全上古三代秦汉三国六朝文》中的六朝部分也收有后魏、北齐、后周等时期的作家和文章。历史学家吴泽先生在张承宗先生等人所编的《六朝史》序言中指出:"传统史学,尤其是封建史学所谓的六朝史,事实上还包括北朝史,如司马光的《资治通鉴》,都是以东晋、南朝为正统,将十六国政权和北朝的历史都包括其中,相当于我们今天所谓的两晋南北朝史。"②一般来说,今天文史研究中出现的"六朝"一词也多以时代论,借指汉末魏晋南北朝这段历史时期。从志怪小说的实际情况来看,六朝志怪小说的作家虽然大多出身南方,但其所记述的内容却可上及先秦甚至追溯远古,并且其中许多故事情节并非出于创作,而是传抄前代作品,这些内容与先秦两汉文化有着深刻的联系。因此,本书在撰写的过程中并没有严格遵循"六朝"一词的狭义概念,而是从广义的角度对其进行理解。

"志怪"一词,最初见于《庄子·逍遥游》中所说的"齐谐者,志怪者也",唐人成玄英解释称:"齐谐所著之书,多记怪异之事,庄子引以为证,明己所言不虚。"③尽

---

① 【元】脱脱:《宋史》,中华书局1977年版,第11616页。
② 张承宗等:《六朝史》,江苏古籍出版社1991年版,第9页。
③ 【清】郭庆藩:《庄子集释》,中华书局2012年版,第5页。

管齐谐所著之书中多怪异之事,却可以用来证明"所言不虚",可见即便是到了成玄英所处的唐初,"志怪"一词仍然是实录的代名词。六朝小说很大一部分都属于此类记载怪异之事的书,其中许多作品干脆以"志怪"为名,如孔氏《志怪》、许氏《志怪》、曹毗《志怪》等,也有很多作品书名中包含"志怪"二字,如《志怪录》《杂鬼神志怪》等,梁元帝萧绎所著子书《金楼子》中亦有"志怪篇",可见"志怪"一词是六朝时期人们对于记载怪异事件的文章和书籍的一种通称。李剑国先生解释"志怪"一词,称其为"记载神鬼怪异故事的小说丛集",但同时也指出:"不能以今人之小说观念作为衡量古代小说的尺度,因为小说自身亦同其他文学样式一样,表现为一个由低级到高级、由幼稚到成熟、由不完善到完善的历史过程。"①六朝志怪小说大多记录社会上流传的怪异故事,无论是记录者还是当时的读者大多以史传的实录的性质来考量志怪小说的价值。但是尽管如此,从具体的创作实践来看,六朝志怪小说已经基本具备了小说这一文体的雏形,开启了之后古代小说创作的大门。六朝志怪小说的创作不但数量多、质量高,而且深刻地影响了后世如唐、宋传奇,乃至宋代以后白话小说的创作。在六朝将近四百年的时间里,出现了《列异传》《神仙传》《玄中记》《拾遗记》《搜神记》《幽明录》等代表性的作品,见于著录但损毁散佚的志怪小说作品更达百余种。

六朝志怪小说是小说这一文体在中国古代历史发展中的重要阶段,对整个中国古代小说发展史乃至文学发展史都有着深远影响。但是自 20 世纪以来,针对六朝志怪小说的研究却一直处于不温不火的状态,莫论与唐诗、宋词的研究地位相比肩,即便与同类型的唐传奇、宋元话本的研究相比,或是与同时期的六朝诗歌、散文的研究相比,六朝志怪小说也并没有受到与其成就相匹配的关注。究其原因,既有历史上一直以来对于小说这一文体的轻视,也有 20 世纪以来学术界重诗文和白话小说研究,而轻文言小说研究的影响。

---

① 李剑国:《唐前志怪小说史》,天津教育出版社 2005 年版,第 3 页。

不过，对于六朝志怪小说的研究也一直没有断绝。事实上，早在明清时期，已经有学者凭借敏锐的直觉感受到了六朝志怪小说的独特价值，并开始针对六朝志怪小说中一些重要作品进行搜集、整理和考证的工作。胡应麟《少室山房笔丛》中就多次谈到六朝志怪小说的特点和价值，又从历代典籍中裒辑出已经亡佚的《搜神记》《搜神后记》等志怪小说集①。这些研究工作总体上算不上系统，也还算不上是具有现代学术意义的研究，但确实为后世了解和研究六朝志怪小说的创作起到了引领作用。

真正将六朝志怪小说的研究纳入现代学术范畴的代表人物当属鲁迅先生，鲁迅先生的《古小说钩沉》对许多已经亡佚的六朝志怪小说作品进行了系统的搜集和整理，他的《中国小说史略》和《中国小说的历史的变迁》两部著作都为六朝志怪小说开设了专章，并对六朝志怪小说的发展和创作进行了提纲挈领式的论述。中华人民共和国成立以后，在鲁迅先生《古小说钩沉》的研究成果基础之上，一些重要的单本六朝志怪小说作品集受到了学者们的关注，许多重要的六朝志怪小说作品集得以重新整理、校注和排印出版，其中较有代表性的成果包括汪绍楹先生对于《太平广记》和《搜神记》的整理、标点和校注，范宁先生对于《博物志》《异苑》和《搜神后记》的整理和校注以及齐治平先生对于《拾遗记》的整理和校注等。

进入新时期以后，对于六朝志怪小说的研究取得了更大的突破，出现了一批有影响力的专门性著作，其中较有代表性的如李剑国先生的《唐前志怪小说辑释》和《唐前志怪小说史》，这两部著作对六朝志怪小说的产生源流、发展脉络等问题进行了系统的论述和史料的钩辑，为六朝志怪小说的进一步研究工作奠定了基础；张庆民先生的《魏晋南北朝志怪小说通论》一书根据六朝志怪小说的题材内容，从古代宗教、道教和佛教三个方面对六朝志怪小说的相关故事进行了考察和研究；王青先生的《西域文化影响下的中古小说》一书

①　李剑国先生在《新辑搜神记·新辑搜神后记》的前言中认为旧传二十卷本《搜神记》和十卷本《搜神后记》皆为胡应麟所裒辑。

重点从西域文化与中古小说的关系角度讨论了六朝隋唐时期的小说创作与古代文化尤其是西域文化之间的关系,并对六朝志怪小说中的某些故事类型进行了文化角度的分析。

除中国大陆以外,中国台湾和日本等地的学者在六朝志怪小说的研究方面也取得了很多成果。台湾学者王国良先生的《魏晋南北朝志怪小说研究》《〈神异经〉研究》《〈海内十洲记〉研究》《〈续齐谐记〉研究》《六朝志怪小说考论》等著作,是中国台湾六朝志怪小说研究中的代表性论著,其中《魏晋南北朝志怪小说研究》一书分上、中、下三篇,上篇为概论,中篇为资料分析,下篇为作品叙录,对魏晋南北朝的志怪小说作家和作品进行了系统的考辨和论证;《六朝志怪小说考论》则收录了王国良先生的 11 篇论文,对六朝志怪小说的重要作家和作品进行了深入的分析。台湾学者李丰楙先生从道教史与六朝小说关系的角度对六朝志怪小说中的道教因素进行研究和分析,发表了多本论著和多篇论文。日本学者小南一郎先生的《中国的神话传说与古小说》一书,对汉魏六朝时期的一些杂记类和仙传类志怪小说作品如《西京杂记》《神仙传》《汉武内传》等进行分析论证,在六朝仙传小说与民间信仰和早期宗教之间的关系角度取得了较为新颖的结论。

二、本书的研究思路和主要方法

二十世纪以来,大量新的学术思想和研究方法被引入中国文学的研究之中,产生了许多新的学术成果。本着以新的方法打开思路和视野的理念,本书主要使用主题学、故事类型学研究方法,并结合文化分析的视角来进行六朝志怪小说故事类型和文化意蕴的分析和研究。

主题学和故事类型学是世界范围内广泛使用的两种文学研究方法,两种方法都有各自领域内适用的概念和理论,同时相互之间又有交叉和重叠。因此,在展开具体的讨论和分析之前,有必要对主题学和故事类型学研究中的一些概念、含义及其适用范围做简要介绍。"主题""故事类型"和"母题"是主题学和故事类型学研究中都经常使用的三个概念。

主题(theme)这一概念来自于西方传统文艺理论,在艾布拉姆斯的《欧美文学术语辞典》中,"主题"这一概念被解释为:"有时与'题旨'可以互换使用。不过,这个词更常用来表示某个含蓄的或明确的抽象意念或信条。一部虚构的作品总是包含这个抽象的意念或信条,并使之对读者具有说服力。"①以主题这一概念为基础建立起来的研究方法通常被称为主题学(Thematics/Thematology),这一方法的使用可以追溯至19世纪德国民间故事学者格林兄弟对于德国民间故事的搜集和整理研究。1812年,格林兄弟开始发表著名的《家庭和儿童故事集》(即通俗版《格林童话》的原版),并将主题学的方法运用于探讨童话故事和民间传说在不同文化环境和不同的叙述者口中的发展和变异等方面。19世纪中叶以后,这一方法被广泛地运用到包括欧洲和印度民间故事的研究中,尤其是带有神奇情节的民间故事的搜集和整理之中。后来,这种方法又被比较文学研究广泛运用,用以比较不同时代、不同地域的作家对于同一题材内容在处理方面的异同,进而用于探讨同一题材在不同文化区域和不同时代作家笔下的传承和演变。

从最初的情况来看,主题学早期主要被用于研究神话、传说和民间故事,但随着主题学在比较文学研究领域中的不断深入,主题学的研究视野也被不断扩展到了探讨某一专门的题材或意念,诸如爱情、离别、命运、自然、时间、宿命观念等方面,这些内容有时与神话传说并不存在直接的联系②。台湾学者陈鹏翔先生在其主编的《主题学研究论文集》中也对主题学研究做过如下的解释:"主题学研究是比较文学的一部门,它集中在对个别主题、母题,尤其是神话(广义)人物主题做追溯探原的工作,并对不同时代作家(包括无名氏作

---

① 【美】艾布拉姆斯:《欧美文学术语辞典》,朱金鹏、朱荔译,北京大学出版社1990年版,第199页。

② 参见乐黛云:《中西比较文学教程》,高等教育出版社1998年版,第175页。

者)如何利用同一个主题或母题来抒发积愫以及反映时代,做深入的探讨。"①陈鹏翔先生的这一解释概括了当前主题学研究的基本思路和方法。

"故事类型"这一概念最初是在民俗学和民间文学研究领域提出的,一般认为如果几个不同的民间故事具有相同或相似的故事情节,就可以认为这几个民间故事属于同一个故事类型。故事类型这一概念源自芬兰的"历史地理学派"(The Historical-geographical School),芬兰学者安蒂·阿尔奈(Antti Aarne,1867—1925)于 1910 年在《民间故事类型》一书中所使用了"类型(type)"这一概念。其后德国学者哈恩在编订《希腊及阿尔巴尼亚故事》及俄国学者弗拉基米尔·普罗普在搜集整理俄罗斯民间故事的过程中也都自觉地使用了故事类型的分类方法。美国学者斯蒂斯·汤普森(Stith Thompson,1885—1976)于 1928年在安蒂·阿尔奈研究的基础上进一步编订了《民间故事类型索引》,他将"故事类型"这一概念定义为:"一种类型是一个独立存在的传统故事,可以把它作为完整的叙事作品来讲述,其意义不依赖于其他任何故事……组成它的可以仅仅是一个母题,也可以是多个母题。"②安蒂·阿尔奈和斯蒂斯·汤普森的研究为"故事类型"这一概念的推广做出了积极的贡献,也极大地推动了故事类型学研究方法的普及,此后世界各国的民间故事研究者把他们使用的方法称为"阿尔奈–汤普森分类法(the Aarne-Thompson classification system)",简称"AT分类法",并将这一分类方法作为民间故事类型分类的基本标准。1961 年,斯蒂斯·汤普森出版了经过修订的《民间故事类型》一书,其中对世界各国的民间故事进行了分类和编号,其编码体系的基本分类系统包括:

Ⅰ.动物故事

　　1—99　野兽

　　100—149　野兽和家畜

① 陈鹏翔:《主题学研究论文集》,台北东大图书公司 1983 年版,第 5 页。

② 【美】斯蒂斯·汤普森:《世界民间故事分类学》,郑海译,上海译文出版社 1991 年版,第 499 页。

150—199　人与野兽

200—219　家畜

220—249　鸟

250—274　鱼

275—299　其他动物和物品

Ⅱ.普通民间故事

300—749.A.神奇故事

300—399　神奇的对手

400—459　神奇的或有魔力的丈夫(妻子)或其他亲属

460—499　神奇的难题

500—559　神奇的助手

560—649　神奇的物品

650—699　神奇的力量或知识

700—749　其他神奇故事

750—849.B.宗教故事

850—999.C.短篇故事(爱情故事)

Ⅲ.笑话

Ⅳ.程式故事

Ⅴ.未分类的故事

　　母题(motif)是主题学研究和故事类型学研究中都广泛使用的一个概念。广义的母题即艾布拉姆斯所说的"题旨",在传统的西方文艺理论中,广义的母题与主题是可以互换使用的一对概念。但"母题"这一概念在具体研究中的使用情况十分复杂,不同的研究方法对这一概念的解释并不完全相同。随着故事类型学研究的兴起,母题在故事类型学研究中被赋予了新的含义,从而脱离了主题这一概念独立存在。在故事类型学的研究中,"母题"通常被定义为"一个故事中最小的,能够持续存于传统中的成分。"①斯蒂斯·汤普森将民间故事中的母题分为三类:一是众神和非凡的动物;二是魔术器物和奇特的习俗信仰;三是可以独立存在的单一事件。他在《民间故事类型》一书中为民间故事中的母题编制了一份总目:

　　　A.神话母题;

　　　B.动物;

　　　C.禁忌;

　　　D.魔术;

　　　E.死亡;

　　　F.奇迹;

　　　G.巨妖;

　　　H.考验;

　　　J.智慧与愚蠢;

　　　K.诡计;

　　　L.命运的颠倒;

　　　M.注定的未来;

　　　N.机会与命运;

　　　P.社会;

　　　Q.报答与惩罚;

　　　R.捕捉者与逃亡者;

　　　S.不近人情的虐待;

　　　T.性;

　　　V.宗教;

① 【美】斯蒂斯·汤普森:《世界民间故事分类学》,郑海译,上海译文出版社 1991 年版,第 499 页。

W.人物的特色；

X.幽默；

Z.各种母题组

在每一个总目下面，汤普森又进行了十分细致的划分。

中国学者对于母题这一概念的引介可以追溯到胡适先生于 1924 年发表的《歌谣的比较研究法的一个例》一文，其中胡适先生首次将"motif"一词翻译为"母题"，并认为："有许多歌谣是大同小异的。大同的地方是它们的本旨，在文学的术语上叫作'母题（motif）'。小异的地方是随时随地添上的枝叶细节……我们试着把这些歌谣比较着看，剥去枝叶，仍旧可以看出它们原来同出一个'母题'。这种研究法，叫作'比较研究法'"①的在胡适先生看来，母题和主题的概念具有相通性，都可以基本等同于我们通常所说的"本旨"或"主旨"，这一观点符合传统西方文艺理论对广义"母题"这一概念的理解。

除"母题"这一翻译以外，"motif"一词在不同学者笔下也有不同译法，台湾学者金荣华先生将"motif"一词译作"情节单元"，并提出："'情节单元'是英文或法文'motif'一词在民间文学里的对应词，指的是故事中小到不能再分而又叙事完整的一个单元。"②金荣华先生对于母题（或称"情节单元"）一词的理解，是根据故事类型学研究中狭义的母题概念得出的。

受主题学研究和故事类型学研究的影响，俄罗斯民间文艺理论家弗拉基米尔·普罗普（Vladimir Propp，1895—1970）在"AT 分类法"的基础上特别针对其中编号为 AT300—749 的神奇故事进行研究，撰写了《故事形态学》和《神奇故事的历史根源》两部著作，在国际上产生了很大的影响。由于"神奇故事"与中国古代小说中"志怪"的概念极为接近，因此普罗普关于俄罗斯神奇故事的

---

①　胡适：《胡适文集 3》，北京大学出版社 1998 年版，第 630 页。

②　金荣华：《"情节单元"释义——兼论俄国李福清教授之"母题"说》，载《湖北民族学院学报》2001 年第 3 期。

研究也为六朝志怪小说的研究提供了有益的思路和经验。

与阿尔奈和汤普森等人的研究相比,普罗普更注重神奇故事产生背后的社会历史根源。他强调要"在往昔中找到那个制约着故事的生产方式"[1],并提出要从故事与社会法规的关系、故事与仪式的关系以及故事与神话和原始思维的关系等方面去探讨神奇故事与社会历史文化的关系。他认为:"必须将故事与往昔的社会法规进行比较,并在其中寻找故事的根源。"[2]与汤普森的研究思路相比,普罗普的研究更注重挖掘故事起源方面的内容。但是,就故事产生的历史背景进行考察这一点来说,二者在研究思路和方法上具有共通性和互补性。

中国古代记录神奇故事的风尚自先秦时期已经存在,经过秦汉时期的发展,至六朝时期已经蔚为大观。六朝志怪小说以搜集和记录怪异传说为创作主旨,在很多方面与民间故事,特别是其中的神奇故事有很多的相通之处。很多学者注意到了六朝志怪小说的这一特性,自觉地运用故事类型学的研究方法,从六朝志怪小说的主题、母题与故事类型等方面开展对六朝志怪小说的研究。

与纯粹的小说创作不同,六朝志怪小说的作者和记录者几乎都不承认其笔下的神异故事是源于创作或杜撰,反而再三强调其所记之事即使不是亲眼所见,也是亲耳所闻。干宝《搜神记》自序自述其创作时即称:"考先志于载籍,收遗逸于当时……亦足以发明神道之不诬也。"[3]萧绮序王嘉《拾遗记》亦称其:"言匪浮诡,事弗空诬。推详往迹,则影彻经史;考验真怪,则叶附图籍。"[4]二者都反复强调书中所记神异奇怪故事是纪实而非杜撰,这些说法与他们笔下故事本身的神异属性是非常不协调的,但却代表了当时人对志怪小说的普

---

① 【俄】普罗普:《故事形态学》,贾放译,中华书局 2006 年版,第 6 页。

② 同上,第 9 页。

③ 李剑国:《新辑搜神记·新辑搜神后记》,中华书局 2007 年版,第 19 页。

④ 齐治平:《拾遗记校注》,中华书局 1981 年版,第 1 页。

遍认识。

鲁迅先生在《中国小说史略》中称"唐人始有意为小说",已经发现秦汉六朝人的志怪作品几乎都是出于纪实的目的,而不是有意识的小说创作,直至唐代才开始有意识地创作带有幻想性质的传奇小说。然而志怪传统至清代仍以纪实和补史为鹄的,清代纪昀仍批评《聊斋志异》文学意味太浓,认为志怪笔记应遵循实录的态度,而不应增添作者的杜撰内容。纪昀自述其所作《阅微草堂笔记》即本着实录的态度进行的创作,所记皆出见闻,然而考察其笔记中的内容,却基本都是神异鬼怪之说,是现实中不可能发生的事情,带有极强的神奇性质。

六朝志怪小说中的故事文本与民间故事研究中的故事类型颇多相似,且六朝志怪故事也多以类型化的形式出现,即同一个超现实的情节反复出现于不同的故事文本当中,尽管故事的主人公以及故事中涉及的时间、地点、人物都发生了改变,但作为故事内核的神奇情节却基本不变。这就使得我们可以同时借鉴主题学、故事类型学和普罗普关于俄罗斯神奇故事的研究方法来进行六朝志怪小说中神奇故事类型的研究。

以六朝志怪小说为代表的中国古代故事为故事类型学研究者提供了丰富的材料。自二十世纪二三十年代开始,运用故事类型学的方法进行的中国古代民间故事的研究就已经出现并取得了一定成果,如钟敬文先生的《中国民谭型式》、德国学者艾伯华先生的《中国民间故事类型》和美籍华人学者丁乃通先生的《中国民间故事类型索引》中都将六朝志怪小说作品作为重要的研究对象。

二十世纪七十年代以后,运用类型学的方法进行六朝志怪故事研究的著作不断涌现。在故事类型分类方面,中国学者借鉴"AT分类法"进行了六朝志怪故事的主题类型分类和索引,台湾学者金荣华先生编著了《六朝志怪小说情节单元分类索引》,采用包括"AT分类法"在内的两种不同的分类方法对六朝志怪小说的情节单元进行了分类和索引;宁稼雨先生的《先唐叙事文学故事主题类型索引》一书则主要以中国古代类书的分类标准为依据,对唐代以前的叙事文学作品中的主题故事进行了分类和索引;顾希佳先生的《中国古代民间故事类型》一书依据"AT分类法"对中国古代民间故事进行了分类索引,并针对其中较有代表性的故事个案进行了专题讨论,其中包含大量六朝志怪小说的故事类型。

在资料的整理方面,祁连休先生的《中国古代民间故事类型研究》一书运用故事类型学的方法对中国古代文学作品中所收录的民间故事类型进行整理和研究,其第九章即为"魏晋南北朝时期的民间故事类型";顾希佳先生的《中国古代民间故事长编》从历代的诸子散文、史书方志、文人笔记、宗教典籍中辑录出民间故事的原文,并注明相关异文,而且在书后还附有关于这些故事的"AT分类法"索引,为后来者的研究者提供了许多重要的信息,其第二卷"魏晋南北朝卷"中即包含大量六朝志怪小说的故事类型。

个案研究方面,刘守华先生主编的《中国民间故事类型研究》一书中汇集了多位学者对中国古代及现存民间故事类型的个案研究成果,其中包含多个六朝志怪小说中的故事类型。李鹏飞先生所著的《唐代非写实小说之类型研究》一书运用故事类型学的方法进行了唐代志怪传奇小说的研究,并对唐代志怪传奇的故事类型与六朝志怪小说故事类型的渊源进行了辨析。

总之,故事类型学的研究方法已经成为中国古代民间故事研究的重要方法之一,并且前辈学者不断的研究和探索过程中取得了丰硕的成果,为进一步探讨六朝志怪小说的故事类型及其文化意蕴的研究提供了坚实的基础。

三、本书的主要内容

本书的主要内容包括绪论部分和六个主要章节:

绪论部分主要介绍了本项目的研究对象、研究方法和研究现状,重点介绍了和主题学、故事类型学关系密切的几个概念,如"主题""母题""故事类型""历史根源"等,并对研究对象的基本情况及研究方法的适用范围和研究特点做了简要的介绍。

第一章《六朝志怪小说的生成背景与故事类型》主要介绍了先秦至六朝时期小说观念及志怪传统的生成、发展和演变的过程,并对六朝志怪小说的创作历史和文化背景进行交代。同时,对六朝志怪小说存世的主要作品和文本做了简要的叙录和梳理,并对六朝志怪小说中的主要故事类型及相关研究进行了简要介绍。

第二章《六朝精怪故事与自然崇拜》以六朝志怪小说中的精怪故事为重点讨论对象。精怪故事是六朝志怪小说中的一个重要类别,由此衍生出许多影响后世的妖怪故事和精怪传说。本章主要讨论六朝志怪小说中的"精怪作祟"故事和"异类婚配"故事产生的历史根源,"精怪作祟"故事部分重点分析了"姑获鸟""虎伥""狐妖""树妖"等精怪母题故事与原始自然神信仰衰落之间的关系;"异类婚配"故事部分则讨论"人鸟婚恋"故事、"猴玃抢妻"故事、"人狗婚媾"故事与图腾信仰之间的关系。

第三章《六朝鬼神故事与巫鬼传统》以六朝志怪小说中的鬼神故事为重点讨论对象。鬼神故事是六朝志怪小说中的另一个重要类别,六朝时期出现了大量与"鬼神显圣""死而复生"等情节有关的故事类型。本章主要讨论了六朝志怪小说中的"鬼神降临"故事和"复生"故事,"鬼神降临"故事部分重点分析了"鬼神显圣""遇合"等故事类型与人鬼信仰之间的关系;"复生"故事部分则重点分析了"复生""入冥"等母题的故事与巫术及巫觋活动之间的关系。

第四章《六朝预言故事与谶纬思想嬗变》以六朝志怪小说中的预言故事为重点讨论对象。受先秦、秦汉以来的谶纬预言思想的影响,六朝志怪小说中保存着大量的预言故事和符瑞征兆传说。这些预言故事有一些是直接抄录自前代的纬书,而更多的内容则来自于六朝时期流行的地方传说。本章重点讨论了六朝志怪小说中的符应故事、灾异故事和鬼神动物预言故事,其中符应故事部分重点分析了"天书"故事、"斩蛇"故事、"陈宝"故事与汉代王权政治之间的关系;灾异故事部分重点分析了"陆沉"故事、"龙母"故事、"蛇妖"故事、"服妖"故事与汉末六朝的末世思想之间的关系;鬼神动物预言故事部分重点分析了"鬼神预言"故事、"动物预言"故事为新兴的门阀世族服务,演变成为士族家族政治神话的过程。

第五章《六朝宗教故事与佛教、道教传播》以六朝志怪小说中的宗教故事为重点讨论对象。六朝是中国古代宗教,尤其是佛教和道教传播和发展的重要阶段。佛教自汉代传入中原,经历六朝时期的发展,基本完成了外来宗教的本土化转变。道教在经历了汉末的黄巾起义失败之后,也在六朝时期完成了向神仙道教的转变和重生。佛教、道教在传教的过程中都大量借用志怪故事来进行自神其教的辅教活动。本章主要讨论了六朝志怪小说中的"法术疗病"故事和"时空变幻"故事,其中"法术疗病"故事部分重点分析了"符水疗病"故事、"断肢复续"故事与道教、佛教传播的关系;"时空变幻"故事部分重点分析了"山中遇仙"故事、"以小纳大"故事与道教、佛教思想的关系。

第六章《六朝博物故事与中外文化交流》以六朝志怪小说中的博物故事为重点讨论对象。博物故事是六朝志怪小说的重要类别,受到先秦、秦汉地理博物之学盛行的影响,六朝志怪小说中出现了大量记述山川地理奇闻怪谈的博物故事。这些博物故事的出现与域外事物和文化的传入有很大的关系,同时也与先秦以来的神仙家和方术士对海外神仙世界的描绘有关。本章主要讨论了六朝志怪小说中的"殊方异物"故事和"远国异民"故事,其中"殊方异物"故事部分重点分析了"火浣布""反生香""伏虎兽"等母题的故事与中外物质文化传播之间的关系;"远国异民"故事部分重点分析了"不死民"故事、"羽民"故事与古代东西方文化交流融合之间的关系。

第一章
六朝志怪小说的生成背景与故事类型

六朝以前,小说通常被认为是杂厕于子书末流的"丛残小语"和"稗官杂说"。六朝是中国古代小说渐趋脱离原初状态,走向文人创作的重要阶段。通过六朝文人大规模的创作参与,将古代小说的创作推向了第一个高峰,形成了日后文言小说志人和志怪的两大传统。尤其是六朝志怪小说,以其搜奇记异的故事情节为后世所熟知和喜爱。但是,六朝志怪小说作者们却普遍认为自己所做的并非虚构和创作,而是实录的工作,这一点从六朝志怪小说大量以"志""录""传""记"为题的书名中也可窥见一斑。这种矛盾的创作思想的背后,是六朝志怪小说独特的生成背景。

第一节　六朝志怪小说的主要作品

六朝志怪小说自唐宋以后即多散佚,原因大致有三:一为久经战乱造成文献散失,不仅志怪小说,六朝其他文史类著作也同样散失严重;二为传统观念重诗文而轻小说,使得六朝志怪小说长久以来疏于整理;三是当时文本流布完全依靠手抄,抄本传播范围有限且不易保存,使得大量志怪小说作品未能流传。

从流传和存佚的情况来看,汉魏六朝志怪小说作品见于宋代刻本者尚有《博物志》《拾遗记》《神异经》《十洲记》《汉武内传》《汉武洞冥记》《续齐谐记》共七种,但也并非完本。其他作品如《列异传》《玄中记》《幽明录》等作品仅有佚文留存,而如《集异传》《征应传》《近异录》《续异苑》《补续冥祥记》《研神记》《因果记》《续洞冥记》《验善知识传》《灵异记》《真应记》等书则仅存书名,书中文字只字不存。

自唐宋以来,六朝志怪小说的保存大多依赖类书和其他书籍的注释,如《北堂书钞》《艺文类聚》《初学记》《太平御览》《太平广记》等类书,以及《三国志》裴松之注、《世说新语》刘孝标注、《文选》李善注等注释中都保存了大量六朝志怪小说的佚文。明清以来,不断有学者从历代类书和注释中辑录出六朝志怪小说佚文,并编订成篇。其中,明代学者胡震亨在前代学者所辑《搜神记》《搜神后记》《异苑》《还冤志》四种志怪小说作品的基础上进行重新整理,并刊刻印行于世,使得这四部六朝志怪小说为后人所熟知。陶珽《说郛》中亦辑录出《甄异传》《祖氏志怪》《灵鬼志》《宣验记》《冥祥记》《旌异记》等书。但总体而言,明清学者所辑录的六朝志怪小说作品错讹较多,掺杂了大量后世同名异书的内容,可谓真伪参半。

近代以来,鲁迅先生《古小说钩沉》开始以现代的学术眼光结合传统的考据方法对六朝小说的佚文进行搜集整理,辑录出六朝小说作品三十六种,其中志怪小说作品二十七种。此后,不断有学者对六朝志怪小说作品进行点校、辑录和考证。经过几代学人的不懈努力,目前我们已经可以对六朝志怪小说的现存文本状况有较为清晰的了解。为了后文引述的方便,现将六朝志怪小说尚有文本存世的主要作品简介如下:

《列异传》 三国魏曹丕撰。该书《隋书·经籍志》著录称:"《列异传》三卷,魏文帝撰。"《北堂书钞》《初学记》引录此书亦题"魏文帝撰"。魏文帝曹丕(187—226),字子桓,曹操长子,建康元年(220)代汉自立,著有《典论》《士操》《文集》等，皆已散佚，其事见《三国志·魏书·文帝本纪》。从存世的《列异传》佚文来看，书中出现了景明（魏明帝曹叡）、正始（齐王曹芳）、甘露（高贵乡公曹髦）的年号，又《旧唐书·经籍志》及《新唐书·艺文志》皆称此书为"张华撰"，故清人姚振宗《隋书经籍志考证》中提出该书乃"张华续文帝书而后人合之"①。不过，从此书的创作年代来看，《三国志》裴松之注和《水经注》皆曾引用《列异传》中文字，可以确定此书为魏晋时期的作品。《列异传》原书已佚，鲁迅先生《古小说钩沉》辑出此书佚文五十条，王国良先生《〈列异传〉研究》中删除其中误辑的两条，又增补了"张辽杀白头翁"和"韩凭夫妇"两条佚文。

《博物志》　晋张华撰。张华（232—300），字茂先，范阳（今河北固安附近）人，主要生活于西晋，官至司空，《晋书》有传。《博物志》一书是典型的地理博物类志怪小说，书中分门别类记载了远方异国传闻及奇异动、植、器物，亦收录许多地理博物故事。此书《隋书·经籍志》著录称："《博物志》十卷，张华撰。"此后史传目录基本与《隋书·经籍志》同，《郡斋读书志》和《直斋书录解题》中也著录了《博物志》。《博物志》今存，自明代以来收入多种丛书之中。但今本《博物志》文字有脱佚，内容混杂，多有前代引书中佚文未收入者，可见今本并非完本。范宁先生《博物志校证》一书对今本《博物志》进行了考订和校注，在传本基础上补辑佚文二百一十二条，为目前所见较完备版本。

《外国图》　此书已佚，作者不详，历代史志目录亦未见著录，仅有佚文存世，清陈运溶《岳麓精舍丛书》第二集中辑录出此书佚文二十余则。关于此书的著作时代，《水经注·河水》引《外国图》云："从大晋国正西七万里，得昆仑之墟，诸仙人居之。"②清丁国钧《补晋书艺文志》据此认为此书为晋人所作。

《神异记》　晋王浮撰。王浮事迹主要见于梁僧祐《出三藏记集》、梁慧皎《高僧传》及唐法琳《辨正论》等，可知其为晋惠帝时人，曾作《老子化胡经》讥

---

① 王承略、刘心明主编：《二十五史艺文经籍志考补萃编》第 14 册《隋书经籍志考证》，清华大学出版社 2014 年版，第 885 页。

② 陈桥驿：《水经注校证》，中华书局 2007 年版，第 1 页。

谤佛教,并与僧帛远等人辩论佛、道邪正。《神异记》历代史志目录并未见著录,但《太平御览》等类书中引有此书佚文,且多不署撰人。唯《太平御览》卷八百六十七所引注出"王浮《神异记》"。鲁迅先生《古小说钩沉》辑出此书佚文八则。

《异林》　原书已佚,未见著录,不知撰人。今存佚文仅一则,叙述钟繇与女鬼遇合事,见于《三国志·魏书·钟繇传》裴松之注所引,《太平御览》卷八百一十九、卷八百八十七亦引此佚文,鲁迅先生据此辑入《古小说钩沉》。文中称"叔父清河太守说如此","清河太守"当指陆云,则此书或为陆机之子所作。

《玄中记》　晋郭璞撰。郭璞(276—324),字景纯,河东闻喜(今属山西省)人,曾为东晋大将军王敦记室参军,因制止王敦作乱而被杀,《晋书》有传。《玄中记》一书于宋代以前的史志目录中未见著录。《太平御览经史图书纲目》和《太平广记引用书目》中均有此书,题作"郭氏玄中记"。南宋罗苹《路史·发挥》中最早提出"郭氏"即郭璞。《玄中记》原书早佚,元陶宗仪《说郛》卷六十辑录此书佚文十七则,清代不断有学者辑佚此书。鲁迅先生《古小说钩沉》辑出此书佚文七十一则,为较完备辑本。

《神仙传》　晋葛洪撰。葛洪(283—343),字稚川,丹阳句容(今属江苏)人,《晋书》有传。葛洪本人喜好道术,为方士葛玄之从孙,早年师从葛玄弟子郑隐修道,为六朝道派葛世道的代表人物。《神仙传》与其所作《抱朴子·内篇》一样都是为了弘扬道法而作,书中《自序》称此书为抄辑古之仙经及"先师所说,耆儒所论"①而成,书中内容皆为道教神仙故事。《神仙传自序》《抱朴子·外篇自序》及《晋书·葛洪传》皆称此书为十卷,《隋书·经籍志》著录此书亦称:"《神仙传》十卷,葛洪撰。"此书今存,版本有三种:一为《四库全书》本;二为《广汉魏丛书》本;三为民国《道藏精华录》本,诸本所记略有差异。唐人梁肃《神仙传论》称"《神仙传》凡一百九十人",或以为今本皆非完本。胡守为先生

---

① 胡守为:《神仙传校释》,中华书局 2010 年版,第 1 页。

汇集历代诸本编订的《神仙传校释》是目前所见《神仙传》较完备的版本。

《西京杂记》　该书的作者及著作时代有争议，主要有刘歆作、葛洪作、吴均作三种说法。该书《隋书·经籍志》及两唐《志》均有著录，《隋书·经籍志》未题撰人，《旧唐书·经籍志》和《新唐书·艺文志》均题葛洪撰。《郡斋读书志》始称此书疑为"吴均依托为之"①。《四库全书总目》著录此书时兼题刘歆、葛洪撰。关于刘歆所作之说，余嘉锡先生《四库提要辨证》认为此说源自葛洪跋中所谓班固《汉书》抄辑刘歆旧著事，同时余嘉锡先生又以为殷芸与吴均同时同仕，殷芸《小说》中征引《西京杂记》又将其书视为古书，吴均作《西京杂记》之说颇不合理，因此当以葛洪所作说为是。《西京杂记》为杂记类小说，书中所记多为汉时逸闻旧事及典章制度，亦兼有神怪巫术等志怪性质的内容。

《神女传》　晋张敏撰。张敏，太原中都（今山西平遥）人，生活于西晋初年，曾任益州刺史。《神女传》是张敏所作的一篇单篇传记体志怪小说。原文散佚，历代类书多引有其中片段，叙述神女成公智琼降临弦超故事，其事又见《列异传》《搜神记》等书。李剑国先生《唐前志怪小说史》及《唐前志怪小说辑释》据历代类书辑录其佚文，为目前所见较完善的版本。

曹毗《志怪》　晋曹毗撰。曹毗字辅佐，谯国（今安徽亳州）人，为魏大司马曹休后裔，《晋书》有传。此书不见著录，鲁迅先生《古小说钩沉》据《初学记》《太平御览》等书辑出佚文一则，叙述外国僧人论昆明池劫灰事。

《杜兰香传》　晋曹毗撰。《杜兰香传》是曹毗所作的单篇传记体志怪小说，叙述神女杜兰香下降于张硕事。原文不传，唯有佚文散见诸书，李剑国先生《唐前志怪小说辑释》据历代类书辑录其文，为目前所见较为完善的版本。

《搜神记》　晋干宝撰。干宝（？—366）字令升，原籍汝南（今属河南），后徙海盐（今属浙江），《晋书》有传。《晋书》本传中记载干宝撰《搜神记》三十卷，《隋书·经籍志》及两唐《志》同，但晁公武《郡斋读书志》和陈振孙《直斋书录解

---

① 孙猛：《郡斋读书志校证》，上海古籍出版社1990年版，第242页。

题》中均无《搜神记》，说明南宋时此书已罕见流传，余嘉锡先生《四库提要辨证》以为《搜神记》原书亡于南宋。今传二十卷本《搜神记》为明人胡震亨所刻《津逮秘书》本，鲁迅先生已提出今本《搜神记》"乃是明人辑各书引用的话，再加别的志怪书而成，是一部半真半假的书籍。"[1]李剑国先生在《新辑搜神记·新辑搜神后记》的前言中认为二十卷本《搜神记》为明代学者胡应麟所辑，又经胡震亨等人整理刊刻。李剑国先生的《新辑搜神记》除补入新辑佚文以外，也对二十卷本《搜神记》中误辑的部分做了剔除，是目前所见较为完善的版本。此书为六朝志怪小说的代表性作品，书中内容十分丰富精彩，六朝志怪小说的主要题材于书中皆可见到。

《拾遗记》　晋王嘉撰。王嘉字子年，生卒年不详，陇西安阳（今甘肃渭源）人，《晋书》有传。王嘉本为道士，常年隐居山林之间，《晋书》本传称其"著《拾遗录》十卷，其记事多诡怪"[2]。今本《拾遗记》为南朝萧绮所录，萧序称此书"凡十九卷，二百二十篇，皆为残缺"[3]。可知萧绮录《拾遗记》时原书已经不全，萧绮将残卷进行重新编辑而成今本。该书著录最早见于《隋书·经籍志》，然而其中既有"《拾遗录》二卷，伪秦姚苌方士王子年撰"，又有"《王子年拾遗记》十卷，萧绮撰"，应是王嘉原书残本与萧绮所辑录本同时流行所致。自宋代开始，书目文献如《郡斋读书志》《直斋书录解题》等著录此书时皆称"《拾遗记》十卷，晋王嘉撰，梁萧绮录"。《拾遗记》今有传本，为十卷，收录于《汉魏丛书》《古今逸史》《稗海》等丛书之中，所记起于伏羲，迄于石赵，历述各代异闻怪事。齐治平先生《拾遗记校注》在传本基础上又补辑佚文十三则，为目前所见较为完备的版本。

孔约《志怪》　又称《孔氏志怪》。此书首见著录于《隋书·经籍志》，称："《志怪》四卷，孔氏撰"。《初学记》引此书时题作"孔氏志"，《艺文类聚》引此书

---

① 鲁迅：《汉文学史纲要（外二种）》，江苏凤凰文艺出版社 2017 年版，第 105 页。
② 【唐】房玄龄等：《晋书》，中华书局 1974 年版，第 2496—2497 页。
③ 齐治平：《拾遗记校注》，中华书局 1981 年版，第 1 页。

时题作"孔氏志怪记"，《太平御览经史图书纲目》收有此书作"孔氏志怪"，《太平广记》引此书时题作"孔约志怪"。孔约本人于史无传，相关记载亦甚少，仅可通过《志怪》一书在史传目录中的位置以及书中佚文的相关描述对其生活的时代进行大致估算，可以推测他大约生活于东晋时期。此书早佚，鲁迅先生《古小说钩沉》辑有此书佚文十则，李剑国先生在《中国古代小说总目·文言卷》中认为鲁迅所辑十则中辑自《酉阳杂俎》的"落民"故事应出干宝《搜神记》，宜删。

祖台之《志怪》　又称《祖氏志怪》，晋祖台之撰。祖台之字元辰，范阳（今北京东南）人，《晋书》有传，本传载其"撰《志怪》，书行于世"①。祖台之《志怪》一书《隋书·经籍志》著录为两卷，《旧唐书·经籍志》和《新唐书·艺文志》中则称此书为四卷，或为析分卷帙所致，宋代以后不见著录。书中文字被《太平广记》《太平御览》《艺文类聚》《初学记》《北堂书钞》《法苑珠林》等书所引，鲁迅先生《古小说钩沉》辑出佚文十五则。

《灵鬼志》　晋荀氏撰。荀氏未详何人，据书中文字所体现的时代背景可知荀氏大约生活于东晋义熙年间。此书《隋书·经籍志》《旧唐书·经籍志》《新唐书·艺文志》皆著录为三卷，题荀氏撰。《太平御览经史图书纲目》有《荀氏灵鬼志》，郑樵《通志》卷六十五亦载"《灵鬼志》三卷，荀氏撰"，可知此书北宋时期尚存，大约佚于南宋。书中佚文见于刘孝标注《世说新语》《法苑珠林》《艺文类聚》《太平御览》《太平广记》等书，鲁迅先生《古小说钩沉》辑出此书佚文二十四则。李剑国先生在《中国古代小说总目·文言卷》中认为《古小说钩沉》所辑二十四则中"南平国蛮兵"故事误辑自《异苑》，"嵇康""蔡谟"故事误辑自《灵异志》，"李通"故事误辑自《虚异志》，宜删。

《甄异传》　又名《甄异记》《甄异录》《甄异志》，晋戴祚撰。戴祚字延之，江东人。唐封演《封氏闻见记》称："祚，江东人，晋末从刘裕西征姚泓。"②可知戴

---

① 【唐】房玄龄等：《晋书》，中华书局 1974 年版，第 1975 页。
② 赵贞信：《封氏闻见记校注》，中华书局 2005 年版，第 66 页。

祚主要生活于东晋末至刘宋初。此书唐宋史志目录皆著录为三卷，原书已佚，鲁迅先生《古小说钩沉》自历代类书中辑出此书佚文十七则，李剑国先生在此基础上又补辑两则①。

《搜神后记》　题晋陶潜撰。陶潜即陶渊明(356—427)，入刘宋后改名为潜，字元亮，自号五柳先生，世号靖节先生，《晋书》《宋书》《南史》均有传，又有颜延之所作《陶征士诔》和萧统所作《陶渊明传》，有诗文集传世。《隋书·经籍志》称"《搜神后记》十卷，陶潜撰"，《旧唐书·经籍志》《新唐书·艺文志》皆未著录此书，此后书目亦多不著录此书。鲁迅先生《中国小说史略》中认为陶潜所作之说"盖伪托也"②。李剑国先生则根据《高僧传》及唐初僧人道宣、法琳等人的言论认为："《后记》之为陶渊明作灼然无疑"。③《搜神后记》中文字多见于《艺文类聚》《太平御览》《册府元龟》等书，题目或作《搜神后记》《续搜神记》《搜神录》等。今传本为十卷，最早刊于《秘册汇函》。明沈士龙已疑十卷本《搜神后记》并非原书，李剑国先生认为今传十卷本《搜神后记》与二十卷本干宝《搜神记》一样为明胡应麟所辑录，又经胡震亨等人整理刊刻。十卷本《搜神后记》和二十卷本《搜神记》一样多有遗漏舛误，李剑国先生对十卷本《搜神后记》漏收和误收的内容进行了整理，并重新辑录为《新辑搜神后记》，为目前《搜神后记》较为完备的版本。

《异苑》　南朝宋刘敬叔撰。刘敬叔生卒年不详，彭城(今江苏徐州)人，本人于史无传，有关他的事迹散见于《宋书·五行志》和《晋书·五行志》，志怪小说《异苑》和《冥祥记》中也有体现，可知他生活于东晋末至刘宋初。明人胡震亨汇集其事编为《刘敬叔传》，置于《秘册汇函》本《异苑》之前。该书最早著录于《隋书·经籍志》，称："《异苑》十卷，宋给事刘敬叔撰"，此后史志未再见著录，然《太平广记》《太平御览》等书中多引此书中内容。今存十卷本，为胡震亨

①　参见李剑国：《唐前志怪小说史》，天津教育出版社 2005 年版，第 359 页。
②　鲁迅：《中国小说史略》，上海古籍出版社 1998 年版，第 27 页。
③　李剑国：《唐前志怪小说史》，天津教育出版社 2005 年版，第 377 页。

于万历间所刻《秘册汇函》本,胡氏自称其底本为书肆所购宋抄本。考其他书中多有《异苑》文字未见于今传十卷本者,因此鲁迅先生《中国小说史略》已疑今本"亦非原书",李剑国先生也认为今本为胡震亨在宋人辑本的基础之上重新校订而成。范宁先生对今本《异苑》进行了点校整理,并辑出佚文十五则,为目前所见较为完备的版本。

《幽明录》　南朝宋刘义庆撰。刘义庆(403—444)为刘宋宗室,袭封临川王,《宋书》及《南史》有传。刘义庆少好文学,喜揽贤才,南朝名士如袁淑、鲍照等人都曾入其幕府,其本人亦著述颇丰,除诗文外在小说创作方面多有建树,《幽明录》外还有《世说新语》《宣验记》《小说》等作品。《幽明录》一书为《隋书·经籍志》《旧唐书·经籍志》《新唐书·艺文志》所著录,《隋书·经籍志》称该书为二十卷,两唐《志》则称该书为三十卷,盖析分卷帙所致。《幽明录》原书应佚于南宋,宋洪迈《夷坚志》中已称:"《幽明录》今无传于世"。[1]《幽明录》一书多采集鬼神志怪故事,收罗极广,内容则多采前人之书及当时传说,李剑国先生以为该书与《世说新语》一样都是刘义庆召集门客集体编纂而成。此书清代以来学者多有辑录,鲁迅先生《古小说钩沉》辑出此书佚文二百六十五则,为目前所见较为完备的辑本。然《古小说钩沉》辑本亦有漏辑和误辑的条目,王国良先生《六朝志怪小说考论》和李剑国先生《唐前志怪小说史》中对鲁迅先生辑录佚文进行了探讨和考辨,可作参考。

《宣验记》　南朝宋刘义庆撰。此书为刘义庆晚年命门客所撰,内容以宣扬佛教因果报应之说为主,是典型的"释氏辅教之书"。该书《隋书·经籍志》著录为十三卷,《通志·艺文略》和《郡斋读书志》亦著录此书,可知原书应佚于南宋以后。鲁迅先生《古小说钩沉》据《高僧传》《艺文类聚》《太平御览》《太平广记》《事类赋注》等书辑出此书佚文三十五则。

《齐谐记》　南朝宋东阳无疑撰。此书《隋书·经籍志》著录称:"《齐谐记》

---

① 【宋】洪迈:《夷坚志》,中华书局 2006 年版,第 1385 页。

七卷,宋散骑侍郎东阳无疑撰。"《旧唐书·经籍志》《新唐书·艺文志》《通志·艺文略》同。宋陈振孙《直斋书录解题》称:"《唐志》又有东阳无疑《齐谐志》,今不传。"①可知原书应佚于宋代。鲁迅先生《古小说钩沉》辑出此书佚文十五则。

《集异记》　南朝宋郭季产撰。据《宋书·蔡兴宗传》所载,郭季产曾为领军王玄谟所亲故吏,《隋书·经籍志》著录"《续晋纪》五卷,宋新兴太守郭季产撰",可知他主要生活于刘宋时期。《集异记》于史志未见著录,《太平御览经史图书纲目》中有"郭季产《集异记》",《太平御览》引此书时却题为"郭季产《集异传》"。原书已佚,鲁迅先生《古小说钩沉》据《北堂书钞》《艺文类聚》《太平御览》《太平广记》辑出此书佚文十一则。

《冥祥记》　南朝齐王琰撰。王琰,太原(今属山西)人,自幼学佛,曾与范缜辩论神之有无,事见《南史·范缜传》。此书《隋书·经籍志》著录称:"《冥祥记》十卷,王琰撰。"《隋书·经籍志》中又有《宋春秋》一书,题"梁吴兴令王琰撰",可知王琰主要生活于齐梁之际,入梁后曾为吴兴令。《冥祥记》中大多有关因果报应、观音显圣的故事,佛教辅教意味十分浓重,鲁迅先生在《中国小说史略》中将其归为"释氏辅教之书"。原书已佚,鲁迅先生《古小说钩沉》自《法苑珠林》《太平广记》《太平御览》等书中辑出此书佚文一百三十一则,王国良先生《冥祥记研究》在《古小说钩沉》基础上补辑佚文两则,又对其余佚文进行了考证和辨析。

祖冲之《述异记》　南朝齐祖冲之撰。祖冲之(429—500),字文远,范阳(今北京附近)人,祖台之曾孙,精通算术,《南齐书》及《南史》有传。此书唐宋史志目录皆著录为:"《述异记》十卷,祖冲之撰。"宋代以后不见著录,原书或佚于宋代。鲁迅先生《古小说钩沉》辑出此书佚文九十则。

任昉《述异记》　南朝梁任昉撰。任昉(460—508),字彦升,乐安(今属山东)人,著名藏书家,《梁书》及《南史》有传。此书隋唐史志目录不见著录,始见

---

① 【宋】陈振孙:《直斋书录解题》,上海古籍出版社2015年版,第317页。

著录于《崇文总目》,称:"《述异记》二卷,任昉撰。"《郡斋读书志》中叙述任昉著作此书乃"属文之用""博物之意",并称此书为"新《述异》"①,乃与祖台之《述异记》相比较而言。此书今存,自明代以来不断被收入各类丛书,有《汉魏丛书》《随庵丛书》《稗海》《四库全书》等多种版本,各版本文字略有差异,《丛书集成初编》据《汉魏丛书》本排印。

《续齐谐记》　南朝梁吴均撰。吴均(469—520),字叔庠,吴兴(今属浙江)人。吴均本人于诗文及史学皆有建树,著有《后汉书注》《齐春秋》及诗文集等,《梁书》及《南史》有传。该书《隋书·经籍志》著录称:"《续齐谐记》一卷,吴均撰。"今存一卷本共十七则故事,自明代以来为《顾氏文房小说》《古今逸史》《广汉魏丛书》《五朝小说》等丛书所收,王国良先生《〈续齐谐记〉研究》对今本《续齐谐记》诸篇及佚文做了校勘和考证。

《金楼子·志怪篇》　南朝梁萧绎撰。萧绎(508—554)为梁武帝萧衍第七子,嗣位后称梁元帝,字世诚,号金楼子,南兰陵(今属江苏)人,事迹见《梁书》及《南史》。《金楼子》为萧绎所著的一部子书,《隋书·经籍志》著录此书称:"《金楼子》十卷,梁元帝撰。"今存《金楼子》为六卷十四篇,乃清代学者从《永乐大典》等类书中辑录而成。《志怪篇》是《金楼子》中的一篇,以记述鬼神志怪故事为主,大部分内容为摘编前代志怪小说而成。

《续异记》　此书不见著录,从内容上看应为南朝梁、陈间人所作。原书早佚,佚文散见于历代类书,鲁迅先生《古小说钩沉》据以辑出此书佚文十一则。

《录异传》　此书不见著录,内容大多杂取前代志怪故事而成,从其所取材料来看,大约作于南朝梁、陈之间。原书早佚,鲁迅先生《古小说钩沉》自《北堂书钞》《初学记》《艺文类聚》《太平御览》《太平广记》等书中辑出此书佚文二十七则。

《冤魂志》　北齐颜之推撰。颜之推(531—591),字介,琅琊临沂(今属山

东)人,精于文学,著有《颜氏家训》及文集,《北齐书》及《北史》有传。此书唐宋
史志目录皆著录为三卷,题"颜之推撰",然《隋书·经籍志》称其为"冤魂志",
《崇文总目》及《宋史·艺文志》则称其为"还冤志",应为同书而异名所致,李剑
国先生在《中国古代小说总目·文言卷》中认为:"《冤魂志》乃原书之题,《还冤
志》者后人所改。"①《太平御览》《太平广记》引此书时还有"抱冤记""冤报记"
之称,同样是《冤魂志》的别称。原书已佚,王国良先生《颜之推〈冤魂志〉研究》
辑录此书佚文六十条,是目前所见较为完备的辑本。

《旌异记》　隋侯白撰。侯白,字君素,魏郡(今属河北)人。侯白本人于史
无传,其事迹散见于《隋书》及《北史》。《旌异记》一书《隋书·经籍志》著录为
"十五卷",题"侯君素撰",两唐《志》同,《通志·艺文略》亦著录此书,原书或佚
于宋代。鲁迅先生《古小说钩沉》辑出此书佚文十则。

此外,还有许多六朝志怪小说作品仅存数则佚文,且内容多不甚完整,如
《神异传》《异说》《鬼神列传》《神异录》《集灵记》《八朝穷怪录》等,另有一些作
品已无佚文存世,如《续异苑》《真应记》《因果记》《研神记》等。关于这些书的
具体情况,可参见鲁迅先生《古小说钩沉》所辑佚文及李剑国先生《唐前志怪
小说史》中的相关论述。

需要进一步说明的是,有些作品从历代史志目录的著录情况来看,应属
于汉代或更早时期的作品。但这些作品对六朝志怪小说的创作影响很大,其
中有一些作品被现代学者考订认为是六朝时人伪托前代而作,亦可以作为我
们了解六朝志怪小说创作状态的佐证或参考,现也将这些作品简介如下:

《山海经》　西汉末年刘歆《上〈山海经〉表》中提出该为禹、益所作之说。
但该书实际上记载了大量发生于禹、益之后的史事,因此自唐、宋以来学者多
疑之。南宋朱熹和明代胡应麟都认为此书为"战国好奇之士"所作,明杨慎和
清梁玉绳则提出《山海经》"非一时一手所为"的说法。现代学者如袁珂先生也

---

① 　石昌渝主编:《中国古代小说总目·文言卷》,山西教育出版社 2004 年版,第 640 页。

认为《山海经》一书创作于战国至汉初，作者并非一人。该书记载了大量山川地理方面的奇特物产和海内外的神奇怪异故事，被胡应麟称为"古今语怪之祖"，对六朝的地理博物类志怪小说的创作产生了很大的影响。

《神异经》和《海内十洲记》　《海内十洲记》又称《十洲记》，《神异经》与《十洲记》都是仿照《山海经》创作的记载山川异物奇闻的地理博物类志怪小说集。《隋书·经籍志》著录"《神异经》一卷"，题"东方朔撰，张华注"，又著录"《十洲记》一卷"，题"东方朔撰"。东方朔字曼倩，《汉书》有传，为人博学而滑稽，《汉书》已称后世多以"奇言怪语"附于东方朔，或以为《神异经》与《十洲记》皆此类附会文字。清人周中孚在他的《郑堂读书记》中提出史传皆不载东方朔撰《神异经》和《十洲记》，也不载张华曾注《神异经》，从言辞风格来看，此二书"雅近齐、梁间人所为"①。现代学者对于《神异经》和《十洲记》的成书时间也多有争议，余嘉锡先生《四库提要辨证》和李剑国先生《唐前志怪小说史》都认为此二书虽非东方朔所撰，但应是汉人作品。台湾学者王国良先生《〈神异经〉研究》一书中则认为《神异经》"是魏、晋时期的产物"②。其后，王国良先生又在其所著的《〈海内十洲记〉研究》一书中提出《十洲记》应为南朝宋、齐之间的文人所作。③《神异经》和《海内十洲记》今皆有传本，王国良先生的《〈神异经〉研究》和《〈海内十洲记〉研究》在今传本的基础上又对其中文字进行了校订，是目前所见较为完备的版本。

《汉武故事》和《汉武内传》　《汉武故事》与《汉武内传》皆是以汉武帝相关故事为主要题材的志怪小说作品。《隋书·经籍志》《旧唐书·经籍志》和《新唐书·艺文志》皆有著录，但未题撰人。关于这两部作品的作者和成书年代，自唐宋以来即有争议，主要有三种说法：一说以为班固所作，以晁公武为代表；一说以为六朝时文人所作，以胡应麟为代表；一说以为葛洪所作，以姚振宗为

---

① 【清】周中孚：《郑堂读书记》，中华书局1993年版，第328页。
② 王国良：《〈神异经〉研究》，台北文史哲出版社1985年版，第36页。
③ 王国良：《〈海内十洲记〉研究》，台北文史哲出版社1993年版，第8页。

代表。现代学者对于此二书的成书时间也有不同意见,大致可分为汉代成书说和六朝成书说两种说法。

《汉武洞冥记》　《汉武洞冥记》与《汉武内传》《汉武故事》一样是记载汉武帝遇仙异事的志怪小说作品。《隋书·经籍志》《旧唐书·经籍志》与《新唐书·艺文志》皆题为郭宪撰。郭宪字子衡,东汉汝南(今安徽太和)人,《后汉书》有传。此书明显受到了《山海经》的影响,大量记载了远方异国的珍奇异物和风俗奇闻。自明代以来,胡应麟、纪昀等人即怀疑此书为六朝时期文人所伪托的作品。现代学者如余嘉锡先生、王国良先生等人也持同样的看法。

第二节　六朝志怪小说的生成背景

作为文体概念的"小说"一词在中国历史上经历了漫长的发展过程。中国古代最早的"小说"概念可追溯至《庄子·外物》中的:"饰小说以干县令,其于大达亦远矣。"唐人成玄英疏云:"夫修饰小行,矜持言说,以求高名令问者,必不能通于至道。"[①]庄子口中的"小说",是与"大达"相对的有关大道和宏旨的小家言论。这种对于"小说"概念的理解在战国时期带有普遍性,《荀子·成相》中也说:"故知者论道而已矣,小家珍说之所愿者皆衰矣",同样将"小说"理解为与大道相对的概念。无论是庄子还是荀子,都是把小说与小道相等同,其目的在于衬托自家的言论和学说。

到了汉代,《汉书·艺文志》中对于"小说"概念的解释又有了新的发展,认为小说"出于稗官",乃"街谈巷语,道听涂说者之所造也",其价值在于"如或一言可采,此亦刍荛狂夫之议也。"三国魏如淳注曰:"细米为稗,街谈巷说,其细碎之言也。王者欲知闾巷风俗,故立稗官使称说之。"[②]由此可见,当时的主

---

① 【清】郭庆藩:《庄子集释》,中华书局 1961 年版,第 918 页。
② 【汉】班固:《汉书》,中华书局 1962 年版,第 1745 页。

流看法认为所谓小说，是由稗官搜集的街谈巷语汇编而成，其创作目的是为了向王者反映民生和为帝王提供可资鉴戒的参考，其主要功能和价值即在于"或一言可采"。

班固的《艺文志》并非其自作，而是全用的刘向《七略》，《七略》为刘向、刘歆父子组织当时文人修订而成的一部图书目录，其中对于"小说"的理解代表了两汉之际主流文人的基本看法。无论是刘向父子还是班固，都是典型的依附于王权的文人，他们所代表的是汉代王权的意志。刘向父子和班固没有将小说家置于代表文学作品的《诗赋略》，而是放在了代表诸子思想的《诸子略》，将其视作和儒家、法家一样的学术派别。在汉代学者看来，小说家应该和其他诸子思想学派一样，是为政治服务的，其读者对象也仅仅是封建帝王及其统领下的官僚集团。正如《汉书·艺文志》对于诸子十家的总评中所说："诸子十家，其可观者九家而已。"①在十家之中，小说家由于语言浅显，又多记载琐屑异事、风土民俗等，因此被刘向父子和班固批评为"其语浅薄""其言浅薄"，故而被排除在"九流"之外。

《汉书·艺文志》中对小说家的这种理解在汉代有着广泛的代表性。桓谭《新论》中也谈到了对于"小说家"这一概念的界定："小说家合丛残小语，近取譬论，以作短书，治身理家，有可观之辞。"②所谓"短书"即汉代所用的短简，汉代习惯将重要的官方文书写于长简，而小说写于短简，被称为"短书"，是为了显示其地位不高。桓谭对于小说家"合丛残小语"及"有可观之辞"的评价，恰与《汉书·艺文志》的"或一言可采"相一致。刘向父子、班固和桓谭都是站在汉代王权的立场上来评价小说的，正如王国良先生在《魏晋南北朝志怪小说研究》一书中所指出的："刘歆、桓谭、班固等人，率由政治性、实用性以评论小说，娱乐性之存在与否，则无关宏旨。"③政治性、实用性正是汉代学者从王权

---

① 【汉】班固：《汉书》，中华书局 1962 年版，第 1746 页。
② 朱谦之：《新辑本桓谭新论》，中华书局 2009 年版，第 1 页。
③ 王国良：《魏晋南北朝小说研究》，台北文史哲出版社 1984 年版，第 4 页。

政治的立场出发对"小说"普遍抱有的态度,这一态度极大地影响了汉代人对小说这一文体的评价。在汉代学者看来,小说的价值就在于为皇帝提供"一言可采"的"可观之辞"。在刘歆所写的《上〈山海经〉表》中,也明确用这一思想来解释《山海经》一书的价值。刘歆提到《山海经》的两次实际使用:一是东方朔根据《山海经》的记载为汉武帝提供了某种异鸟的喂养方法;二是刘向根据《山海经》的记载告知汉宣帝某墓穴中所发现的"反缚盗械"之人的来历。可见,当时小说最主要的价值即是用来向皇帝提供建议或参考。

汉末黄巾起义之后,中国进入了纷乱割据的六朝时期。这一时期是士人文化形成的重要时期,也是文言小说创作进入快速发展的重要阶段。小说作为一种文体在文人士大夫笔下得以兴盛并日趋成熟,产生了众多佳作。新崛起的士人阶层并不满足于小说仅仅作为为帝王提供"一言可采"的参考,因此他们从自身的立场出发对小说的概念进行了新的阐释和发挥。宋赵彦卫《云麓漫钞》卷八中评价小说这一文体称:"盖此等文备众体,可以见史才、诗笔、议论。"①尽管赵彦卫所谓的"诗笔"和"议论"更多地是指唐传奇,但"史才"却是以六朝小说为代表的。所谓"史才",指小说长于叙事,且有弥补正史之不足的功能。

明代学者胡应麟在《少室山房笔丛·二酉缀遗》中说:"凡变异之谈,盛于六朝,然多是传录舛讹,未必尽幻设语。"②鲁迅先生《中国小说史略》进而提出六朝志怪小说的作者"非有意为小说"的观点③,认为:"当时以为幽明虽殊途,而人鬼乃皆实有,故其叙述异事,与记载人间常事,自视固无诚妄之别矣。"④

① 【宋】赵彦卫:《云麓漫钞》,中华书局 1996 年版,第 135 页。
② 【明】胡应麟:《少室山房笔丛》,上海书店出版社 2009 年版,第 371 页。
③ 《中国小说史略·六朝之鬼神志怪书》中称六朝志怪小说"其书有出于文人者,有出于教徒者。文人之作,虽非如释、道二家,意在自神其教,然亦非有意为小说。"又《中国小说史略·唐之传奇文》中亦称:"小说亦如诗,至唐代而一变,虽尚不离于搜奇记逸,然叙述宛转,文辞华艳,与六朝之粗陈梗概者较,演进之迹甚明,而尤显者乃在是时则始有意为小说。"
④ 鲁迅:《中国小说史略》,上海古籍出版社 1998 年版,第 24 页。

前人已经指明了六朝小说实录的风气,并且认为这种创作风气的形成是基于当时独特的文化背景。事实上,除特定历史时期人们对于鬼神传说的态度以外,六朝文人也普遍自觉地强调小说,尤其是志怪小说"史才"的特性。干宝在《搜神记序》中叙述其创作《搜神记》的目的为:"考先志于载籍,收遗逸于当时","以发明神道之不诬也。"①尽管《搜神记》中记载了大量的鬼神志怪故事,但从创作目的来看,干宝却是以史家的态度对当时流行于世的传说进行忠实的记录。因此,《世说新语·排调》中记载刘惔曾称干宝为"鬼之董狐"②。董狐是春秋时期的良史,而刘惔称干宝为"鬼之董狐",虽属笑谈,但也是从历史价值角度对其所作小说进行肯定,这一观点也代表了六朝文人对于志怪小说的普遍态度。

六朝文人对志怪小说史实性质的强调,与中国自古以来的史官文化有着密切的关系。史官文化最早可追溯至商周时期的巫史传统。最初的史官与巫祝有着密切的联系,《礼记·礼运》中称:"王前巫后史,卜筮瞽侑皆在左右。"③可见,史官与巫祝一样,在周代都是负责占卜的官员。自春秋战国至于汉代,史官逐渐从巫祝系统中分离出来。同时,史官文化内部也发生了重大的变革:春秋战国时期崛起的士人阶层在经历了汉代的发展后,逐渐成为举足轻重的政治力量,取代了以往的王官阶层,成为史官文化的传承者和重要代表。

秦汉以来,随着大一统王权的建立,史官一直处于王权附庸的地位。《史记》对正史体系有开创之功,但因不符合王权的利益,在整个西汉都处于比较尴尬的地位。《汉书》及汉代的其他史书则大多只记录帝王将相、权臣贵戚的家族和事迹,而对于作为新兴精英的士人阶层则着墨甚少。这一现状使得士人们希望寻找一种新的文体作为为自己阶层发声的工具。这样一来,与史传本就天然存在渊源的小说就自然而然地成为首选。

---

① 李剑国:《新辑搜神记·新辑搜神后记》,中华书局 2007 年版,第 19 页。
② 余嘉锡:《世说新语笺疏》,中华书局 2011 年版,第 689 页。
③ 李学勤主编:《十三经注疏·礼记正义》,北京大学出版社 1999 年版,第 705 页。

　　六朝小说从一开始就强烈地受到先秦以来的史官文化的影响，作为史书的补充而出现在世人面前。正如刘叶秋先生所说："魏晋南北朝小说，无论内容和形式，都受到先秦两汉的影响，实际是史传的一股支流。"①李剑国先生在《唐前志怪小说史》中也同样认为："志怪小说是从史书中分化出来的。志怪小说由口耳相传的志怪故事到被零星分散地载入史书，再到取得独立地位，成为一种书面文学样式，这是它形成的一般过程。"②六朝小说从一开始就以杂史的面目出现，以拾遗补阙为宗旨。事实上，史书对中国古代小说的创作一直有着重要的影响，而且史书写作本身就包含着小说创作的因素，钱锺书先生在《管锥编》中即提出史家对于真人真事的追溯，在设计细节时，有时也需包含揣摩与忖度的成分，"盖与小说、院本之以臆造人物、虚构境地，不尽同而可相通"③。很多时候，历史的记录者也只能通过虚构和想象的方式来进行历史细节的撰述，这与小说的创作乃是相通的。

　　六朝士人对于小说"史才"的强调是一种带有普遍性的价值判断，很多六朝小说作家极力将小说的文本价值向史传靠拢，如葛洪的《西京杂记跋》中即称其内容来自于家传的"刘子骏《汉书》一百卷"，并由此认为《西京杂记》与《汉书》乃是同源，又称自己手中与《西京杂记》相类似者尚有《汉武帝禁中起居注》和《汉武故事》④。从内容上来看，《西京杂记》属于杂记体小说，《汉武故事》更是明显带有仙传小说的特点，但葛洪极力强调这些书与史学名家刘歆、班固的关系，以期突出这些小说的史传价值。这种对于小说实录性质和史料意义的强调，在葛洪所作的另一部小说集《神仙传》中也有很明显的表现。

　　在小说创作向史学靠拢的风气影响之下，六朝时期的学者大都不以志怪小说所记载的内容为虚构，裴松之注《三国志》，郦道元注《水经》，刘孝标注

①　刘叶秋：《魏晋南北朝小说》，中华书局 1959 年版，第 21 页。
②　李剑国：《唐前志怪小说史》，天津教育出版社 2006 年版，第 21 页。
③　钱锺书：《管锥编》，中华书局 1979 年版，第 166 页。
④　【晋】葛洪：《西京杂记》，中华书局 1985 年版，第 45 页。

《世说新语》都曾大量引用《列异传》《搜神记》等志怪小说中的文字,唐初所撰的《晋书》中也大量采录了志怪小说中的内容入传记,可见当时人是把志怪小说的内容当作实录性质的史料处理的。在这种文化背景之下,六朝志怪小说以自己的方式记录和反映了六朝这段独特的历史。六朝长期分裂割据的局面带来了人民生活的苦难,战乱、疾病和瘟疫流行,使得死亡空前接近人们的生活。但同时六朝也是民族融合的关键时期,带来了宗教的传播和思想的解放。在各种思想和文化交织碰撞的过程中,六朝志怪小说成为对于这个时代在史传之外的另一种记录。

鲁迅先生在《中国小说史略》中总结六朝志怪小说产生的社会背景时谈道:"中国本信巫,秦汉以来,神仙之说盛行,汉末又大畅巫风,而鬼道愈炽;会小乘佛教亦入中土,渐见流传。凡此,皆张皇鬼神,称道灵异,故自晋讫隋,特多鬼神志怪之书。"[1]鲁迅先生从民间巫术信仰和宗教传播的角度,揭示了六朝志怪小说的文化背景和思想来源。王国良先生在《六朝志怪小说考论》一书中将影响六朝小说创作的社会背景归结为六个方面:(一)政治与社会环境的改变。(二)经学与方术的混淆。(三)传统迷信的充斥。(四)佛道思想的弥漫。(五)中外交通贸易的频繁。(六)私人撰作史传的风气鼎盛。[2]周次吉先生在《六朝志怪小说研究》一书中将六朝志怪小说盛行的社会历史背景归纳为:(一)巫觋风尚之绵延。(二)阴阳五行风尚之传承。(三)神仙长命之不疑。(四)佛教思想之始盛。(五)道教设坛之踪迹。(六)儒学衰颓之机运。李剑国先生则将影响唐前志怪小说创作的社会历史背景归结为四个方面:(一)原始宗教与神话传说。(二)巫术、阴阳五行学与宗教迷信传说。(三)地理博物学的志怪化。(四)史乘的分流。[3]综合前代学者的分析可以发现,六朝时期的政治、学术、宗教、民间信仰、中外文化交流等方面都对六朝志怪小说的创作产生了巨

---

① 鲁迅:《中国小说史略》,上海古籍出版社1998年版,第24页。
② 王国良:《六朝志怪小说考论》,台北文史哲出版社1989年版,第2—4页。
③ 李剑国:《唐前志怪小说史》,天津教育出版社2006年版,第25—80页。

大的影响。六朝是一个政治动荡但思想活跃的时代,六朝志怪小说创作的土壤既包括先秦以来的原始宗教、巫鬼信仰、诸子学说、阴阳五行、神仙方术等思想,也包括汉代以来的经学、谶纬等思想,更受到汉末以来佛教和道教大规模传播的影响。综合前人的论述及六朝志怪小说实际的创作情况,我们尝试从以下几个方面来理解和认识六朝志怪小说生成的背景:

一、上古原始宗教和自然崇拜的遗存。中国上古时期盛行万物有灵之说,即认为山川、草木、动物等都和人一样寄寓着拥有灵魂的心智。在这种思想的影响之下,自远古以来民间普遍存在着自然崇拜和图腾信仰。秦汉以后,随着大一统封建王权的建立,上层统治者从维护统治秩序的目的出发,对民间的各种自然信仰普遍采取禁绝的态度,地方官吏也大力推动禁除淫祀的运动。在这种情况下,许多民间的原始自然信仰发生了异化,在远古神话中本属于地方神明的自然神和动植物神在民间传说中逐渐演变为作祟的精怪,从而衍生出大量的地方精怪传说。六朝志怪小说真实地记录和保存了大量的此类精怪故事。从这些精怪故事中,我们依然可以发现精怪们背后残存的神性。

二、民间的巫鬼传统。中国古人相信人死之后灵魂不灭,同时相信某些死去的鬼魂可以变为鬼神影响活人的生活,从而产生了颇具中国本土特色的人鬼信仰。先秦秦汉时期,人们普遍相信活人想要和人鬼进行沟通,必须依靠"中间人"——巫觋。由此,产生了普遍的巫觋信仰和巫鬼传统。巫师们编造了大量"鬼神降临"的故事来进行自我证明和自我神化,使人们相信他们具有沟通鬼神的能力。同时巫师们还经常宣称自己曾经有过死而复生的经历,因此拥有了来往冥界的能力,并以此作为自己拥有超自然力量的证据。在此基础上,巫师们还编造了大量的鬼神志怪故事和死而复生的传说。六朝志怪小说忠实地记录了这些传说,从而构成了志怪小说中大量的"鬼神降临"故事和"死而复生"故事的题材来源。

三、秦汉以来谶纬思想的流变。汉高祖刘邦以平民身份夺取了皇帝之位,为了证明自身皇权的合法性,造作了"感龙而生"和"斩蛇起义"的政治神话。

其后继者如汉武帝、光武帝也同样利用阴阳、灾异、感应、谶纬等思想来维护和佐证皇权的正统性。在这种风气之下,汉代学者大量创造了历代帝王尤其是汉代帝王的政治神话,其中大部分内容在纬学失势和纬书散佚之后被六朝志怪小说所吸收和采纳。东汉以后,随着战乱频发和政治的急剧动荡,本来用以维护皇权正统性的谶纬之学一变而为天下大乱的末日预言。同时,地方豪族军阀和士族阶层也利用谶纬之学大量造作宗族神话,用以作为自己家族将兴的证明。这些新的灾异传说和政治神话与秦汉以来流传的谶纬故事一同进入六朝志怪小说的叙事系统中,成为六朝志怪小说的重要题材来源。

四、佛教、道教的传播与争衡。东汉以后,佛教、道教传播日盛,佛教徒和道教徒也大量依靠志怪故事来进行传教活动的辅佐。佛教自汉代传入中原后,首先受到上层统治者的欢迎。但是,由于语言不通和文化观念的差异,中国民众对于佛教教义并不能完全理解和接受。因此,许多早期传教的僧侣选择用民众喜闻乐见的神通法术和志怪故事作为辅教的手段,将因果、轮回、报应等观念暗含在神怪故事中。许多此类故事被六朝志怪小说所记录,甚至催生出了如《宣验记》《冥祥记》《观世音应验记》等专门的辅教类志怪小说。与佛教的传播相反,道教原本起于民间,拥有广泛的民众基础。但是,随着汉末太平道和天师道受到了官方的打击,民间道教逐渐式微。六朝时期,道教的传播开始转向上层文人和世族大家,形成众多神仙道教教派。六朝道士依照佛经,大量造作道书,并创作了许多有关神仙道士通过炼丹、服食等方式最终飞升或尸解成仙的故事,更出现了许多专门描述仙境世界的仙话传说。这些故事在社会上广泛流传,最终被文人作家写入志怪小说作品之中,也出现了如《神仙传》等专门辅佐道教传播的志怪小说集。

五、中外文化交流的加强。自上古时期开始,中国与域外的交流一直在缓慢发展。战国时期阴阳学派的代表人物邹衍已经提出了"大九州"的理论。战国时期开始,许多中原地区所没有的域外器物和动植物不断传入,人们通过想象建立起了对于域外世界的认知。汉代自张骞通西域以后,中原人对域外世界的认识逐渐由想象变为现实。但汉代以后北方长期割据战乱的局面又在某种程度上隔绝了中原士人与域外世界交流的渠道。六朝志怪小说作家综合先秦以来阴阳家和神仙家对于域外神仙世界的描述以及汉代以来流传的域外传说，创作和记录了大量有关想象中域外世界的地理博物故事。在这些故事的背后，既包含真实的中外交流的历史，也包含人们对于域外世界的奇异想象。

在上述文化和历史背景的共同作用之下，六朝志怪小说呈现出属于自己的独特风貌，并形成了一系列情节模式相对固定的故事类型。这些故事类型又对后世的志怪故事和传奇小说的创作产生了很大的影响。

第三节　六朝志怪小说中的故事类型

六朝志怪小说的一个显著特点就是其鲜明的实录性质。尽管志怪小说作品的内容是以神鬼精怪的故事为主，但志怪小说的作者们却普遍抱持着实录的创作态度。六朝志怪小说实际上十分忠实地记录了当时社会上流传的各种传说和故事，这些故事大多带有民间故事的特质。这一特征为我们使用主题学和故事类型学的方法研究和探讨六朝志怪小说的故事类型提供了可能。

自主题学和故事类型学的研究方法传入中国以后，不断有学者尝试使用这些方法进行中国古代民间故事的研究工作。二十世纪以钟敬文先生的《中国民谭型式》、德国学者艾伯华先生的《中国民间故事类型》、美籍华人学者丁乃通先生的《中国民间故事类型索引》等一系列著作即是其中带有开创性的代表。这些研究成果大多将中国古代的志怪故事视为民间故事的组成部分，并对其中的许多故事类型进行了分类和梳理。在个案研究方面，陈鹏翔先生主编的《主题学研究论文集》中收录了十九个中国古代故事的研究案例，刘守华先生主编的《中国民间故事类型研究》一书中也对大量的中国古代志怪故事类型进行了个案的分析和研究。

在这些研究方法的指引之下,针对六朝志怪小说的故事类型方面的研究也一直在不断推进之中。总体来看,对六朝志怪小说故事情节进行分类的方式有两种:一种是将六朝志怪小说视为民间故事的组成部分,按照"AT分类法"对六朝志怪小说的故事类型进行分类,并根据中国古代故事的特点进行调整,遵循这一分类方法的研究成果包括祁连休先生的《中国古代民间故事类型研究》第九章"魏晋南北朝时期的民间故事类型"、顾希佳先生的《中国古代民间故事长编·魏晋南北朝卷》、刘守华先生的《中国民间故事史》第二章"魏晋南北朝民间故事"等;另一种是按照主题、母题或情节单元的分类标准进行划分,并在划分的过程中参考和借鉴中国古代类书的分类方式,遵循这一分类标准的研究成果包括金荣华先生的《六朝志怪小说情节单元分类索引》和宁稼雨先生的《先唐叙事文学故事主题类型索引》等。下面对这些分类索引的成果做一简要介绍。

金荣华先生的《六朝志怪小说情节单元分类索引》分为两个部分,其中甲编是第一部分,按照中国古代类书的分类标准将六朝志怪小说中的故事按照故事情节分为46个类,分别为:天、地、山、水、火、人(人伦)、人(言行)、人(技艺)、人(异能)、人(道术)、人(器官肢体)、人(形体)、人(生命)、人(灵魂)、人(梦)、人(变形)、人(丧葬)、人与鬼神、人(与虫鱼鸟兽)、人(与植物)、亡者(亡魂)、鬼神、精怪妖魅、佛教、灵异、鳞介、虫、禽鸟、兽、五谷、花草、树木(附竹)、果实、食物、矿物、屋室、车船、床帐、衣帛、履帽、药物、器物、武器、乐器(附音乐)、财宝、杂物;乙编为第二部分,则是按照汤普森对于世界民间故事母题的分类和编号对六朝志怪小说中的故事母题进行了分类编排,将六朝志怪小说中的故事按情节单元重新分类为神话、诸物起源、动物、禁忌、变化、法术、法宝、亡魂、神仙、奇人、奇事、事地、奇物、考验、检定、聪明人、傻瓜、机智、欺骗、预言未来、好运、坏运、奖励、惩罚、婚姻、生育、宗教等类别。

刘守华先生的《中国民间故事史》第二章"魏晋南北朝民间故事"以作品为纲,重点介绍了《列异传》中的"助人灭蝗""鲤鱼妻""人鬼相恋""宋定伯捉鬼""凶宅得宝"等故事，《搜神记》中的"人妖争斗""动物报恩""异类婚恋"等故事，《搜神后记》中的"白水素女""龙母""学道成仙""巧计药鬼""狐精报恩""虹化丈夫""斫雷公""乌衣人"等故事，《幽明录》中的"狸妇""蝼蛄报恩""新死鬼""无头英雄"等故事，《异苑》中的"獭精""宝物故事""野象报恩""道士作法降妖"等故事，《博物志》中的"天门山""八月槎"等故事，祖冲之《述异记》中的"神鸡吐金"故事，《录异记》中的"求如愿"故事等。该书的第一章"先秦两汉民间故事"部分还介绍了产生自汉代的"地陷为湖"故事在六朝时期的演变。此外，刘守华先生主编的《中国民间故事类型研究》一书中还收录了不同学者对"烂柯山""神仙考验""人鬼夫妻""鬼母育儿""宋定伯卖鬼""凶宅捉怪""螺女""蛇郎""龙子望娘"等六朝志怪小说中常见的故事类型的研究成果，这些故事类型或产生于六朝志怪小说之中，或在六朝时期有着广泛的影响。

　　祁连休先生的《中国古代民间故事类型研究》对中国古代志怪小说、逸事小说、传奇小说、笔记小说中所记录的故事进行了系统的分类和梳理，该书第九章"魏晋南北朝时期的民间故事类型"中对 68 个魏晋南北朝时期的民间故事进行了梳理，其中属于志怪故事的包括"巧卖鬼型故事""凶宅得金型故事""相思树型故事""升仙奥秘型故事""羽衣仙女型故事""牛郎织女型故事""赶山鞭型故事""五仙五羊型故事""田螺女型故事""龙子祭母型故事""黄粱梦型故事""仙窟艳遇型故事""云中落绣鞋型故事""狐精为祟型故事""动物感恩型故事""鱼腹失物型故事""斩蛇除精型故事""人兽婚配型故事""观仙对弈型故事""蛇郎娶妻型故事""两蛇相斗型故事""鹅笼书生型故事""金人现身型故事""病鬼延医型故事""紫荆树型故事"，此外该书第七章"春秋战国时期的民间故事类型"和第八章"秦汉时期的民间故事类型"中所出现的一些故事类型在六朝志怪小说中仍然不断出现并有很大影响，包括"鬼魂报冤型故事""不死药型故事""鬼欺老翁型故事""机关木人型故事""城陷为湖型故事""河伯娶妇型故事""烁身铸剑型故事""不死酒型故事""山神娶亲型故事""鲍君神型故事""石贤士型故事""鲛人泪型故事""古冢奇迹型故事"等。

　　宁稼雨先生的《先唐叙事文学故事主题类型索引》是参考了中国古代类书的分类方法对唐代以前的叙事文学作品中的故事主题类型进行的分类和索引,将全部唐代以前的故事分为7个大类,每个大类下又设小类,其中天地类下设起源、变异、灵异、纠纷、灾害、征兆、时令7个小类,神怪类下设矛盾、生活、异国、神异等22个小类,人物类下设家庭、君臣、政务等41个小类,器物类下设造物、异物、怪物等21个小类,动物类下设奇异、征兆、作祟等13个小类,事件类下设人神关系、人鬼关系、习俗等12个小类。

　　顾希佳先生的《中国古代民间故事长编》是对中国古代民间故事文本资料进行的系统整理,该书第二卷“魏晋南北朝卷”对六朝小说中的民间故事分别按照故事类别和故事类型进行了分类。在《中国古代民间故事长编》的基础之上,顾希佳先生还编写了《中国古代民间故事类型》一书,对历代文史作品中的民间故事按照“AT分类法”进行了系统的分类。其中,常见于六朝志怪小说之中的故事类型包括:“洞中奇遇获救”“猴娃娘”“两术士斗法”“喋水灭异地大火”“幻术种梨”“摄灵魂服劳役”“鹅笼书生”“遁入空瓶”“双鸟化鞋”“凶宅捉怪得宝”“神人驱石”“天鹅处女”“田螺姑娘”“凡夫与动物妻”“仙乡艳遇”“人鬼夫妻”“盘瓠娶妻”“蛇郎娶妻”“神灵娶妻”“灵物造城”“牛郎织女”“龙宫得宝或娶妻”“龙子望娘”“龙报恩”“工匠与木鸟”“宝镜照妖”“钓金牛”“知鸟兽语”“巧匠造人”“离魂情侣”“游魂回自己身躯”“梦兆应验”“留书预言”“墓碑预言”“神奇换头”“神奇换心”“神奇换脚”“鱼腹失物复得”“两蛇相斗有人相助”“相思树”“入冥复活”“人为神灵传书”“射箭助神灵战斗”“人化虎”“人化鳖”“望夫石”“死后为鬼报恩”“冥吏报恩改冥牒”“鬼上告报仇”“奇鬼作弄人”“鬼揶揄”“新鬼向老鬼学伎俩”“神仙考验门徒”“行善得金人”“观音保护无辜”“紫荆树”“转世知前生”“仙迹破迷”“怪神自破”“河伯娶妇”“狐精媚人被识破”“制伥灭虎”“降服恶龙”“预言导致陷湖”“蛇报恩陷湖”“误杀大鱼”“观棋烂柯”“宋定伯卖鬼”“精怪预言祸及自身”“不怕鬼”等。

　　在对于六朝志怪小说故事类型进行分类的研究方面,前辈的学者们已经取得了十分丰硕的成果。本书无意于再对六朝志怪小说的故事类型进行重新分类,而是希望在借鉴和参考前人成果的基础之上,对其中的某些特定故事和故事类型的情节内涵、文化意蕴和历史背景进行深入的探究和分析。鉴于六朝志怪小说独特的创作条件,大部分六朝志怪故事并非出于小说作者有意的杜撰和虚构,反而是六朝文人从史学的角度出发进行的实录之作。在其背后,体现着当时的政治、巫术、宗教、民间信仰等多种文化的交流和碰撞。对于这些故事情节和故事类型背后的文化意蕴的剖析,将有助于我们进一步了解六朝志怪小说乃至中国古代叙事文学作品背后的逻辑线索和演变规律。

第二章
六朝精怪故事与自然崇拜

　　精怪产生于人们理解自然的独特方式，即认为自然物经过较长时间可以转化为人形并具有人的思想和情感，这一观念可以追溯至远古的自然崇拜和万物有灵思想。精怪故事是六朝志怪小说的重要组成部分，李鹏飞先生在《唐代非写实小说之类型研究》一书中指出："精怪小说简而言之是指非人之物变为人的情节作为叙事核心的一类小说，它们大量出现于六朝时期，是志怪小说的一个重要组成部分。"①精怪小说的背后是精怪传说和自然信仰，鲁迅先生在《中国小说史略》中对于六朝精怪小说的成因做了如下推论："探其本根，则亦犹他民族然，在于神话和传说。"②六朝志怪小说中的精怪故事与远古先民的神话传说和原始信仰有关，探讨这些故事与自然崇拜及万物有灵思想的关系，是我们打开六朝志怪小说历史根源和文化内涵的一把钥匙。

---

① 李鹏飞：《唐代非写实小说之类型研究》，北京大学出版社 2004 年版，第 51 页。
② 鲁迅：《中国小说史略》，上海古籍出版社 1998 年版，第 6 页。

第一节　六朝志怪小说与原始信仰

六朝上承秦汉下启隋唐，是中国古代文化发展的重要转折期。六朝志怪小说中出现的大量精怪故事，正是原始自然崇拜经历了战国至秦汉的发展演变后的遗存，同时对后来唐传奇的创作也产生了极大影响。

所谓精怪，即指人形或半人形的怪物，中国古人认为精怪普遍存在于自然界之中，并会以独特的方式影响人类生活。王充《论衡·订鬼篇》中引述当时流行的说法称："物之老者，其精为人，亦有未老，性能变化，象人形。"①葛洪《抱朴子内篇·登涉》中也提到："万物之老者，其精悉能假托人形以眩惑人目而常试人。"②葛洪还列举了鹿、犬、鱼、蟹、蛇、龟、虎、狼、狐、狸、猪、兔、鸡、鼠等动物化为人，进而迷惑登山者的情况，并记录了相应的克制之法。这些观点代表了汉代以来人们对于精怪的普遍认识，六朝时期更由此衍生出了许多精怪故事。《搜神记》中记载了一则孔子与弟子在馆舍中遇精怪的故事，叙述孔子与众弟子夜晚在馆舍休息，忽然见到一个身长"九尺余"的皂衣人呼喝而来，并且捉住了子贡，子路与之大战，战胜后发现乃是大鳀鱼精。孔子称："吾闻物老则群精依之，因衰而至"，"夫六畜之物及龟蛇鱼鳖草木之属，久者神皆凭依，能为妖怪"，"故物老则为怪矣。杀之则已，夫何患焉。"③这则离奇的故事显然是出于后世的杜撰和附会，但故事中借孔子之口所说的"物老则群精依之"，"物老则为怪矣"的说法却代表了六朝时人对于精怪的普遍看法。

干宝在《搜神记》中也曾提出过类似的看法，他认为妖怪是"精气之依物者也"④。在六朝时期的人们看来，任何事物经过经年累月的积聚，就会被某些精气所凭依，最终产生自内而外的变化，并以人类的形态出现，如李丰楙先生

---

① 张宗祥：《论衡校注》，上海古籍出版社 2013 年版，第 449 页。
② 王明：《抱朴子内篇校释》，中华书局 1985 年版，第 300 页。
③ 李剑国：《新辑搜神记·新辑搜神后记》，中华书局 2007 年版，第 295 页。
④ 李剑国：《新辑搜神记·新辑搜神后记》，中华书局 2007 年版，第 165 页。

所说:"六朝社会为充满精怪、物魅等妖异气氛的中古之世,精怪、物魅变化传说流播于世。当时流行的变化观念,实基于一种变化原则:相信物与物间,并无绝对的范畴,在特殊情况异类可以互相变化。"①变化的观念是中国古人一直以来的一种思维模式,它根源于远古时期就已经出现的自然崇拜和万物有灵思想。在这种观念影响之下,人们普遍相信动植物经过长年累月的积累就可以变为人形,这就是六朝精怪传说的思想根源。

万物有灵思想是古代先民普遍存在的一种观念。英国人类学家爱德华·泰勒在《原始文化》一书中对世界范围内的原始先民进行了考察,得出这些原始先民大都保有万物有灵思想的观点。"万物有灵"一词源于拉丁语 Anima,本意为生命、灵魂。根据爱德华·泰勒的学说,万物有灵思想实际上就是早期的人类所相信的自然万物都和人类一样拥有灵魂,这些灵魂和人一样可以思考甚至拥有感情的思想。爱德华·泰勒认为万物有灵的观念以灵魂学说为基础,在原始人看来,世间的万事万物都是有灵魂的,这些灵魂是宇宙的组成部分,万物有灵的信仰包含着两个重要的层面,一是人死后仍会以灵魂的形态存在,二是万物的精灵本身蕴藏着超自然的力量。②

在万物有灵思想的影响之下,原始先民对于人形或半人形的精怪的认识接近于自然神或神性自然的面目。先秦时期,人们普遍将神化的自然称为"魑魅魍魉",《国语·鲁语》中称:"木石之怪曰夔、蝄蜽,水之怪曰龙、罔象。"③《汉书》卷九十九《王莽传》颜师古注则称:"魑,山神也。魅,老物精也。"④《文选》卷二十八陆机《挽歌》李善注引杜预曰:"魑,山神,兽形。魅,怪物也。"⑤魑魅魍魉这种在后世被认为是精怪的事物,在早期人们的认识中却被认为是"山神",

---

① 李丰楙:《神化与变异——一个"常与非常"的文化思维》,中华书局 2010 年版,第 232 页。
② 【英】爱德华·泰勒:《原始文化:神话、哲学、宗教、语言、艺术和习俗发展之研究》,连树生译,广西师范大学出版社 2005 年版,第 349—350 页。
③ 徐元诰:《国语集解》,中华书局 2002 年版,第 191 页。
④ 【汉】班固:《汉书》,中华书局 1962 年版,第 4112 页。
⑤ 【南朝梁】萧统:《文选》,上海古籍出版社 1986 年版,第 1335 页。

带有自然神的属性，由此可见精怪最初来源于神化了的自然界，并且最初是以神的面目出现在人类的原始信仰之中的。

万物有灵的思想最终衍生出了自然崇拜。自然崇拜也称自然信仰，乌丙安先生认为："自然崇拜是人类社会发展史上最为普遍的共同信仰形式。"①王小盾先生也认为："所谓自然信仰，指的是一种认为自然物和自然力具有生命、意志以及伟大能力的信念。"②中国古代的典籍中记载了大量的先秦时期人们对于自然神的信仰、祭祀与崇拜的内容，《礼记·祭法》云："山林川谷丘陵，能出云，为风雨，见怪物，皆曰神。有天下者祭百神。"③陈梦家先生在《殷墟卜辞综述》中将殷商时期人们祭祀的神灵分为天神、地示和人鬼三类，其中绝大部分都属于自然神。这些自然神又与人间的风雨祸福相关联，如《左传·昭公元年》中所说："山川之神，则水旱疠疫之灾于是乎禜之。"④即是将对于自然神的祭祀与人间的灾害祸福联系在一起。

但是，随着儒家思想的深入传播以及王权统治的需要，自东汉时期开始，许多地方官吏从儒家伦理道德的观点和维持统治秩序的需要等方面出发，将地方上的自然神信仰归为淫祀，采取禁除的态度。《后汉书》卷四十一《宋均传》载浚遒县地方百姓多信山神，地方巫师以百姓男女为公姬祭祀山神，宋均到任后下令祭祀山神必须用巫家人，于是山神的祭祀活动遂绝。同卷《第五伦传》载会稽地区百姓盛行淫祀，百姓时常以牛祭神，对当地的农业生产造成破坏，第五伦到任后宣布巫祝有诈称鬼神者皆下狱，百姓有擅自屠杀牛只者皆受罚。经过东汉官吏的整顿，许多地方的淫祀活动逐渐禁除。

地方统治者对于地方自然信仰的禁除活动在志怪小说中也有所体现，《搜神记》中的"度硕君"故事即属此例，该故事叙述袁绍时冀州有神名"度硕

① 乌丙安：《中国民间信仰》，上海人民出版社 1996 年版，第 15 页。
② 王小盾：《原始信仰和中国古神》，上海古籍出版社 1989 年版，第 17 页。
③ 李学勤主编：《十三经注疏·礼记正义》，北京大学出版社 1999 年版，第 1296 页。
④ 杨伯峻：《春秋左传注》，中华书局 2009 年版，第 1219—1220 页。

君"，远近有求者多灵验，曹操平灭袁绍后，在度硕君庙旁田猎，捕获一物，"大如麞，大足，色白如雪，毛软滑可爱"，其夜，有人闻哭声云："小儿出行不还"，曹操次日命人带着数百头猎犬闯入庙中，"见有物大如驴，自投楼下。犬杀之，庙神乃绝。"①度硕君的本体是一头鹿，被当地人当作神明来祭拜，并有关于度硕君灵验的传说，显然是一种当地流行的自然神信仰。曹操杀度硕君故事的背后，实际上是作为新兴统治者的军阀曹操出于维护统治秩序的需要，对地方的自然神信仰进行了剪除和禁绝的一种隐喻。曹操本人对民间俗祀一直采取禁绝的态度，早在他担任济南相之时就曾采取雷霆手段禁除当地的城阳景王信仰。曹操杀度硕君的传说反映了曹操也曾对当年袁绍统治的河北地区的民间自然神信仰实行禁除。

在统治者和地方官吏的禁除活动之下，那些原本在民间受到崇拜和祭祀的地方自然神在民间传说中遂转变为作祟的妖物和为祸的精怪。《后汉书》卷五十七《栾巴传》载栾巴为豫章太守时，"郡土多山川鬼怪，小人常破赀产以祈祷"，栾巴声称自己精通道术，能役使鬼神，并以此为号召对当地的自然神信仰进行禁除。《搜神记》中的一则故事叙述三国吴时葛祚为衡阳太守，当地百姓为江中神木立庙，祈祷神木不要伤害过往船只，葛祚命人准备斧头砍伐神木，"其夜，庙保及左右居民，闻江中汹汹有人声非常"，次日，人们发现神木已经"沿流流下数里，驻在湾中。自此行者无复倾覆之患"②。"栾巴"故事中的山川鬼怪和"葛祚"故事中的江中神木都是当地民间信仰中的自然神，栾巴和葛祚通过行政手段禁除了这种信仰，在故事中则变为自然神惧怕地方官吏而主动逃离的情节。

六朝时期佛教、道教的大规模传播也对地方传统的自然神信仰造成冲击。佛教本就有将其他宗教信仰中的神明视为邪魔歪道和妖精鬼怪的传统，

① 李剑国：《新辑搜神记·新辑搜神后记》，中华书局 2007 年版，第 300 页。
② 同上，第 430 页。

进入中国以后也同样将中国本土的地方自然神信仰中的神明视为精怪。《高僧传》卷十一载僧人帛僧光来到石城山传法，当地民众称山中有山神猛兽，帛僧光遂独自进入山中，至一石室，山神化作猛虎毒蛇前来惊吓，帛僧光不为所动，山神无奈，"自言移往章安县寒石山住，推室以相奉"[①]。这一故事含蓄地表现了佛教取代了地方的自然神信仰的情况。

除佛教以外，许多道士也把诛除妖物作为自神其教的方式，而所谓妖物大部分都是民间信仰中的自然神。《列异传》载汝南曾有妖物穿着太守服诣府门击鼓，道士费长房以书敕之，妖物遂化作老鳖，以颈绕陂而死。《抱朴子·内篇·登涉》中也记载了道士戴昺以越章封泥投深潭中，将潭中行病于人的大鼋精咒杀，病者遂愈的故事。《异苑》卷八中记载姑苏有白衣白冠男子骚扰居民，术士赵晃咒杀之，乃是大白蛇精。随着道教信仰和道士活动的不断频繁，许多原本地方民间信仰中的自然神都被当作妖物诛除和斩杀，从而造成自然神信仰被道教信仰所取代的情况。

在地方自然神信仰逐渐消失的背景之下，民间信仰中的自然神形象逐渐发生了异化，有关这些自然神的传说也转变为精怪故事。六朝时期出现了大量的表现人化的动物精怪与普通人之间交合婚配的"异类婚配"故事，成为六朝志怪小说的一个重要的故事类型。在六朝志怪小说中的"异类婚配"故事中，动植物所化的异类精怪大多通过迷惑、勾引甚至抢夺的方式来与人类青年男女发生婚配行为，此类故事中通常还会包含动植物或人化的动植物与人类结合并繁衍后代的情节，通过分析我们会发现这些精怪故事的背后有着更为深远的历史文化内涵。

"异类婚配"故事很早就进入了故事类型学研究的视野，丁乃通先生《中国民间故事类型索引》中将此类故事编入"AT分类法"中编号为AT400的"超自然的或中了魔的丈夫（妻子）或其他亲属"类型中，并设定编号为"AT400D

---

① 【南朝梁】释慧皎：《高僧传》，中华书局1992年版，第402页。

其他动物变的妻子";祁连休先生《中国古代民间故事类型研究》中将此类故事定名为"人兽婚配"故事;顾希佳先生《中国古代民间故事类型》中则将此类故事称为"凡夫与动物妻"故事。此类"异类婚配"故事的背后,正是中原人对于少数民族图腾信仰的异化式解读,《酉阳杂俎·境异》中解释周边民族由来时就引述了这样一个故事:"帝女子泽,性妒,有从婢,散逐四山,无所依托。东偶狐狸,生子曰姎。南交猴,有子曰溪。北通貜猭,所育为伧。"①所谓"偶狐狸""交猴""通貜猭",都是站在中原正统的视角去解读少数民族图腾信仰而得出的结论。

"异类婚配"故事的背后是图腾信仰的遗存,如六朝时期十分流行的有关人鸟婚恋的"姑获鸟"故事,其源头可以追溯至商周时期的玄鸟信仰。而如"猴貜抢妻"故事以及"盘瓠"故事中出现的人类女子与猴或狗等动物婚配进而衍生出某一族群的传说,也明显带有图腾信仰的印记。与后世流行的精怪传说不同,早期的"异类婚配"故事中与人类婚配的动物大多仍然保持着动物的形态,如"猴貜抢妻"故事中的猴貜以及"盘瓠"故事中的狗都没有以人类的形象出现。不过,这类人与动物结合的"异类婚配"故事显然并不符合儒家的伦理观和价值观。因此,在后世的发展过程中,大量与图腾信仰有关的"异类婚配"故事转变为精怪魅人的地方传说,并且成为六朝志怪小说中精怪故事的主要题材。

早期"异类婚配"故事中,故事的重点是动物与人类女子结合而形成了某一族群,而后期的"异类婚配"故事中故事的重点变为人形的精怪与人类媾和的香艳情节。此类故事大致可以分为两种叙事模式:一种模式通常表现女妖化为人形魅惑人类男子,如《列异传》载彭城某男子被精魅所迷,精魅化作其妻与之寝处,男子夜半惊悟,取火照之,精魅遂化作一鲤鱼;《甄异传》载杨丑奴于章安湖拔蒲草,忽见一美貌女子前来登船,杨丑奴遂与之共寝,寝处时觉

---

① 许逸民:《酉阳杂俎校笺》,中华书局 2015 年版,第 424 页。

其气息有异,女子径入水中变为水獭。另一种模式通常表现男妖化为某人的形象去魅惑其妻子,最终被术士或正牌的丈夫所揭穿的情节,如《异苑》中的一则故事叙述广陵女子张道香送其夫婿北行,至夜又见其夫婿前来就寝,家人请来术士驱邪,术士"始下一针,有一獭从女被内走入前港,道香疾便愈"①。《幽明录》中的一则故事叙述临淮朱综为母守丧,于户外独居,其妻却每夜见其前来就寝,朱综心知是魅,便设计将其捉住,"此物不得去,遽变小白雄鸡。推问是家鸡,杀之遂绝。"②

除"异类婚配"故事以外,六朝志怪小说中还有很多其他与精怪有关的故事类型,这些故事类型的背后也与自然崇拜有关。在早期的自然崇拜和自然信仰盛行的时候,人们相信自然神可以影响甚至改变人们的生活,因此要对自然神进行祭祀。但是,随着这种信仰的消失,后世的传说中这种影响就变为精怪主动干预人的正常生活的情节,并由此产生了一系列精怪作祟的传说。这些作祟的精怪,其背后是异化了的万物有灵观念中的精灵和自然神信仰中的神明。六朝志怪小说中经常出现的精怪作祟故事中的精怪形象以树妖、虎怪、狐精以及一些家中常见器物所化精怪为主。

精怪作祟故事的背后,也有着地方巫师态度转变的因素。早期的巫师本是自然神信仰的维护者,在许多史传和志怪小说中都可以见到巫师以自然神信仰为依托立庙自神的记载。但是,随着六朝时期自然神信仰逐渐转变为精怪作祟的传说,巫师也顺势将自己塑造成为利用巫术诛除精怪的术士。《异苑》卷八记载一则巫师祛除精怪的故事,叙述武昌女子出嫁时突然发疯,当地巫师称是邪魅所为,武昌太守张春认为巫师妖言惑众,命令巫师限期捉拿妖魅,巫师"遂击鼓以术咒疗",次日有大青蛇、大白鼍及大龟前来服罪,巫师称:"蛇是传通,龟是媒人,鼍是其对",并以三物向张春展示,"春始知灵验"③。故

---

①　【南朝宋】刘敬叔:《异苑》,中华书局 1996 年版,第 78 页。

②　鲁迅:《鲁迅辑录古籍丛编·古小说钩沉》,人民文学出版社 1999 年版,第 265 页。

③　【南朝宋】刘敬叔:《异苑》,中华书局 1996 年版,第 77 页。

事中地方的巫师在地方官吏的逼迫之下,不得已将自己塑造成为诛除精怪的术士,这一转变进一步加快了自然神信仰的衰落和精怪作祟故事的流行。

综合来看,六朝时期十分流行的"异类婚配"和"精怪作祟"故事,其源头都可追溯至远古以来的自然神崇拜和图腾信仰。但是,随着儒学的发展和佛教、道教的传播,远古自然神崇拜和图腾信仰中的很多内容或因不符合儒家的伦理道德习惯,或因阻碍了佛教和道教的传播,最终都被改编为精怪故事。

第二节　"精怪作祟"故事与自然神的异化

"祟"即神明或鬼怪引起的疾病和灾祸,《说文解字》中将"祟"字解释为"神祸也"①,《论衡·辨祟篇》则引述当时俗说称:"世俗信祸祟,以为人之疾病死亡,及更患被罪,戮辱欢笑,皆有所犯。"②在"万物有灵"思想的影响下,中国古人普遍相信人的行为会引起鬼神尤其是自然神的不满,这些鬼神会以疾病灾祸的形式降祸于人,这就是所谓的"祟"。《左传·哀公六年》载楚昭王有疾,"卜曰:'河为祟。'"③《史记》载秦二世"梦白虎啮其左骖马","卜曰:'泾水为祟。'"④先秦秦汉时期,人普遍认为人的疾病是由山川河流的自然神作祟所致。到了六朝时期,"祟"的含义进一步变化和扩大,普通百姓更多地用这一概念借指冤魂或精怪对人的伤害,《太平御览》卷七百七十一引《临海记》称:"此处多山精水祟,不可轻陟。"⑤其中即将"祟"与精怪联系在一起。六朝志怪小说中也出现了大量关于"精怪作祟"的故事,其背后正是自然神信仰的衰落和异化。

---

① 【汉】许慎:《说文解字》,中华书局 1963 年版,第 9 页。
② 张宗祥:《论衡校注》,上海古籍出版社 2013 年版,第 485 页。
③ 杨伯峻:《春秋左传注》,中华书局 2009 年版,第 1636 页。
④ 【汉】司马迁:《史记》,中华书局 1950 年版,第 273 页。
⑤ 【宋】李昉:《太平御览》,中华书局 1960 年版,第 3417 页。

一、"伐树遇妖"故事与树神信仰的异化

树在世界多种文化的原始时期都具有独特含义,爱德华·泰勒在《原始文化》中列举了世界各地关于树的崇拜事例,并提出树神崇拜与万物有灵信仰有着密切的联系,原始先民多将树神看作如同"有意识的个人",并认为树神能够左右人们的吉凶祸福。[1]我国许多少数民族地区至今还保留着树神崇拜的习俗,如在我国云南地区傣族的村落里,会保留一棵巨大的青树,并在下面搭建一座小屋,作为树神的居所。

在中国,树在上古时期也扮演着神明的角色,《墨子·明鬼》中记载夏、商、周三代建国之初选择国都时,"必择木之修茂者"[2],《周礼·地官》中记载大司徒的职责包括选择合适的树木立为社稷之"田主"[3],其思想源头都可以追溯至上古的社树信仰。《庄子·人间世》中记载了某地保存着巨大栎社树的情景,称其"大蔽数千牛","观者如市"[4],正是先秦时期地方树神信仰的写照。社是古代祭祀祖先和神灵之处,作为宗教符号被赋予了神性,而社中作为标志的树木自然也带有了神性。先秦时期的社树信仰是一种普遍存在于社会各阶层中的自然神崇拜形式。

但是,这一状况在汉代发生了变化。随着大一统王权政治和儒学独尊局面的形成,地方的自然神崇拜普遍被当作淫祀活动受到了打压,而社树崇拜由于其普遍性则首当其冲地成为打压的重点对象。东汉以后,树木及其人化的形象不再被当作神明受到崇奉,而是被当作鬼怪妖物遭到攘除乃至杀伐,由此衍生出了许多"伐树遇妖"的故事,其中又以"怒特祠"故事最具代表性。

---

① 【英】爱德华·泰勒:《原始文化:神话、哲学、宗教、语言、艺术和习俗发展之研究》,连树生译,广西师范大学出版社 2005 年版,第 662 页。

② 吴毓江:《墨子校注》,中华书局 1993 年版,第 340 页。

③ 李学勤主编:《十三经注疏·周礼注疏》,北京大学出版社 1999 年版,第 242 页。

④ 【清】郭庆藩:《庄子集释》,中华书局 1981 年版,第 170 页。

"怒特祠"故事在六朝时期的多部志怪作品中都有记载,其源头可以追溯至先秦时期秦国的地方信仰,《史记·秦本纪》载:"(秦文公)二十七年,伐南山大梓,丰大特。"《史记集解》引徐广曰:"今武都故道有怒特祠,图大牛,上生树本,有牛从木中出,后见于丰水之中。"①这件事在当时被认为是树神显圣的征兆,人们还特地建了怒特祠供奉大梓牛神。

但是,到了六朝志怪小说中,"怒特祠"的故事却发生了变化。《列异传》《搜神记》等书中都记载了此故事,但伐树遇牛的过程却被增加了许多神奇怪异的细节,叙述的重点也由秦文公伐树遇神牛的情节变为树精为祟却最终被制服的情节。在六朝志怪小说的"怒特祠"故事中,梓树遭到砍伐后,"随创愈合,经日不断",秦文公命令四十名兵士同时伐树,仍然不能伐断,其中一名士卒脚痛,于树下休息,却听到了鬼神与树神的言论,鬼神对梓树说:"赭衣灰坌,子如之何?"梓树默然。士卒以所听到的言论告知秦文公,秦文公遂命人"衣赭,随斫创坌以灰。树断,化为牛。使骑击之,不胜。或坠于地,髻解被发,牛畏之,乃如水,不敢出"②。"赭衣披发"是汉代巫师作法时的装扮,故事中梓树所化之牛却畏惧赭衣披发之人,可见六朝时期人们已经将树神妖魔化。在《史记正义》所引南朝梁、陈之间成书的志怪小说集《录异传》中也记载了这一故事,但《录异传》中降服梓树所化神牛的方法与《搜神记》不同,乃是"使人被发,以朱丝绕树"③。这一差异或许出于民间传说在流传过程中的嬗变。值得注意的是,"以朱丝绕树"的方法实际上也是一种除祟的巫术,先秦秦汉时期人们在日食时进行除祟仪式时通常会使用这一方法,《春秋公羊传·庄公二十五年》中记载日食时人们会"以朱丝营社"④,即用红色丝线缠绕社树的方法来祛除日食,而日食在先秦秦汉时期则普遍被认为是自然神作祟。《魏书·刘芳传》

① 【汉】司马迁:《史记》,中华书局1950年版,第180页。
② 李剑国:《新辑搜神记·新辑搜神后记》,中华书局2007年版,第268页。
③ 【汉】司马迁:《史记》,中华书局1959年版,第180—181页。
④ 李学勤主编:《十三经注疏·春秋公羊传注疏》,北京大学出版社1999年版,第171页。

中也记载人们遇到"日有变"之时，便会"以朱丝为绳，以绕系社树三匝"①，可见这种仪式至六朝时期仍然被人们所使用。"以朱丝绕树"这一驱邪除祟的方法是阴阳五行思想与民间巫术结合的产物，其原理在于用象征阳气的朱丝限制象征阴主的社树的活动，以改变造成日食的阳气不足的局面。"怒特祠"故事中用这一方法克制树神，正是树神作为原本受到崇拜的自然神逐渐变为作祟的精怪和妖物的一种体现。

树精化为牛妖作祟的故事在六朝志怪小说中多有出现。《玄中记》中的一则故事叙述汉桓帝时有青牛从河中奔出，径直来到汉桓帝的身旁，当时的太尉何公用手托住牛足，拔出斧头将其杀死，当时人却以为"此青牛是万年木精也"②。除青牛外，六朝时期人们相信树木日久成精以后还可以化作青羊、青犬或青人，《抱朴子·内篇·对俗》引《玉策记》及《昌宇经》称："千岁松树……其中有物，或如青牛，或如青羊，或如青犬，或如青人，皆寿万岁。"③传说中树精可以化为长寿的动物形或人形的精怪，这是当时自然神信仰的一种表现形式。但是随着自然神信仰的衰落，本来作为守护神的树神故事变为了"伐树遇妖"的精怪传说。

六朝志怪小说中也出现了树精化为人形或狗形妖物的故事情节。《搜神记》中的一则故事叙述三国时魏桂阳太守张辽买田，田中有大树，张辽使人伐树，"斧数下，树大血出"，张辽继续伐树，树洞中忽然出现四五尺长白头老公，张辽以刀格杀之，"诸人徐视，似人非人，似兽非兽"，时人以为即所谓"木石之怪夔蝄蜽者"④。《搜神记》中的另一则故事叙述三国吴时建安太守陆敬叔砍伐门前大樟树，树上"忽有血出。至树断，有一物人头狗身，从树穴中出走"，陆敬叔称此物为"彭候"，并"烹而食之"⑤。这两则故事中都出现了伐树出血的情

---

① 【北齐】魏收：《魏书》，中华书局 1974 年版，第 1225 页。

② 鲁迅：《鲁迅辑录古籍丛编·古小说钩沉》，人民文学出版社 1999 年版，第 457 页。

③ 王明：《抱朴子内篇校释》，中华书局 1985 年版，第 47 页。

④ 李剑国：《新辑搜神记·新辑搜神后记》，中华书局 2007 年版，第 270 页。

⑤ 同上，第 267 页。

节,六朝时期人们相信砍伐树木时如果有血涌出,就是树木成为精怪的标志,《太平御览》卷四十八引荀伯子《临川记》云:"有枫树及数千年者,如人形,眼鼻口全而无臂脚,入山往往见之,或斫之者,皆出血,人以篮冠其头,明日看,辄失篮。俗名枫子鬼。"①

与"怒特祠"故事相比,《搜神记》中的几则"伐树遇妖"故事虽然在情节上与"怒特祠"故事有相似之处,但故事的结局却大不相同:"怒特祠"故事中秦文公为大梓树所化神牛立祠,后世多有祭祀;《搜神记》中的两则故事中张辽将树精所化白头老公杀死,而陆敬叔则将大樟树所化狗怪"彭候""烹而食之",完全没有将其视为神物。从这一变化之处也可看出,六朝时期人们对"伐树遇妖"故事中的树神已失去敬畏之心,完全将其视为作祟和为祸的妖物。"彭候"故事中树精化狗的情节并非偶然,三国时期东吴地区民间存在着将树与狗相联系的习俗,《晋书·杜预传》载杜预率军攻打江陵时,吴人得知杜预得了瘿病,就"以瓠系狗颈示之,每大树似瘿,辄斫使白,题曰:'杜预颈'。"②结合"彭候"故事的情节,吴人"以瓠系狗颈"和"斫树瘿"的背后似乎并非单纯是为了羞辱杜预,更像是存在着某种将树与狗相联系的民间传说或巫术习俗。可惜江陵城破之后,杜预将羞辱他的人全部杀死,这一法术的实际内涵也并没能够流传下来。

树神本是自然神信仰的代表,远古时期一直是作为地方的保护神而存在,并在巫教文化中发挥着重要的作用。在六朝时期的某些志怪故事中,树木还保存着自身的神性,如《搜神记》所载的"树神黄祖"故事,叙述庐江有一大树,常有数千黄鸟于其上筑巢,某夜寡妇李宪忽见一绣衣人自称树神黄祖,并兴云作雨解决了当地的旱灾,当地百姓遂为其立祠,其后,"袁术、刘表相攻,龙舒之民皆流亡,唯宪里不被兵"③。树神黄祖传说的出现正是当地树神信仰

---

① 【宋】李昉:《太平御览》,中华书局1960年版,第236页。
② 【唐】房玄龄:《晋书》,中华书局1974年版,第1030页。
③ 李剑国:《新辑搜神记·新辑搜神后记》,中华书局2007年版,第122页。

尚有留存的一种体现,当地百姓有了树神的保护可以免遭刀兵之害,正是将树神视为地方的保护神的信仰的遗存。在有些故事中,树神甚至可以为人服务,《搜神记》中记载的一则故事叙述豫章聂友少时好射猎,曾射中一头白鹿,白鹿负伤逃走,聂友寻血迹追至一梓树下,却见所射之箭在梓树之上,聂友还家,邀子侄共同砍伐梓树,"树微有血。遂裁截为二板,牵着陂塘中",此后每当二板浮出水面,聂友家中便有吉庆或灾祸。这则故事中的梓树可以变化为白鹿,被砍伐后出血,做成木板后又能预言吉凶祸福,这些内容都体现着树神的自然神属性。但梓树最终被人类砍伐做成木板的结局,象征着自然神信仰的衰落。

随着汉代以后自然神信仰的逐渐衰落,树神显圣的故事也逐渐被树妖作祟的故事所取代。南北朝时期的志怪小说中经常出现树妖作祟的故事,《异苑》卷八中的一则故事叙述松阳人赵翼砍伐山上的桃树,有血流出,又听到"空中有语声,或歌或哭"①,赵翼家中小儿子忽然无故失踪,十余日后才回家,家人皆以为是树妖作祟,此后树妖稍有不满,便将赵翼家小儿子置于舍北大枫树上。《幽明录》中的一则故事叙述京兆人董奇家中庭院前有一棵大树,一日忽然有一人前来拜见,自称"承云府君",又称"某第三子,有隽才,方当与君周旋",此后树下便常有一少年与董奇嬉闹索食,如此半年之后,家中仆人将院中大树砍伐,"神亦自尔绝矣"②。这些树妖作祟故事的流行,预示着树神信仰最终朝着精怪传说的方向演化,成为人们禁制的对象,如《抱朴子·内篇·登涉》中即记载了禁制树精的方法:"山中有大树,有能语者,非树能语也,其精名曰云阳,呼之则吉。山中夜见火光者,皆久枯木所作,勿怪也……见秦者,百岁木之精。"③

"怒特祠"故事中还有一个有趣的细节,即某人通过偷听鬼神的对话而知

① 【南朝宋】刘敬叔:《异苑》,中华书局 1996 年版,第 76 页。
② 鲁迅:《鲁迅辑录古籍丛编·古小说钩沉》,人民文学出版社 1999 年版,第 248 页。
③ 王明:《抱朴子内篇校释》,中华书局 1985 年版,第 304 页。

晓制服妖物的手段这一故事情节。随着树妖故事的流行,这一情节在六朝志怪小说中又衍生出了新的故事类型,《异苑》中的一则故事叙述三国吴时有人捕获一头大龟,打算献给孙权,进献的途中听到大龟与老桑树对话,大龟称:"尽南山之樵不能溃我",桑树却称诸葛恪博学多识,必然知道烹煮大龟的办法,到时候恐怕会祸及桑树自己,孙权得到大龟,果然命人煮龟,"焚柴万车,语犹如故",诸葛恪建议以老桑树煮龟,"龟乃立烂"①。树与龟都是古代自然神信仰中经常出现的动物,六朝时期又都成为精怪的代表,以树煮龟故事的出现,隐喻和象征了自然神信仰的衰落。自此以后,大量的自然神传说转变成为精怪故事,故事中的动植物形象也由原本万物有灵思想下形成的神明转变为作祟害人的精怪。

二、"虎伥"故事与虎神信仰的衰落

虎作为一种自古生活在中国境内的大型猛兽,在远古时期的中国文化中曾经扮演过十分重要的角色。中国境内许多早期的民族都曾将虎视为神明,并衍生出了虎神的信仰。秦汉以后,随着铁器的流行,人们制服猛虎的能力也不断增强,虎逐渐由不可挑战的神明变为为祸地方的猛兽。六朝时期出现了大量虎妖作祟的故事,其中又以"虎伥"故事最具代表性。"虎伥"故事虽起源于六朝时期,却与汉代以来流传的"人化虎"故事有密切的关系。从历史根源的层面看,二者皆来源于上古西南地区的虎神信仰,随着虎神信仰的消亡,与虎神有关的传说逐渐转化为"人化虎"的奇异故事,最终又演化成为"虎伥"故事。

目前所见最早的"虎伥"故事是《异苑》中的两则,《异苑》卷六载"亡妇免夫"故事:

① 【南朝宋】刘敬叔:《异苑》,中华书局1996年版,第22页。

晋时会稽严猛妇出采薪,为虎所害。后一年,猛行至蒿中,忽见妇云:
"君今日行,必遭不善。我当相免也。"既而俱前。忽逢一虎,跳踉向猛。猛
妇举手指扨,状如遮护。须史,有一胡人荷戟而过。妇因指之,虎即击胡。
婿乃得免。①

又《异苑》卷三载"虎标"故事:

武陵龙阳虞德流寓溢阳,止主人夏蛮舍中。忽见有白纸一幅长尺余,
标蛮女头,乃起扳取。俄顷,有虎到户而退,寻见何老母摽如初。德又取
之,如斯三返,乃具以语蛮。于是相与执杖伺候,须臾虎至,即格杀之。②

这两则故事中的"严猛妇"和"何老母"即为虎伥,但与后世流传的其他
"虎伥"故事所不同的是,这两则故事中被虎杀死的人在帮助老虎杀人的同
时,还可以左右老虎的行动。在第一则故事中,严猛妇举手遮护,虎即不吃严
猛。而在第二则故事中,虎只敢吃何老母所标之人,未见标记则"到户而退",
不敢择他人而食。可见在早期的"虎伥"故事中,虎伥并不仅仅是虎的仆从,还
有役使老虎的能力。

"虎伥"故事的出现与汉代以来流传的"人化虎"故事有着密切的关系。今
所见最早的"人化虎"故事是见于《淮南子》和《论衡》的公牛哀化虎故事,《淮
南子·俶真篇》载:"昔公牛哀转病也,七日化为虎,其兄掩户而入觇之,则虎搏
而杀之。"高诱注称:"江淮之间,公牛氏有易病,化为虎,若中国有狂疾者,发
作有时也。"③从高诱的注解我们可以知道,和"虎伥"故事相似,"人化虎"故事

---

① 【南朝宋】刘敬叔:《异苑》,中华书局1996年版,第54页。
② 同上,第16页。
③ 何宁:《淮南子集释》,中华书局1998年版,第99页。

最初也产生于属于长江流域的江淮地区,因此可以推测此类故事与"虎伥"故事有着相同的源头。

南北朝时期,"人化虎"故事开始大量出现。《异苑》载此类故事三则,其中"社公令作虎"条叙述广陵太守郑袭化虎故事,"吏变三足虎"条叙述豫章郡吏易拔化虎故事,"神罚作虎"条叙述鄱阳桓阐化虎故事。考察这三则故事的发生地,皆在长江流域。《齐谐记》载此类故事两则,其一叙述江夏郡安陆县薛道询化虎食人故事,其二叙述东阳郡太末县吴道宗母变虎故事。江夏郡在今湖北,东阳郡在今浙江,同样皆在长江流域。《述异记》载此类故事三则,其一叙述汉宣城太守封邵化虎食民故事,其二叙述南康平固人黄苗于宫亭湖庙祈愿未还而受罚化虎故事,其三叙述南康民伍考之杀猴而遭神罚化虎食人故事。考宣城在今安徽,南康在今江西,也同样都是在长江流域。

考察"人化虎"故事与"虎伥"故事的关系,可以发现二者有许多相合之处。首先,两者的主要发生地一致,"人化虎"故事几乎都发生于江淮地区,而"虎伥"故事的主要发生地也是以湖南为中心的江淮流域。其次,发狂疾是人变虎的一个重要原因,"公牛哀"故事中公牛哀化虎的原因即是狂疾发作,而虎伥中"伥"字的本意即为狂,《说文解字》解"伥"字称:"伥,狂也。"段玉裁注称:"狂者,狾犬也。假借为人狂之称。"①据此,则伥字本身即有人发狂之意,与"人化虎"故事中人得狂疾而化为虎的情节相吻合。第三,在人化虎的故事中,化虎的方式通常是"见人以虎皮衣之"即化为虎,如《异苑》所记桓阐化虎时即"见人以斑皮衣之,即能跳跃噬逐",这与"荆州人"故事中伥鬼使人化虎的方式恰好吻合。由此可见,"虎伥"故事与"人化虎"故事之间有着密切的关系。

六朝时期流传的绝大部分的"人化虎"故事都源于主人公触怒了神明,如《异苑》所载"社公令作虎"和"神罚作虎"故事即是因为主人公得罪社公或山神而受罚化虎,《述异记》所载"黄苗"故事因主人公请愿却未还愿而受罚化

---

① 【清】段玉裁:《说文解字注》,浙江古籍出版社1998年版,第378页。

虎,"伍考之"故事则因主人公杀怀孕母猴而触怒神明受罚化虎。正如普罗普所说:"故事保留了相当多的仪式与习俗的痕迹:许多母题只有通过与仪式的对比才能得出其起源学的解释。"①从"人化虎"故事的情节来看,由于主人公触怒了神明遭罚化虎这一类型的故事应与盛行于长江流域的某种以地方神明信仰为基础的民间信仰有关。

关于这种信仰的来源,《搜神记》中的一则故事向我们提供了较为明确的信息。《搜神记》中记载了"貙人"故事:

> 江汉之域有貙人。其先廪君之苗裔也,能化为虎。长沙所属蛮县东高居民,曾作槛捕虎。虎槛发,明日众人共往格之,见一亭长,赤帻大冠,在槛中坐。民因问:"君何以入此中?"亭长大怒曰:"昨忽被县召,夜避雨,遂误入此中耳。急出我。"民曰:"君见召,必当有文书?"即出怀中召文书,于是即出之。寻视之,乃化为虎,上山走。俗云:"貙虎化为人,好着葛衣,其足无踵,虎有五指者皆是貙。"②

这则故事向我们解释了这种能化人的虎是"廪君之苗裔",且其活动地域是"江汉之域",而故事的发生地正是湖南长沙,与"虎伥"故事和"人化虎"故事的发生地一致。由此可见,廪君及其所代表的虎神信仰是我们解开"虎伥"故事诞生的历史根源的关键。

长江流域的虎神信仰分布非常广,在很多少数民族聚居地都有虎神的信仰,而其中最为独特的当属廪君信仰。廪君为古巴族祖先,其死后有化白虎的传说。廪君其名,学者多认为即是虎君之讹。汉扬雄《方言》记载:"虎,陈魏宋楚之间或谓之李父,江淮南楚之间谓之李耳"。③"李父""李耳"都是土家语词,

---

① 【俄】普罗普:《神奇故事的历史根源》,贾放译,中华书局 2006 年版,第 10 页。
② 李剑国:《新辑搜神记·新辑搜神后记》,中华书局 2007 年版,第 343 页。
③ 华学诚:《扬雄方言校释汇证》,中华书局 2006 年版,第 537 页。

在今湘、鄂西尚存的土家语中,仍称虎为"李",称公虎为"李爸"、母虎为"李尼夹"。后世"李"字又音转为"廪",故有"廪君"之称。

关于廪君,《世本·氏姓篇》载:"廪君之先,故出巫诞。巴郡南郡蛮,本有五姓:巴氏、樊氏、曋氏、相氏、郑氏,皆出于五落钟离山。"①廪君巴族的发祥地五落钟离山的位置,《太平寰宇记》卷一四七"长阳县"条云:"武落钟山一名难留山,在县西北七十八里,本廪君所出也。"②长阳县在今湖北清江流域。又《太平御览》卷一百七十一引唐梁载言《十道志》云:"故老云,楚子灭巴,巴子兄弟五人流入黔中,汉有天下,名曰西、辰、巫、武、沅等五溪,为一溪之长,故号五溪。"③由此可知,廪君族人被楚人击败,离开武落钟离山,转而流寓到今湖南的五溪地区。

廪君与"虎伥"故事的关系在于廪君死后化白虎的传说以及人们祭祀廪君的方式。《后汉书·西南夷列传》载:"廪君死,魂魄世为白虎。巴氏以虎饮人血,遂以人祠焉。"④巴人很早的时候即有以人祭祀祖先廪君所化虎神的传统,此传统的起源即是廪君魂魄化为白虎的传说。这种习俗延续了很长时间,南宋朱熹注《楚辞·招魂》时说:"南人常食蠃蚌,得人之肉,则用以祭神,复以其骨为酿为酱而食之,今湖南、北有杀人祭鬼者,即其遗俗也。"⑤

长江中游流域是廪君族人活动的主要地区,现今生活在湘鄂川黔地区的土家族人一般被认为即是廪君后人,而这些地域恰好与"虎伥"故事和"人化虎"故事的主要发生地相吻合。在这些地区至今仍广泛流传着廪君化白虎的传说,有记载称中华人民共和国成立前部分地区仍有以人祭祀白虎的习俗。土家人祭祀白虎又有"坐堂白虎"和"过堂白虎"之分,每户都要设一个白虎坐

① 【汉】宋衷:《世本八种》,商务印书馆 1957 年版,第 333 页。
② 【宋】乐史:《太平寰宇记》,中华书局 2007 年版,第 2864 页。
③ 【宋】李昉:《太平御览》,中华书局 1960 年版,第 835 页。
④ 【南朝宋】范晔:《后汉书》,中华书局 1965 年版,第 2840 页。
⑤ 【宋】朱熹:《楚辞集注》,上海古籍出版社 2001 年版,第 131 页。

堂,祭祀坐堂白虎,土家俗谚称:"三梦白虎当堂坐,当堂坐的是家神",而"过堂白虎"则为凶神,谚云:"白虎当堂过,无灾便有祸"。

但是,令人费解的是鄂西、湘西的土家人非但不禁猎虎,还以猎虎见长。《华阳国志·巴志》中有这样一段文字:"秦昭襄王时,白虎为害,自秦、蜀、巴、汉患之。秦王乃重募国中有能煞虎者,邑万家,金帛称之。于是夷朐忍、廖仲、乐和射虎,秦精等乃作白竹弩。于高楼上射虎,中头三节。白虎常从群虎,恚,尽搏煞群虎,大响而死。"①迟至清代,湘西的土家人仍有"虎匠"之称,因湘西的土家人擅长打虎,且不少人还以打虎为业。

何以巴人既用人祭的方式来祭祀白虎神,又以捕虎为业? 这与"虎伥"故事又有怎样的关系? 正如普罗普所说:"如果我们能令人信服地指出哪些母题起源于类似的仪式,那么这些母题的起源就已经在一定程度上获得了解释。必须系统地研究故事与仪式的这种关系。"②廪君信仰是如何影响并促成了"人化虎"故事和"虎伥"故事的发生,它们之间又保存着一种什么样的关系,这是我们解释"虎伥"故事发生的历史根源的又一个关键。

虎在中国文化中是一种地位比较特殊的动物,也是早期就被人们神化的动物之一,长期以来它既被看作是主掌杀戮的凶神,又被视为可以祛除恶鬼的保护神。《风俗通义》中称:"虎者,阳物,百兽之长也,能执搏挫锐,噬食鬼魅,今人卒得恶悟,烧虎皮饮之,系其爪,亦能辟恶,此其验也。"③张华《博物志》则称:"虎知衡破,又能画地卜。今人有画物上下者,推为奇偶,谓之虎卜。"④是什么原因使得中国古人将虎奉为鬼神一般的动物呢? 这与古代所流行的关于虎的一种认识有关。

屈原《天问》中说:"夜光何德,死则又孕。厥利为何,而顾菟在腹?"⑤《天

① 任乃强:《华阳国志校补图注》,上海古籍出版社1987年版,第14页。
② 【俄】普罗普:《神奇故事的历史根源》,贾放译,中华书局2006年版,第11页。
③ 王利器:《风俗通义校注》,中华书局1981年版,第368页。
④ 范宁:《博物志校证》,中华书局1980年版,第127页。
⑤ 【宋】洪兴祖:《楚辞补注》,中华书局1983年版,第88页。

问》中所说的"顾菟",学者多解释为即白虎。《左传·宣公四年》中称："楚人谓乳谷,谓虎於菟。"《释文》释"於菟"曰："於音乌,菟音徒。"①可知楚人称虎为"於菟",音转即为"顾菟",屈原为楚人,使用的应是楚语,他所说的"顾菟"应即是楚语中的虎。可见,当时流传着月中有白虎的说法。月中有白虎的说法与古代人的生死信仰有关,古人因见月亮圆而复缺,缺而又圆,故有既生魄、既死魄之称,因而月亮的消失和复现,被古人看作是一种死而复生。人们对于月亮的这种看法必然也会与人的生死相联系,因此月亮和白虎便被赋予了生死和死而复生的双重含义。廪君死后化为白虎的传说也被与白虎同月亮的这种关系相联系,所谓魂化为白虎恐怕是对廪君死而复生的一种假想。

以上设想可以在另一些材料中得到例证,古代西南的很多地方都流传着一种看法,即认为人死以后必须与虎结合才能实现复生。《吕氏春秋·义赏》载："氐羌之民,其虏也,不忧其系累,而忧其死不焚也。"②《南齐书·宕昌羌列传》载："俗重虎皮,以之送死,国中以为货。"③我国云南地区的彝人很长时间里都保持着这样一种传统,即用虎皮包裹尸体火葬,以便人死后转化为虎,当地民谚云："人死一只虎,虎死一枝花。"这种习俗的来源,应即是白虎与月亮相联系后所蕴含的死而复生的意味,所以人们相信以虎皮裹尸焚烧可以使死者复生为虎。

在出土的商周时期的青铜器中,我们也可以看到大量的描绘虎食人场景的雕刻图案,这些图案的意义,学者历来众说纷纭。在这些青铜器中,最为独特的是两件流失海外的商代铜卣,一件今由日本泉屋博物馆收藏,一件由法国巴黎池努奇博物馆收藏。这两件卣的形制基本相同,其造型为通体做猛虎蹲踞形,虎前爪装饰顾首龙纹,后足饰虎纹,背饰牛首纹,尾饰鳞纹。虎两爪抱持一人,作噬食状,人踏在虎后爪上,人背衣领饰方格纹,下有一小兽面,腿部

---

① 杨伯峻:《春秋左传注》,中华书局1981年版,第683页。
② 许维遹:《吕氏春秋集释》,中华书局2009年版,第328页。
③ 【南朝梁】萧子显:《南齐书》,中华书局1972年版,第1033页。

饰蛇纹。陈佩芬先生根据虎卣表面的矿物残留对虎卣的年代和出土地点曾做较具体的分析并得出结论："虎卣可以判断为相当于商代殷墟晚期之器……很可能是湖南省洞庭湖以南地区出土的。"①虎卣的出土地和我们分析的"虎伥"故事以及虎神信仰的发生地不谋而合,从虎卣的造型来看,虎身和被虎所噬的人身上都有大量的纹饰,且人的神态安详,因此该器物所表现的绝不是简单的虎食人的场景,而应是人与虎相结合,通过虎口死而复生的神话式想象。

通过以上分析,我们可以得出这样的结论:春秋战国以来长江流域广泛流传的"人化虎"故事实际上就是长江流域的民族信仰中人死后与虎结合,复生为虎这一观念的变形,而"虎伥"故事则是由"人化虎"故事演化而来的。正如普罗普所说:"在故事中,有赋予仪式以相反含义或意义、以相反解释保留下来的仪式形式。"②虎食人的信仰和仪式最初是为了让死者通过虎口与虎结合,从而以白虎的形态回归象征太阴世界的月宫,而以人祭虎的行为实际上就是向祖先进献牺牲的一种殉葬仪式。这种信仰和仪式最终遗失,保存下来的仅有虎能食人鬼魂这样的说法,由此又衍生出了"虎伥"故事。在最初的"虎伥"故事中,虎的行动要听从伥鬼的指挥,这正是人虎结合化为虎神保护地方平安这一观念的体现。这一点可以从土家族现今仍流传的坐堂白虎和过堂白虎的区别看出,即只有与祖先灵魂结合的白虎才是虎神,而普通的虎仅仅是吃人的猛兽。人们希望与人类灵魂相结合的白虎能够成为地方的保护神,因而不断用人牲来祭祀虎神。但自六朝开始,随着虎神信仰的逐渐淡化和消失,以人祭虎的传统也被人们视作邪恶的习俗,伥鬼也就变成了恶鬼的一种,"虎伥"故事最终演变成了被虎所食的鬼魂还要帮助老虎作恶这样一种说法。

① 陈佩芬:《虎卣》,载《湖南出土殷商西周时期青铜器》,岳麓书社 2007 年版,第 508 页。
② 【俄】普罗普:《神奇故事的历史根源》,贾放译,中华书局 2006 年版,第 12 页。

三、"狐妖作祟"故事与狐神形象的分化

　　狐在中国文化中有着十分独特的意味,在它的身上同时表现出神明与妖怪的双重特性。有关狐神的信仰可以追溯到先秦时期,《太平广记》卷二百九十一引《古文琐语》载晋平公于澮上见狐神"狸身而狐尾","乘白骖八驷以来",又引师旷曰:"狸身而狐尾,其名曰首阳之神。饮酒于霍太山而归"①。可见早在先秦时期已经出现对狐进行神化的观念。同时,先秦时期狐还经常和男女之爱联系在一起,如《诗经·卫风·有狐》是一首离妇思夫的爱情诗,狐在这里则成为爱情的象征;而另一首《诗经·齐风·南山》则是对齐襄公淫乱的委婉讽刺,狐形象的出现同样与性爱有关。先秦时期狐的自然神属性以及狐意象与性爱的独特关系,对后世狐妖形象及与狐妖有关的志怪故事的出现产生了很大的影响。

　　秦汉时期,以九尾狐为代表的瑞狐形象开始出现。早期的九尾狐只是一种珍奇的野兽,如《山海经》中出现于"青丘"的九尾狐,虽然形象奇特但也并没有表现出更多的神性或奇异特征。汉代学者开始将九尾狐的出现解释为祥瑞的征兆,《白虎通义·封禅》中记载帝王之德降及鸟兽的征兆即有"狐九尾"一项,又解释称:"狐九尾何? 狐死首丘,不忘本也。明安不忘危也。必九尾者也? 九妃得其所,子孙繁息也。于尾者何? 明后当盛也。"②纬书《易纬乾凿度》中也称:"文王下吕,九尾见。"注称:"文王师吕尚,遂致九尾狐瑞也。"③考古发现中出土的汉墓画像砖石中也经常出现九尾狐的形象,并和三足乌、蟾蜍、玉兔等事物一样被当作瑞兽安排在西王母等仙人的周围④。汉代学者还将九尾

①　【宋】李昉:《太平广记》,中华书局 1961 年版,第 2314 页。
②　【清】陈立:《白虎通疏证》,中华书局 1994 年版,第 284—287 页。
③　【日】安居香山、中村璋八辑:《纬书集成》,河北人民出版社 1994 年版,第 5 页。
④　参见牛天伟、金爱秀:《汉画神灵图像考述》第二章"西王母画像"第一节"西王母图像中附属物象分析",河南大学出版社 2009 年版。

狐的祥瑞形象与大禹娶涂山氏的帝王传说联系在一起，《吴越春秋》载大禹三十岁时，于涂山见到九尾白狐，大禹认为这是天命的征兆，于是大禹娶涂山氏女为妻①。

不过，瑞狐形象在汉代流行的同时，也出现了将狐视为妖兽的看法，如《说文解字·犬部》中释"狐"字称："妖兽也。鬼所乘之。有三德：其色中和，小前大后，死则丘首。"②《说文解字》中称狐为"妖兽"，为"鬼所乘"，却又称其有"三德"，显现出对于狐的矛盾心理。李剑国先生在《中国狐文化》中认为："这表明汉人狐观念的两重性，狐瑞观念尚在盛行时狐妖观念同时也在流行，至少一部分狐已从图腾神、山神、水神、祥兽、瑞兽的神圣地位跌落下来，进入山精水怪的行列。"③

在汉代，将狐视为妖兽的思想观念在民众中的影响力更大，汉魏六朝的志怪小说中遂出现了大量的"狐妖作祟"故事。故事中作祟的狐妖最初是以动物的形象出现的，在某种程度上还保有一定的神性。如《西京杂记》卷六中记载的一则故事，叙述王去疾盗发栾书冢，见一白狐惊走，当夜王去疾梦见"一丈夫须眉尽白"，"以杖叩王左脚"，此后王去疾就患上了"脚肿痛生疮"的疾病，终生未能痊愈。故事中的冢中之狐并未主动害人，又能以人形入人梦中，作祟的目的仅仅是复仇，可以看出在它的身上还残存着某些自然神的属性。

由于狐狸经常活动于古墓周围，而古墓又容易让人联想起久远的历史，因此六朝志怪故事中的狐妖经常以知识渊博的书生形象出现。《搜神记》中记载的"斑狐书生"故事即是书生形象狐妖的代表，该故事叙述燕昭王墓前有一斑狐化为书生，问墓前华表自己可否与名士张华相比肩，华表劝斑狐不要招惹张华，斑狐不听，遂至张华府与张华辩论，张华觉其为妖物，使人闭门并寻千年枯木照之，遂伐燕昭王墓前千年华表，华表被伐后从穴中钻出两名身高

---

① 周生春：《吴越春秋集校汇考》，上海古籍出版社 1997 年版，第 106 页。

② 【汉】许慎：《说文解字》，中华书局 1963 年版，第 206 页。

③ 李剑国：《中国狐文化》，人民文学出版社 2002 年版，第 54 页。

二尺的青衣小儿,在运送至洛阳的途中,原本繁茂的华表瞬间变为枯木,张华焚枯木以照书生,书生遂化作斑狐①。故事中的斑狐可以化为书生的模样,连名士张华一时也无法看破,其后华表被伐的情节则容易让人联想到"伐树遇妖"故事,体现出"狐妖作祟"故事与树神信仰之间的联系。类似的书生形象的狐妖还有见于《搜神记》中的另一则"狸客"故事,叙述狸妖化为书生与儒生董仲舒讲论《五经》,竟能"究其微奥",直到失言"欲雨",才被董仲舒看破,"化为老狸,蹶然而走"②。《搜神记》中还有一则"胡博士"故事,其中的狐妖所化的胡博士甚至能"以经传教授诸生,假借诸书"③。书生形象的狐妖是狐形象由瑞狐向妖狐过度的中间阶段,这一时期的狐妖虽然大多炫技失败被捉,但从其广博的知识中仍然可以看到些许的神性遗存。

　　在一些早期的"狐妖作祟"故事中,也体现出狐形象的神性遗存,如《搜神记》所载的"倪彦思家魅"故事,叙述嘉兴人倪彦思家中有魅,"与人语,饮食如人,惟不见形",常调戏倪彦思小妻,倪彦思请道士捉拿,道士却被魅赶跑,其后此魅不断骚扰倪彦思,郡中典农告诉倪彦思"此神正当是狸物耳"④,狸魅遂揭发典农曾贪污府库谷粮作为报复,三年后狸魅不知所踪。故事中倪彦思家中的狸魅虽然不断作祟,却并未真正害人,也不惧怕道士,并且能知晓各人心中隐私,虽是妖物却带有神性。《搜神后记》中的一则故事中的狐妖形象也表现出神明与精怪的双重特性,该故事叙述渤海陈斐至酒泉郡任太守,夜半忽觉有物于被上,遂以被蒙取捉住,此物自称伯裘,乃"千岁狐","垂垂化为神",并承诺陈斐若遇危难,呼其名字便来解救,陈斐遂将伯裘释放,其后酒泉郡内有事,伯裘必先来禀报,某日陈斐主簿李音与陈斐侍婢私通,惧怕伯裘禀报,遂欲杀陈斐,陈斐遇害之际大呼"伯裘",伯裘遂来相救,后伯裘称自己被府君

---

① 李剑国:《新辑搜神记·新辑搜神后记》,中华书局 2007 年版,第 316 页。
② 同上,第 308 页。
③ 同上,第 312 页。
④ 同上,第 304 页。

所召唤,"今得为神矣,当上天去"①。这两则故事中的狐妖虽然是作祟的精怪,却拥有神通广大的法力,伯裘在故事结尾最终上天成神,可见它们都还保留着先秦以来狐神形象的遗存,与其他故事中完全作为人类诛除对象的狐妖形象有所不同。

东汉以后,随着谶纬之学热度的衰退以及整个社会的动荡不安,民间文化中的瑞狐形象也逐渐被妖狐的形象所取代,并且"狐妖作祟"的故事在民间还不断引发恐慌。《风俗通义·怪神篇》中记载了一则狐妖取人发髻的故事,叙述郅伯夷为北部督邮时至一亭中留宿,半夜忽见一物四五尺高,郅伯夷以剑击之,命人用火照,见乃是一赤色老狸,"明旦发楼屋,得所髡人结百余,因从此绝"②。《搜神记》中也记载了这一故事,但故事中的"狸魅"被改为"狐妖",其他内容基本相同。狸魅与狐妖实属同类,李剑国先生认为:"古人以狐、狸同类,每相混淆。"③与前代的狐形象相比,这则故事中的狐妖已经完全脱去了神性,成为作祟的妖怪,并最终被人烧死。尤其值得注意的是,故事中狐妖害人的方式是"截发髡",古人以为头发与身体相连,截人发髡即可对身体造成伤害。狐妖截人发髡的传说在六朝历史上曾多次引发恐慌,《魏书·灵征志》载:"高祖太和元年五月辛亥,有狐魅截人发。时文明太后临朝,行多不正之征也。肃宗熙平二年,自春,京师有狐魅截人发,人相惊恐。"④《北齐书·后主本纪》亦载:"邺都、并州并有狐媚,多截人发。"⑤"狐妖截发"的事件在六朝现实的历史上不断发生,尽管史书从正统的角度将这些"狐妖截发"的故事当作"行多不正之征"的灾异征兆,但是这些发源于民间的故事在百姓中造成的恐慌是可想而知的。"狐妖截发"故事的流行,代表着原本作为祥瑞征兆的瑞狐形象逐

①　李剑国:《新辑搜神记·新辑搜神后记》,中华书局 2007 年版,第 532—533 页。
②　王利器:《风俗通义校注》,中华书局 1981 年版,第 428 页。
③　李剑国:《中国狐文化》,人民文学出版社 2002 年版,第 64 页。
④　【北齐】魏收:《魏书》,中华书局 1974 年版,第 2923 页。
⑤　【唐】李百药:《北齐书》,中华书局 1972 年版,第 106 页。

渐被妖魔化了的妖狐形象所取代。

在"狐妖截发"传说的影响之下，六朝时期出现了许多狐妖于亭中害人的故事。亭是先秦以来设置的主管地方"司奸盗"职能的基层办事机构，同时兼具旅舍的功能。由于一些亭设置在偏僻的道路之上，因此秦汉时期产生了许多与亭有关的奇闻怪谈。自"狐妖截发"传说流行以后，"狐妖作祟"故事便与亭联系在了一起。《搜神记》中的"庐陵亭"故事叙述庐陵亭"常有鬼魅，宿者皆死"，丹阳人汤应持刀入亭留宿。半夜，有人自称府君、部郡前来投宿，汤应心下生疑，自称府君者与汤应交谈之际，自称部郡者忽至汤应背后，汤应抽刀击之，将其斫伤，次日，汤应带人寻血迹追得两妖物，"称府君者是老猳魅，称部郡者是老狸魅"①。《搜神记》所载"宋大贤"故事叙述南阳某亭"人不可止，止则害人"，邑人宋大贤投宿，半夜有鬼物前来骚扰恐吓，宋大贤毫无惧色，鬼物故意挑战宋大贤，宋大贤遂将其捉住杀死，"明日视之，乃是老狐也"②。"狐妖作祟"故事与百姓生活中经常见到的亭的结合，代表了"狐妖截发"故事在民众中造成的恐慌随着六朝的社会动荡不断加剧，并促成了"狐妖作祟"故事的流行。

在这样的背景之下，六朝志怪小说中的狐形象慢慢地不再以瑞兽的面目出现，其身上的神性也逐渐消失，成为作祟妖怪的代表。《三国志·魏书·管辂传》裴松之注引《管辂别传》中记载了一则故事，叙述管辂邻居家经常失火，管辂为之占卜，让邻居在向南的道路上强行留下一名戴角巾、驾黑牛的书生，邻居从命拦下书生，书生以为有人要害自己，便拿着刀在邻居门前柴垛旁假寐，忽见有一兽前来纵火，书生用刀将其杀死，见是小狐，"自此主人不复有灾"③。故事中的狐妖作祟的方式是向人家里放火，最终这只狐妖也和《风俗通义》中的狸妖一样被捉住杀死。

随着"狐妖作祟"故事影响的不断扩大，又衍生出大量狐妖寻求与人类交

---

① 李剑国：《新辑搜神记·新辑搜神后记》，中华书局 2007 年版，第 310 页。
② 同上，第 314 页。
③ 【晋】陈寿：《三国志》，中华书局 1964 年版，第 829 页。

合的"狐妖魅人"故事。受到先秦狐意象本身与男女之爱关系的影响,狐形象本身就包含着与性爱的深远联系。六朝志怪小说中的狐妖形象中出现了大量人形的男狐和女狐,尤其早期的"狐妖魅人"故事多以男性狐妖魅惑女性人类为主要情节。《晋书·韩友传》载刘世则的女儿被妖魅所惑,遍请巫师作法却无效,遂请道士韩友为其女疗病,韩友趁女子发病之时,命人关闭门窗,以布囊作法,见布囊胀满,"急缚囊口,悬著树二十许日,渐消,开视有二斤狐毛,女遂差"①。《搜神后记》中记载了奸淫上百名女子的老狐妖的故事,叙述吴郡顾旃于一古冢中见一老狐持一卷簿书屈指计校,顾旃放犬杀死老狐,视簿书,"悉是奸人女名,有百数之众"②。这两则故事中的狐妖并没有表现出实际的人类形象,但从他们能够魅惑并奸淫人类女子的情节来看,它们应是可以化为人形的。在后来的六朝志怪故事中,狐妖不但可以化为人形,还可以任意改变自己的形象。《幽明录》中的一则故事叙述吴兴戴眇家僮客向戴眇抱怨其弟戴恒总是骚扰自己的妻子,戴眇以此事问戴恒,戴恒大骂并称必是妖鬼所为,众人设计将假戴恒捉住,化为大狸,从窗中逃出。

　　六朝志怪故事中女性的狐妖形象也并不鲜见,出现了对后世产生很大影响的狐女阿紫的形象。《搜神记》中的一则故事叙述后汉建安时西海都尉陈羡的部曲士灵孝无故失踪,其后被人于空冢中找到,神志不清,十余日后才清醒过来,自述有狐化为女子,自称"阿紫",引其至冢中相会。当时有道士认为阿紫乃"山魅",《搜神记》又引《名山记》云:"狐者先古之淫妇也,其名曰'阿紫',化而为狐,故其怪多自称'阿紫'也。"③与前代的狐妖形象相比,这则故事中的"阿紫"除了勾引人类男子以外,并没有表现出更多的作祟和害人的行为。阿紫形象的出现对后来的志怪小说中的狐妖形象形成产生了很大的影响,《异

---

① 【唐】房玄龄:《晋书》,中华书局 1974 年版,第 2476 页。
② 李剑国:《新辑搜神记·新辑搜神后记》,中华书局 2007 年版,第 536 页。
③ 同上,第 311 页。

苑》卷八中所载的一则故事,叙述乌伤人孙乞于石亭中避雨,忽见一女子通身紫衣而来,雷电之下恍惚是大狸,便抽刀斫杀。此故事中狸精所化女子通身紫衣,其形象显然是受到了阿紫故事的影响,这名女性狐妖也没有表现出害人的迹象,反而无故被人类斫杀,与前代害人的狐妖形象相比,反而让人产生怜惜之情。

六朝中后期开始,女性的狐妖形象渐趋取代男性的狐妖形象,逐渐成为"狐妖魅人"故事的主角。《玄中记》中称:"狐五十岁能变化为妇人,百岁为美女,为神巫;或为丈夫,与女人交接;能知千里外事,善蛊魅,使人迷惑失智。千岁即与天通,为天狐。"①《玄中记》中的叙述代表了当时人对于狐妖的一般看法,其中的狐妖既能魅惑人,又能"与天通",表现出妖性与神性的结合。但是,在六朝中后期的"狐妖魅人"故事中,狐妖身上的神性不断消失,故事叙述的重点则转向狐妖与人类的结合方面。《幽明录》中记载了两则女性狐妖的故事,其中"费升"故事叙述吴县九里亭吏费升夜晚遇一女子求宿,便令其于亭中寄宿,二人相谈甚欢,便共寝处,次日天明有猎人带群狗至,女子惊怖化为狸。而在另一则"淳于矜"故事中,淳于矜所遇狸女甚至为其生下两子,但遇狗后也都化为狸。

在另外的一些故事中,"狐妖魅人"故事还与"狐妖截发"故事相结合,产生出新的故事形态,并进一步造成了社会的恐慌。《洛阳伽蓝记》卷四记载了一则女性狐妖的故事,叙述士人孙岩的妻子婚后三年不肯脱衣,孙岩趁妻子睡着,解开她的衣服查看,见到妻子身上长满了三尺长的毛,并且有一条狐狸的尾巴,其妻惊醒过来,便以刀截孙岩头发后逃走,相邻共同追赶,孙岩的妻子化作一条狐狸后消失不见,此后京城中发生了一百三十余起狐妖变为妇人截去男子头发的事件,在当时民间造成很大影响,当时人们看到身穿华丽衣服的女子都指之为狐妖,直到熙平二年这场恐慌才渐渐消退。②

---

① 　鲁迅:《鲁迅辑录古籍丛编·古小说钩沉》,人民文学出版社1999年版,第458页。
② 　【北魏】杨衒之:《洛阳伽蓝记》,中华书局2013年版,第140页。

四、"凶宅捉怪"故事与家神信仰的蜕变

六朝时期的精怪传说中有一类独特的"凶宅捉怪"故事。在艾伯华所编的《中国民间故事类型》中，此类故事被称为"妖窟"故事；而在丁乃通先生的《中国民间故事类型索引》中，此类故事按照"AT 分类法"被编号为 AT326E，并命名为"藐视鬼屋里妖怪的勇士"；祁连休先生《中国古代民间故事类型研究》中将此类故事命名为"凶宅得金型"故事；顾希佳先生《中国古代民间故事类型》将此类故事命名为"凶宅捉怪得宝"故事，并按"AT 分类法"编号为 AT326E。此类故事通常叙述某勇者来到一凶宅，凶宅中寄居着众多妖怪，勇者杀死了凶宅中的妖怪，并获得宅中埋藏的财宝。

目前最早见于文献的"凶宅捉怪"故事是见于《列异传》和《搜神记》的"何文捉怪"故事，该故事可以看作是"凶宅捉怪"故事在中国的起源。《太平广记》卷四百引《列异传》载此故事云：

> 魏郡张奋者，家巨富。后暴衰，遂卖宅与黎阳程应。应入居，死病相继，转卖与邺人何文。文日暮乃持刀，上北堂中梁上坐。至二更竟，忽见一人长丈余，高冠黄衣，升堂呼问："细腰，舍中何以有生人气也？"答曰："无之。"须臾，有一高冠青衣者，次之，又有高冠白衣者，问答并如前。及将曙，文乃下堂中，如向法呼之，问曰："黄衣者谁也？"曰："金也，在堂西壁下。""青衣者谁也？"曰："钱也，在堂前井边五步。""白衣者谁也？"曰："银也，在墙东北角柱下。""汝谁也？"曰："我杵也，在灶下。"及晓，文按次掘之，得金银各五百斤，钱千余万。仍取杵焚之，宅遂清安。①

关于"何文捉怪"故事情节的来源，历代学者多有讨论，如顾希佳先生在

---

① 【宋】李昉：《太平广记》，中华书局 1961 年版，第 3213—3214 页。

《"鬼屋"的新主人——"凶宅捉怪"故事解析》一文中就曾提出："在中国古代，一些富贵人家常会把大批财宝深埋在自己宅院的地下，以备不时之需，或是用来传给子孙后代。然而由于种种原因，打乱了主人的部署，这笔财宝就有可能失传，而在一个偶然的机会里却被一个不相干的外人所获得。这样的奇闻不胫而走，刺激着民间故事的创作。"①这种在自家宅院埋藏钱财的做法在古今中外都有发生，因而也衍生出了世界范围内的"凶宅捉怪"故事。

尽管从世界范围来看，"凶宅捉怪"故事在很多文化圈中都有出现，但在不同的文化圈中又表现出不同的文化意蕴。作为中国古代"凶宅捉怪"故事的代表，"何文捉怪"故事与秦汉以来流传的家神信仰和风水信仰有着密切的联系。六朝时期，人们相信可以通过望气的方式探明房屋之下埋藏的钱财，《太平御览》卷一百八十引《地镜图》曰："人望百家宅法，中有赤气者，家有汎财。白气入家，有财不保。黑气有五，其伏在宅中。青气着有银地宝也。"②六朝志怪故事中也经常出现善于望气者可以通过占卜获知地下所埋钱财的故事，《艺文类聚》卷八十三引《录异传》载术士隗炤临死前叮嘱其妻子五年后于亭中拦住一位姓龚的使者，并向其索要欠款，五年后果然有龚姓使者于亭中止歇休息，隗妻遂将其拦住索要欠款，龚姓使者却称自己平生不负人钱财，随后恍然大悟，占成一卦，称："吾不负金。贤夫自有金"，原来隗炤曾将家中藏金埋于地下，又怕自己死后妻子将藏金用尽，因而没有告知妻子，而是通过预知同样擅长占卜的龚姓使者将要到来，才用这样的方式来让妻子知晓藏金的位置，随后隗炤妻子依照龚姓使者所指示的方位，在自家宅中堂屋东头挖掘出"金五百斤"③。在某些故事中，埋藏于宅院之下的钱财往往需要通过某些法术才能够获得，《晋书·淳于智传》载术士淳于智为上党鲍瑗占卜，称其家宅失宜，当有难，需至东北大桑树市门旁寻一持荆马鞭者，悬此鞭于树下，当有财，

---

① 刘守华主编：《中国民间故事类型研究》，华中师范大学出版社2002年版，第289页。

② 【宋】李昉：《太平御览》，中华书局1960年版，第879页。

③ 【唐】欧阳询：《艺文类聚》，上海古籍出版社1965年版，第1424页。

鲍瑗依言行事,三年后挖井时于地下挖出"钱数十万"及"铜铁器复二十余万"①。

　　宅院中埋藏的钱财必须在合适的条件下挖出,否则将会招致灾祸,这种观念与汉魏六朝时期盛行的宅吉风水之学有关。当时人们普遍相信宅居的风水关系到家族的兴衰,房屋的方位和形制与主人相适合,就可以保佑家族兴旺发达;如果不适合,则会给家人带来疾病甚至死亡。王充《论衡·诘术篇》中引用了汉代流行的相宅书籍《图宅术》云:"宅有五音,姓有五声,宅不宜其姓,姓与宅相贼,则疾病死亡,犯罪遇祸。"②当时人们相信如果故意违犯宅吉的规律,故意购买居住与自己不相合的凶宅,将会招致大祸。《搜神后记》中记载了一则不信风水宅吉而家族败亡的故事,叙述刘宋时襄城人李颐的父亲不信妖邪吉凶,故意买了一幢凶宅居住,然而多年无事,子孙昌盛,其后李颐的父亲升官准备离去,遂办酒席宴请亲戚宾朋,席间李颐的父亲又以自己的经历抨击了所谓的宅吉之说,之后李颐的父亲起身如厕,忽见壁中有物高五尺,色白,李父取刀将其砍断,白色怪物化为两人,再砍又化为四人,四个妖怪夺刀将李父杀死,又持刀砍杀李家子弟,"凡姓李者必死,唯异姓无他",李颐则因年幼躲过一劫。③

　　在"何文捉怪"故事中,何文与李颐之父一样,故意买了凶宅。但是,何文却通过自己的勇气和才智战胜了盘踞于宅院之中的精怪,最终获得了大量的财富。故事中的精怪乃是家中器物变化所致,何文所战胜的妖物为杵精,自称"在灶下"。杵精的来历与灶神信仰的异化有关,自先秦时期开始,人们从日常生活中的井、门、灶、房舍乃至日用工具的基础上衍生出了井神、门神、灶神、房基神以及床神、家具神、扫把神等家神体系。《礼记·月令》中有"五祀"之祭,《白虎通义·五祀》中称:"五祀者,何谓也?谓门、户、井、灶、中雷也。所以祭何?人之所处出入、所饮食,故为神而祭之。"④《论衡·祭意篇》中亦对五祀之祭进

---

① 【唐】房玄龄:《晋书》,中华书局 1974 年版,第 2478 页。
② 张宗祥:《论衡校注》,上海古籍出版社 2013 年版,第 495 页。
③ 李剑国:《新辑搜神记·新辑搜神后记》,中华书局 2007 年版,第 543 页。
④ 【清】陈立:《白虎通疏证》,中华书局 1994 年版,第 77 页。

行了解释。①所谓五祀,就是对家中的门神、户神、井神、灶神、房基神等家神进行的祭祀。

先秦秦汉时期,人们对这些家神,尤其是其中的灶神十分重视,认为他们决定了个人甚至家族的吉凶祸福。《风俗通义·祀典》中称:"五祀之神,王者所祭,古之神圣有功德于民。"又引述了《汉记》中的一则故事,该故事叙述南阳人阴子方乐善好施,并且对灶神恭敬有加,常以黄羊祭祀灶神,当时人以为,阴子方及其家人因为坚持祭祀灶神,所以他的家族兴旺,子孙中有两个封侯,有数十个都担任过封疆大吏。②汉代人还相信家族即将衰败时,家神也会表现出相应的征兆,《汉书·霍光传》载霍光死后,其妻霍显梦见"井水溢流庭下,灶居树上",醒来后又见"第门自坏","巷端人共见有人居云屋上,彻瓦投地,就视,亡有,大怪之"③。其后,霍氏一族果然被满门抄斩。从这些故事中可以看出汉代家神信仰在民众中的影响力。

六朝时期,随着社会动荡引起的人心思变,家神信仰也演变为精怪传说,其中尤以灶神形象的演变最为明显。《三国志·魏书》载术士管辂为安平太守王基卜卦,称将有贱妇生一男孩,出生后便入灶中死,王基大惊,管辂解释称此乃"魑魅魍魉为怪",新生儿是因为"宋无忌之妖"的作祟而走入灶中的。④宋无忌是六朝民间信仰中的火之怪,《博物志·杂说》载:"水之怪为龙罔象,木石之怪为夔魍魉,土之怪为坟羊,火之怪为宋无忌。"⑤汉代的灶神本是保佑家族兴旺的神明,但是在六朝志怪小说中,却演变为害人的火之怪宋无忌,可见秦汉以来的灶神已经被六朝时期盛行的精怪传说所取代。

灶神在六朝时期演变出具体的形象,《风俗通义》李贤注引《杂五行书》

---

① 张宗祥:《论衡校注》,上海古籍出版社 2013 年版,第 510 页。
② 王利器:《风俗通义校注》,中华书局 1981 年版,第 361 页。
③ 【汉】班固:《汉书》,中华书局 1964 年版,第 2955—2956 页。
④ 【晋】陈寿:《三国志》,中华书局 1964 年版,第 813—814 页。
⑤ 范宁:《博物志校证》,中华书局 1980 年版,第 105 页。

曰:"灶神名禅,字子郭,衣黄衣,披发,从灶中出,知其名呼之,可除凶恶。"①这一灶神形象的出现与汉代以来的黄父鬼传说有关,《太平御览》卷三百七十七引《神异经》载:"东南有人焉,周行天下。其长七丈,腹围如长,箕头,不饮食。朝吞恶鬼三千,暮吞二百,但吞不咋。此人以鬼为饭,以雾露为浆,名天郭,一名食耶,一名黄父。"②"箕头"即披头散发,黄父鬼"箕头"的形象与《风俗通义》中灶神披发的形象相似;灶神字子郭,而黄父鬼名天郭,"天郭"在某些版本中又作"尺郭"③,或为"子郭"之异写或音转;灶神可"除凶恶",而黄父鬼"以鬼为饭",总之二者颇多相似之处。黄父鬼在后世也演变为作祟的精怪,祖冲之《述异记》载黄州有黄父鬼为祟,衣帽皆黄,见人则笑,必有疠疫,令当地人十分害怕。不仅如此,黄父鬼还时常变化形象,调戏妇女,被调戏者称其"开户闭牖,其入如神,与婢戏笑如人"④。至此,以灶神为原型的黄父鬼由吞鬼辟邪的保护神变为了变化作祟的精怪。

　　六朝精怪故事中,不但传统的灶神这类家神可以成为精怪,家中常用的器物也会成为精怪。《搜神记》中的一则故事叙述三国时期阳城县吏王臣的家中有怪作祟,王臣之母半夜听见灶下有呼声曰:"文约,何以不见。"头下枕头应曰:"我见枕,不能往,汝可就我。"次日,家人寻声查找,发现是灶下饭甑,"即聚烧之,怪遂绝"⑤。《幽明录》中记载的一则故事叙述江淮某妇人性多淫欲,醉后见屋后有二小吏,妇人上前抱持,两小吏"忽成扫帚",其家人遂"取而焚之"⑥。这两则故事都是家中器物化为精怪的典型案例,《幽明录》故事中的扫帚也和动物精怪一样,拥有魅惑妇人的属性。而《搜神记》故事中枕头与饭

①　王利器:《风俗通义校注》,中华书局 1981 年版,第 362 页。

②　【宋】李昉:《太平御览》,中华书局 1960 年版,第 1742 页。

③　参见李剑国:《唐前志怪小说辑释》,上海古籍出版社 2011 年版,第 43 页。

④　鲁迅:《鲁迅辑录古籍丛编·古小说钩沉》,人民文学出版社 1999 年版,第 301 页。

⑤　李剑国:《新辑搜神记·新辑搜神后记》,中华书局 2007 年版,第 333 页。

⑥　鲁迅:《鲁迅辑录古籍丛编·古小说钩沉》,人民文学出版社 1999 年版,第 249 页。

舀之间的对话与"何文捉怪"故事中金、银、钱与杵精之间的对话很相似。尤其值得注意的是,两则故事中消除精怪的办法,都是将精怪凭依的器物烧掉,这与"何文捉怪"故事中何文烧掉杵精的做法也是一致的。

尽管六朝时期家神已经由保佑家族兴旺的神明变为作祟的精怪,但是当时人们相信只要处置得当,这些精怪形态的家神依然可以为人服务。如《搜神记》及《录异传》中所记载的"如愿"故事,叙述商人欧明得到青草湖君所赠婢女名"如愿",湖君称只要向婢女如愿索要的事物,都能如愿,欧明依言行事,果然都能如愿,到了新年,如愿起晚,欧明发怒鞭打如愿,如愿钻入粪帚中消失不见。[①]如愿的具体身份不明,但她为青草湖君婢女,且被鞭打后钻入粪帚中消失,显然不是人类。如愿能令人家中富贵,带有明显的家神属性,有可能是由家神中的帚神演变而来。这则故事在民间的影响力很大,当时甚至形成了新年时粪帚不出户的习俗,即是人们害怕如愿在自家粪帚中。与如愿一样专门帮助人类的家中器物所化精怪在六朝志怪故事中时有出现,《甄异传》中记载的一则故事叙述吴兴张牧家中破甑中有鬼物居住,此鬼物不但不害人,反而为人服务,"比家人起,饭已熟",鬼物的形态则是"形如少女,年可十七八,面青黑色,遍身青衣"[②]。有一些家中的鬼物甚至能帮助此户人家避祸禳灾,《搜神记》中的一则故事叙述东莱大族陈家忽然于家里釜甑中见到一位白头老公,陈家人便请巫师占卜,巫师称这是家中将有变故的征兆,需要全家人准备大量兵器,如果有乘马者来叩门,千万不要开门,陈家人于是连忙于家中置办军械,不久之后果然有匪兵前来叩门,陈家人没有开门,匪兵见陈家军械整备,不敢入门,遂劫杀八十里外另一陈姓家族而去。

了解了家神信仰在六朝时期的变化,我们再回到"何文捉怪"的故事中。何文在夜晚见到的诸多鬼怪,都是盘踞于宅院中的家神或埋藏于地下的金银

---

① 李剑国:《新辑搜神记·新辑搜神后记》,中华书局 2007 年版,第 105 页。
② 鲁迅:《鲁迅辑录古籍丛编·古小说钩沉》,人民文学出版社 1999 年版,第 141 页。

之气所化。要想得到宅院中的埋藏的金银，必须证明自己是这个宅院合法的主人。名为"细腰"的杵精，实际上就是由灶神演化而来的作为宅院保护神的家神。何文通过自己的勇敢和机智，知道了细腰的名字和其他妖物的身份，设法除去了妖物，最终获得了财富。

　　"凶宅捉怪"故事本由家神信仰发展而来，但在后来的故事中，此类故事逐渐演变为纯粹的"精怪作祟"故事。《搜神记》中记载的"安阳亭"故事叙述安阳某亭有妖物作祟，有一书生投宿此亭，夜半见皂衣人前来拜见"亭主"，"亭主"以书生未睡相辞，后又有一赤衣人前来，"亭主"辞谢如前，书生遂起身呼"亭主"，问皂衣、赤衣者为谁，亭主答是"北舍母猪"及"西山老雄鸡"，书生又问"亭主"为谁，"亭主"答称是"老蝎"，书生一夜未睡，次日请乡民共杀三物，"亭毒遂静，永无灾横也"[1]。《搜神记》中记载的另一则"何铜"故事亦属此类，该故事叙述丹阳道士谢非于山中庙舍留宿，半夜忽有人来呼"何铜"，"何铜"以庙中有"天帝使者"相辞，谢非起身，亦仿照拜访者呼"何铜"，问明拜访者及"何铜"的身份乃是"水边穴中白鼍"及"庙北岩嵌中龟"，次日谢非带领村民将二物掘出杀死，"遂毁庙绝祀，自后安静"[2]。这两则故事虽然都已经变成了普通的精怪传说，但仍然具有强烈的隐喻意义。"安阳亭"故事由前引狐妖于亭中害人的故事发展而来，而"何铜"故事中谢非的身份是道士，妖怪因其"天地使者"的身份而不敢加害，却最终被谢非所诛除，象征了地方的自然神信仰最终被道教信仰所取代的命运。

第三节　"异类婚配"故事与图腾信仰的变迁

　　世界上许多民族的信仰都可以追溯到原始自然信仰的阶段，而图腾信仰

---

① 李剑国：《新辑搜神记·新辑搜神后记》，中华书局 2007 年版，第 323 页。
② 同上，第 327 页。

则是原始自然信仰早期最为重要的形式之一。汉魏六朝时期兴起的"异类婚配"故事的背后正是图腾信仰的演化和遗存。图腾一词来源于印第安语,指人与自然动植物之间的某种神性的血缘关系。在印第安人的原始部落中,每个氏族都拥有自己的图腾,图腾既是氏族的保护神,也是氏族的徽号和象征。研究者发现,在世界各地文明的原始形态阶段都不同形式地出现过图腾信仰。我国早期各民族的神话传说中,也出现了对于包括玄鸟、猴、狗、蛇、蚕等动物的图腾信仰。随着文明的不断演进,图腾信仰最终被更为理性的哲学思想和佛教、道教等宗教思想所取代而走向衰落。在图腾信仰繁盛的时期,人们相信自己就是图腾神的后人,与自己所属的图腾动物或图腾植物之间存在着血脉的联系。但在图腾信仰消失以后,那些带有人性的图腾动物的故事无异于精怪,而大量的人与图腾动物结合而孕育后代的故事则被当作精怪故事进入志怪小说的叙事体系。

一、"人鸟婚恋"故事与远古鸱鸮崇拜

六朝志怪小说中出现了很多表现"人鸟婚恋"的故事,其中以姑获鸟的故事最具代表性。姑获鸟是魏晋民间传说中的一种妖怪,或以女子或以怪鸟的形象出现。令人费解的是具有恐怖外表的它却被称为"天帝少女",且姑获鸟的故事与世界范围内广泛流传的"天鹅处女"型故事相一致,这一类型的故事常与民族始祖感生神话有关。从历史根源角度看,姑获鸟故事来源于古代的鸱鸮崇拜。鸱鸮在商代曾被当作神鸟,周代以后则不断被妖魔化,逐渐被人们视为带来厄运的妖鸟。这种从崇拜到禁忌的转变,正是六朝以来流传的姑获鸟故事背后的历史文化内涵。

有关姑获鸟的叙事,最早见于《玄中记》:

> 天下有女鸟,名曰姑获。姑获鸟夜飞昼藏,盖鬼神类。衣毛为鸟,脱毛

为女人。名为天帝少女,一名夜行游女,一名钩皇鬼,一名隐飞鸟。喜以阴雨夜过,飞鸣徘徊人村里,唤"得来"者是也。是鸟纯雌无雄,不产,阴气毒化生。喜落毛羽中尘,置人儿衣中,便令儿作痫病,必死,即化为其儿也。今时小儿之衣不欲夜露者,为此物爱以血点其衣为志,即取小儿也。故世人名为鬼鸟,荆州为多。昔豫章男子,见田中有六七女人,不知是鸟,扶匐往。先得其所解毛衣,取藏之,即往就诸鸟。各走就毛衣,衣此飞去。一鸟独不得去,男子取以为妇。生三女。其母后使女问父,知衣在积稻下,得之,衣之而飞去。后以衣迎三女,三女儿得衣飞去。①

　　从传播的范围来看,六朝时期有关姑获鸟的传说流传广泛,见于同时代的多种文献,如《搜神记》和《水经注》都引述此事。《太平广记》卷四六三引《搜神记》云:"豫章新喻县男子见田中有六七女,皆衣毛衣。不知是鸟,匍匐往,得其一女所解毛衣,取藏之。即往就诸鸟,诸鸟各飞去,一鸟独不得去,男子取以为妇,生三女。其母后使女问父,知衣在积稻下,得之,衣而飞去。后复以衣迎三儿,亦得飞去。"②和《玄中记》相比,《搜神记》中的这段叙述中没有姑获鸟摄取小儿魂魄的叙事,而只述及男子与女鸟的遇合故事。《水经注》卷三五亦载此事云:"阳新县,故豫章之属县矣。地多女鸟,《玄中记》曰:阳新男子于水次得之,遂与共居,生二女,悉衣羽而去。豫章间养儿不露其衣,言是鸟落尘于儿衣中,则令儿病,故亦谓之夜飞游女矣。"③《水经注》引述《玄中记》中的传说作为地名的注解,显然并没有将其视为小说作品,而是当作历史载记进行记录。从《搜神记》和《水经注》的引述来看,当时姑获鸟故事是豫章地区流传甚广的地方传说,传说的核心则是人鸟遇合的女鸟故事情节。

　　姑获鸟的故事并非仅见于学者笔记之中,其形象在民间也有很大的影

①　李剑国:《唐前志怪小说集释》,中华书局 2011 年版,第 203 页。

②　【宋】李昉:《太平广记》,中华书局 1961 年版,第 3806 页。

③　陈桥驿:《水经注校证》,中华书局 2007 年版,第 809 页。

响。南朝梁宗懔《荆楚岁时记》载："正月夜多鬼鸟度,家家槌床打户、捩狗耳、灭烛灯禳之。"杜公瞻注引《玄中记》称："此鸟名姑获,一名天帝女,一名隐飞鸟,一名夜行游女。好取人子养之,有小儿之家,即以血点其衣以为志,故世人名为鬼鸟。荆州弥多。"①可见在当时民间不但流传着有关姑获鸟夜行作恶的传说,而且还形成了对其进行攘除的风俗。

　　和其他的传说相比,姑获鸟的一个重要特点是其异名甚多,包括"姑获鸟""天帝少女""夜行游女""钩皇鬼"和"隐飞鸟"等,"女鸟"一词似乎也是当时姑获鸟的重要异名之一。这些异名的来历多与姑获鸟的形象有关,其中"夜行游女"和"隐飞鸟"之名应是源于其喜于夜间或阴晦时出入且飞行无声;而"钩皇鬼"之名应是因为后文所叙述的此鸟能钩小儿魂魄,钩皇应为"勾魂"的音转。唯一不可解的名字是"天帝少女",何以如此恐怖、能钩小儿魂魄的鬼鸟却被称为天帝的女儿? 这一点殊不合常理。

　　在魏晋时期关于姑获鸟的叙事中,人鸟遇合的故事情节是其核心内容,这一故事核心很容易让人联想起故事类型学研究中的"天鹅处女"型故事。"天鹅处女"型故事也被称为"天鹅仙女"型或"羽衣仙女"型故事,是一个广泛分布于世界范围内的故事类型。美国故事学家汤普森在他的《世界民间故事分类学》一书中将这一故事的情节概括为:

　　　　英雄旅行中来到一片水边看到姑娘们沐浴。在岸边,他发现她们的天鹅衣服,相信姑娘们当真是天鹅变成的。他拿走一件天鹅衣服不还给那个天鹅女,除非她同意嫁给他。她答应了,穿上衣服变成了天鹅,把他带到她父亲家又再变成人……它是全球性的,均匀而又深入地遍布欧亚两洲,几乎在非洲每一地区都能找到许多文本,在大洋洲每一角落以及在北美印第安族各文化区都实际存在。还有许多文本散见于牙买加、尤

———————————

① 【南朝梁】宗懔:《荆楚岁时记》,陕西人民出版社1987年版,第27页。

卡坦和圭亚那的印第安人中。[①]

同时,"天鹅处女"型故事在中国的许多少数民族神话传说中也曾出现,故事学研究者汪玢玲先生在《天鹅处女型故事概观》一文中指出,在纳西族、傣族、彝族、壮族、苗族、蒙古族、藏族、朝鲜族、达斡尔族、赫哲族等二十二个民族的神话传说中都曾出现过这一故事类型的内容[②]。

从中国的文献来看,《玄中记》和《搜神记》中所记载的姑获鸟故事是目前能够找到的中国"天鹅处女"型故事的最早版本。钟敬文先生在其早期所作的《中国的天鹅处女型故事》一文中曾指出:"干氏《搜神记》和《玄中记》的记录,不但在文献的'时代观'上,占着极早的位置,从故事的情节看来,也是'最原形的',至少'较近原形的'。"[③]但是,无论是在国外还是在国内其他民族的"天鹅处女"型故事中,女子所化成的基本上都是天鹅、孔雀、仙鹤这种美丽且寓意吉祥的鸟,而并非像姑获鸟这样带有妖异色彩的怪鸟。这一点如不能很好地解释,恐怕将成为我们了解这一故事类型在中国发展演变过程的一个障碍。

值得注意的是,"天鹅处女"型故事多与民族早期的创世始祖感生神话有关,如纳西族《创世纪》中就记载洪水过后,人类始祖忍利恩和化身为白鹤的天帝之女结婚的故事。而汉族神话中也曾存在大量此类故事,根据考古发现的结果,我国东部沿海和华南地区都盛行鸟崇拜,许多民族或部落都曾将鸟作为自己的图腾。从文本的情况看,这一类故事在中国古代的最早形态应即"玄鸟生商"的神话传说。《诗经·商颂》云:"天命玄鸟,降而生商。"[④]《史记·殷本纪》载:"殷契,母曰简狄,有娀氏之女,为帝喾次妃。三人行浴,见玄鸟堕其

---

① 【美】斯蒂斯·汤普森:《世界民间故事分类学》,郑海等译,上海文艺出版社 1991 年版,第 108—109 页。

② 汪玢玲:《天鹅处女型故事研究概观》,载《中国民间文化》1991 年第 3 期。

③ 钟敬文:《钟敬文民间文学论集(下)》,上海文艺出版社 1985 年版,第 55 页。

④ 《十三经注疏》,上海古籍出版社 1997 年版,第 622 页。

卵,简狄取吞之,因孕生契。"①虽然这则神话中契母简狄并非鸟身,但却因鸟而受孕,似乎是一种变形了的"天鹅处女"型故事,正如李道和先生在《女鸟故事的民俗文化渊源》一文中所说:"'玄鸟遗卵'与'简狄生契'是一一对等的关系:玄鸟等于简狄……简狄作为鸟的化身和象征,在其异名'简翟'中就直观地显露出来……简翟神话确实含有女鸟故事的基本母题,它应是此后包括女鸟在内的同类羽衣女母题的原型。"②刘守华先生在《"羽衣仙女"故事的中国原型及其世界影响》一文中也同样认为:"在盛行鸟图腾崇拜的文化背景上,便很自然地产生出有关人鸟转化、人鸟结合并繁衍子孙后代的神话传说。中国古代史籍中所载的'天命玄鸟,降而生商'就是一个著名的例证。《毛衣女》(指姑获鸟故事)就是由神话传说转变为故事叙述的原型之作。这个形式的故事可称为'始祖母型'。"③

如前所述,在姑获鸟的身上出现了两种相反的叙事:一方面,它被称为"天帝少女",有关它和人间男子遇合的故事与后世流传的天女下凡的故事有很多相似之处;另一方面,它被视为偷取人家孩子的妖怪而被百姓忌惮,甚至形成了正月攘除姑获鸟的习俗。这种相反叙事的形成,与姑获鸟作为"天鹅处女"型故事神话原型的上古鸟崇拜之间有着解不脱的联系。要想解开这一谜题,我们还需回到姑获鸟形象的来源和演变过程中去探寻。

关于姑获鸟形象的来源,唐刘恂《岭表录异》中称:"鸺鹠,即鸱也……亦名夜行游女,好与婴儿作祟。故婴孩之衣,不可置星露下,畏其祟耳。"④鸺鹠与鸱,都是古代对于猫头鹰一类鸟的异称。猫头鹰即鸮形目鸟类,古称鸱鸮,也简称鸱或鸮,其小类又有枭、鸺鹠、雕鸮、长耳鸮、雪鸮、鬼鸮等类别。猫头鹰属于夜行性猛禽,以鼠类为食,为捕鼠需要因而昼伏夜出,翅强善飞、羽柔而松

①　【汉】司马迁:《史记》,中华书局 1959 年版,第 91 页。
②　李道合:《女鸟故事的民俗文化渊源》,载《文学遗产》2001 年第 4 期。
③　刘守华:《"羽衣仙女"故事的中国原型及其世界影响》,载《湖北民族学院学报》1997 年第 2 期。
④　【唐】刘恂:《岭表录异》,广陵书社 2003 年版,第 58—59 页。

因而飞行无声,其叫声凄厉难听,常被认为是"鬼叫"。姑获鸟形象来源于猫头鹰,这一点从它昼飞夜隐、飞行无声等行为细节中就可以看出。从刘恂的记载来看,唐代人已经认为姑获鸟形象源于猫头鹰。现代学者也多认同此说,李剑国先生即认为"鬼车、姑获皆鸮(即猫头鹰)之幻化"①。

作为一种夜行猛禽,因其昼伏夜出且叫声凄厉,猫头鹰在古代普遍被认为是一种代表凶恶和不祥的鸟。因此,它被传衍为妖异的鬼鸟形象并不足为奇。但是,猫头鹰的形象并非从一开始就被人们所厌恶。在目前出土的商代墓葬中,我们可以看到大量的鸮鸮型器物,显示出殷商时期人们对于猫头鹰的尊崇态度。这一点,刘敦愿先生早已指出:"在商代晚期(殷墟文化期)以及西周初期的艺术品中,鸮类题材是很盛行的,无论是写实的雕塑艺术品,还是以青铜器为主体的一些装饰艺术品,大多是制作精工而造型优美……反映出鸮类在中国古代曾受到人们的崇拜与喜爱,同后世那种对它的鄙视与厌恶,前后形成强烈的对比。"②在出土的殷商时期猫头鹰造型器物中,发现了大量用于祭祀的礼器,说明猫头鹰在殷商时期受到人们如同神明一般的尊崇。这种尊崇的来源,则应是出自殷商人先祖——东夷民族的禽鸟崇拜。

从考古发现的商代及商代以前的东夷民族墓葬中,可以见到大量的猫头鹰造型器物,如红山文化中的玉鸮、殷墟妇好墓出土的鸮尊以及安阳商代晚期墓中出土的鸮卣等,都说明商人及其祖先东夷民族对于鸮鸮的崇拜之情。这种崇拜很可能与商人的图腾——玄鸟有关。玄鸟究竟是一种怎样的鸟,一直是一个有争议的问题。由于《吕氏春秋·音初篇》中曾提到有娀氏之二女所吞之卵为燕卵,千百年来人们一直认为玄鸟即燕子。但是,随着新的考古成果的不断发现,我们在商人的墓穴中很难见到燕子形状的器物,反而见到了大量的猫头鹰造型器物。因此,越来越多的学者提出"天命玄鸟,降而生商"中的

---

① 李剑国:《唐前志怪小说集释》,中华书局 2011 年版,第 206 页。
② 刘敦愿:《中国古代艺术中的鸮类题材研究》,载《新美术》1985 年第 4 期。

"玄鸟"很可能指的就是猫头鹰。孙新周先生在《鸱鸮崇拜与华夏历史文明》一文中提出："殷商族图腾'玄鸟'不是燕子，而是鸱鸮……我们可以认定鸱鸮不但是商先民的图腾神，而且是他们的生殖神和祖先神，集三义于一身。"①叶舒宪先生在《玄鸟原型的图像学探源——六论"四重证据法"的知识考古范式》一文中也同样认为："文献中记录的玄鸟生商神话，如果以先于文献而存在的实物为参照系，只能落实到史前鸟女神崇拜遗留在殷商的形态——猫头鹰母神神话观，才好做整合性的解释。"②同时，叶舒宪先生在文中又进一步提出，古人之所以认为玄鸟是燕子，是因为没有考古发现的材料作为佐证，由于今人比古人能够见到更多的考古实物，因此能够得出更接近于历史事实的推论。

由于猫头鹰属于夜行性动物，并且经常出没于墓地坟场捕食鼠类，加之其叫声凄厉，很容易让人联系起黑夜、梦幻和死亡。由此，猫头鹰很可能被早期的人们当作通往冥界的守护神和引渡者而受到崇拜。在马王堆汉墓出土的T形帛画中，整幅帛画的上、中、下三部分分别代表着天国、人间和死后世界，而在人间通往天国和死后世界的入口处，我们都可以发现猫头鹰的形象，恰可以说明猫头鹰作为灵魂的引导者这一角色在经历了自商代直到汉代的漫长历史后尚有遗存。同时，作为死后灵魂接引者的猫头鹰，也同样可以作为新生灵魂的引领者，因此猫头鹰在殷商人的信仰中也具有生育神和女性神的功能。王小盾先生在《论新石器时代鸟崇拜兼及月蛙信仰的起源》一文中即认为："鸱鸮或玄鸟具有图腾神、太阳神、生殖神的性格。殷人墓葬中的大批鸱鸮文物，可以使人强烈地感受到它同女性、生殖、太阳的联系……作为具有生殖神力的鸟，玄鸟代表古老的图腾，代表商王族女性的由来，是王室女性成员膜

---

① 孙新周：《鸱鸮崇拜与华夏历史文明》，载《天津师范大学学报》2004 年第 5 期。
② 叶舒宪：《玄鸟原型的图像学探源——六论"四重证据法"的知识考古范式》，载《民族艺术》2009 年第 3 期。

拜的对象。"①而从故事学的角度来看,商代始祖感生神话的代表"玄鸟生商"的神话与"天鹅处女"型故事之间诸多的联系,也向我们昭示了猫头鹰这一形象所代表的特殊意义。正如列维–施特劳斯在《图腾制度》一书中所说:"群体是某个祖先的后代,神是某种动物的化身,在神话时代中,祖先与神之间存在一种亲缘关系。"②"玄鸟生商"的神话正说明猫头鹰是以商人的祖先神的形式被加以崇拜和供奉着的,而这种崇拜的源头正是因为猫头鹰所代表的玄鸟被认为是商王室女性祖先的代表和化身,同时肩负着将新一代商王的灵魂带往人间的重任。

人们对于猫头鹰的态度转变是从周代开始的。周代建立以后,统治者对于鸱鸮的情感逐渐由崇拜变为厌恶。《诗经·豳风·鸱鸮》中称:"鸱鸮鸱鸮,既取我子,无毁我室。"《毛传》曰:"周公救乱也。成王未知周公之志,公乃为诗以遗王,名之曰《鸱鸮》焉。"③《鸱鸮》一诗的写作背景,一般认为是周初商纣王之子武庚诱合管叔、蔡叔叛乱,周公于平乱前后所作。而此诗的深层含义,正如王政先生在《〈诗经〉与"不祥鸟"》一文中所说:"诗中周公以受损害的护巢雌鸟自比,指斥凶顽的鸱鸮抓食了她的幼雏,怒责鸱鸮不要再破坏其巢穴,巢穴在风雨中已有倾坠之危。其中,鸱鸮借比殷之武庚,被食幼雏借比上当受害的管叔、蔡叔,巢穴喻周王室。"④将这种类比与前文玄鸟为鸱鸮的说法相印证,《诗经·鸱鸮》正是以商王室的图腾——猫头鹰来比喻殷之武庚,而其中对于猫头鹰的态度则充满了憎恶和怨恨之情,这种感情的来源正是出自对于商王室本身的厌恶。

此外,在《周礼·秋官》中又记载周公专门设立了硩蔟氏和庭氏。其中,"硩蔟氏掌覆夭鸟之巢。以方书十日之号、十有二辰之号、十有二月之号、十有二

---

①　王小盾:《论新石器时代鸟崇拜兼及月蛙信仰的起源》,载《中原文化研究》2016 年第 4 期。

②　【法】列维–施特劳斯:《图腾制度》,渠东译,上海人民出版社 2002 年版,第 37 页。

③　《十三经注疏》,上海古籍出版社 1997 年版,第 394 页。

④　王政:《〈诗经〉与"不祥鸟"》,载《民族艺术》2001 年第 3 期。

岁之号、二十有八星之号，县其巢上，则去之。"而庭氏则"掌射国中之夭鸟。若不见其鸟兽，则以救日之弓与救月之矢射之。若神也，则以大阴之弓与枉矢射之。"郑玄注称："夭鸟，恶鸣之鸟，若鸮鵩。"贾公彦疏云："鸮之与鵩，二鸟俱是夜之恶鸣者也。"①《周礼》中所说的"夭鸟"正是猫头鹰，其中对于猫头鹰的怨毒之情已经到了无以复加的地步。但是，作为一种以老鼠为食的鸟类，猫头鹰在现实中似乎对周王朝并不构成任何危害。如果仅仅是因为其叫声难听，就要专门设立两种官职来灭除猫头鹰，这似乎有些说不过去。只有一种合理的解释，那就是作为商人的图腾和保护神的猫头鹰，在周代被人为地变成了一种禁忌的事物。

　　弗洛伊德在《图腾与禁忌》一书中提出："禁忌的来源是因为附着在人或鬼身上的一种特殊的神奇力量（玛那），它们能够利用无生命的物质作为媒介而加以传播。被禁忌的人或物可以用带电体来加以比喻，他们乃是那种可经由接触而传递可怕力量的容纳地方。"②众所周知，商朝是以神权作为统治力量来源的，商王本身就兼有祭司的职能，而商王的神力正是从历代王室的祖先那里获得的。正如人类学家弗雷泽所说："在各种不同的时代，许多人都曾企图通过破坏或毁掉敌人的偶像来伤害或消灭他的敌人。"③作为商人的祖先神，猫头鹰在很长时间里被认为是神圣且具有魔力的事物。为了消除这种可怕的力量，周人将猫头鹰由崇拜对象变成了一种禁忌对象，采用覆巢和射杀等方式加以剪除。这一点，从《周礼》中柞蔟氏在"覆夭鸟之巢"时所采取的一系列烦琐又带有方术意味的仪式中就可以看出来。当这种由崇拜向禁忌的转变完成以后，猫头鹰在普通民众心目中的形象也发生了变化，将猫头鹰视为妖鸟、恶鸟、不祥鸟的说法正是起源于周代。

　　自周代以后，猫头鹰逐渐被妖魔化。这种妖魔化也反映在了以猫头鹰为

---

① 《十三经注疏》，上海古籍出版社1997年版，第889页。

② 【奥】弗洛伊德：《图腾与禁忌》，文良文化译，中央编译出版社2005年版，第22页。

③ 【英】弗雷泽：《金枝》，徐育新等译，新世界出版社2006年版，第16页。

原型的姑获鸟身上。一方面,它被称为"天帝少女",有着和"天鹅处女"型故事相一致的传说,这正是来源于殷商时期对于猫头鹰的崇拜。殷商时期对于猫头鹰的母神崇拜和玄鸟传说一起,共同衍生出了女鸟故事,姑获鸟与人遇合的传说与玄鸟生商的传说有着共同的来源。另一方面,姑获鸟又被认为是不祥的妖鸟,传说中它能窃取小儿灵魂,这正是来源于周代以来对猫头鹰的禁忌与毁除。在商代,猫头鹰本是为商王室带来新一代商王灵魂的使者。但是,经历了由崇拜到禁忌的转变之后,由猫头鹰衍生而出的姑获鸟却成了偷取小儿灵魂的妖怪。正如普罗普在《神奇故事的历史根源》一书中所说:"仪式的某个因素(或某些因素)由于历史的变迁而变得无用或费解,被故事以另外一些东西、一些更容易理解的东西所替代……在故事中,有赋予仪式以相反含义或意义、以相反解释保留下来的仪式形式。"①引领灵魂的神的使者猫头鹰最终变成了偷取灵魂的妖怪姑获鸟,正是这种相反形式的转化在故事和传说中的呈现方式。

事实上,姑获鸟由神明向妖怪的转变并没有就此结束。自唐代开始,姑获鸟又被人们与另一种怪鸟——鬼车结合了起来。鬼车与姑获鸟最初并非同一种鸟,叶德均先生在《鬼车传说考》一文中已提出:"姑获鸟和鬼车鸟并不是一物。"②唐段成式《酉阳杂俎》中最初也是将此二鸟分别进行记述的,《酉阳杂俎》卷十六"羽"篇"夜行游女"条载:"夜行游女,一曰天帝女,一名钩星。夜飞昼隐,如鬼神。衣毛为飞鸟,脱毛为妇人。无子,喜取人子。胸前有乳。凡人饴小儿,不可露处,小儿衣亦不可露晒。毛落衣中当为鸟祟,或以血点其衣为志。或言产死者所化。"这是关于姑获鸟的记述。又同卷"鬼车鸟"条载:"相传此鸟昔有十首,能收人魂,一首为犬所噬。秦中天阴,有时有声,声如力车鸣,或言是水鸡过也。"③显然段成式认为姑获鸟和鬼车是不同的两种事物。

---

① 【俄】普罗普:《神奇故事的历史根源》,贾放译,中华书局2006年版,第11—12页。

② 叶德均:《鬼车传说考》,载《文学期刊》1934年第1期。

③ 许逸民:《酉阳杂俎校笺》,中华书局2015年版,第1156—1157页。

但是,到了唐段公路的《北户录》中,已经将鬼车与姑获鸟混为一谈。《北户录》卷一载:

> 鸺鹠即姑获、鬼车、鸦鹏类也。姑获,《玄中记》云,夜飞昼藏,一名天帝少女,一名夜行游女,一名隐飞,好取人小儿食之,今时小儿之衣不欲夜露者,为此物爱以血点其衣为志,即取小儿也……鬼车,一名鬼鸟,今尤能九首,能入人屋收魂气。为犬所噬一首,常下血,滴人家则凶。①

与姑获鸟相比,鬼车是一种更为恐怖的妖怪,其最主要的特征是九头的形象,因此又被称为九头鸟。姑获鸟与鬼车都是由猫头鹰的形象演变而来,且都有以血滴人家取人魂魄的传说,因此难免被后人搞混。但是,鬼车这一形象的生成要远比姑获鸟形象晚得多,因此我们在姑获鸟身上所看到的猫头鹰神性一面的遗存,在鬼车身上已经完全消失。而姑获鸟与鬼车形象的混合,也使得姑获鸟完全地被妖魔化,其作为"天帝少女"的神性一面在唐以后的传说中荡然无存。

自唐代至宋代,姑获鸟的传说逐渐并入鬼车的传说。宋曾慥所编的小说集《类说》卷四十五"鬼车"条中即称:"鸮又名鸺鹠……又名夜行游女,好与婴儿为祟,又名鬼车鸟,能入人屋收魂气。"②其中即将姑获鸟与鬼车视为同一种鸟。宋周密《齐东野语》卷十九"鬼车鸟"条则云:"鬼车,俗称九头鸟……世传此鸟昔有十首,为犬噬一,至今血滴人家,能为灾咎。故闻之者,必叱犬灭灯,以速其过。"③《荆楚岁时记》中所记楚地百姓所辟禳之鸟本是姑获鸟,而周密却将其说成是辟禳鬼车,显然是将姑获鸟的传说安插在了鬼车的身上。除小说作品外,宋人的许多诗作中也出现了鬼车的形象,其中也混有姑获鸟的传

---

① 【唐】段公路:《北户录》,商务印书馆 1937 年版,第 3 页。
② 【宋】曾慥:《类说》,书目文献出版社 1989 年版,第 770 页。
③ 【宋】周密:《齐东野语》,中华书局 1983 年版,第 350 页。

说。梅尧臣《余居御桥南夜闻祆鸟鸣效昌黎体》诗中说："……尝忆楚乡有祆鸟，一身九首如赘疣。或时月暗过闾里，缓音低语若有求。小儿藏头妇灭火，闭门鸡犬不尔留。我问楚俗何苦尔，云是鬼车载鬼游。鬼车载鬼奚所及？抽人之筋系车辀……"①"小儿藏头"之说显然也是由姑获鸟能收小儿魂魄的传说衍生而来，梅诗也将其放在了鬼车的身上。自此以后，姑获鸟这一名称几乎消失不见，鬼车或九头鸟的称呼将其完全取代。而作为姑获鸟故事后半段的"天鹅处女"型故事情节在唐宋时期则单独分化为新的故事，如见于句道兴本《搜神记》中的"田章"故事叙述男子田昆仑与化为女子的白鹤相遇，其情节明显脱胎于《玄中记》中的姑获鸟故事，但故事中女子所化之鸟已经变成了白鹤，与姑获鸟再无半点关系。②

　　综观姑获鸟这一形象在中国古代的演变过程，可以看出它与作为其原型的猫头鹰之间有着深远的联系。最初，姑获鸟形象产生于商周时期人们对于猫头鹰由崇拜到禁忌的态度转变，因此在姑获鸟的早期传说中既保存了猫头鹰神性的一面，如"天帝少女"的称呼和人鸟遇合的情节；同时也保存在猫头鹰被妖魔化的一面，如盗取小儿灵魂的传说。唐宋以后，由猫头鹰衍生而出的另一种更为恐怖的妖怪形象——鬼车逐渐与姑获鸟的传说相结合，并最终将姑获鸟的形象取代。姑获鸟形象的演变过程，正是作为文化符号的猫头鹰形象由神明向妖怪转化的一个缩影。受姑获鸟故事的影响，六朝志怪小说所记载的精怪传说中也出现了许多"人鸟婚恋"的故事。《异苑》卷八载徐奭被一鲜白女子所迷，常至女子家中欢会，其兄心疑尾随徐奭，"兄以藤杖击女，即化成白鹤，翩然高飞，奭恍惚年余乃差"③。

---

①　朱东润：《梅尧臣集编年校注》，中华书局 1980 年版，第 65 页。

②　参见刘守华《中国民间故事史》第四章《"田章"和天鹅处女型故事》，商务印书馆 2014 年版。

③　【南朝宋】刘敬叔：《异苑》，中华书局 1996 年版，第 74—75 页。

二、"猴猳抢妻"故事与猴祖神话

"猴猳抢妻"故事是中国自古流传的一个故事类型,主要叙述猿猴抢夺人类女子并与之生育后代的故事情节。钟敬文先生在《中国民谭型式》中称之为"猴娃娘型"故事,丁乃通先生《中国民间故事类型索引》中将这一故事类型归入"AT312A 母亲(或兄弟)入猴穴救女"型故事,顾希佳先生的《中国古代民间故事类型》中将此类故事称为"猴娃娘"故事。此类故事的情节基本可以概括为:某地有猴子为祟,抢夺民间女子为妻,生下孩子后交给女子家人抚养,其后这些孩子慢慢演变成了一个族群,这个族群通常被认为是猴子的后代。从传播的范围来看,"猴猳抢妻"故事六朝时期主要在我国西南地区的民间传说中出现。

"猴猳抢妻"的故事在东汉时期就已经出现,《焦氏易林·剥卦》中提到:"南山大猳,盗我媚妾。怯不敢逐,退而独处。"钱锺书先生在《管锥编》中对《焦氏易林》所记载的这一故事做过梳理,并提出:"猿猴好人间女色,每窃妇以逃,此吾国古来流传俗说,屡见之稗史者也。"①《博物志》中出现了较为完整的"猴猳抢妻"故事,叙述蜀中有物如猕猴,名猴猳,又名马化或猳猳,会盗抢妇女为室家,被抢者多年后便与猴猳形似,神志不清,不愿回家,生子后皆送回女子本家抚养,不养者其母就会被杀死,这些猴猳的子孙大多以杨为姓,当时蜀中西界很多姓杨的人就被认为是猳猳、马化的子孙,有些人身上还长有"猳爪"②。此故事又见于《搜神记》,文字略有不同。与《焦氏易林》语焉不详的简短记载相比,《博物志》中的故事增加了许多细节,尤其值得注意的是故事中关于蜀中西界杨姓者皆为猳猳、马化子孙的说法,展示了这一故事类型与图腾神话的关系。

---

① 钱锺书:《管锥编》,中华书局 1979 年版,第 546 页。
② 李剑国:《唐前志怪小说集释》,中华书局 2011 年版,第 180—181 页。

关于"猴猳抢妻"故事的历史来源,叶德均先生在《猴娃娘型故事略论》一文中认为此类故事有两个来源,一是上古时期的掠夺婚制度,"这种风俗是指不得女子或其亲属的同意,而凭武力把她劫去为妻。"二是上古时期的图腾信仰,"在故事产生的时候,人类和动物还是友谊地联系在一起,认为故事中的主人公和动物本是同一图腾的血族,所以它们和人有密切关系,能够资助人类解除困难。但后来这信仰渐渐改变,故事中主人公和动物的亲属关系也渐渐疏远。"①叶德均先生通过分析,认为"猴猳抢妻"故事的形成与我国上古时期盛行的劫掠婚制度和西南地区民族中流传的猴祖神话关系密切。

劫掠婚也称掠夺婚或强婚,即未经女子或其父母亲属的同意,直接用劫掠的方式强迫女子为妻的婚姻制度,这种制度在世界范围内的许多原始民族中都曾存在。关于中国古代的劫掠婚,梁启超先生认为《易经·屯》中的"匪寇婚媾"即指劫掠婚,"夫寇与婚媾,截然二事,何至相混?得无古代婚媾所取之手段,与寇无大异耶?"②用"寇"的手段进行婚媾,正是古代劫掠婚制度的体现。乌丙安先生《中国民俗学》一书中也介绍了我国各民族遗存的劫掠婚制度,并提出:"在民间传说、故事中,丑恶的异类或妖怪精灵索取妇女、强抢妇女的情节内容,正是民间用口头语言艺术反映远古掠夺婚内容的一种形式,它们都可以做了解远古掠夺婚形式的参考。"③"猴猳抢妻"故事中猴猳抢夺人类女子为妻的情节,与上古时期的劫掠婚制度在形式上十分相似,正是劫掠婚制度以传说或故事形态在后世的遗存。但是,何以故事中要将劫掠女子者设计为猴猳呢?这实际上来源于我国西南地区普遍存在的猴图腾信仰和猴祖神话。

所谓猴图腾信仰,即将猴视为本民族始祖的图腾信仰,这一信仰在我国西南地区的少数民族中流行甚广,并由此衍生出了形态各异的猴祖神话。《北

---

① 叶德均:《猴娃娘型故事略论》,载《民俗》1937 年第 1 卷第 2 期。
② 梁启超:《梁启超全集》,北京出版社 1999 年版,第 5080 页。
③ 乌丙安:《中国民俗学》,辽宁大学出版社 1985 年版,第 222 页。

史·党项传》载："党项羌者,三苗之后也。其种有宕昌、白狼,皆自称猕猴种。"①王小盾先生在分析了我国藏缅语族中包括羌族、傈族、藏族、景颇族、缅族、彝族等的多个民族的始祖神话后发现,这些民族中都存在着将猿猴作为本族始祖的图腾信仰,并提出:"猴祖神话是在图腾信仰的基础上发展起来的一类神话母题,它广泛分布于汉藏语系十八个民族之中……它本质上是一种氏族神话,是凭借人群的血缘关系得以传承的。"②猴祖神话至今仍在我国西藏地区流传,藏族的始祖神话中有一种普遍的说法,认为藏族人祖先的父亲是猕猴绛曲赛贝,他是观世音菩萨的化身,而藏族人祖先的母亲则是罗刹女,她是至尊度母的化身,二人结合后生下猴崽,演变为藏族的四部氏族:赛、穆、顿、东,其后又发展成为整个藏族。③在猴祖神话中,猿猴作为图腾动物是当地部族的始祖神和信仰对象。但是,在汉族的叙述者看来,这样的信仰无疑是难以理解的。同时,在某些有劫掠婚制度遗存的地区,很可能也出现了劫掠汉族女子为妻的事件。在志怪小说中,猴祖神话与某些劫掠婚事件糅合在一起,于是产生了"猴玃抢妻"的故事。从故事中猴玃的子孙保留人形,并且以杨为姓的情况可以看出,"猴玃抢妻"故事与民族图腾神话之间仍然保持着千丝万缕的联系。

随着故事叙述的不断发展,"猴玃抢妻"故事在后世又衍生出了猴妖的传说,如唐传奇中的《补江总白猿传》,宋代志怪小说《稽神录》中的"老猿窃妇"故事,明代拟话本小说中的《陈巡检梅岭失妻记》及《绿野仙踪》中惑人妻女的老猿精等,都是在这一图腾神话的基础上衍生而出的故事。

六朝时期也普遍存在着猴玃可以成精的说法,《抱朴子·内篇·对俗》中称:"猕猴寿八百岁变为猿,猿寿五百岁变为玃。玃寿千岁。"④人形化的猴精形象在我国古代出现也较早,《艺文类聚》卷九十五引《吴越春秋》中记载了一则

① 【唐】李延寿:《北史》,中华书局 1974 年版,第 3192 页。
② 王小盾:《汉藏语猴祖神话的谱系》,载《中国社会科学》1996 年第 6 期。
③ 参见恰白·次旦平措等:《西藏通史》,西藏古籍出版社 1996 年版,第 8 页。
④ 王明:《抱朴子内篇校释》,中华书局 1985 年版,第 47 页。

猴精故事,叙述越国女子善剑术,一日道逢一老人自称袁公,欲与越女比试,越女击袁公,袁公上树化为白猿。①随着人类形态的猴精形象的出现,"猴玃抢妻"故事在六朝志怪小说中也向着一般的精怪魅人故事的方向发展。

值得注意的是,早期的"猴玃抢妻"故事中的猴玃一直保持着猿猴的形态,故事的主要内容也以猴玃与女子媾和后生育后代为主,这些情节都体现出了上古猴图腾信仰的遗存。但是到了六朝志怪小说中,"猴玃抢妻"故事逐渐与当时较为流行的"精怪魅人"传说相结合,衍生出了猴精化为人形与人媾和的故事。《搜神后记》中记载了一则故事,叙述丁零王翟钊后宫中妓女房前养了一头猕猴,其后六名妓女同时怀孕,生子如猴,翟钊大怒,将猕猴及妓女所产猴子杀死,妓女们哭称先前曾见一黄衣白帽少年前来,正是猕猴所化。②《异苑》中则记载了一则猿猴化为美女魅惑男子的故事,叙述徐寂之野行遇一女子,便邀其至家中住宿,其后二人仍常有来往,但徐寂之不久患上了"瘦瘠"之病,其弟徐晖之心下生疑,偷偷往徐寂之家中查看,见女子乃是"一牝猴",遂将其杀死,徐寂之的病也逐渐痊愈。③

总之,"猴玃抢妻"故事的背后是上古时期劫掠婚制度和猴祖图腾神话的遗存。这些流行于少数民族地区的习俗难以被汉民族的叙事者所接受和理解,因而演变为"猴玃抢妻"的故事。随着六朝"异类婚配"故事的流行,猴精故事也渐渐失去了它图腾神话的特质,演变为单纯的"精怪魅人"故事。

三、"人狗婚媾"故事与犬图腾信仰

狗是最早接受人类驯化的动物之一,在原始时代曾经作为狩猎活动的重要助手伴随人类左右,因此在许多早期人类文化中都有关于狗的神话传说。

---

① 【唐】欧阳询:《艺文类聚》,上海古籍出版社 1965 年版,第 1652 页。

② 李剑国:《新辑搜神记·新辑搜神后记》,中华书局 2007 年版,第 531 页。

③ 【南朝宋】刘敬叔:《异苑》,中华书局 1996 年版,第 76 页。

在我国景颇族和拉祜族的传说中,狗是给人类带来稻谷的动物,因此在过年时要给家里的狗吃白米饭。在我国白马藏人中也流传着狗将谷物带到人间的神话传说。

随着狗与人类关系的密切,很多民族中都出现了以狗作为图腾动物的信仰。中国古代较有代表性的狗图腾神话是流行于我国西南地区的盘瓠故事。盘瓠故事或称盘瓠神话,是我国古代西南民族的代表性始祖创生神话,至今仍然在我国的苗族、瑶族、畲族、黎族等少数民族地区以活态形式流传。德国学者艾伯华先生的《中国民间故事类型》中将盘瓠故事称为"狗的传说",金荣华先生的《民间故事类型索引》一书中依照"AT分类法"将盘瓠故事定为"AT430F:灵犬杀敌娶娇妻"。盘瓠故事的基本情节通常叙述某帝王(在秦汉六朝的故事文本中基本上被确定为高辛氏)在战争中许诺能取敌将头者可以娶自己的女儿为妻,有一只名叫盘瓠的狗(在有些民族故事中狗的名字被称作翼洛或邦尕)取回了敌将的头,帝王无奈将自己的女儿嫁给了盘瓠,盘瓠带着帝王的女儿到山中定居并繁衍出新的后代,乃至形成族群,这一族群的后代皆以盘瓠为祖。

六朝史书和志怪小说中经常出现这一故事的记载。《后汉书·南蛮传》中记载高辛氏时,有犬戎族入侵,高辛氏招募有能取犬戎将领吴将军头者,便愿将自己的小女儿嫁给他为妻,高辛氏所蓄养之狗名盘瓠,取吴将军头来献,高辛氏的小女儿听闻后,自愿嫁给盘瓠,入南山石室中生子繁衍,后人以为武陵长沙蛮即是盘瓠之后。[①]《搜神记》中亦记载了这一故事,并且增加了盘瓠从高辛氏宫中老妇人耳中化生而出的神话传说,文末称盘瓠子孙"今即梁、汉、巴、蜀、武陵、长沙、庐江群夷是也。用糁杂鱼肉,叩槽而号,以祭盘瓠,其俗至今。故世称'赤髀横裙,盘瓠子孙'。"[②]《水经注·沅水》亦载此事,内容与《后汉书》

①　【南朝宋】范晔:《后汉书》,中华书局1965年版,第2829页。
②　李剑国:《新辑搜神记·新辑搜神后记》,中华书局2007年版,第401—402页。

基本相同,文末则称:"其母白帝,赐以名山。其后滋蔓,号曰蛮夷。今武陵郡夷,即盘瓠之种落也。"①尽管盘瓠故事的文本在内容上略有差异,但基本都包含了两个核心的情节要素,一是狗与人的"异类婚配"故事情节;二是将南方武陵郡周边的少数民族视为盘瓠种的内容。

盘瓠故事无疑是一个图腾神话。早在 1928 年,余永梁先生在《西南民族起源神话——盘瓠》一文中便提出盘瓠神话的背后是图腾崇拜,他认为:"这神话在苗族最初是一种'图腾',后来苗族与汉族交通……转变了苗族盘瓠的原始神话,而参进许多汉化了。"②后来钟敬文先生在《盘瓠神话的考察》一文中也认为:"所谓盘瓠……实在是某些少数民族所信奉的动物,是图腾时代的'动物的祖先'。因为在这个神话中,兽和人结合,以及族人是从兽的传殖而生的种种说法,正是图腾时代人类所必然产生的思想——人和兽没有分别,甚至还有着亲密关系的一种合理的'心之反映'。"③凌纯声先生在《畲民的图腾文化研究》一文中系统分析了我国畲族的神话、宗教仪式和社会组织后提出:"畲民至今保存着图腾文化,对于他们的宗教信仰与社会组织,尚有不少的影响。在湘、粤、桂、滇之傜,越南东京北部之蛮,亦与畲民相同,属于同一的盘瓠图腾。所以蛮、傜、畲三者有'盘瓠种'之称。实则盘瓠是图腾之名,并非种族的名称。"④盘瓠作为图腾动物,被我国西南地区的许多少数民族普遍奉为始祖神,这种图腾信仰正是盘瓠神话得以产生的根源。

除西南地区流传的以盘瓠故事为代表的狗图腾始祖神话以外,先秦以来还流传着西北狗国的传说,其源头即来自商周时期游牧于我国北方的犬戎部落。《山海经·大荒北经》载:"黄帝生苗龙,苗龙生融吾,融吾生弄明,弄明生白

① 陈桥驿:《水经注校证》,中华书局 2006 年版,第 869 页。
② 余永梁:《西南民族起源神话——盘瓠》,载《中山大学语言历史研究所周刊》1928 年第 35 期。
③ 钟敬文:《钟敬文民间文学论集(下)》,上海文艺出版社 1985 年版,第 118 页。
④ 凌纯声:《畲民图腾文化的研究》,载《中央研究院历史语言研究所辑刊》1947 年第 16 期。

犬,白犬有牝牡,是为犬戎,肉食。"①其后又称:"有犬戎国。有神,人面兽身,名曰犬戎。"②犬戎一名犬封,《山海经·海内北经》载:"犬封国曰犬戎国,状如犬。"然而《山海经》此段文字郭璞的注解以及题为郭璞所著的志怪小说《玄中记》中都引述盘瓠故事解释犬封国的来历,并称其"生男为狗,生女为美女,是为狗封之国"③。在盘瓠故事中,盘瓠是由于协助高辛氏击杀了犬戎将领而受封,但是无论是《山海经》还是郭璞的注解,都时常将犬戎国与狗封国混为一谈,似乎意味着二者有着共同的来源。此外,值得注意的是,郭璞称狗封国人"生男为狗,生女为美女",开启了后世广为流传的海外狗国故事的源头。《南史·夷貊传》中记载,南朝梁时有晋安人渡海至一岛,岛上的女子与中国人无异,男子却都生有狗头,说话声音也如同犬吠。④《南史》所记的狗国在海中岛屿之上,但是在其他的一些历史记载中,狗国又被认为是在北方草原之上,《新五代史·四夷附录》中也出现了狗国,其人"人身狗首,长毛不衣",能够"手捕猛兽",说话的声音如同"犬嗥",但其国女子皆如国人,且"能汉语",俗传其国生男为狗,生女为人,男子喜欢生吃,女子喜欢熟食。⑤《新五代史》所记的狗国故事与《南史》中的海外狗国颇为相似,但《新五代史》所记载的狗国方位却在契丹、室韦之北,显然与《南史》所记之海岛并非一地。从《山海经》中的犬戎国与狗封国的关系,以及后世史传中相同的狗国传说出现于南北两个方位这一情况,我们可以推测,所谓犬戎国或狗封国,都是对以狗为图腾的氏族部落的通称。我国南方和北方的少数民族中,都有狗图腾信仰存在。在后世的发展过程中,狗图腾及其衍生的许多故事仍然是在南、北两个方向的民族中流传。狗国故事的核心仍然是人与狗的婚媾,其背后乃是将狗视为始祖神的图腾神

① 袁珂:《山海经校注》,巴蜀书社 1996 年版,第 495 页。
② 同上,第 497 页。
③ 同上,第 362 页。
④ 【唐】李延寿:《南史》,中华书局 1975 年版,第 1977 页。
⑤ 【宋】欧阳修:《新五代史》,中华书局 1974 年版,第 907 页。

话,只不过叙述者从中原正统的角度出发,将信仰狗图腾的民族神话解释为盘瓠为高辛氏降服犬戎后受封以及狗国人生男为狗、生女为人的奇异故事。

近代以来,不断有学者试图解释南、北两个方向不同民族狗图腾信仰的历史根源。杨宽先生在《中国上古史导论》中认为:"盘瓠本为犬戎推原论故事,后一变而为南蛮推原论故事,终则推演而成全人类之推原论故事。"[①]杨宽先生认为"人狗婚媾"故事是经北方传入中原,再经中原传入南方,因此南北的狗图腾信仰同出一源。叶舒宪先生在《中国神话哲学》中则认为:"从当代民族学研究的高度看,古代南方少数民族文化与西北地区少数民族文化有着明显的渊源关系,存在着历史大迁徙的迹象。因此,后来居住在西北一带的犬戎族同南迁荆楚的苗瑶等族很可能属于同一图腾集团的分化,他们所共有的狗祖先神话只有从共同的图腾信仰的角度才能得到合理的解释。"[②]尽管这些学者的观点尚未得到确切的考古发现和民族史志材料的证明,但是南方、北方各民族中流传的"人狗婚媾"故事与这些民族的狗图腾信仰之间存在着密切的联系却是不争的事实。

以盘瓠故事和狗国故事为代表的"人狗婚媾"故事本来只是图腾信仰影响下形成的民族始祖神话,但在脱离了图腾信仰阶段的汉族文人看来,人与狗的结合显然是无法接受的,因此原本的图腾神话在传播的过程之中就变成了狗头人身的狗国奇闻,进而演变为狗怪作祟的精怪传说。汉魏六朝志怪小说中流传的"狗怪作祟"故事通常叙述狗怪化为人形与人类女子媾和的情节。睡虎地秦简《日书·诘咎篇》中记载了狗怪调戏人类女子的事件,并记载了祛除狗怪的法术:"犬恒夜入人室,执丈夫,戏女子,不可得也,是神狗伪为鬼。以桑皮为□□之,烨而食之,则止矣。"[③]其中称作祟的狗怪为神狗,并且克制的法术中也并不包含扑杀狗怪的做法,表现出当时人们仍然保留着对于狗的自

---

①　杨宽:《中国上古史导论》,上海人民出版社 2016 年版,第 87 页。

②　叶舒宪:《中国神话哲学》,陕西人民出版社 2005 年版,第 307 页。

③　王子今:《睡虎地秦简〈日书〉甲种疏证》,湖北教育出版社 2002 年版,第 340 页。

然崇拜和原始信仰。

到了汉代，人们不再将作祟的狗怪视为神，而是直指其为精怪，并且祛除的方式也变成了扑杀，《风俗通义·怪神篇》中称："世间多有狗作变怪，扑杀之，以血涂门户，然众得咎殃。"①应劭创作《风俗通义》时，本以破除迷信淫祀为主旨，因此文中称人们通过扑杀的方式祛除狗怪，却仍得咎殃，代表了主流官方学者对于精怪的一般看法。早期的狗怪故事在汉代的谶纬思想和帝王话语的影响下多被解释为符瑞征兆，如《搜神记》中记载的一则故事叙述汉成帝时长安男子石良、刘音看到屋子中有怪物如人状，于是一同击之，怪物化为狗，其后又有数人身穿盔甲，手持器械前来寻仇，石良、刘音率领相邻一同击之，皆化为狗。但是，这一故事被解释为："其于《洪范》，皆犬祸，言不从之咎也。"②一则与狗有关的奇异精怪故事由此变成了灾异的征兆。

六朝时期，狗怪故事逐渐摆脱了灾异征兆的身份，变为精怪作祟的传说，并逐渐形成固定的"狗妖魅人"的叙事模式，其主要情节为某人因事在外独居，狗妖便化作此人形象与其妻子媾和，此人发现后，将狗妖扑杀。《搜神记》载北平田琰因母亲去世而独居守丧，有一白狗化为田琰形象与田琰妻子媾和，田琰发现后尾随狗妖，见狗妖将要上床，便将其打杀。③《搜神后记》中的一则故事叙述某王姓士人年六十岁，娶年少美貌妻子庾氏，王氏常在外宿，有一黄狗变作王氏形象与庾氏媾和，王氏回家，真假王氏"交会中庭，俱著白帢，衣服形貌如一"，王氏呼子弟痛打伪者，"是一黄狗，遂打杀之"④。《幽明录》中记载的一则故事叙述晋时有老黄狗化为已经去世的秘书监温敬林的形象，与温敬林的妻子柏氏寝处，后"酒醉形露"而被打杀。至此，原本作为始祖神话的狗与人类女子的"异类婚配"故事演变成了精怪作祟的"狗妖魅人"故事，故事中

---

①　王利器：《风俗通义校注》，中华书局 1981 年版，第 418 页。

②　李剑国：《新辑搜神记·新辑搜神后记》，中华书局 2007 年版，第 186 页。

③　同上，第 321 页。

④　同上，第 539 页。

的狗妖全都是化为人类丈夫的形象与人类妻子交媾,最终又都面临着被扑杀的命运,显示出六朝时期的叙述者对人狗结合一事在伦理上已经完全不能接受。

与其他的精怪传说一样,狗妖故事中也出现了狗妖化为人类女子与人类男子媾和的故事,只不过此类故事在六朝志怪小说中相对较少。《异苑》中记载的一则故事叙述吴兴沈霸常梦见女子前来同寝,并发现有一只牝狗常来依床,沈霸心疑此狗是魅,遂将其打杀,到了半夜,沈霸梦见有青衣人对沈霸说自己让女儿与沈霸同寝,若沈霸不愿意,可以拒绝,为什么要将自己女儿杀死? 青衣人向沈霸索要女儿尸骨,沈霸醒来后遂收拾牝狗的尸体埋葬。①故事中的女性狗妖似乎并无恶意,从后面青衣人出现于沈霸梦中的情节来看,这对狗妖父女似乎还带有某种神性,与当时人们对于男性狗妖的深恶痛绝的态度似乎并不相同。

总之,狗曾经作为图腾动物和始祖神受到远古先民的敬奉,但随着儒家伦理的兴盛,这种人狗结合的故事日渐不被接受,人狗之间的"异类婚配"故事逐渐演变为带有妖异性质的精怪传说,并作为志怪故事被写入六朝小说之中。

四、"异类婚配"故事仙话化演变的中衰

并非所有的"异类婚配"故事最终都演变成了精怪作祟的传说,有一些"异类婚配"故事中的自然神在后世的演变过程中仍然保持着神性,而整个故事也向着仙话化的方向演化,但这种演化最终也因为人们对于"异类婚配"本身在伦理上的难以接受而中衰。在这些故事中,较有代表性的是"蚕马"故事和"螺女"故事。

---

① 【南朝宋】刘敬叔:《异苑》,中华书局 1996 年版,第 75 页。

　　《搜神记》中记载了较为完整的蚕马故事,叙述太古之时有人远征,其女思念父亲,便对家中牡马称如能让父亲平安归还,自己愿意嫁给此马,马听闻后竟然挣开缰绳逃走,不久后真的将女子父亲驮回,此马归来后不肯吃食,见到女子就欢喜跳跃,女子以实情告知父亲,其父怕有辱家门,便将马射死后曝皮于庭中,女子戏骂马皮,马皮忽然卷女子而去,数日后人们于大桑树上见到女子及马皮化为蚕,百姓遂取蚕种养之。①"蚕马"故事与盘瓠故事在情节上有颇多相似之处,皆是将动物立下大功作为"异类婚配"的缘由,余永梁先生在讨论盘瓠故事时已经注意到了"蚕马"故事与盘瓠故事之间的这种联系,茅盾先生则认为蚕马故事很可能是仿照盘瓠故事创作的一则神话。

　　如果我们向前追溯,就会发现蚕马故事的源头同样可以追溯至远古的图腾崇拜和动物崇拜。蚕、马、女子这三个意象早在先秦时期就已经被联系在了一起,《荀子·赋篇》中称蚕"身女好而头马首"②,《周礼》郑玄注引《蚕书》云:"蚕为龙精。月直大火,则浴其种,是蚕与马同气。"③"蚕马"故事在《山海经》《括地图》等书中已经出现了雏形,《山海经·海外北经》载:"欧丝之野在大踵东,一女子跪据树欧丝。"④此事又见《博物志》所载:"呕丝之野,有女子方跪,据树而呕丝,北海外也。"⑤《太平御览》卷九百五十五引《括地图》中又载"化民"故事:"化民食桑,二十七年化而自裹,九年生翼,十年而死。"⑥这些故事都是由关于蚕的神话传说衍生而来,其背后是将蚕视为自然神进行崇拜的信仰。

　　尽管我们尚不能准确还原"蚕马"故事与图腾崇拜和自然神信仰之间的联系,但从"蚕马"故事的流传演变过程也可看出它与蚕神信仰之间的密切关系,这种对于自然神的崇拜以"异类婚配"的故事形式呈现出来就是"蚕马"故

①　李剑国:《新辑搜神记·新辑搜神后记》,中华书局 2007 年版,第 339—340 页。

②　【清】王先谦:《荀子集解》,中华书局 1988 年版,第 478 页。

③　李学勤主编:《十三经注疏·周礼注疏》,北京大学出版社 1999 年版,第 790 页。

④　袁珂:《山海经校注》,巴蜀书社 1996 年版,第 290 页。

⑤　范宁:《博物志校证》,中华书局 1980 年版,第 24 页。

⑥　【宋】李昉:《太平御览》,中华书局 1960 年版,第 4242 页。

事。但是，由于蚕桑在中原农业中一直占据着重要的地位，"蚕马"故事并没有如六朝时期其他"异类婚配"故事一样向着精怪传说的方向发展，而是转变成为仙话故事。蚕神故事在东汉时期已经出现了仙话化的转变倾向，《太平御览》卷八百二十五引《列仙传》记载的"园客"故事叙述美貌男子园客终身不娶，唯在家中种植五色香草，忽有五色神蛾降于香草，产下蚕种，园客收而养之，待收获之时，蚕茧大如瓮，忽有女子夜至，自称客妻，与园客一同缫丝。①此处降临园客的仙女虽并未明确为蚕神所化，但也为蚕神的形象增添了仙话的意趣。到了五代杜光庭的《仙传拾遗》中，"蚕马"故事也被完全地改变为仙话故事，《太平广记》卷四百七十九引《仙传拾遗》中记述的"蚕马"故事前半段与《搜神记》中情节基本相同，结尾处却补充了大量的仙话情节，叙述女子化蚕后乘马驾流云率数十人来见父母，自称："太上以我孝能致身，心不忘义，授以九宫仙嫔之任，长生于天矣，无复忆念也。"②与其他"异类婚恋"故事相比，"蚕马"故事中的女子能够仙话化，很大程度上是因为蚕神作为重要的农业神在古代一直受到自上而下的普遍推崇。但是，随着唐代以后作为蚕神的螺祖信仰的出现，同样属于蚕神信仰的"蚕马"故事并没有在道教和民间产生更大的影响。③

与"蚕马"故事相比，"螺女"故事的仙话化历程则更加短暂。"螺女"故事又称"田螺姑娘"故事，是中国特有的一个故事类型，自六朝时期产生以后在中国民间广泛流传。钟敬文先生《中国民谭型式》中概括总结的45个中国常见故事类型中已经包含了"螺女型"故事，丁乃通先生《中国民间故事类型索引》中则将此故事类型按照"AT分类法"编号为"AT400C田螺姑娘"型故事。

"螺女"故事现存较完整的文本是见于《搜神记》的"白水素女"故事，叙述晋安候人谢端少丧父母，但生活勤勉朴素，邻人多称之，某日他于邑下得一大

---

① 【宋】李昉：《太平御览》，中华书局1960年版，第3676页。
② 【宋】李昉：《太平广记》，中华书局1961年版，第3945页。
③ 参见刘守华：《蚕神信仰与螺祖传说》，载《寻根》1996年第1期。

螺,便带回家畜于瓮中,此后谢端每天早出耕种,回家后便见桌上有做好的饭菜,谢端以为邻人相助,往问之,邻人却称不知,次日谢端佯装出门,却趁早回家,见一女子从瓮中出,至灶下燃火做饭,谢端进门相问,女子自称"天汉中白水素女",受天帝之命来为谢端炊烹,但如今形象已现,必须离去,又将螺壳赠予谢端,称可使米谷不乏。①故事中的螺女与其他魅惑人类的精怪不同,其目的在于帮助和照料勤劳善良的谢端,在被谢端发现后则亮明了自己"白水素女"的身份,并称是受命于天帝。而且《搜神记》中的"白水素女"故事中并无婚配和媾和的情节,这一点也与常见的"异类婚配"故事不同。不过,《初学记》卷八引束皙《发蒙记》中载此事则称螺女受天帝之命为谢端妻,任昉《述异记》所载此故事亦与《发蒙记》同,可见在其他版本中"白水素女"故事也有婚配的情节。

　　"螺女"故事在魏晋时期的文本中就已经出现了仙话化的情节,螺女的身份被设定为受命于天帝的白水素女。素女在汉魏六朝时期有着很高的地位,汉代流传着素女授予黄帝修行之道的说法,并由此衍生出了道教的早期经典《素女经》。但是,在后世的发展中,"白水素女"故事并没有进一步朝着仙话化的方向发展,也没有大规模被道教所吸收和利用。唐代以后的很多螺女故事中反而淡化甚至抛弃了其素女的身份,并逐渐将螺女视为精怪,如唐皇甫氏《原化记》中的螺女已经不称自己为素女,清人程麟《此中人语》中所记的螺女故事中则直称螺女为"田螺妖"。究其原因,是由于"异类婚配"故事本身并不符合中原地区的儒家伦理道德习惯,田螺化为女子的情节也难免使人将其与精怪传说想联系。

　　总之,"异类婚配"故事来源于早期的图腾信仰和自然神崇拜,通常表现

①　"白水素女"故事见于十卷本《搜神后记》卷五,然《艺文类聚》《太平御览》《太平广记》等书引录此故事皆注出《搜神记》,李剑国先生据此将该故事收录于《新辑搜神记》,参见李剑国《新辑搜神记·新辑搜神后记》,中华书局2007年版,第116—117页。

人与异类婚配的情节,这些传说以故事的形态在民间流传。当这些故事被志怪小说作家所记录的时候,他们出于儒家伦理的一般认识,对"异类婚配"故事中的伦理问题抱有怀疑甚至否定的态度。因此,六朝志怪小说中的"异类婚配"故事背后的自然神崇拜性质逐渐消退,最终蜕变为完全的精怪传说。即便一些异类婚配"故事中的自然神在一开始出现了仙话化倾向,也因不符合传统儒家伦理道德习惯而没能最终进入正统神仙信仰的体系。

第三章
六朝鬼神故事与巫鬼传统

　　鬼神信仰及与之相关的巫术活动在中国传统文化中占有重要地位,并衍生出一系列与鬼神有关的传说和故事,这些内容进入六朝志怪小说的叙事体系之中,对六朝志怪小说的创作产生了深远的影响。鲁迅先生在《中国小说史略》中总结到:"中国本信巫,秦汉以来,神仙之说盛行,汉末又大畅巫风,而鬼道愈炽;会小乘教亦入中土,渐见流传。凡此,皆张皇鬼神,称道灵异,故自晋迄隋,特多鬼神志怪之说。"①鲁迅先生提纲挈领式地指明了六朝志怪小说与鬼神信仰及巫术的关系。鬼神信仰和巫术活动催生出了许多六朝志怪小说中的独特故事类型,对于二者关系的考察有助于我们进一步了解六朝鬼神志怪故事形成的历史文化渊源。

第一节　六朝志怪小说与巫觋活动

　　中国自古就有崇拜和信仰鬼神的传统,这一传统与远古先民对于灵魂的

---

① 　鲁迅:《中国小说史略》,上海古籍出版社1998年版,第24页。

崇拜及中国古人对于生死的看重有关。古代中国人认为死是人生的归宿,但又对死后世界充满恐惧,因此逐渐产生了灵魂不灭的观念。商周时期就已经出现了对鬼魂的崇拜,当时的人们认为死去的祖先的灵魂会继续存在,并且会保佑后世子孙,《礼记·表记》中称:"殷人尊神,率民以事神,先鬼而后礼。"①先秦时期的民间信仰中更是出现了许多与鬼神有关的巫术活动,《吕氏春秋·异宝》中称:"荆人畏鬼而越人信禨。"②鬼即鬼神信仰,禨即禨详等巫术活动,可见战国时期南方地区民间普遍存在着鬼神信仰和巫术活动。睡虎地秦简《日书》中也记载了大量鬼魂作祟的事件和祛除鬼魂的巫术仪式,向我们展示了当时民间鬼神信仰的活态形式。

　　秦汉时期的鬼神信仰出现了分化,这与当时人的生死观有关。汉代存在着两种不同的死亡观念,一种是从儒家正统的角度出发,认为死亡不过是人生的归宿;另一种则是从灵魂信仰的角度出发,认为人死后会以灵魂的形式继续存在。余英时先生在《东汉生死观》一书中将汉代的生死观分为两种,自然主义的生死观简单地接受死亡,认为死亡是生命的终点;迷信的生死观则认为生命会在死后继续以灵魂的形式延续。③在这两种对立的生死观念中,"自然主义"的生死观更多地属于文人知识阶层,而"迷信的"生死观则在普通民众中更有市场。秦汉时期,大批民众乃至帝王将相都或多或少地参与到了鬼神信仰活动之中,对"迷信的"生死观的普及和扩大起到了推动作用。

　　到了六朝时期,由于社会动荡的加剧以及佛教、道教传播的影响,灵魂不灭的观念更加深入人心,成为六朝志怪小说形成的重要因素。正如鲁迅先生所指出的:"盖当时以为幽明虽殊途,而人鬼乃皆实有,故其叙述异事,与记载人间常事,自视固无诚妄之别矣。"④当时整个社会普遍认为那些有关鬼神的

---

① 李学勤主编:《十三经注疏·礼记正义》,北京大学出版社 1999 年版,第 1485 页。

② 许维遹:《吕氏春秋集释》,中华书局 2009 年版,第 230 页。

③ 余英时:《东汉生死观》,侯旭东等译,上海古籍出版社 2005 年版,第 78 页。

④ 鲁迅:《中国小说史略》,上海古籍出版社 1998 年版,第 24 页。

奇异故事并非虚妄的传说,而是真实发生的事件。因此,六朝志怪小说的作家们才会以史家的笔法对这些故事进行记录。

汉魏六朝时期鬼神故事的大量产生与当时巫觋的频繁活动有关,鲁迅先生在《中国小说的历史变迁》一文中解释了鬼神信仰与巫觋活动的关系:"中国本来信鬼神的,而鬼神与人乃是隔离的,因欲人与鬼神交通,于是乎就有巫出来。"①巫术活动的出现与鬼神信仰有着十分密切的联系,从事巫术活动的巫觋即指那些宣称可以沟通鬼神的人。《国语·楚语下》中称:"明神降之,在男曰觋,在女曰巫。"三国韦昭注曰:"巫觋,见鬼者。"②古代的巫通常指女巫,觋则指男巫,二者都是宣称可以见到鬼神的人。当时的民众也普遍相信,巫觋们可以运用特殊的方法与鬼神进行交流和沟通。

巫觋与鬼神交流时所使用的特殊法术被称为巫术,巫术的产生与巫觋的活动有着直接的关系。所谓巫术,即指巫觋们通过某种方式控制和影响鬼神等超自然力量,从而达到趋利避害目的的方法。中国古代常见的祈雨、占卜、相宅、算命等都可以纳入巫术的范畴。英国人类学家弗雷泽在《金枝》一书中将人类的巫术分为接触巫术和交感巫术,他认为:"巫术是一种被歪曲了的自然规律的体系,也是一套谬误的指导行动的准则。"并进一步提出:"如果我们分析巫术赖以建立的思想原则,便会发现它们可归结为两个方面:第一是'同类相生'或'果必同因';第二是'物体一经互相接触,在中断实体接触后还会继续远距离地互相作用'。"③巫术在古代并不被认为是迷信活动,反而是人们认识和理解世界的一种逻辑原则。

中国古代巫术的一个重要特点就是与鬼神之间的密切联系,巫师们通常会宣称自己可以借助巫术的力量,实现与鬼神之间的沟通,从而影响鬼神。有

---

① 鲁迅:《汉文学史纲要》,江苏凤凰文艺出版社 2017 年版,第 104 页。
② 徐元诰:《国语集解》,中华书局 2002 年版,第 513 页。
③ 【英】弗雷泽:《金枝》,徐育新译,新世界出版社 2006 年版,第 15 页。

些巫师则宣称自己曾经进入过幽冥世界，并以此作为自己能够与鬼神进行沟通的证据。这种情况在中国现代民间的巫觋活动中也极为常见，宋兆麟先生在《巫觋——人与鬼神之间》一书中指出："巫师与鬼神的交往，基本有两种方法：一种是请神附身，巫师代表鬼神说话；一种是巫师能过阴，由灵魂去找鬼神。"①巫师与鬼神沟通的方式主要是"降神"与"过阴"，所谓"降神"即请鬼神附着于自己或周围某人身上，而"过阴"则是指通过某种形式前往鬼神的世界与鬼神进行直接的沟通。

六朝时期，巫风盛行，当时的巫师们通过大量的"降神"与"过阴"的法术拉拢信众，并创造了许多与此类法术相关的故事。当时的人们对这些故事的真实性深信不疑，许多故事被志怪小说作家们所记录，形成了六朝志怪小说中数量众多的"鬼神降临"故事和"死而复生"故事。"鬼神降临"故事通常叙述某位鬼神通过奇特的方式降临人间，甚至还包括鬼神与普通人发生婚媾的情节。"死而复生"故事则通常叙述某人死后又复生，并宣称自己进入了幽冥世界游历，在许多此类故事中还出现了复生者因此获得了神奇法力的情节。这种故事的形成背后都有巫觋活动的影响。

汉魏六朝时期，巫觋们的重要工作就是见鬼和驱鬼。古代中国人普遍相信人死之后会变为鬼，《论衡·论死篇》引当时俗说称："世谓死人为鬼，有知，能害人。"②古人相信鬼可以以各种方式影响活人的生活，甚至给活人带来灾祸和疾病，因此中国古代很早就出现了带有官方性质的驱鬼巫术仪式，《周礼·夏官》中记载了专管驱鬼的官职"方相氏"，其职责即为"掌蒙熊皮，黄金四目，玄衣朱裳，执戈扬盾，帅百隶而时难，以索室驱疫。"③《后汉书·礼仪志》中详细记述了当时的驱鬼仪式：方相氏蒙着熊皮，穿着玄衣朱裳，拿着戈和盾，率领十二神兽表演与鬼怪作战的场面。

---

① 宋兆麟：《巫觋——人与鬼神之间》，学苑出版社 2001 年版，第 106 页。
② 张宗祥：《论衡校注》，上海古籍出版社 2013 年版，第 414 页。
③ 李学勤主编：《十三经注疏·周礼注疏》，北京大学出版社 1999 年版，第 826 页。

　　方相氏是宫廷中的御用巫师,而在民间从事驱鬼活动的主要是巫觋和道士。东汉时期,出现了一大批带有早期道士身份特点的巫师,他们以驱鬼逐疫为号召,自称"天帝使者"或"天师",在民间拥有极强的影响力。六朝时期很多志怪故事中都出现了巫觋或道士驱鬼的情节,一些故事还着力描述鬼对巫师的畏惧,《异苑》卷九中记载的"阳童"故事即为此例,阳童为孙权时的巫师,一次行船时遇鬼,鬼欲击阳童,阳童亮明身份后,鬼即稽颡叩谢,又以鬼力为阳童驾船。①所谓驱鬼之说当然是无稽之谈,但六朝时期大量像阳童一样的巫师通过宣扬自己驱鬼的能力,达到了自我神化的目的。当时人们甚至相信,普通人借助正确的巫术活动也可以达到役使鬼神的目的,祖冲之《述异记》中记载的一则故事叙述武康徐氏身患疟疾,医治不能,有人告知以饭团放置于道路中央,呼死人姓名,并称"为我断疟,今以此团与汝",便可请来鬼神相助除病,徐氏依言,所呼死人姓名为"晋故车骑将军沈充",不久,有人乘马至,指责徐氏擅自呼唤官家姓名,将徐氏捉走,一日后置于荆棘之下,但徐氏的疟疾却因此得以痊愈。②这些巫术故事的流行,对于身处乱世的百姓来说无疑具有极大的吸引力。

　　驱鬼巫术故事和役使鬼神的巫术故事都是巫师们利用人们对于鬼魂的迷信和恐惧而创造的。汉魏六朝时期,人们对于人死后的鬼魂再次返回阳间的可能性充满了恐惧。当时人们认为死者鬼魂因与活人相识的缘故,返回阳间后会给活人带来灾祸,当时称为"注祟"或"注连"。所谓"注祟"或"注连",是指死去的亡魂重新与活人发生联系,甚至用活人的魂魄代替自己死亡的情况。人们相信注祟的发生会引起活人的疾病甚至死亡,《释名·释疾病》中称:"注病,一人死,一人复得,气相灌注也。"③注病最初可能来自于古人对于传染

①　【南朝宋】刘敬叔:《异苑》,中华书局 1996 年版,第 92 页。

②　鲁迅:《鲁迅辑录古籍丛编·古小说钩沉》,人民文学出版社 1999 年版,第 304 页。

③　任继昉:《释名汇校》,齐鲁书社 2006 年版,第 453 页。

病的认识,但在民间却演变为鬼魂行注祟的传说。当时人相信,鬼一旦与活人发生了联系,就可以通过注祟的方式杀人自代,《搜神后记》中记载的"徐玄方女"故事中,徐玄方的女儿因"为鬼所枉杀"而早夭,可是该女子"案生箓,当年八十余"。①所谓"为鬼所枉杀",即指被鬼用注祟的方式害死,故事中的鬼甚至可以无视徐玄方女儿原本的寿算而将她害死,反映出当时人们对于注祟的极大恐惧。

进行注祟活动的鬼被称为"注鬼",六朝时期的巫师和道士们宣称通过驱除和斩杀注鬼可以使遭受注祟之人恢复健康,《真诰·协昌期》中记载了巫师和道士们用于治疗注病的咒语,其中即称"注鬼五飞,魍魉冢气,阴气相徊,陵我四肢,干我盛衰",认为注鬼是造成人身体疾病的根源,而解除的办法则是召唤"太上天丁"斩杀注鬼,便可以"使我复常,日月同晖"。②注祟的情况一旦发生,就需要请巫师或道士通过巫术和法事活动来进行"解注"。汉魏六朝时期的墓穴中,出土了大量当时的巫师和道士从事解注活动的文字内容。解注的一个重要方法是以木制、土制、石制或金属制的人偶代替活人承担注祟,香港中文大学文物馆收藏的建兴廿八年解除简中的解注文字中称:"死者王群洛子所犯,柏人当之;西方有呼者,松人应之;地下有呼者,松人应之。生人有所□,当问柏人。洛子死注咎,松人当之,不得拘校,重复,父母兄弟妻子。"③其中的松人和柏人,即代替活人承担注祟的木质人偶。

以松人、柏人、桐人、桃人等人偶作为活人的替代品进行解注是当时民间巫术中的常见做法。此类情况在六朝志怪小说中亦有所反映,祖台之《志怪》中记载的一则故事叙述有一人名蹇保,在檀丘坞北楼住宿,半夜忽有一人穿黄练单衣戴白帢上楼,又有女子将其引入帐中留宿,如此四五夜,蹇保趁白帢人离去,入帐捉住女子询问,女子称白帢人为"桐侯郎",次日夜晚,蹇保趁桐

---

① 李剑国:《新辑搜神记·新辑搜神后记》,中华书局 2007 年版,第 563 页。
② 【南朝梁】陶弘景:《真诰》,中华书局 2011 年版,第 178 页。
③ 饶宗颐:《饶宗颐二十世纪学术文集》第三卷,中国人民大学出版社 2009 年版,第 137 页。

侯郎不备,将其捉住,天明查看,"形如人,长三尺余"①。这个"形如人"的"桐侯郎",即是当时人们对于解注人偶的神化和附会,而桐侯郎与女子相会的故事则是由解注活动衍生而出的志怪传说。当时与解注人偶有关的故事还有很多,荀氏《灵鬼志》中记载的一则故事叙述一位邹姓士人于家中坐,忽有一人持名刺前来拜访,名刺上题名为"舒甄仲",此人离去后,邹氏疑其非人,忽悟"舒甄仲"的意思正是"予舍西土瓦中人",遂命人掘之,果然有桐人在瓦器中。②桐人即梧桐木制作之人,梧桐木是古代巫术中常用的材料,睡虎地秦简《日书·诘咎》中载:"一室人皆痒体,疠鬼居之,燔生桐其室中,则已矣。"③《论衡·乱龙篇》中记载地方官李子长在查问犯人的时候,常以梧桐做成犯人的形象,放置于地上所凿洞中,"囚罪正则木囚不动,囚冤侵夺,木囚动出"④。这些利用梧桐木和桐人进行的巫术活动,在汉代以后发展为用桐人或其他偶人代替活人承受注祟的解注仪式,又在此基础上衍生出桐人复活作祟的志怪故事。

　　汉魏六朝时期是中国古代巫觋活动的重要变革阶段,也是中国历史上巫觋活动较为繁盛的一个阶段。随着封建大一统王权秩序的建立,先秦时期原本主要在民间进行的巫觋活动也开始寻求获得帝王的支持。汉初的帝王如汉高祖、汉武帝都曾试图利用巫觋的活动来维持统治秩序,《史记·封禅书》中记载汉初高祖曾将先秦时期各国的巫师安置于长安,并专门设置祝官和女巫等巫官;汉武帝晚年曾大量任用巫师和术士参与政治管理,武帝晚年著名的"戾太子案"就是由巫觋引起的,当时术士江充发动"巫蛊案",导致太子刘据及皇后卫子夫被废,这一事件的余波直至权臣霍光废掉昌邑王刘贺而迎立刘据之孙刘病已为汉宣帝才逐渐告一段落。后来的西汉诸帝也大多受到巫觋之风的影响,《风俗通义·祀典》中描述西汉诸位帝王对于巫觋活动的信奉情形时称:

①　鲁迅:《鲁迅辑录古籍丛编·古小说钩沉》,人民文学出版社 1999 年版,第 160 页。
②　同上,第 153 页。
③　王子今:《睡虎地秦简〈日书〉甲种疏证》,湖北教育出版社 2002 年版,第 426 页。
④　张宗祥:《论衡校注》,上海古籍出版社 2013 年版,第 325 页。

"自高祖受命,郊祀祈望,世有所增,武帝尤敬鬼神,于时盛矣。至平帝时,天地六宗已下,及诸小神,凡千七百所。"①由于西汉诸帝的崇信,巫觋活动几乎贯穿了整个西汉的历史。

东汉时期,谶纬之学兴盛,很多儒家学者和官员从儒学正统的角度出发,对来自民间的巫术活动采取打压的态度。东汉后期更是出现公开提倡无神论的学者如王充以及第五伦、宋均、栾巴、应劭等极力主张禁除淫祀和巫术活动的地方官吏。史载第五伦、宋均等到任后都曾大力压制当地的巫觋活动和巫术信仰,栾巴则自称"有道术,能役鬼神,乃悉毁坏房祀,剪理奸巫,于是妖异自消"②。

东汉以后,政局动荡,皇权衰微,儒家的正统地位更是一落千丈,巫术活动日渐复兴。六朝时期上至君王下至百姓,都重新投入巫术迷信活动的怀抱之中。这种情况自三国时期已经开始,《三国志》裴松之注引《吴历》载孙坚患病,"举军震惶,迎呼巫医,祷祀山川",又引《江表传》称吴主孙皓"用巫史之言"③。到了南北朝时期,政局动荡频繁,信奉巫术的君主更是层出不穷,《宋书·前废帝本纪》载南朝宋废帝刘子业听信巫觋之言,并曾于华林园竹堂亲自率领众巫师射鬼。《北齐书·幼主本纪》载北齐幼主高恒每遇水旱灾害并不设法赈济,而是设斋祠请巫师祈祷。④《南史·齐本纪》载南齐废帝萧昭业"曲信小祠,日有十数,巫师魔媪,迎送纷纭"⑤。《陈书·张贵妃传》载陈后主宠妃张丽华以"鬼道""压魅之术"迷惑后主,在宫中设淫祠令巫师鼓舞。⑥六朝时期的王侯将相、门阀士族和上层官吏也对巫鬼之术十分迷信,《晋书》中多次记载了当

---

① 王利器:《风俗通义校注》,中华书局 1981 年版,第 350 页。

② 【南朝宋】范晔:《后汉书》,中华书局 1965 年版,第 1841 页。

③ 【晋】陈寿:《三国志》,中华书局 1964 年版,第 1453 页。

④ 【唐】李百药:《北齐书》,中华书局 1972 年版,第 112 页。

⑤ 【唐】李延寿:《南史》,中华书局 1975 年版,第 155—156 页。

⑥ 【唐】姚思廉:《陈书》,中华书局 1972 年版,第 131 页。

时掌权的贵族对于巫术活动近乎痴迷的崇信,《晋书·赵王伦传》载西晋权臣赵王司马伦及其谋臣孙秀惑于"巫鬼","拜道士胡沃为太平将军",每日拜祭淫祀,并以巫术选择战日。①《晋书·会稽王道子传》载当时执掌大权的会稽王司马道子在孙恩作乱之时只会每日于蒋侯庙祈祷,行压胜之术。《晋书·桓玄传》载桓玄篡位称帝之后,其主力部队被刘裕的军队击溃,桓玄"闻之大惧,乃召诸道术人推算数为厌胜之法"②。不仅上层贵族如此,普通官吏也多有迷信巫术活动者,《三国志》裴松之注引《九州春秋》载汉末焦和为青州刺史时,遇黄巾军起事,焦和只知每日"祷祈群神,求用兵必利,著筮常陈于前,巫祝不去于侧"③。由此可见巫觋及巫术活动在当时社会上层贵族乃至文人士大夫之中的影响力。

六朝帝王将相迷信巫觋的情况在志怪小说中也有所反映,许多志怪小说中都出现了六朝君主请巫师行见鬼之术的故事,《幽明录》载吴主孙权得病,巫师禀报称有穿着似已故将相的鬼进入宫中,到了夜里,孙权果然见到鲁肃的鬼魂前来拜见。④《搜神记》载吴主孙皓即位以后想要改葬被权臣孙峻杀害的婶母朱夫人,但朱夫人的尸体被埋于石子冈,冢墓不可识别,于是就请来两位能见鬼的巫师,两人称见一女子年三十左右,身穿青衣、紫裳、红丝履,入一冢中不见,孙皓命令开冢,便即找到了朱夫人的尸体。⑤

见鬼是巫师们获得统治者信任的一项重要技能。在当时人看来,巫师的这种见鬼能力大多出自天生或奇遇,而不是通过学习获得的。葛洪《抱朴子·内篇·论仙》中引述当时人的普遍观点称:"见鬼者,在男为觋,在女为巫,当须自然,非可学而得。"⑥这种观念在志怪小说中也有所体现,《搜神后记》中就记

---

①　【唐】房玄龄:《晋书》,中华书局 1974 年版,第 3037 页。

②　同上,第 2598 页。

③　【晋】陈寿:《三国志》,中华书局 1964 年版,第 232 页。

④　鲁迅:《鲁迅辑录古籍丛编·古小说钩沉》,人民文学出版社 1999 年版,第 191 页。

⑤　李剑国:《新辑搜神记·新辑搜神后记》,中华书局 2007 年版,第 387 页。

⑥　王明:《抱朴子内篇校释》,中华书局 1985 年版,第 20 页。

载了天生具有见鬼能力者夏侯综的故事，叙述夏侯综预言一小儿将得大病，不久小儿果然得病将死，小儿之母向夏侯综请教，夏侯综称此小儿曾在街上用一土块掷中鬼脚，鬼怒而作祟使小儿生病，若想解除需要以酒饭祭祀此鬼，小儿母如言祭祀，小儿果然痊愈。①

　　汉魏六朝时期，上层统治者迷信巫觋活动，下层百姓对于巫鬼之说更是深信不疑，并将其当作日用生活的一部分。巫术经常被用于民间驱鬼活动，睡虎地秦简日书甲种《诘咎》开篇即称："鬼害民罔行，为民不羊（祥），告如诘之，召道令民毋丽（罹）凶央。"②《诘咎》中记载了大量当时民间使用的驱鬼巫术，如用桃木弓、牡棘失射鬼，焚土偶以驱鬼等。到了汉代，民间巫术活动更为繁盛，《盐铁论》中称当时"街巷有巫，闾里有祝"③。《风俗通义·怪神》中描写当时会稽地区百姓崇信巫术活动的情况称："会稽俗多淫祀，好卜筮，民一以牛祭。巫祝赋敛受谢，民畏其口，惧被祟，不敢拒逆；是以财尽于鬼神，产匮于祭。"④

　　这些驱鬼的巫术活动在六朝志怪小说中有各种不同的呈现方式，著名的"宋定伯捉鬼"故事中，宋定伯遇到鬼后骗取了鬼的信任，最终用"唾"的方法降服了鬼，并把鬼变为羊卖掉。这则看似戏谑的民间故事，却蕴含着巫术活动的背景。唾液在民间一直被认为有驱鬼的力量，用唾液驱鬼是民间常见的一种巫术行为。以唾驱鬼的巫术在后世也不断流传，明姚旅《露书》卷六中称："鬼不畏符，只畏唾。"⑤唾液作为巫术的工具，早在汉初就已经被使用，《史记·外戚世家》中记载汉景帝时长公主与太子之母栗姬不和，长公主便向汉景帝进谗言陷害栗姬，称栗姬经常与人私会，并让自己的侍婢用"祝唾"的方式"挟邪媚道"⑥。所谓"祝唾"即以唾液进行巫祝活动。

---

① 李剑国：《新辑搜神记·新辑搜神后记》，中华书局 2007 年版，第 484 页。
② 王子今：《睡虎地秦简〈日书〉甲种疏证》，湖北教育出版社 2003 年版，第 339 页。
③ 王利器：《盐铁论校注》，中华书局 1992 年版，第 352 页。
④ 王利器：《风俗通义校注》，中华书局 1981 年版，第 401 页。
⑤ 【明】姚旅：《露书》，福建人民出版社 2008 年版，第 147 页。
⑥ 【汉】司马迁：《史记》，中华书局 1959 年版，第 1976 页。

　　总而言之,六朝时期巫觋们利用先秦以来流传下来的鬼神信仰,并通过沟通鬼神的巫术活动用以自神。当时上至帝王将相,下至普通百姓,都对鬼神信仰和巫术活动信奉有加。巫师们创造了大量的鬼神志怪故事,并将巫术的思想融入故事的背景之中。这些故事被六朝志怪小说作家忠实地记录,进入志怪小说作品之中,成为六朝志怪小说独特的题材来源。

第二节　"鬼神降临"故事与六朝人鬼信仰

　　世界各国的故事中都有关于神迹和显圣的故事,六朝志怪小说中也有大量的"鬼神降临"故事。"鬼神降临"故事通常表现鬼神来到活人的世界,与活人发生联系的情节。"鬼神降临"的故事来自于古代鬼神信仰,灵魂观念是古代鬼神信仰的核心。中国古人认为人死之后的灵魂既可以成为保佑子孙、造福一方的保护神;也可能成为危害活人、不断作祟的恶鬼。六朝"鬼神降临"故事中的鬼神大多是"兵死"或"冤死"的厉鬼,这与六朝时期流行的厉鬼信仰有关。同时,六朝志怪小说中还有许多关于"人神遇合"和"人鬼遇合"的故事,这与先秦以来流传的媚神巫术有关。

一、六朝以前的人鬼信仰与厉鬼故事

　　自商、周时期开始,中国古人就特别重视对鬼魂进行祭祀活动,《周礼·春官》中记载大宗伯掌管"人鬼、地示之礼,以佐王建保邦国"①,《礼记·祭义》中记载了孔子向弟子宰我讲论鬼神的言论:"气也者,神之盛也;魂也者,鬼之盛也;合鬼与神,教之至也。"②《墨子·明鬼》中称:"有天鬼,亦有山水鬼神者,亦

---

① 李学勤主编:《十三经注疏·周礼注疏》,北京大学出版社1999年版,第450页。
② 李学勤主编:《十三经注疏·礼记正义》,北京大学出版社1999年版,第1324页。

有人死而为鬼者。"①先秦时期,人们从原始的气成万物理论出发,将人死后的鬼魂与天地山川的鬼神相等同,认为人死后的鬼魂也拥有影响后世的超自然力量。商、周时期的人鬼信仰的对象即是先公、先王的灵魂,战国以后,许多普通人死后的鬼魂也被当作鬼神从而受到崇拜和祭祀,如《国语·鲁语上》所说:"夫圣王之制祀也,法施于民则祀之,以死勤事则祀之,以劳定国则祀之,能御大灾则祀之,能捍大患则祀之。"②那些建功立业的帝王将相多有死后受到民间祭祀者,据《三国志》《晋书》《北史》等史书所载,汉魏六朝时期民间各地都兴建有伍子胥、春申君、屈原、楚怀王、秦始皇、项羽等人鬼的祠堂庙宇。

两汉之际,民间出现了汉代人鬼信仰的典型代表——城阳景王信仰。城阳景王即刘章,他是汉高祖刘邦的孙子,齐悼惠王刘肥的次子。刘章在吕后去世时因讨伐诸吕,拥立汉文帝有功,被封为城阳王,"景"是其谥号。刘章去世后在民间传说中被尊为鬼神,有关他的信仰在西汉后期就已经开始流行,《后汉书·刘玄刘盆子列传》中记载当时赤眉军中来自齐地的巫师即经常"鼓舞祠城阳景王,以求福助"③。当时起兵反叛王莽的赤眉军主要来自青州和徐州,而这些地区自先秦以来就盛行巫术,同时又是城阳景王信仰的发源地,因此军中的巫师以城阳景王信仰作为号召。两汉时期出现的这种人鬼信仰与巫术活动互相推动的情况,对后世民间"厉鬼成神"传说的形成产生了重要影响。

到了东汉,城阳景王信仰在琅琊、青州、渤海一代已经颇具规模,其影响范围已经不仅限于民间,而是上升到了王公贵族阶层,《后汉书·光武十王列传》中记载琅琊孝王刘京的封地中有城阳景王祠,刘京手下的巫师宣称见到城阳景王降临称"宫中多不便利",刘京于是上书汉章帝迁徙封地,汉章帝下诏允许。④琅琊孝王刘京贵为亲王,却因城阳景王的缘由而要迁移宫殿,这一

①　吴毓江:《墨子校注》,中华书局 1993 年版,第 343 页。
②　徐元诰:《国语集解》,中华书局 2002 年版,第 154 页。
③　【南朝宋】范晔:《后汉书》,中华书局 1965 年版,第 479—480 页。
④　同上,第 1451 页。

看似荒唐的请求竟然得到了皇帝的认可,可见城阳景王信仰在当时社会上层也颇具影响力。

　　到了东汉末年,出于稳定社会风气的考虑,许多地方官吏着手禁止以城阳景王信仰为代表的地方人鬼信仰,但是成效并不显著。应劭《风俗通义·怪神》"城阳景王祠"条记载了东汉末年琅琊、青州、渤海等地祭祀城阳景王的盛况,这些地区都有大规模的城阳景王祠,祭祀之时"烹杀讴歌,纷籍连日,转相诳曜,言有神明",应劭的前任陈蕃任乐安太守时及曹操任济南相时,曾一度禁绝当地的城阳景王信仰,但两人离职后又恢复如故。①陈蕃任乐安太守在汉桓帝时期,曹操任济南相在汉灵帝初年,《三国志·武帝纪》裴松之注引《魏书》称曹操任济南相时当地的城阳景王祠有六百余座,"贾人或假二千石舆服导从作倡乐,奢侈日甚,民坐贫穷,历世长吏无敢禁绝者",曹操到任后以雷霆手段压制,才勉强暂时禁除了当地祭祀城阳景王的活动。②齐鲁地区的城阳景王信仰虽经陈蕃、曹操先后禁除,但至灵帝末年应劭任营陵令时已经"稍复如故",可见城阳景王信仰在民间百姓中影响之深远。

　　除奉祀城阳景王这样有一定身份和功业的人鬼以外,古人还特别恐惧厉鬼为祟。古代中国人相信死者的尸体必须妥善安葬,并且要得到不断的祭祀,只有这样才能使死者的灵魂得以安息,活着的人才能得到鬼神的保佑。相反,那些不能得到妥善安葬的死者会化为厉鬼。厉鬼即非正常死亡或心怀怨恨不满的人类之鬼,林富士先生在《中国中古时期的宗教与医疗》一书中将"厉鬼"概括为"冤死、横死、不得善终、乏人祭祀的鬼魂"③。人们相信这些厉鬼一旦回到活人的世界,就会对活人展开报复,危害活人的性命。

　　早在原始社会时期,考古发现中就已经出现了对凶死者和夭折者的尸体进行割肢葬的习俗。割肢葬即将尸体的某些部分砍断后再行下葬,考古学家

---

①　王利器:《风俗通义校注》,中华书局1981年版,第394页。

②　【晋】陈寿:《三国志》,中华书局1964年版,第4页。

③　林富士:《中国中古时期的宗教与医疗》,中华书局2012年版,第18页。

推测这样做的目的就在于防止凶死者的鬼魂作祟。商、周时期,鬼魂作为一种超自然的力量受到人们的崇拜,陈少棠先生认为:"周代民间真正崇拜的就是这种人死后变成的鬼魂,崇拜它们超人的本领。鬼具有保佑和作祟的双重职能。一些著名历史人物的鬼魂被神化,成为某地,甚至全国的保护神……然而大多数的鬼魂则生活于阴间,或在世上游荡,它们常常危害活人。"[1]鬼魂成为人们崇拜的对象,并衍生出保护神和作祟鬼怪两种不同的角色。其中,那些心存怨恨的厉鬼尤其受到人们的重视与忌惮。

商、周时期出现了对不同阶层的厉鬼进行官方祭祀的传统,祭祀的目的是避免厉鬼作祟为祸。《礼记·祭法》中记载了"泰厉""公厉"和"族厉"的祭祀,唐孔颖达注称:"泰厉者,谓古帝王无后者也,此鬼无所依归,好为民作祸,故祀之也。""公厉者,谓古诸侯无后者,称诸侯公,其鬼为厉,故曰公厉。""族厉者,谓古大夫无后者,鬼也,族众也,大夫众多,其鬼无后者众,故言族厉。"[2]由此可见,厉鬼在先秦时期多指因无后,失去祭祀而心怀怨恨的鬼,因此需要通过官方的祭祀活动来保证其能够享有香火而不会为祸。

先秦时期还出现了许多"厉鬼复仇"的故事,《墨子·明鬼》中载有两则此类故事,其一叙述周宣王杀其臣杜伯,杜伯临死前诉说自己的冤屈并发誓报复,其后周宣王率领数千人外出田猎,日中之时遇到杜伯乘白马素车,穿着朱衣朱冠,以朱弓射周宣王于车上,周宣王当即死亡;[3]其二叙述燕简公杀其臣庄子仪,庄子仪认为自己遭受冤枉并发誓报复,其后燕简公在赴祖庙祭祀的途中遇到庄子仪的鬼魂,庄子仪以朱杖击燕简公于车上,燕简公当即死亡。[4]《墨子》中的这两则故事都是为了证明鬼神实有,并总结称:"凡杀不辜者,其得不祥,鬼神之诛"。墨子将鬼与神并举,可见在当时人们的心目中,鬼和神的

---

① 陈少棠:《中国风俗通史·两周卷》,上海文艺出版社 2003 年版,第 488 页。

② 李学勤主编:《十三经注疏·礼记正义》,北京大学出版社 1999 年版,第 1306 页。

③ 吴毓江:《墨子校注》,中华书局 1993 年版,第 337 页。

④ 同上,第 338 页。

界限并非泾渭分明，而是可以互相转换的。

《墨子》中的这两则故事在六朝时期成为志怪小说的题材，《太平广记》卷一一九引北齐颜之推《还冤记》中即有对杜伯射周宣王故事的改编和发展：

> 杜伯名曰恒，入为周大夫。宣王之妾曰女鸠，欲通之，杜伯不可，女鸠诉之宣王曰："窃与妾交。"宣王信之，囚杜伯于焦，使薛甫与司空锜杀杜伯，其友左儒九谏而王不听。杜伯既死，为人见王曰："恒之罪何哉？"王召祝，而以杜伯语告，祝曰："始杀杜伯，谁与王谋之？"王曰："司空锜也。"祝曰："何以不杀锜以谢之？"宣王乃杀锜，使祝以谢之。伯犹为人而至，言其无罪。司空锜又为人而至曰："臣何罪之有？"宣王告皇甫曰："祝也为我谋而杀人，吾杀者又皆为人而见诉，奈何？"皇甫曰："杀祝以谢，可也。"宣王乃杀祝以兼谢焉，又无益，皆为人而至，祝亦曰："我焉知之，奈何以此为罪而杀臣也？"后三年，宣王游圃田，从人满野。日中，见杜伯乘白马素车，司空锜为左，祝为右，朱冠起于道左，执朱弓彤矢，射王中心，折脊，伏于弓衣而死。[①]

在《还冤记》所记述的此则故事中，无罪而被杀的厉鬼增加为三人。周宣王在见到化为人形的杜伯鬼魂之后，第一时间找到了"祝"来商议，并在"祝"的建议下杀了负责杀害杜伯的司空锜，其后又因司空锜的鬼魂作祟而杀了"祝"，"祝"的身份实际上就是巫师。与《墨子》中原本的故事相比，《还冤记》中的故事增加了巫术的内容。从六朝时期流行的巫术的角度理解，杜伯的厉鬼作祟可以看作一种"注祟"，作为巫师的"祝"劝周宣王杀司空锜正是希望通过替死的方式进行解注，但是司空锜的死并没有消除杜伯的愤怒，反而增加了一名厉鬼，周宣王在情急之下又杀了祝，最终自己也在三个厉鬼同时报仇时

---

① 【宋】李昉：《太平广记》，中华书局 1961 年版，第 830 页。

被杀死。《墨子》中的故事原本是为了证明鬼神的实有，而《还冤记》的故事版本明显受到了巫术思想和佛教因果报应观念的影响。

二、"鬼神显圣"故事与六朝厉鬼信仰

商周时期人鬼信仰的对象是先公先王，先秦至汉代民间所奉祀的人鬼大部分都属于政治人物或文化人物。战国后期开始，随着周代宗法制的瓦解，政府从官方的角度对鬼魂进行的祭祀活动大量减少，但是民间仍然十分流行对一些重要人物鬼魂的崇拜和祭祀，《史记·伍子胥列传》载伍子胥因吴王夫差不听劝告而自刭，吴王夫差将伍子胥尸体"浮之江中"，吴人"为立祠于江上"。①《汉书·循吏传》载蜀郡太守文翁死后，当地人"为之立祠堂，岁时祭祀不绝"②。但是，自东汉后期开始，战乱频发，人鬼信仰也发生了巨大的变化。民间信仰中的人鬼逐渐由城阳景王和伍子胥这样拥有功绩的王侯将相转变为在战场上死去的厉鬼，由此产生了汉魏六朝时期独特的厉鬼信仰。

东汉后期厉鬼信仰的对象多为在战场上死去之人的鬼魂，人们最初认为这些"兵死之鬼"会为祸人间，巫师则掌握着攘除"兵死之鬼"的法术。《淮南子·说林训》中称："战兵死之鬼憎神巫。"高诱注称："兵死之鬼，善行病人，巫能禁劾杀之。"③这些"兵死之鬼"最初是带来疾病和瘟疫的鬼怪，是巫师们禁劾杀戮的对象。但是到了六朝时期，它们却一变成为被人奉祀的鬼神。这一变化是由六朝独特的社会背景所决定的，李丰楙先生指出："败军之将为何成为鬼主？瘟神？实涉及当时人，尤其道教众人的瘟神疫鬼观：其中蕴涵有两种意义，一是战役、大兵之后尸体未能完善处理，导致传染病流行的恐怖经验，这

---

① 【汉】司马迁：《史记》，中华书局 1959 年版，第 2180 页。

② 【汉】班固：《汉书》，中华书局 1964 年版，第 3627 页。

③ 刘文典：《淮南鸿烈集解》，中华书局 2017 年版，第 688 页。

是根据经验原则所形成的认知；另一则是对于凶死者成为厉鬼，基于怖惧情绪乃相信在阴界雄将率领鬼卒为祟。"①自东汉末至六朝时期，由于战乱频发，大量的尸体处理不当造成大规模的瘟疫不断爆发。据林富士先生统计，东汉时期爆发的十四次大的瘟疫中有十一次是在东汉末期，三国时期爆发了六次大瘟疫，西晋爆发了七次大瘟疫，东晋爆发了九次大瘟疫，南北朝时期也爆发了五次大瘟疫。②对战争与死亡的恐惧是造成六朝时期厉鬼信仰流行的重要原因，当时人们希望通过祭祀这些厉鬼来避免遭受瘟疫的侵袭。因此，这些在战争中死去的厉鬼在六朝时期反而被当作地方的保护神加以供奉。

六朝时期，为厉鬼设立祠庙进行祭祀成为当时巫觋活动的主流，其中最有代表性的当属六朝时期流行于江南地区的蒋侯神信仰。蒋侯神即蒋子文，广陵人，生活于东汉末年，曾任秣陵（今江苏南京附近）尉，在一次在追捕盗贼的行动中被盗贼击伤，死于钟山之下。有关他的故事较早的记载见于《搜神记》，叙述蒋子文"嗜酒好色，挑挞无度"，自谓死后当成神，蒋子文死后很久，至三国吴孙权时，有人见蒋子文骑白马而来，宛如生前，蒋子文对所见之人说自己当为"土地之神"，百姓需为其立祠，否则将降灾祸，当地人不信其言，不久果然有大瘟疫降临，其后蒋子文又数次降临巫祝，称若不祭祀自己，将继续降灾，吴主孙权以为妖言而不信，不久有小虫为灾，入人耳人即死，又有火灾延及宫殿，吴主孙权不得已，遂封蒋子文为中都候，又改名钟山为蒋山，自此以后，蒋子文信仰在吴中地区便颇为流行。③《搜神记》中对于蒋侯神信仰出现过程的记述十分有趣，作为一名"嗜酒好色，挑挞无度"的汉末普通县尉，蒋子文死后变为厉鬼却可以兴起瘟疫，甚至危及整个东吴地区。通过三次降临大灾，蒋子文死后的厉鬼最终迫使吴主孙权为其封候立庙，又改钟山为蒋山。与

---

① 李丰楙：《行瘟与送瘟——道教与民众瘟疫观的交流和分歧》，载《民间信仰与中国文化国际研讨会论文集》，台北汉学研究中心 1994 年版，第 421 页。

② 参见林富士：《疾病终结者——中国早期的道教医学》，台湾三民书局 2001 年版，第 11—15 页。

③ 李剑国：《新辑搜神记》，中华书局 2007 年版，第 107 页。

春秋、战国时期"厉鬼复仇"的故事不同,蒋子文并非被孙权所害,二人也几乎毫无关系,厉鬼蒋子文却通过逼迫的手段,最终实现了自己封神的目的。值得注意的是,故事中蒋子文的现身显圣都是采取凭附于巫祝的形式,可见当时蒋子文信仰的出现和流行是由巫祝活动所推动的。自此以后,蒋侯神信仰遂成为东吴地区最为兴盛的鬼神信仰之一。此后,六朝的南方政权基本都建都于南京,南京又是蒋侯神信仰的中心,对蒋侯神信仰的传播与流行起到了极大的推动作用。

东晋以后,上至帝王,下至普通百姓,皆对蒋子文崇奉有加,六朝志怪小说中也多次出现与蒋侯神信仰有关的"鬼神显圣"故事。如《幽明录》中所载的两则故事,其一叙述丞相王导之子王长豫病危,王导忽见一人自称蒋侯前来看望,此人见过王长豫后面露惨色,不久王长豫即去世;[1]其二叙述权臣桓玄欲害太傅司马道子,某日桓玄忽见一人自称蒋侯,责问桓玄为何要害太傅,桓玄正惊讶时,此人转眼间便消失不见。[2]王导是东晋初期的权臣,当时有"王与马,共天下"的说法,即谓王导所属的琅琊王氏家族与司马氏家族共同执掌天下。桓玄则是东晋后期权倾一时的权臣桓温之子,曾一度逼迫晋安帝禅位,建立桓楚政权。蒋侯神信仰与这些豪族和军阀联系在一起,可见"厉鬼成神"的人鬼信仰在当时早已突破了民间信仰的限制,成为社会各阶层的一种普遍信仰。

事实上,桓玄见蒋子文显圣的故事也事出有因,被桓玄所害的太傅司马道子本身就是蒋侯神的忠实信徒。司马道子为东晋简文帝司马昱第七子,东晋孝武帝司马曜的弟弟,曾一度主掌东晋政权。《晋书》本传记载孙恩、卢循为乱之时,贼兵已经到达京口,司马道子之子司马元显率兵抗贼,屡战失利,司马道子却"无他谋略,唯日祷蒋侯庙为厌胜之术"[3]。司马道子在孙恩叛乱时只

---

[1] 鲁迅:《鲁迅辑录古籍丛编·古小说钩沉》,人民文学出版社1999年版,第198页。

[2] 同上,第212—213页。

[3] 【唐】房玄龄:《晋书》,中华书局1974年版,第1738页。

知每日祈祷蒋侯神保佑，最终导致自己被平定孙恩之乱后因有功而坐大的权臣桓玄所杀。从王导、司马道子、桓玄这些人对于蒋侯神的崇奉也可看出，蒋侯神信仰在东晋社会上层生活中发生着重要的影响。

六朝时期的"厉鬼成神"故事中与蒋侯神信仰相似的还有苏侯神信仰。苏侯神即苏峻，他是西晋末期兴起于山东地区的地方豪强，永嘉之乱后因辅佐晋元帝司马睿南渡有功，被封为鹰扬将军，长期驻扎长江以北阻挡北方胡人的入侵。晋元帝后期，发生了王敦的叛乱，苏峻率领北方军队平定了王敦之乱，但朝政却被世族出身的王导、庾亮等人所把持，苏峻对此颇为不满，遂起兵造反，后兵败被杀。《晋书》本传载苏峻"与数骑北下突阵，不得入，将回趋白木陂，牙门彭世、李千等投之以矛，坠马，斩首脔割之，焚其骨"①。苏峻的死状可谓极惨，然而这种横死的状况反而成了他日后被封神的缘由。由于苏峻是当时有名的军阀，又符合"兵死之鬼"的条件，因此东晋后期就出现了祭祀苏峻的苏侯神信仰。

从封建统治者的立场来看，苏峻是起兵造反的罪人，应该算是死有余辜，《晋书》也将苏峻的传记与孙恩、卢循等罪大恶极的造反者相并列。但是有趣的是，东晋后期在江南地区普遍出现了对苏峻的信仰，其范围不仅限于民间，甚至影响到了世族和王公，田余庆先生在《东晋门阀政治》一书中已经对这一奇特现象提出疑问："苏峻为晋叛臣而得于晋天子辇下立像受祀，其故难明。"②事实上，东晋南朝时期对于苏峻的信仰与蒋子文的信仰一样，都属于"厉鬼成神"的逻辑模式。民间百姓出于对"兵死之鬼"的恐惧，也将苏峻视为鬼神而加以奉祀，这在当时是一种由巫祝推动的普遍做法。

自此以后，苏侯神与蒋侯神经常一同受到奉祀，《宋书》载宋明帝对蒋侯神和苏侯神敬奉有加，曾册封蒋侯神为"相国、大都督、中外诸军事，加殊礼，

---

① 【唐】房玄龄：《晋书》，中华书局 1974 年版，第 2630 页。
② 田余庆：《东晋门阀政治》，北京大学出版社 2012 年版，第 51 页。

钟山王",封苏侯神为"骠骑大将军"①。又载南朝宋文帝刘义隆第十二子始安
王刘休仁曾"与苏侯神结为兄弟,以求神助"②。可见南朝刘宋皇室对于蒋侯神
与苏侯神的信奉。

　　蒋侯神和苏侯神信仰在南朝时期十分流行,对当时的政治产生了重要的
影响,《宋书》载南朝宋文帝时期,太子刘劭崇信女巫严道育,听信严道育的话
迎奉蒋侯神像,并拜蒋子文为"大司马,封钟山郡王,食邑万户,加节钺。苏侯
为骠骑将军"③。刘劭还希望借助蒋侯神与苏侯神的力量反叛宋文帝,最终兵
败被杀。《南齐书》记载南齐的末代皇帝萧宝卷曾"拜蒋子文神为假黄钺、使持
节、相国、太宰、大将军、录尚书、扬州牧、钟山王"④,最终萧宝卷因昏庸无道和
迷信鬼神而亡国。萧宝卷手下的将军薛元嗣在抵御叛军的进攻时,也"无他经
略,唯迎蒋子文及苏侯神,日禺中于州厅上祀以求福,铃铎声昼夜不止。"⑤值
得注意的是,六朝时期君王将相对于蒋侯神和苏侯神的迷信大多与巫觋活动
有关,刘劭对蒋侯神的崇奉是通过女巫严道育进行的,而史载萧宝卷对蒋侯
神的祈祷也是通过巫者朱光进行的,严道育与朱光的巫术活动则都是通过所
谓降神的形式伪托蒋侯神和苏侯神显圣而实现的。总而言之,六朝时期以蒋
侯神和苏侯神为代表的厉鬼信仰与巫觋活动结合,成为一种受到统治者青睐
的迷信活动,在当时的政治生活中发挥着重要的影响力。

　　除作为"败军死将"而受到人们奉祀的男性厉鬼之外,六朝时期还大量出
现了非正常死亡的女性被当作神明祭祀的情况,这些女性厉鬼化身的鬼神包
括紫姑、丁姑、梅姑等。与"兵死"的男性厉鬼受到尊奉的逻辑相同,女性厉鬼
被奉为神明也是当时的巫师利用了人们对于厉鬼的恐惧,把当地女子惨死的

---

① 【南朝梁】沈约:《宋书》,中华书局 1974 年版,第 488 页。

② 同上,第 1873 页。

③ 同上,第 3433 页。

④ 【南朝梁】萧子显:《南齐书》,中华书局 1972 年版,第 105 页。

⑤ 【唐】李延寿:《南史》,中华书局 1975 年版,第 828 页。

传说改造成"厉鬼成神"的故事。

有关紫姑的信仰及习俗较早的记载见于《荆楚岁时记》:"(正月十五)其夕,迎紫姑,以卜将来蚕桑,并占众事。"杜公瞻注引《洞览》云:"是帝喾女,将死,云'生平好乐,至正月半可以衣见迎。'"①然而关于紫姑的来历,志怪小说中有不同的说法,《异苑》中记载的一则故事叙述紫姑是普通人家的妾室,因受到正室的嫉妒而惨遭虐待,最终"感激而死",死后的灵魂却经常出现于厕所边或猪栏边。惨死的紫姑最初是以厉鬼传说的形式在民间流传的,后来的巫祝则利用了人们对于厉鬼的恐惧,对紫姑进行祭祀,并有迎请紫姑下降的仪式。紫姑下降时,被降临者剧说会感觉身体沉重,容貌也会略有变化,此人接受祭祀仪式之后,便可以从事占卜预测的活动。②从紫姑神信仰的生成过程来看,它最初只是一则惨死的女子化为厉鬼的传说,巫师们利用了这些厉鬼传说,并将其转化为巫术仪式进行降神和占卜的活动。在此基础上,又产生了紫姑神为帝喾之女的说法,将紫姑神进一步神化。

与紫姑的传说相类似的还有丁姑和梅姑的传说,《搜神记》载丁姑本是丹阳县的普通民女,十六岁时嫁给谢氏为妻,因忍受不了夫家的虐待,在九月七日自缢而死,其后,民间便开始流行丁姑显圣的传说,巫师为丁姑设祠祭祀,经常借丁姑以自神。③梅姑故事见于《异苑》,梅姑庙亦在丹阳县,她本为精通道术的女子,却因痴迷道术而触怒夫婿,被丈夫杀死后弃于水中,当地的巫师多以梅姑显圣作为自神的手段,有捕鱼人在梅姑庙附近迷路,巫祝便称:"姑既伤死,所以恶见残杀。"④

需要指出的是,六朝时期流行的女性厉鬼信仰也同样与巫觋活动有关。这些被祭祀的女性人鬼大多属于受迫害或虐待而死的下层女性,当地百姓出

① 【南朝梁】宗懔:《荆楚岁时记》,宋金龙校注,陕西人民出版社 1987 年版,第 25 页。
② 【南朝宋】刘敬叔:《异苑》,中华书局 1996 年版,第 45 页。
③ 李剑国:《新辑搜神记·新辑搜神后记》,中华书局 2007 年版,第 123 页。
④ 【南朝宋】刘敬叔:《异苑》,中华书局 1996 年版,第 41 页。

于对冤死者有可能成为厉鬼的恐惧，遂建祠庙进行祭祀。同"兵死"的男性厉鬼一样，这些女性厉鬼也在巫觋活动的宣扬之下被神化为地方的鬼神，几乎每一则与女性鬼神相关的故事中都可以看到巫师的身影。巫师们假托通灵降神的法术，传达鬼神们的意志，代表的实际上是巫师自己自神其教的意愿。

三、"遇合"故事背后的巫术因素

"遇合"故事是六朝志怪小说中的一种常见故事类型，通常表现鬼神降临于普通男女并与之爱恋交合的故事情节。如果对此类故事进行进一步的划分的话，又可以分为"人神遇合"故事和"人鬼遇合"故事两种类型。李鹏飞先生将此类故事称为"遭遇鬼神"故事，并将其情节概括为："人世的年轻男子夜间独处，忽有神女或女鬼来访，一夜缠绵，天明互赠信物而别。或者男子在野外无意中闯进女鬼（或神女）的领地（多为幻化而成的豪宅或人间仙境），于是被女鬼（或神女）挽留，留连数日，而后离去。"①不过实际上，早期"遇合"故事中遭遇鬼神的主人公并不仅限于男性，也有许多凡人女子遭遇男性鬼神的故事。从此类故事产生的历史根源来看，无论是"人神遇合"故事还是"人鬼遇合"故事，都与巫觋的活动有关。

六朝志怪小说中的"遇合"故事很多都与人鬼信仰有关，《搜神后记》中记载了一则苏侯神显圣并与凡人女子遇合的故事，叙述会稽鄮县东野女子吴望子十六岁时参加乡里的祭祀活动，却于半路遇见一贵人邀其乘船同往，吴望子到达后贵人忽然不见，跪拜神像时却发现船中贵人"俨然端坐，即苏侯神像也"，此后苏侯神经常在吴望子面前显露神迹，吴望子想要吃鱼，便有一双鲤鱼从空中跃下，乡邑之中都将吴望子当作神明供奉。②值得注意的是，吴望子

---

① 李鹏飞：《唐代非写实小说之类型研究》，北京大学出版社 2004 年版，第 91 页。
② 李剑国：《新辑搜神记·新辑搜神后记》，中华书局 2007 年版，第 504—505 页。

遇苏侯神的传说以及种种所谓神迹引来乡人奉事,显示出吴望子本人即是巫女的身份。这则故事的背后正是巫女利用当地的苏侯神信仰以及自己与苏侯神的"遇合"故事来达到自神的目的。

有一类"人神遇合"故事与蒋侯神有关,故事中与人遇合的神明并非蒋侯神本人,而是依托蒋侯神形成的清溪小姑。清溪小姑又称蒋姑,传说她是蒋子文的妹妹,死后亦成鬼神,关于清溪小姑的传说在六朝时期颇为流行。《异苑》卷五中的一则故事叙述谢灵运之父谢庆因误杀清溪小姑庙中鸟雀而遭清溪小姑责罚,并称清溪小姑"是蒋侯第三妹"①。关于清溪小姑遇合凡人男子的故事在六朝时期也流传甚广,如《搜神后记》所载"竺昙遂"故事叙述晋太康中沙门竺昙遂路过清溪小姑庙时曾入庙一看,回家后便梦一女子称竺昙遂将至庙中作神,竺昙遂忙问女子是谁,女子自称是"清溪庙中姑",不久竺昙遂便病死②。《幽明录》中也记载了一则清溪小姑遇合士人刘琮的故事,叙述道士许逊为刘琮看病,称其受蒋家女鬼相爱重,欲使刘琮为其弹琴所致,许逊作法相诛,刘琮逐渐痊愈。《续齐谐记》中记载清溪小姑遇合赵文韶的故事,叙述东宫服侍赵文韶住清溪桥边,夜晚倚门而歌,忽见一青衣婢女引一十八九岁女子前来相会,两人相谈甚欢,临别时,女子以金簪赠予赵文韶,赵文韶则赠女子以银碗及琉璃匕,其后赵文韶偶至清溪庙神像前,却于神坐上见到所赠银碗,琉璃匕亦在屏风后,赵文韶才发现自己夜间相会的女子竟然是清溪小姑和其女婢。③晋时民间还流传有名为"清溪小姑曲"的民歌,其歌词为:"开门白水,侧近桥梁。小姑所居,独处无郎。"④这首民歌同样表现了清溪小姑对爱情的思慕和崇敬,可见与清溪小姑有关的"遇合"故事在当时流传之广。

还有一些"人神遇合"故事表现的是男子进入神明的世界与女性神明遇

---

① 【南朝宋】刘敬叔:《异苑》,中华书局1996年版,第43页。
② 李剑国:《新辑搜神记·新辑搜神后记》,中华书局2007年版,第503页。
③ 李剑国:《唐前志怪小说辑释》,上海古籍出版社2011年版,第652—653页。
④ 逯钦立:《先秦汉魏晋南北朝诗》,中华书局1983年版,第1059页。

合的情节。《幽明录》中记载了两则此类故事，一则故事叙述余杭县某人醉卧湖边，醒来时忽见一十六七岁女子前来拜见，又有数辆马车及二十几人将其引入一城邑，城中有贵人自称"河伯"，又称有小女愿奉箕帚，其人不敢拒绝，遂与河伯女儿成婚，三日后，河伯女儿送男子归返，并以金瓯、麝香囊、钱及药方相赠，并称"十年当相迎"，此人回家后便出家为道人，所得三卷书皆为医方，"周行救疗，皆致神验"；另一则故事叙述汉时太山人黄原晨起见门前有一青犬，遂带此犬外出田猎，随犬逐一鹿至一穴，入穴后见其中有房舍，居住者皆为女子，女子见黄原后相视而笑，有四婢来到黄原面前，称太真夫人命一名叫妙音的女子与黄原为妻，二人遂结为夫妻，数日后妙音送黄原返乡，其后有人曾看到有香车从天上飞入黄原家中。①这两则故事所表现的都是人类男子与女性神明之间的"遇合"故事，从情节内容上来看与汉魏六朝时期颇为流行的"神女降临"故事十分类似。

"神女降临"故事属于"遇合"故事的一个类别，通常表现神女降临人间与凡人男子遇合的故事，在六朝时期也颇为流行，其中最有代表性的是见于《艺文类聚》所引东晋曹毗《杜兰香别传》的"杜兰香"故事和见于《搜神记》的"成公智琼"故事。"杜兰香"故事叙述神女杜兰香下降于南郡人张硕，并多次显露法术教导和帮助张硕，杜兰香自称西王母养女，三岁时因遭风灾而亡，被西王母收养于昆仑山，其后张硕与人成婚，杜兰香便离去，一年后张硕偶遇杜兰香于山际，张硕上前与杜兰香言语多时，想要上车相见时却被婢女屏退。②"成公智琼"故事叙述神女成公智琼降于魏北国从事掾弦超，自述"早失父母。上帝哀其孤苦，令得下嫁"，降临后一直以隐形的方式追随弦超，其后因被人发觉而离去，五年后弦超遇成公智琼于济北鱼山，遂相约每年三月三日，五月五日，七月七日，九月九日，月旦、十五降临与弦超相见。③在这两则故事中，杜兰

---

① 鲁迅：《鲁迅辑录古籍丛编·古小说钩沉》，人民文学出版社1999年版，第187—188页。
② 李剑国：《唐前志怪小说辑释》，上海古籍出版社2011年版，第252—254页。
③ 李剑国：《新辑搜神记·新辑搜神后记》，中华书局2007年版，第126页。

香和成公智琼都自称"神女",并都有早夭的经历,受西王母或天帝眷顾而降临凡间,与凡人男子遇合厮守。

这些与"神女"有关的"遇合"故事与当时流行的巫术和鬼魂信仰有关。日本学者小南一郎先生在《中国古代的神话传说与古小说》一书中探讨了杜兰香、成公智琼故事与民间祖灵信仰的关系,并提出:"杜兰香也好,成公知琼也好,求其本来面目,不过是早年夭折的女子的死灵。"①在人鬼信仰的影响之下,人们害怕这些早夭的女子因为失去了祭祀而成为厉鬼,便把她们当作鬼神来祭祀,并由此衍生出她们与人间男子的"遇合"故事。《搜神后记》中所记载的"何参军女"故事在这一点上则表达得更为直白,该故事叙述豫章人刘广于田间见一女子自称"何参军女","年十四而夭,为西王母所养,使与下土人交",刘广遂与之幽会,临别时得到女子裹鸡舌香用的手巾,回家后发现此手巾乃火浣布所制。②故事中的"何参军女"与杜兰香、成公智琼一样都是早夭的女子,同样自称受"西王母"之命来与人遇合,也同样留下了一系列神迹和宝物。在这些故事的背后,是由厉鬼信仰衍生而出的对于早夭女子的祭祀活动,以及一系列通过以人媚神的仪式来安抚死灵的巫术活动。

前引一系列故事基本属于"遇合"故事中的"人神遇合"类型,此外还有"人鬼遇合"的故事类型。"人鬼遇合"故事通常表现女鬼与凡人男子遇合的情节,但故事中的女性不再是神明或被神明收养的女子,而是明确的已死之人的鬼魂。事实上,"人鬼遇合"故事与"人神遇合"故事一样,其背后都与巫觋活动有着密切的联系。

"人鬼遇合"故事自六朝至清代在志怪小说和民间故事中经常出现,民间文学研究领域十分关注这一故事类型,顾希佳先生将这类故事定名为"人鬼夫妻"故事,并按"AT分类法"将其编号定为AT400E③,刘守华先生在《中国民

---

① 【日】小南一郎《中国古代的神话传说与古小说》,孙昌武译,中华书局2006年版,第283页。

② 李剑国:《新辑搜神记·新辑搜神后记》,中华书局2007年版,第503页。

③ 刘守华主编:《中国民间故事类型研究》,华中师范大学出版社2002年版,第237页。

间故事史》中则将此类故事称为"人鬼相恋"故事。由于一部分"人鬼遇合"故事会涉及"复生"的情节，并且这部分故事与中国古代灵魂信仰的联系更为紧密，因此我们会在下一节关于"复生"故事的章节中讨论涉及复生情节的"人鬼遇合"故事，而本节仅讨论没有复生情节的部分。与复生情节无关的"人鬼遇合"故事通常表现某男子进入墓地后与女鬼遇合的情节，六朝志怪小说中的此类故事以《搜神记》中的"韩重"故事和孔氏《志怪》中的"卢充"故事为代表，此外还有见于《甄异传》的"秦树"故事等。

"韩重"故事叙述吴王夫差小女紫玉与有道术之人韩重相爱，韩重向吴王求婚，吴王不许，紫玉遂结气身亡。三年后，韩重至紫玉墓前哭祭，却见紫玉鬼魂从冢中出，邀韩重入墓中相会。三日三夜后，韩重离去，紫玉以明珠及昆仑玉壶相赠。韩重持二物去见夫差，夫差认为是韩重发女儿冢所得，其夜紫玉托梦给夫差说明原委，夫差遂以子婿之礼待韩重。[1]

"卢充"故事叙述范阳人卢充田猎时误入一大户人家府中，主人自称崔少府，并以卢充亡父手书相示，称其父"为其索小女婚"。卢充遂与崔少府女儿完婚。三日后，崔少府送卢充离去，并称女儿已经怀孕，生男孩当送还予卢充，生女孩则自留养，卢充回家后方明白崔少府及其女儿都是亡人。四年后的三月三日，卢充忽于水畔见二犊车，崔少府女下车将一名三岁男孩及一金簮交与卢充。卢充亲友认为此儿是鬼魅，"遥唾之，形如故"。其后有崔家亲属识得金簮乃崔少府女墓中陪葬，卢充遂以实相对。[2]

"秦树"故事叙述沛郡人秦树独行失道，投宿一人家，主人为一独居女子，二人相谈甚欢，遂相寝止。次日，秦树离去，女子赠以指环一双。秦树走出数十步后回望，见宿处乃是古墓。[3]

---

① 李剑国:《新辑搜神记·新辑搜神后记》，中华书局 2007 年版，第 390 页。
② 鲁迅:《鲁迅辑录古籍丛编·古小说钩沉》，人民文学出版社 1999 年版，第 161 页。
③ 同上，第 143 页。

　　这三则故事中，遇合的情节都发生在墓穴之中，女鬼虽可与男子燕寝甚至生下子嗣，但却无法离开墓穴回到现实世界。显然，女鬼仍然是死去的状态，只不过在墓穴这一特定的时空中现实世界与死后的幽冥世界发生了重叠。在这里，墓穴成为生与死交会的场合。值得注意的是，在成公智琼故事中，成公智琼降临的日期为"三月三日，五月五日，七月七日，九月九日，月旦、十五"，而崔少府女将儿子交给卢充的日期也是三月三日。三月三日在六朝时期是一个有着特殊意义的日子，《晋书·挚虞传》载挚虞论三月曲水之义时称："汉章帝时，平原徐肇以三月初生三女，至三日俱亡，邨人以为怪，乃招携之水滨洗祓，遂因水以泛觞，其义起此。"①三月三日是汉魏六朝时期人们专门祭祀早夭女子的日子，祭祀的目的则是洗祓死去女子的灵魂。故事中成公智琼和崔少府女选择在这一天降临人间，也是受到了民间信仰和巫术祭祀活动的影响。由此更可看出，所谓人鬼相恋的"遇合"故事，不过是民间出于对女性厉鬼的信仰和恐惧，想象出来用以安抚因早夭而无嗣的女性鬼魂的一种巫术活动。与已婚却惨死的女性厉鬼不同，汉魏六朝时期人们相信，这些早夭的女鬼一旦与凡人男子遇合，就可以弥补她们心中的缺失，从此得到安息而不会为祸。

　　至此，我们可以明白，"人神遇合"故事与"人鬼遇合"故事本身是相通的，都是通过"遇合"的方式来安抚鬼神的巫术活动。凡人男子与女性神明遇合故事的背后，是六朝时期巫觋活动中盛行的降神和媚神仪式。早在先秦时期，已经出现了用普通人来媚神的祭祀仪式，《说文解字·巫部》称："巫，祝也。女能事无形，以舞降神者也。"②东汉王逸《楚辞章句》称："昔楚国南郢之邑，沅湘之间，其俗信鬼好祠，其祠必作歌乐歌舞以乐诸神。"③南宋朱熹《楚辞辨证》亦称："楚俗祠祭之歌，今不可得而闻矣。然计其间，或以阴巫下阳神，以阳主接

———————

①　【唐】房玄龄：《晋书》，中华书局 1974 年版，第 1433 页。

②　【汉】许慎：《说文解字》，中华书局 1963 年版，第 100 页。

③　【宋】洪兴祖：《楚辞补注》，中华书局 1983 年版，第 55 页。

阴鬼,则其词之亵慢淫荒,当有不可道者。"①由此可见,先秦秦汉的巫师经常表现凡人与神明相爱甚至交合的祭祀活动,通过媚神和娱神以达到祈愿的目的。这种巫术活动在六朝时期依然十分流行,《晋书·隐逸传》载梁统母亲重病,梁家请来章丹、陈珠两位巫师治病,巫师祈愿治病的仪式中就包含了"轻步佪舞,灵谈鬼笑"等带有诱惑性质的舞蹈动作,其实质即是以人媚神的仪式。

除了以人媚神的巫术活动之外,中国古代巫术中还存在着以人作为祭品供奉神明的祭祀活动。先秦时期就已经出现了以人做祭品的记载,《史记·六国年表》载:"秦始以君主妻河。"《升庵全集》卷四十七"君主妻河"条对此的解释为:"君主,秦君之女;其曰君主,犹后世公主也。妻河,沉之河水,如河伯娶妇故事,盖戎俗也。"②由此可知,当时存在着以国君之女妻河的传统,而且即便贵为公主,也逃不出被用于祭祀的命运,可见这一仪式受重视的程度。这种祭祀活动的记载在先秦秦汉时期十分多见,《庄子·人间世》云:"牛之白颡者,与豚之亢鼻者,与人之有痔者,不可以适河。"司马彪注云:"谓沉人于河祭也。"③《淮南子·说山训》中记载:"生子而牺,尸祝斋戒以沉诸河,河伯岂羞其所从,出辞而不受哉!"④可见以人祭河伯的仪式由来已久,并且有很严格的规定。《史记·滑稽列传》中的"西门豹治邺"故事从另外的角度反映了以人祭祀河伯的仪式,叙述战国魏文侯时,西门豹任邺县令,得知邺县三老、廷掾等人与巫婆勾结,每年从民间物色少女作为新妇献给河伯。他赶到现场,运用巧妙的言语把巫婆及其弟子扔入河中,从而破除了为河伯娶妇这一陋俗。文中详细描绘了河伯娶妇的仪式,先要为新妇"洗沐之,为治新缯绮縠衣,间居斋戒;为治斋宫河上,张缇绛帷,女居其中。为具牛酒饭食,十余日。共粉饰之,如嫁女床席,令女居其上,浮之河中。始浮,行数十里乃没。"又说:"民人俗语曰'即

① 【宋】朱熹:《楚辞集注》,上海古籍出版社 1979 年版,第 185 页。

② 【明】杨慎:《升庵全集》,商务印书馆 1935 年版,第 513 页。

③ 刘文典:《庄子补正》,云南大学出版社 1999 年版,第 131 页。

④ 刘文典:《淮南鸿烈集解》,中华书局 1989 年版,第 543 页。

不为河伯娶妇，水来漂没，溺其人民'云……所从来久远矣"。①可见为河伯娶妇是一个非常古老的风俗传统，仪式与人间婚嫁略同，其目的在于祈求风调雨顺。

　　汉代以后，受到儒学正统思想的影响，以人祭神的仪式受到了一定程度的打击，但是却并未消失。《搜神记》中记载的一则故事中仍可以看到这种习俗的遗存，《搜神记》"张璞"故事叙述张璞为吴郡太守，经庐山时带领家人入庙祭拜，婢女与张璞女儿戏言，要以张璞女儿配神，其夜张璞妻子梦见庐山神前来致聘，欲为其子娶张璞之女为妻，次日张璞带家人迅速乘船离去，船却一动不动，张璞知道神明发怒，便命令妻子将女儿沉于水中，其妻却用将张璞已故兄长的女儿代替自己的女儿沉入水中，张璞见女儿尚在，便知事情原委，发怒复投自己女儿于水中，至岸边，有官吏衣着者自称"庐君主簿"接待张璞，称庐君知道张璞仁义，愿将二女奉还，张璞问女儿在水下的经历，女儿称"但见好屋吏卒，不觉在水中也"②。故事中沉女子于河中即可与神明婚配的说法与西门豹故事中相似，显然至汉魏六朝时期这种民间信仰和习俗依然存在。而张璞女儿称"但见好屋吏卒，不觉在水中也"，则代表了当时人对进入神仙世界的一种普遍想象。

　　汉魏六朝时期，以普通男女祭神的巫术习俗在民间仍然十分昌盛，《风俗通义》记载了汉末九江地区仍然流行为山神娶妇的习俗，主持娶妇仪式的则是当地的巫师，这种祭祀活动每年都会进行，使得当地百姓"男不得复娶，女不得复嫁，百姓苦之"③。除了为山神娶妇以外，受到女性人鬼信仰的影响，六朝时期还出现了以男子献媚于天女的巫术活动，《幽明录》中记载了一名普通男子拒绝迎接天女降临的故事，叙述京口某人姓徐，家中贫困，在江边捡柴为

① 【汉】司马迁：《史记》，中华书局 1998 年版，第 1147 页。
② 李剑国：《新辑搜神记·新辑搜神后记》，中华书局 2007 年版，第 104 页。
③ 王利器：《风俗通义校注》，中华书局 1981 年版，第 400 页。

生,忽见江中有大船来到徐郎面前,有人对徐郎说:"天女今当为徐郎妻。"徐郎害怕得躲到屋角,他的父母兄妹强行劝他上船,又有人为他沐浴更衣,上船后徐郎十分恐惧,跪在床前不敢乱动,一夜没敢接触天女,次日天女将徐郎遣归家中,徐郎家人纷纷惋惜责骂。①故事中的徐郎获得了天女的青睐,却对此事感到万分恐惧,在家人的强迫之下仍然拒绝迎接天女。无独有偶,祖台之《志怪》中也记载了一则凡人男子拒绝与神女遇合的故事:"建康小吏曹著,为庐山使君所迎,配以文婉。著形意不安,屡求请退;婉潸然流涕,赋序别,并赠织成裈衫也。"②从这些拒绝遇合的故事中,我们隐约可以看出,所谓的"人神遇合"故事实际上是对当时以人媚神的巫术祭祀活动的另类描述。如果我们从另一眼光来看就会发现,徐郎和曹著都因出身贫寒而被巫师选作祭神的贡品,他们之所以不愿迎接降临的天女或神女,是因为当时人普遍知道神女本身就是已死的女性人鬼,徐郎长跪不起、不愿接触和曹著"形意不安,屡求请退"的态度都是出于对鬼的天然恐惧。所谓的"神女降临"故事,不过是以人祭祀鬼神的巫术活动的另一种叙述形式。

六朝"神女降临"的"遇合"故事中不断隐现着巫觋们的活动,在另外的一些故事中,我们还可以看到地方巫觋们通过所谓的"神女降临"故事来拉拢地方权贵势力的活动,其目的则在于方便巫术活动的开展和传播。《幽明录》中记载了两则神女降临失败的案例,其中一则叙述云社令甄冲上任之前,忽遇一少年自称"社郎"前来拜见,并称:"大人见使,贪慕高援,欲以妹与君婚,故来宣此意。"甄冲以自己年老已婚相辞,却引来社公及社公之女的轮番逼迫,社公甚至率领六十余人将甄冲围住强行逼婚。甄冲不得已,"便拔刀横膝上,以死拒之,不复与语",社公无奈带人离去,甄冲则趁机逃回县中住所。③故事

---

① 鲁迅:《鲁迅辑录古籍丛编·古小说钩沉》,人民文学出版社 1999 年版,第 240 页。
② 同上,第 158 页。
③ 同上,第 241 页。

中许多内容不合情理,甄冲本身年老,且"已有家室,儿子且大",社公却毫不顾忌,强行要将女儿许配给甄冲,甚至在被甄冲屡次拒绝后仍不死心。而在另一则"神女降临"故事中则以降临的神女被杀为结局,该故事叙述索元染病时,有一女子前来拜见,自称"为神所降",来见索元,可以为索元治病,索元以为女子妖言惑众,遂将女子斩于市中。①故事中的女子自称"为神所降",与杜兰香、何参军女自称受命于西王母以及成公智琼自称受命于天帝的说法相同,但当索元将这名女子下狱甚至杀戮时,她却并没有表现出任何的神迹和法术。值得注意的是,故事中甄冲是即将上任的地方官,因而成为"神女降临"的目标;而索元的身份,《晋书·桓玄传》载桓玄"使其将冯该、苻宏、皇甫敷、索元等先攻谯王尚之"②,可知索元是桓玄手下的中层将领,故事中的神女之所以选择索元进行"降临",正是看中了他地方将领的身份。

　　结合这些历史背景,我们可以发现,六朝志怪故事中记载的许多"神女降临"故事已经不仅仅是民间流传的鬼神传说,而是为我们提供了更为丰富具体的六朝民间巫术活动的史料。那些所谓的神女并非仅仅是地方信仰中的女鬼,而是被巫觋所操作的女子。她们以神女自称,并专门寻找地方官、中层将领和有一定影响力的士族子弟进行"降临",甚至不惜甘冒降临失败后被杀的风险,其背后实际上隐藏着巫觋与地方执政者勾结的目的。所谓的"神女降临",不过是以美色诱惑地方权贵的一种手段。尽管这些故事在流传过程中已经隐去了许多细节,甚至发生了某些变异,但我们仍然可以推测,这些所谓降临的神女,不过是受了巫觋的指派,以人鬼信仰为背景来达到自神其教目的的巫女。地方权贵们一旦接受了这些"降临"的"神女",就必须为巫觋们的传教活动提供方便。

---

① 鲁迅:《鲁迅辑录古籍丛编·古小说钩沉》,人民文学出版社 1999 年版,第 213 页。
② 【唐】房玄龄:《晋书》,中华书局 1974 年版,第 2590 页。

第三节 "复生"故事与六朝巫觋活动

在六朝的鬼神志怪故事中,"复生"故事是比较典型的一种故事类型。张庆民先生在《魏晋南北朝志怪小说通论》一书中称之为"复生范型",并讨论了此种故事类型的六种情况。顾希佳先生《中国古代民间故事类型》一书中则将"复生"故事称为"入冥复活"型故事。此类故事通常叙述某人死后复生的情节,故事中的复生者通常会详细叙述自己死时的经历,有一些复生者则会宣称自己在复生的过程中获得了某种法术或神力。六朝志怪小说中的"复生"故事,其思想源头可以追溯至远古的复生神话,而秦汉以后"复生"故事则更多地与巫觋活动有着密切的联系。

一、"复生"故事与古代复生神话

复生故事在中国古代出现甚早,远古时期的"鲧腹生禹"等神话传说中就已经包含了复生的母题内涵。按照《尚书·尧典》和《史记》的记载,尧派鲧治理洪水,鲧治水九年不成,尧禅位于舜,舜殛鲧于羽山,任用鲧的儿子禹继续治水,禹用疏导的办法平治了水土。但是,在史传的说法之外,还有另外一种关于鲧、禹治水的神话式传说,《山海经·海内经》载:"洪水滔天,鲧窃帝之息壤以堙洪水,不待帝命,帝令祝融杀鲧于羽郊。鲧复生禹。帝乃命禹卒布土以定九州。"[1]在《山海经》所记载的这则神话传说中,鲧如同西方的普罗米修斯一样偷窃了帝的息壤,息壤据郭璞所说是一种"自长息无限"的土壤,显然此处的"帝"乃是带有神性的天帝,而能窃帝之息壤的鲧也带有天神的属性。

先秦时期还流传着鲧死后化为黄熊或黄龙的传说,《左传·昭公七年》载:

---

[1] 袁珂:《山海经校注》,巴蜀书社 1993 年版,第 536 页。

"昔尧殛鲧于羽山,其神化为黄熊,以入于羽渊。"①而《山海经·海内经》郭璞注引《开筮》则称:"鲧死三岁不腐,剖之以吴刀,化为黄龙也。"②"黄熊"与"黄龙"的区别,或出于传抄之误,《左传》郑玄注解释化熊之说云:"黄熊音雄,亦作能,如字,一音奴来反,三足鳖也。解者云,兽非入水之物,故是鳖也。"③又熊的古字常写作"能",《说文解字·能部》谓:"能,熊属,足似鹿"④,清徐颢《说文解字注笺》认为能字实即古熊字。能之古字与龙之古字字形极相似,黄熊之说或出自黄龙说的讹传。除黄龙以外,后世的志怪小说中还出现了鲧化玄鱼的说法,《拾遗记》卷二载"尧命夏鲧治水,九载无绩,鲧自沉于羽渊,化为玄鱼。时扬须振鳞,横修波之上,见者谓之河精。"⑤

鲧死化黄龙或玄鱼的传说衍生自"鲧腹生禹"的神话,《全上古三代文》卷十五引《归藏·启筮》称:"鲧殛死,三岁不腐,副之以吴刀,是用出禹。"⑥屈原《楚辞·天问》中也有关于这一神话的讨论:"鸱龟曳衔,鲧何听焉?顺欲成功,帝何刑焉?永遏在羽山,夫何三年不施?伯禹腹鲧,夫何以变化?纂就前绪,遂成考功,何续初继业而厥谋不同?"闻一多先生《天问疏证》中认为"伯禹腹鲧"乃"鲧化生禹耳","或曰化龙,或曰出禹,是禹乃龙也。剖父而子出为龙,则父本亦龙,从可知矣。"⑦根据闻一多先生的解释,《楚辞》中的这段文字可以理解为鲧听信了一种鸱龟的话,被天帝流放到羽山,三年后又化生出禹,完成了自己未竟的事业。

关于鸱龟的形象,我们在马王堆汉墓出土的 T 形帛画中可以看到,在帛画的下方所描绘的水下世界中,有两条巨鱼载着一位托起象征大地的白色扁

---

① 杨伯峻:《春秋左传注》,中华书局 2009 年版,第 1290 页。

② 袁珂:《山海经校注》,巴蜀书社 1993 年版,第 536 页。

③ 李学勤主编:《十三经注数·春秋左传正义》,北京大学出版社 1999 年版,第 1244 页。

④ 【汉】许慎:《说文解字》,中华书局 1963 年版,第 207 页。

⑤ 齐治平:《拾遗记校注》,中华书局 1981 年版,第 33 页。

⑥ 严可均:《全上古三代文》,商务印书馆 1999 年版,第 195 页。

⑦ 闻一多:《天问疏证》,生活·读书·新知三联书店 1980 年版,第 23 页。

平物的力士,力士的左右各有一龟,龟背上站着鸱鸮。解释帛画的学者多将这位背着鸱鸮的龟形象解释为《楚辞》中的鸱龟,托地的力士则被解释为鲧,如刘敦愿先生即认为:"(帛画)地下景物所描写的主要是鲧湮洪水的故事应是毫无疑问的。至于鲧湮洪水,为什么要谋及鸱龟,具体情节一定是很有趣的,可惜现在是无从知道的了。"①值得注意的是,帛画中力士所托之盘象征大地,这一点由盘上描绘的人物形态皆为现实生活景象可知,大地左右两鸱龟的身体一半在地下,一半探出地上,恰恰架起了沟通地下与地上世界的桥梁。在古人的观念中,方形的陆地四周被水围住,太阳从水中升出又没入水中,如《楚辞·天问》中说:"出自汤谷,次于蒙汜",闻一多先生解此句谓:"九州瀛海之说出,谓九州之外,环以大海,则日所出入处当在水中"②。由于代表光明和生命力的太阳的出入皆与环绕大地的水相关,因此水同时又与晦暗和死亡联系在一起。正如叶舒宪先生所说:"由天、地、水三种不同的物质形成的三分世界,以地为界限形成二元对立:天神世界和人类世界共为阳界,同地下的水世界即阴界形成对立。地下的阴间神同时又兼为水神或海神。"③如此,我们可以很自然地理解马王堆帛画地下世界所描绘的内容,托地的力士即为鲧,他脚下巨鱼即是其化身的玄鱼,而他两侧的鸱龟则是沟通水下阴间与地上阳间的灵物。

鸱龟形象的产生并非是偶然的,如前所述,在秦汉之交人们的心目中,鸱龟表示鸱鸮和龟两种生物,他们共同担负着沟通水下阴世界与陆上阳世界的任务。关于鸱鸮,尽管它在后世的人们心目中口碑不佳,但从出土的商代墓葬中,我们可以看到许多以鸱鸮为形象基础的造像雕塑,如殷墟妇好墓中出土的铜鸮尊和河南安阳侯家庄商代后期墓中出土的白石鸮,都显示出鸱鸮在先秦人们的文化心理中扮演着重要的角色。由于鸱鸮属于夜行性动物,并且经

---

① 刘敦愿:《马王堆西汉帛画中的若干神话问题》,载《文史哲》1978 年第 4 期。

② 闻一多:《天问疏证》,生活·读书·新知三联书店 1980 年版,第 10 页。

③ 叶舒宪:《中国神话哲学》,陕西人民出版社 2005 年版,第 41 页。

常出没于墓地坟场捕食鼠类,加之其叫声凄厉,很容易让人联系起黑夜、梦幻和死亡,正如刘敦愿先生所说:"商代晚期的铜器之所以多鸮尊、鸮卣……显然含有用来保护夜间的享宴生活安全的意图;至于它们又发现于墓葬之中,除了一般的依生前的模式安排丧葬之事之外,这类物件可能又都含有镇墓兽的作用,用来保证人生的'长夜'的安全,与商代墓葬往往殉犬的用意相同。鸮类题材的艺术品在秦汉时期,除个别的而外,都发现于墓葬之中,正见这种古代习俗延续的时间还相当长久。"①由此,鸱鸮很可能被当时的人们当作通往冥界的守护神和引渡者而受到崇拜。龟也具有和鸮相同的象征意义。龟自古便被当作灵物崇拜,如《礼记·礼运》中称:"麟、凤、龟、龙,谓之四灵。"商周时期大量使用龟甲进行占卜,显然也是看中了龟具有沟通两个世界的作用。据弗雷泽的《金枝》记载,美国新墨西哥的祖尼印第安人拥有一种关于龟的信仰,他们认为"人死之后灵魂转生为乌龟……死者的魂魄就是以乌龟的形体聚居在另一个世界里。"②龟被当作能够沟通异世界的灵物,是由于它是死者灵魂的化身,这一信仰应出自于水所具有的彼岸和冥间的意义。由此,在中国古人的心中,鸱鸮与龟这两种具有引渡者身份的灵物通过长时间的演变结合在了一起,形成了一种新的引渡者形象即鸱龟,而鸱龟的象征意义则在于它是一种沟通生者的凡间世界与死后的水下阴间世界的灵物,共同作为通往冥界的引渡者和桥梁而存在。

关于玄鱼与黄龙的意义,据《水经注·河水》所载:"河水又南得鲤鱼涧,历涧东入穷溪首,便得其源也……出巩凡三月,则上渡龙门,得渡为龙矣,否则点额而还。"③龙门据传说为禹所开凿,而鱼跃龙门可化身为龙的传说,应与鲧禹神话有关。唐《无能子》亦载"跃龙门"之说,谓:"河有龙门,隶古晋地,禹所

---

① 刘敦愿:《中国古代艺术中的鸮类题材研究》,载《新美术》,1985 年第 4 期。
② 【英】弗雷泽:《金枝》,徐育新译,新世界出版社 2006 年版,第 481 页。
③ 陈桥驿:《水经注校正》,中华书局 2007 年版,第 102 页。

业也。悬水数十仞，涿其声。雷然一舍之间，河之巨鱼，春则连群集其下，力而上泝，越其门者则化为龙，于是，挛云拽雨焉。"①巨鱼化龙之说当是某种神话传说的遗存，考之马王堆一号墓 T 形帛画，鲧脚下的两条巨鱼，一条青身红头，一条红身青头，而两条纠结升腾的巨龙同样是一条青身红头，一条红身青头。显然，巨鱼化龙之说当与帛画中所描绘的传说有关，且与鲧有着极大的关系，后来渐渐与禹凿龙门之说相混杂，逐渐变为"鱼跃龙门"的传说。如前文所说，茫茫的大水具有死亡这一永恒归宿的含义，玄鱼即巨鱼是居于水底的生物，是冥界的象征；而龙则既是聚居于大水中的生物，同时，又是一种可以升腾上天的神物，《说文解字·龙部》谓龙"春分而登天，秋分而潜渊"②，这也就意味着龙具有沟通代表幽冥的水下世界和代表极乐的天上世界的作用。鲧所化之物有玄鱼和黄龙两说并不矛盾，他先是化为玄鱼进入了水下的冥界，又一跃而成黄龙升腾上天，这显然是古代先民对于始祖死而复生的一种神话式的想象。

将这些神话的片段联系在一起，禹是在鲧死以后从其身体里面出生的，且其出生时现黄龙之形，这使得大禹出生的故事成了一则死而复生的神话传说。鲧死化生为禹的传说实际上可以看作鲧的死亡与重生这一神话传说的变形。鲧死后化为玄鱼或三足鳖的说法来源于其灵魂以鱼或龟的形态进入代表冥界的水下世界这样一种信仰，鲧死后化玄鱼和黄龙的说法则代表着其灵魂升腾上天得以重生，其重生之后就成为禹。这样也就是说鲧与禹是同一神话人物的两种形态，是同一神话人物的死而复生。

正如我们所知道的，神话传说通常不会是凭空产生的，它总是与某种社会风俗或宗教仪式相联系，但是，神话故事与风俗仪式之间的联系很早就产生断裂，如结构主义叙事学家普罗普所说的那样："神话与仪式之间完全吻合

---

① 王明：《无能子校注》，中华书局 1981 年版，第 38 页。
② 【汉】许慎：《说文解字》，中华书局 1963 年版，第 245 页。

大概不可能,神话、故事,都比仪式存在得长久。"①同时,普罗普也提出:"故事保存了业已消失的社会生活的痕迹,必须研究这些遗迹,这样的研究将会解释许多故事母题的来源。"②

回到我们先前所讨论的故事中来,如果事情真的如我们所认为的那样,鲧和禹实际上是同一神话人物的死亡与重生,那么与这一神话传说相关的信仰与风俗以及与之相关的社会活动又是怎样的呢?关于神话人物的死亡与现实世界的联系,英国人类学家弗雷泽在《金枝》一书中曾经花费了大量的篇幅来论述一个问题,即在原始人的心目中,神圣帝王的地位极高,被认为是神本人在凡间的代表,王的生死以及健康状况直接关系到世界的兴亡,因此要使用一整套的巫术来保护王的灵魂不受损害,当王的身体健康日渐衰弱的时候,需要由新王通过杀死旧王的方式获得神的力量,这一过程被看作神的死而复生。

如果"鲧腹生禹"的传说代表着神话人物的死而复生观念的遗存,那么它是否也预示着上古时代的中国也同样存在着《金枝》中所描述的王位继承关系呢?《太平御览》卷八八八引《蜀王本纪》中记载了杜宇鳖灵的传说:"宇自立为蜀王,号曰望帝,治汶山下,邑郫,化民往往复出。望帝积百余岁,荆有一人,名鳖灵,其尸亡去,荆人求之不得。鳖灵尸至蜀复生,蜀王以为相。时玉山出水,若尧时洪水,望帝不能治水,使鳖灵决玉山,民得陆处。鳖灵治水去后,望帝与其妻通,帝自以薄德,不如鳖灵,委国授鳖灵而去,如尧之禅舜。鳖灵即位,号曰开明。"③这则传说与鲧禹传说有着莫大的关系,杜宇与大禹之音相谐,鳖灵或即鲧所化之三足鳖的异称,且鳖灵同样是死而复生之人,开明即为启,启乃传说中的禹之子,因此学者多认为鳖灵杜宇的传说乃是鲧禹传说的

---

① 【俄】普罗普:《神奇故事的历史根源》,贾放译,中华书局 2006 年版,第 202 页。
② 同上,第 9 页。
③ 【宋】李昉:《太平御览》,中华书局 1985 年版,第 3944 页。

变形,如李修松先生即称:"鳖灵传说中的'荆上亡尸'乃是附会鲧禹传说中的'阻穷西征';杜宇禅让原为舜禹禅让的伪托;开明治水亦有附会大禹治水的成分。"①但是值得注意的是,鲧禹传说中鲧乃禹之父,禹完成了鲧未竟的治水事业;而杜宇鳖灵传说中,杜宇不擅治水,鳖灵完成了治水大业后杜宇将帝位让给了鳖灵。是什么原因造成了传说中次序的混乱呢?田兆元先生认为:"关于禹诞生的多种传说,实是关于几代禹王的传说,非一禹之传说。"②如果几代禹王皆名为禹,则禹应是一神话中的天神,而禹王则是天神禹在人间的执行者,鲧、鳖灵、开明和启或皆为禹王的异名。《绎史》卷十一引《遁甲开山图》说:"古有大禹,女娲十九代孙,寿三百六十岁,入九嶷山仙飞去。后三千六百岁,尧理天下,洪水极甚,大禹会之,乃化生于石纽山泉……尧知其功如古大禹,知水源,乃赐号禹。"③此说法虽然明显被后人仙话化了,但却保留了一部分上古信仰中的大禹化生传说,即人间的禹王乃是上古天神大禹的化身。人们相信人间的禹王即天神大禹的化身拥有着天神的神力。然而作为凡人的禹王必然会衰老和死亡,因此为了确保天神的神力永存,他必须在身体衰败之前将王位传给下一任禹王,这必然要通过一系列的仪式,这种仪式或即称为"禅让"。但是在原始社会时期,选贤与能的禅让制度不可能时时奏效,因此,有时新的禹王要依靠暴力杀死前任禹王,从而获得天神的承认继承神力。这或许就是"剖之以吴刀,是用出禹"一说的由来。鲧腹生禹的神话实际上表示着同一天神的死而复生,即经由水下进入冥界,进而升腾上天的过程。而这一过程的实质是上古巫教信仰中,天神大禹的神力在人间帝王新老更替中的传递和继承。

复生的母题不仅在大禹神话中有所体现,在上古时期的许多其他神话传

---

① 李修松:《"鳖灵"传说真相考》,载《安徽大学学报》2002 年第 5 期。
② 田兆元:《神话与中国社会》,上海人民出版社 1998 年版,第 94 页。
③ 【清】马骕:《绎史》,中华书局 2002 年版,第 125 页。

说中也都可见到包含此类母题的故事,如《山海经·大荒西经》载:"风道北来,天乃大水泉,蛇乃化为鱼,是为鱼妇,颛顼死即复苏。"①《山海经·海外西经》则载刑天死后"乃以乳为目,以脐为口,操干戚以舞。"②《博物志》载房风之神刺禹不成,以刃自贯其心而死,禹哀之疗以不死之草。这些神话传说与鲧腹生禹的神话传说一样,都体现着远古巫教文化中先民们对于死而复生的信仰和渴望。总之,以鲧腹生禹神话为代表的上古复生神话从一开始就和死亡、冥界等意象发生了联系,同时又与原始信仰及巫术活动有着密切的关系,这些都为后来"复生"故事在六朝的繁荣奠定了思想的根基。

二、"复生"故事与秦汉至六朝的灵魂观念

早期的神话传说中的"复生"故事多是以神明或文化英雄的死而复生为核心的,秦汉以后的志怪故事中则开始出现普通人死而复生的情节。汉魏六朝时期的"复生"故事层出不穷,其来源和背景十分复杂,背后的文化内涵也多有不同,因此需要区别对待,不可一概而论。

有一类"复生"故事很可能就是当时真实的历史记录。古代医学并不发达,许多因病陷入假死状态之人会被当作死人处理,甚至发丧埋葬。在殡殓之时,"死者"受到某种刺激又突然复苏,这种情况在古代并不少见。《搜神记》中记载的"颜畿"故事即属于这种情况,颜畿出身于世家大族,因疾病死于家中,家人准备发丧时却梦见颜畿的鬼魂自称服药太多伤了五脏,"未应死","当复活",家人连忙开棺,颜畿果然复生,但气力很弱,十余年生活不能自理,全赖其弟颜含照顾。③此则故事应含有很大的事实成分,颜含为晋时名臣,《晋书》

---

① 袁珂:《山海经校注》,巴蜀书社 1993 年版,第 476 页。
② 同上,第 258 页。
③ 李剑国:《新辑搜神记·新辑搜神后记》,中华书局 2007 年版,第 359 页。

本传载其曾任侍中、国子监祭酒、散骑常侍、光禄大夫等职，以孝直著称于世，而侍奉长期卧病在床的兄长颜畿一事则是颜含孝直的主要事迹。

从颜畿故事的情节来看，他因庸医误诊，服用大量有害药物而造成五脏损伤，确实出现了假死的症状。家人误将假死的颜畿入殓后准备发丧，后颜畿在棺中醒来并发出声音，被家人救起，但因五脏损伤故气力羸弱，不得不长期卧病在床。由于死人于棺中醒来的事件过于离奇，在流传过程中遂被加入了托梦等细节，从而形成了一则独特的"复生"故事。此类事件在当时多有出现，如《搜神记》所载"桓氏"故事云："汉献帝初平中，长沙桓氏死。月余，其母闻棺中有声，发之，遂生。"①桓氏的故事很可能与颜畿的故事一样，是误将假死之人当作死人发丧入殓的事件，但所谓"月余"之后复生，很可能是故事在流传过程中被夸张、改编所致。

事实上，《搜神记》的作者干宝也曾经历过此类复生事件，只不过与颜畿故事相比，干宝所经历的"复生"故事更加离奇。《晋书·干宝传》记载了发生在干宝身上的两件"复生"故事，其一是干宝的母亲嫉妒干宝父亲的宠婢，在其父死时将宠婢推入墓中，当时干宝兄弟年纪尚少，因此并不知情，十余年后干宝母亲去世，干宝兄弟开墓准备将父、母合葬，却发现宠婢伏于父亲棺上，干宝兄弟遂将宠婢带回家中，一日后宠婢复苏，向干宝兄弟说起其父的鬼魂常常现身给她饮食，恩情和生前别无二致，并将家中情况相告，宠婢又转述其父所述家中情况，"考校悉验"；其二是干宝之兄曾生病气绝，但尸体却并不冰冷，后来渐渐复苏醒转，自述死时曾见"天地间鬼神事，如梦觉，不自知死"②。干宝受到这两件事情的感悟，因而开始创作《搜神记》。

在与干宝有关的这两件"复生"故事中，宠婢复生故事又见于孔氏《志怪》和《搜神后记》，可见在当时影响较大。关于这一故事的始末，或许并非完全出

①　李剑国：《新辑搜神记·新辑搜神后记》，中华书局 2007 年版，第 350 页。

②　【唐】房玄龄：《晋书》，中华书局 1974 年版，第 2150 页。

于杜撰。《晋书》中明言干宝兄弟在其父去世时年纪尚小,可知其母将宠婢推入墓穴之事并非二人亲见,而是宠婢被救后自己所述。很可能当年干宝的母亲并没有将宠婢推入墓穴,而是将其赶出家中,当宠婢得知干宝母亲去世,干宝兄弟想要开墓合葬时,便设法提前进入墓穴之中并演出了一场"复生"的戏码。由于十余年困于墓穴之人不可能知道外界情况,于是宠婢又编造了干宝父亲亡魂将家中吉凶相告的谎言。至于干宝兄长的"复生",应是与颜畿一样是出于庸医的误诊,陷入假死之后又慢慢恢复的情况,其所见天地鬼神,不过是他在陷入假死状态时的臆想和梦境。

无论颜含还是干宝,都是士族出身,然而他们的兄长都曾被庸医诊断为死亡,后又死而复生,可见在当时的医疗条件下,将假死之人误诊为死亡的情况是时有发生的。汉魏六朝时期流传的大量"复生"故事都是在这些真实的复生事件的基础之上衍生而出的。东汉时期民间流行着人死后只要精魂不灭就可以复生的说法,甚至认为肉体可以在灵魂的作用下重新生长。《论衡·论死篇》中就以批判的态度提到了民间的这种观念,称:"今人死皮毛朽败,虽精气尚在,神安能复假此形而以行见乎?"①尽管王充反复论证了人死神灭的观点,但灵魂不灭,人可复生的观念一直到六朝时期仍然流行,《真诰·运题象》中即认为复生是长生不死的一种重要途径:"若其人暂死适太阴,权过三官者,肉既灰烂,血沉脉散者,而犹五藏自生,白骨如玉,七魄营待,三魂守宅,三元权息,太神内闭。或三十年、二十年,或十年、三年,随意而出。当生之时,即更收血育肉,生津成液,复质成形,乃胜于昔未死之容也。"②《真诰》中的这种说法实际上就是道教在吸收了东汉以来形成的复生观念后形成的认识,并由此衍生出人可以通过复生的方式成仙的思想。

在中国古代独特的灵魂信仰和生死观念的影响之下,复生事件逐渐演变

---

① 张宗祥:《论衡校注》,上海古籍出版社 2013 年版,第 415 页。
② 【南朝梁】陶弘景:《真诰》,中华书局 2011 年版,第 76 页。

成了"复生"故事。"复生"故事即表现人死而复生情节的志怪故事。通过文学性的记述,志怪小说中出现了许多表现男女因爱情而复生的故事,如《搜神记》所记"河间男女"故事即叙述河间郡有男女二人相爱,男子从军,女子父母将女子许配他人,女子忧愤而死,男子归来,于女子墓前哀哭,激情之下发冢开棺,女子登时复活,男子将女子背回家中调养。①由于故事叙述简略,我们难以知道故事中的女子在被埋葬多久之后复生,但此类故事的出现显然是受到了秦汉六朝时期广泛流传的人死可以复生观念的影响。

在许多志怪故事中,"复生"的情节又与"遇合"的情节结合在一起,形成了新型的表现男女爱情的女鬼复生故事。如见于《列异传》和《搜神记》的"谈生"故事,叙述书生谈生夜半见一十五六岁女子前来相会,女子要求谈生三年内不要以火光相照,两年后谈生出于好奇,趁女子熟睡时以火光照视,却见女子"其腰以上生肉如人,腰以下但是枯骨"②,女子惊觉离去,临别前送给谈生一件珠袍,并撕下谈生衣裾,其后几经辗转,谈生于市集贩卖珠袍,被睢阳王认出是自己已故小女墓中陪葬,遂捉住谈生拷问,谈生以实相对,睢阳王发墓开棺,见棺中果有衣裾,乃信之。《搜神后记》中亦载有类似故事,其中"李仲文女"故事叙述武都张世之之子张子长半夜梦见一十七八岁女子前来相会,女子自称是前任太守李仲文之女,其后女子白昼现形,两人遂结为夫妻,适逢李仲文前来拜会,发现女子遗履,惊问并称女儿早已亡故,张家以实相告,遂发冢开棺,见"女体生肉,颜姿如故,右脚有履,左脚无也",其夕张子长梦女来,称复生之事被发觉,"遂致肉烂",因此不能再与张子长长相厮守。③

这两则故事情节上有许多相通之处,如复生的女子都需要漫长的过程才能从原来的尸骨上复生皮肉,但又都因被人发现而复生失败。此外,复生女子

---

① 李剑国:《新辑搜神记·新辑搜神后记》,中华书局 2007 年版,第 357 页。

② 同上,第 393 页。

③ 同上,第 561 页。

的家人都是凭女子的衣物判断是自己的女儿,刘守华先生认为:"中国关于人鬼相恋的故事很多,成为一个大的类型……其中的三个母题,却可以判定来自民间口头叙事文学之中。这三个母题是:墓中生儿;凭墓中女子的衣物断定冥婚的真伪;男子窥视,违犯禁忌,破坏了死人复生的法术,酿成悲剧结局。它们常常出现在后世的民间故事中, 或由单一母题, 或几个母题结合构成故事。"①我们在上一节中讨论的卢充遇合崔少府女故事是第一种母题的代表,而"谈生"故事和"李仲文女"故事中则包含了后两个母题,这些情节在后世的志怪小说和民间故事中亦反复出现。

　　值得注意的是, 以衣物来判定女鬼身份真伪这一母题与巫术活动有关,《列异传》载北海营陵道人以法术使同郡某人与死去的妻子相见,二人见面后诉说往昔恩情,不知不觉误了天明时辰,妻子惊慌而去,不小心衣裾被门扯断,其后多年,此人去世时开棺与妻子合葬,见"妇棺盖下有衣裾"②。故事中巫师通过棺中的衣物来证明自己所召之鬼为亡者本人,此类巫术活动正是这一母题的来源。

　　"复生"故事的大量出现与秦汉至六朝时期的巫觋活动有着密切的关系,当时的巫师和方士多以所谓见鬼和召鬼之术自神,《史记·封禅书》和《汉书·郊祀志》中都记载了齐人少翁夜晚以法术呈现汉武帝所幸夫人及灶鬼之貌的故事,《搜神记》中以文学的笔法记载了此事,叙述少翁在夜晚"施帷帐,明灯烛",汉武帝即见到一名女子如李夫人状,立于帷帐之中。③《论衡·乱龙篇》中亦记载此事称:"道士以术为李夫人,夫人步入殿门,武帝望见,知其非也,然犹感动喜乐近之。"④王充认为汉武帝已知召鬼术之非,少翁此后亦因法术失败而被诛,可见当时人对于这类法术的虚幻性质是有所察觉的,此后也很少

---

①　刘守华:《中国民间故事史》,商务印书馆 2012 年版,第 75 页。

②　鲁迅:《鲁迅辑录古籍丛编·古小说钩沉》,人民文学出版社 1999 年版,第 133 页。

③　李剑国:《新辑搜神记·新辑搜神后记》,中华书局 2007 年版,第 45 页。

④　张宗祥:《论衡校注》,上海古籍出版社 2013 年版,第 327 页。

再有人使用这种法术迷惑皇帝，但这种法术在民间依然十分流行，《搜神记》中即记载了术士刘根以法术召颍川太守史祈父母之鬼的故事。

在巫觋活动日益繁盛的背景下，六朝时期人们普遍相信鬼魂可以在某种条件下实现复生，《搜神后记》中记载了一则复生成功的故事，"徐玄方女"故事叙述广陵太守冯孝将之子冯马子夜晚梦见一十八九岁女子，自称前太守徐玄方女，已死四年，但自己是"为鬼所枉杀，案生录，当年八十余"，女子请冯马子帮忙复生，并称二人"应为夫妻"，冯马子醒来后，见有人渐渐从地面浮出，正是梦中女子，女子遂与冯马子同寝，到女子约定复生之日时，女子教冯马子让自己复生的方法，冯马子依法而行，"以丹雄鸡一只，黍饭一盘，清酒一升，酹其丧前"，"祭讫，掘棺出，开视，女身体完全如故"，冯马子将徐玄方女抱出，觉其心下微暖，便"以青羊乳汁沥其双眼"，女子睁眼，渐渐能进食言语，二百日后可拄杖而行，二人遂结为夫妇。①

将"徐玄方女"故事与"谈生"故事和"李仲文女"故事相比较，就会发现三则故事在情节上和形式上有很强的共通性，如故事中的女鬼都是以灵魂的形态与男子交合，肉体则停留在墓穴之中慢慢复生。灵魂可以离开身体单独行动，这在早期人类社会中是一种普遍的认识，泰勒在《原始文化》一书中将人的灵魂描述为"不可捉摸的虚幻的人的影像"，如同"蒸气、薄雾或阴影"一样，它大部分时间是"摸不着看不到的"，但同时又会显现出"物质力量"，一个人的灵魂可以离开肉体而存在，或是进入其他人的肉体中继续生活，甚至能够进入动物的体内"支配他们，影响他们"。②中国古代的"复生"故事很大程度上正是这种灵魂观念的体现，这种观念还催生出了早期的"离魂"故事，《幽明录》中记的"庞阿"故事叙述钜鹿男子庞阿英俊倜傥，有石氏女子对庞阿十分仰慕，其后庞阿妻子见到石氏女子来到自己家中，便愤怒地命令家中婢女

---

① 李剑国：《新辑搜神记·新辑搜神后记》，中华书局 2007 年版，第 563 页。

② 【英】爱德华·泰勒：《原始文化》，连树声译，上海文艺出版社 1992 年版，第 416 页。

将石氏女子缚送还家,但中途石氏女子却"化为烟气而灭",婢女到石家诉说此事,石氏之父却惊称自家女儿不曾出门,某日石氏女子再至庞家,庞阿父亲亲自将石氏女子执送石家,石氏之父惊称女儿方才才在房中,遂将石氏女子唤出,庞家所缚女子便即消失不见,石氏女子自称曾见过庞阿一面,便魂牵梦萦,梦中自己离家去见庞阿,却被庞阿之妻所缚,当时人以为这种现象乃是"精情所感,灵神为之冥者,灭者盖其魂神也"①。灵魂可以离开身体以有形的方式独立活动,而失去了灵魂的身体也能够自由活动,"庞阿"故事中的这种灵魂观念代表了古代中国人对于灵魂和死生的独特认知。"庞阿"故事后来衍生出了中国古代文学作品中一系列的"离魂型"故事,最有名的当属明代汤显祖的《牡丹亭》。

　　"复生"故事的形成也与这种灵魂观念有关。在"李仲文女"和"徐玄方女"故事中,遇合的过程都经历了三个阶段:第一个阶段女鬼以灵魂形态进入男子梦境;第二个阶段女鬼则以有形体的灵魂形态与男子遇合;第三个阶段才是以肉体的形态实现复生。不同的是,徐玄方女在经历了四年的等待之后才开始寻求遇合,因此最终实现了复生,李仲文女则因过于心急被人发现而复生失败。"徐玄方女"故事中冯马子复生徐玄方女的整个过程充满了巫术的仪式感,显示出此类故事与民间信仰及巫术之间的密切联系。小南一郎先生在分析了"复生"故事与"遇合"故事的关系后提出:"未婚即死的女性,与成年人完全不同,集中到一个只有女性的世界。在那里,大地母神西王母作为虚拟的母亲养育着她们。然后她们按西王母之命被许配给现世男子,如果与那个男子延续一定期间(按谈生的例子是三年)的夫妇生活,她就能在现世再生。"②这些"遇合"故事与"复生"故事的背后,是古代灵魂信仰与巫术活动的结合。

---

① 鲁迅:《鲁迅辑录古籍丛编·古小说钩沉》,人民文学出版社 1999 年版,第 247 页。

② 【日】小南一郎:《中国的神话传说与古小说》,孙昌武译,中华书局 2006 年版,第 290 页。

三、"入冥"故事与六朝巫术及宗教活动

通过"复生"故事以自神在六朝巫觋活动中是一种较为典型的做法。在这些"复生"故事的基础之上，又衍生出了新形式的"入冥"故事，这些故事大多表现复生过程中灵魂进入幽冥世界游历的内容。顾希佳先生《中国古代民间故事类型》中将此类故事称为"入冥复活"故事。此类故事属于"复生"故事的一个分支，但其核心情节不是复生，而是死者在幽冥世界游历的经历。

早期"入冥"故事中的复生者大都宣称自己因进入幽冥世界而了解了死后世界的知识，甚至具备沟通鬼神的能力。天水放马滩一号墓出土的竹简中记载了一则先秦时期的志怪故事：有一个名叫丹的男子杀人后畏罪自杀，尸体被弃市，三天后被人葬于城南，三年后，这个名叫丹的男子却死而复生，他自述复生的缘由是以前曾侍奉的主人犀武拜托司命史公孙强让自己复生，复生的方法则是："令白狗穴屈出丹，立墓上三日"，再将他的身体背负至赵国北部调养，四年后渐渐如常人。值得注意的是，丹的复生是丹的主人犀武拜托司命史公孙强帮助完成的，"司命史"这一称呼十分特别，"司命"作为正式的官职是东汉以后的事情，《后汉书·马援列传》李贤注称："王莽置司命官，上公已下皆纠察。"①而先秦时期司命一称更多指神明，《周礼》中大宗伯所祭祀的神明中就有"司命"，而《礼记·祭法》中所载"王为群姓立七祀"中亦有"司命"。所谓"司命史"，在先秦时期应该属于巫师的身份，并且丹复生的整个过程也充满了巫术的色彩。同时，故事中复生之后的丹也具备了某种巫术的力量，可以知晓鬼神世界的规则，故事最后记载了许多丹的言论，包括"死者不欲多衣，死人以白茅为富，其鬼胜于它而富。""祠墓者毋敢殽。殽，鬼去敬走。已收殽而馨之，如此鬼终身不食殿。""祠者必谨骚除，毋以淘海祠所。毋以羹沃殽上，

---

① 【南朝宋】范晔：《后汉书》，中华书局 1965 年版，第 828 页。

鬼弗食殷。"①从这些丹的言论记载来看,都是关于死后世界的知识。由于有过死而复生的经历,人们认为丹知晓了死后世界的事情,因此他在当时已经被人们当作巫师看待了。李剑国先生在《唐前志怪小说史》中指出:"这个故事涉及巫和巫术,涉及鬼观念,但最值得注意的是它是今可见最早的复生故事,开创了复生母题。"②正如李剑国先生所说,以丹的故事为代表的早期"复生"故事不但开创了凡人死而复生的独特故事类型,其中所蕴含的巫术文化色彩也对后世"复生"故事的发展产生了深远的影响。

西汉时期,受到儒家正统思想的影响,"入冥"故事多被视为普通的"复生"事件,并被当作灾异征兆来对待。《汉书·五行志》中记载了一则发生在汉平帝元年的"复生"故事:"平帝元始元年二月,朔方广牧女子赵春病死,敛棺积六日,出在棺外,自言见失死父,曰:'年二十七,不当死。'太守谭以闻。"③这件死而复生的事件甚至惊动了皇帝,但是当时的人并没有把关注的重点放在"入冥"的情节上,而是将其解释为"至阴为阳,下人为上"的征兆,认为此事预示了后来的王莽之乱。

但是到了六朝时期,同类型故事中的入冥的情节则被大肆渲染,如见于《幽明录》的"曲阿人"故事,叙述曲阿某人病死,死后于天上见到其父亡魂,其父亡魂称其尚有八年余寿,又安排他填补雷公空缺,但雷公需听命于符咒,布雨之时不胜烦扰,此人便"见父苦求还",其父遂遣其返回阳间复活④。《幽明录》中的这则故事叙述的重点完全在于对冥界的描述方面,并且无论是死而复生的经历,还是雷公听命于符咒的说法,都是为了证明巫术、道法的真实性,带有明显的自神其教意味。

此类故事细节的演变,同时也体现了民间对待幽冥世界的态度与官方不

---

① 甘肃省文物考古研究所编:《天水放马滩秦简》,中华书局 2009 年版,第 107 页。

② 李剑国:《唐前志怪小说史》,天津教育出版社 2005 年版,第 50 页。

③ 【汉】班固:《汉书》,中华书局 1964 年版,第 1473 页。

④ 鲁迅:《鲁迅辑录古籍丛编·古小说钩沉》,人民文学出版社 1999 年版,第 253 页。

同。汉魏六朝民间以现实的人间为蓝本，想象出了由"地下丞""冢中方伯"等冥间官吏管理的死后世界。1957 年出土于西安市的汉初平四年王氏朱书陶瓶镇墓文中即称："天帝使者……告丘丞莫（墓）伯，地下二千石、蒿里君、莫（墓）黄（皇）、莫（墓）主、莫（墓）故夫人、决曹尚书令，王氏冢中先人，无惊无恐安稳如故，令后曾（增）财益口，千秋万岁无有央咎。"①这些所谓的地下官吏，大多模拟人间王侯官僚设立，而那些自称"天师"或"天帝使者"的巫师则被认为可以与这些冥间官吏沟通，以文书告地下冥吏，使死者安息，不可侵扰生者。

巫师们在很大程度上利用了当时这种冥界观念，并通过"入冥"故事来强化自己拥有与冥界官吏沟通的法术。《列异传》《搜神记》等志怪小说中都记载的"史姁"故事即此例，该故事叙述史姁年少时得病，临死前对其母说自己死后当复生，请其母立竹杖于坟上，其母依言而行，七日后史姁果然复生。复生后的史姁拥有了神奇的法力，可以日行千里。②在这则故事中，史姁不仅预知了自己将会死而复生，而且在复生以后获得了疾行的能力。疾行的能力在古代被称为"缩地脉"，是巫师常用的法术之一，《列异传》《神仙传》等书中都记载东汉著名的方士费长房精通"缩地脉"的神行本领。

在某些"入冥"故事中，复生者还宣称自己在冥界获得了某件信物，并把它当作自己身份获得冥界认可的证明。《搜神记》中记载了一则复生后获得巫术能力的故事，叙述建安四年武陵充县女子李娥病死，十四日后邻人蔡仲盗李娥墓，李娥从棺中惊醒，武陵太守召问李娥，李娥自称于冥间遇见外兄刘伯文，在刘伯文的帮助下复生，并与武陵西界民李黑一并返回阳间，太守遣人问验，果然于武陵西界寻得李黑，李娥还带回了刘伯文给儿子刘佗的信，刘伯文在信中约定与家人于八月八日日中时在城南沟水畔相见，到期刘佗率领家人至水畔，刘伯文的鬼魂果然来见，并交给刘佗一丸药，称来年春天当有大瘟

---

① 唐金裕：《汉初平四年王氏朱书陶瓶》，载《文物》1980 年第 1 期。
② 李剑国：《新辑搜神记·新辑搜神后记》，中华书局 2007 年版，第 349 页。

疫,以此药丸涂于门户可避之,次年春天,武陵果然爆发了瘟疫,"白日见鬼,唯伯文之家鬼不敢向。费长房视药曰:'此方相脑也。'"①在这则故事中,复生者李娥详细叙述了自己在死后世界的经历,并且将已经亡故者的信息带给了活人。如果我们抛开这则故事的志怪性质不谈,而将其作为一则史实来看的话,李娥实际上是一个通过"入冥"故事以自神的巫师,而李黑、刘佗等人都是她的助手,最后推出驱鬼避疫的神药"方相脑"才是目的。巫师们通过"入冥"故事来渲染自己手中的神药得自冥界,其目的正在于对于巫术活动和巫术药物的神化。

六朝巫觋还经常通过入冥的经历来证明自己拥有沟通鬼神的能力,《晋书·艺术传》载术士戴洋自称十二岁时因病而死,五日后复苏,并称死时曾上天,"天使其为酒藏吏,授符录,给吏从幡麾,将上蓬莱、昆仑、积石、太室、恒、庐、衡等诸山",后被遣归,又遇一老父预言戴洋将得道,并为贵人所识。②戴洋的身份本来就是术士,他通过"入冥"故事来进行自我神化,这一次的复生事件成为戴洋从事巫觋活动的契机。《搜神记》中所记载的"贺瑀"故事也包含相似的内容,贺瑀为会稽山阴人,因病而死,三日后复生,自称有人将自己带上天,进入一处府苑之中,于一房中见一架子,上层有印,中层有剑,贺瑀取剑而回,出门遇一门吏,称:"恨不得印,可以驱策百神。今得剑,唯得使社公耳。"此后贺瑀经常见到自称社公的鬼吏来拜谒、请示。③贺瑀通过"入冥"的故事来证明自己"天帝使者"的身份,所谓驱使社公的能力正是当时流行的召鬼巫术。《幽明录》中也记载了某乡老自述入冥经历的故事,叙述吴时有王姥,自称九岁时曾病死,而后复生,死时被一老姬带着飞上天,见到如狮子般的大狗,老姬称此为天公狗。④这些故事有一些共同的特点:第一,"入冥"的故事都是死

---

① 李剑国:《新辑搜神记·新辑搜神后记》,中华书局 2007 年版,第 352 页。

② 【唐】房玄龄:《晋书》,中华书局 1974 年版,第 2469 页。

③ 李剑国:《新辑搜神记·新辑搜神后记》,中华书局 2007 年版,第 362 页。

④ 鲁迅:《鲁迅辑录古籍丛编·古小说钩沉》,人民文学出版社 1999 年版,第 191 页。

而复生者的自述;第二,这些所谓的复生者的身份大多为巫师或道士。综合以上两点,当时的巫觋们正是通过所谓的"入冥"经历来进行自我神化的,在他们的自述中经常出现某位神人或冥吏预言他将获得法术这一情节也可看出这种自我神化的目的。

这种行为至近代仍有遗存,胡朴安先生的《中华全国风俗志》中就记载了民国时期江苏南京一带盛行的走阴差巫术:"走阴差。俗云人死必有阴差来引,而阴差非阳差领入不可。有一种奸滑妇人,自谓在冥受此阳差职分,往来冥路。人家有久病不愈者,每延请若辈,赴阴查察之。或睡于床,或卧于地,佯为死去,勿令人摇动。一小时后而醒,谓之还阳。睡时信口开河,胡言乱语,而乡愚常信以为真。"①这种所谓的"走阴差"巫术与六朝时期的"入冥"故事拥有共同的逻辑基础。

古代中国人普遍相信短暂的死亡可以使灵魂暂时离开身体,甚至进入幽冥世界游历,通过这种方式可以预知未来甚至干预别人的生死。《搜神记》中记载了一则故事,叙述西晋伐东吴时,东吴派将军张悌抗击晋军,张悌手下的军士柳荣受伤假死,两日后苏醒,自称上天至北斗门下,"见人缚张军师",其日张悌果然战死。柳荣预言的目的和真实性未知,或许他在昏迷中真的梦见了东吴的败亡和张悌被缚,也可能他只是希望借此自神,为日后从事巫术活动张本。《搜神后记》中也记载了一位自称可以入冥的村妇蒋氏的故事,蒋氏为吴国富阳人马势的妻子,她自称可以在睡梦中灵魂出窍,见到其他死者的灵魂,还自称曾为生病的兄长延寿,通过灵魂出窍的方式使身为冥吏的"乌衣人""终不下手"。蒋氏的行为与通灵巫师的所谓的"走阴差"别无二致,但是当时人们却对于此类"入冥"故事深信不疑。

"入冥"故事的大量出现除与巫觋活动有关外,还与当时道教和佛教等宗教思想的传播有关。汉代已经出现了寿算由天定,若作恶则会减除寿算,行善

---

① 胡朴安:《中华全国风俗志》,河北人民出版社 1986 年版,第 145 页。

则可延长寿算的观念,王充《论衡》中引述当时流行的说法认为人的命有三种:正命、随命和遭命。正命者身有善骨"故不假操行以求福而吉自至";随命者行善得吉,作恶得祸;遭命者则"行善得恶",不管做什么都会"得凶祸"。①当时人们普遍认为人的寿算除天定的成分以外,还受到自身所作所为和外力的影响,并与自己的禀赋气质等一系列因素有关。

东汉以后,道教兴起,佛教传入,宗教思想与本土的生死观结合,产生了带有中国特色的生死报应观念,这种观念对六朝"入冥"故事的进一步演变产生了影响。东汉后期,道教徒吸收并改进了汉代以来的生死观念,并提出了带有道教性质的新的生死观,《太平经·大功益年书出岁月戒》中称:"过无大小,天皆知之。簿疏善恶之籍,岁日月拘校,前后除算减年。其恶不止,便见鬼门。""算尽当入土。"②葛洪《抱朴子·内篇·微旨》中亦称:"天地有司过之神,随人所犯轻重以夺其算,算减则人贫耗疾病,屡逢忧患,算尽则人死。诸应夺算者,有数百事。"③这种道教的生死观在许多"入冥"故事中也有所体现,《甄异传》中记载的一则故事叙述广陵人华逸死后七年亡魂回返,称自己寿算本应未尽,但"平生时罚挝失道,又杀卒及奴,以此减算"④。祖冲之《述异记》中的一则故事叙述高平曹宗之三十一岁时死而复生,自称北海君以其"先有福业,应受显要",故放其回返。⑤这些故事都是早期道教的生死观在志怪故事中的具体表现。

佛教的传入对中国本土的生死观和冥界观也有很大影响,同时也影响了六朝后期志怪小说中的"复生"故事和"入冥"故事。佛教传入中国以后,中国本土的冥界观念逐渐与印度的地狱观相结合。印度本土有人死后归"niraya"的说法,"niraya"音译为"泥犁"或"泥犁耶",梵文原意为"荒芜之地"或"无喜

---

① 张宗祥:《论衡校注》,上海古籍出版社 2013 年版,第 26 页。
② 王明:《太平经合校》,中华书局 1960 年版,第 526 页。
③ 王明:《抱朴子内篇校释》,中华书局 1985 年版,第 125 页。
④ 鲁迅:《鲁迅辑录古籍丛编·古小说钩沉》,人民文学出版社 1999 年版,第 144 页。
⑤ 同上,第 298 页。

乐之地",指人死后落入此地受苦,无喜乐可言之意。"泥犁"又被译为"地狱",并被国人所普遍接受。由于秦汉时期人们认为人死后魂归泰山,因此"泥犁"又被翻译为"太山地狱"或"太山",并逐渐与秦汉时期的泰山府君信仰相融合。受佛教思想的影响,南北朝时期的志怪小说中出现了大量宣扬佛教信仰的"入冥"故事,这些故事大多表现某人入冥以后见到作恶之人在地狱受苦,信仰佛教之人独得解脱甚至得以复生的故事。如《幽明录》和《冥祥记》中都记载的"赵泰"故事,叙述赵泰死而复生后自述冥界见闻,称冥界有绛衣人断人功德罪过,有罪之人至泥犁地狱受火树之刑,奉事佛法之人则可至福舍安养,又见佛祖亲自普度受苦众生出地狱,充满了佛教劝信的意味。此类"入冥"故事在大力宣扬佛教信仰的《冥祥记》等辅教志怪小说中尤为多见,其中许多故事的内容也大同小异。

六朝时期的生死观和冥界观受到汉代以来各种文化和思想的影响,在巫觋文化和宗教文化的共同作用下,形成了一套颇为复杂的对于死后世界的理解和认知。在前代"入冥"故事的基础之上,六朝时期又出现了两种新的与冥界有关的故事类型:一类是表现死者到冥界为官的"入冥为官"故事;另一类是表现冥界官吏为活人延寿的"冥吏延寿"故事。这两类故事的出现和流行也与巫觋活动和宗教活动有关。

"入冥为官"故事通常叙述某人临死之前预知自己将在某日死去并成为冥间的官吏,之后此人果然在预定的日期死去,人们相信他已经担任了冥界的官吏。《幽明录》载王坦之曾见二驺持鹄头板来见,称召王坦之作"平北将军,徐、兖二州刺史",王坦之当时已经是平北将军,徐、兖二州刺史,因而起疑相问,二驺称:"此人间耳,今所作是天上官也",王坦之随后病死。①王坦之生前担任的官职与其死后的官职相同,反映出当时人对于冥间官吏来源的认知。不过,大部分"入冥为官"故事中的主人公死后并不能继续担任生前同样

---

① 鲁迅:《鲁迅辑录古籍丛编·古小说钩沉》,人民文学出版社 1999 年版,第 225 页。

的官职，如《幽明录》和《晋书》中都记载的一则故事，叙述广州刺史王矩赴任途中遇一人自称"天上京兆杜灵之"，并交一封书信与王矩，信中称"令召王矩为左司命主簿"①，王矩至广州后果然月余而死。王矩和王坦之一样都是门阀士族出身，但王矩死后却只能担任左司命主簿这样的官职，可见当时人心目中冥界的官职并不由生前身份的高低而定。

活人死后不仅可以做冥间官吏，甚至还可以做冥间的神明。《搜神后记》中的一则故事叙述桓哲拜见豫章太守梅玄龙，称："吾昨夜忽梦作卒，迎卿来作太山府君。"梅玄龙称自己也同样梦见桓哲着丧衣来迎，不久二人果然先后去世。②《幽明录》中也记载了类似的故事，叙述许攸曾梦乌衣吏奉文书跪拜称许攸当为北斗君，陈康为其主簿，至次年七月，许攸与陈康果然同日而死。③太山府君即泰山神，北斗君则为北辰星神，二者同为汉代民间信仰中主管生死的神明，《博物志》载："泰山一曰天孙，言为天帝孙也。主召人魂魄。东方万物始成，知人生命之长短。"④东汉以来，镇墓文中也经常出现"生人属西长安，死人属东泰山"的说法。北斗君作为主管生死的神明，与泰山神信仰出现的时间相差不远，西安市附近的南李王村出土的东汉陶瓶朱书镇墓文中称："北斗君主乳死咎鬼，主句(勾)死咎鬼，主师死咎鬼，主星(刑)死咎鬼。"⑤从前引两则故事来看，即便是像泰山府君和北斗君这样的冥界神明，也是可以由活人死后来担任的。

除了设想出掌管死后世界的神明和官员以外，当时人们相信和现实世界的官员一样，有大量的冥界吏卒为这些神明和官员服务。这些冥吏和人间吏卒一样会犯错误，志怪小说中有许多故事表现因冥吏误捉而死之人复生的情

①　鲁迅：《鲁迅辑录古籍丛编·古小说钩沉》，人民文学出版社1999年版，第245页。
②　李剑国：《新辑搜神记·新辑搜神后记》，中华书局2007年版，第514页。
③　鲁迅：《鲁迅辑录古籍丛编·古小说钩沉》，人民文学出版社1999年版，第239页。
④　范宁：《博物志校证》，中华书局1980年版，第10页。
⑤　王育成：《南李王村陶瓶朱书镇墓文与相关宗教文化问题研究》，载《考古与文物》1996年第2期。

节,《异苑》中的一则故事叙述长山人唐邦被两个朱衣吏捉至县东岗殷安家中,却听得两吏私下商议称应取唐福,却错取了唐邦,随后唐邦就被释放,不久听到唐福死讯。①这些冥界吏卒还会收受贿赂,《搜神后记》中的一则故事叙述襄阳人李除死后,其妻为其守尸,半夜李尸突然复活,夺取其妻手上金钏后又再次死去,不久李除再次复活,自称被冥吏带走,见同行者有贿赂冥吏而得复生者,遂赶回家中夺妻金钏贿赂冥吏,果然被放回复生。②冥吏可以在收取贿赂之后将死者放还使其复生,不得不说是当时人以现实生活中的官吏形象为蓝本想象而成。

在这种关于冥界官吏的独特认识之下,又衍生出了"冥吏延寿"的故事。顾希佳先生《中国古代民间故事类型》中将此类故事称为"冥吏报恩改冥牒"故事,此类故事通常叙述某人与一冥吏交好,偶然得知自己死期将至,请冥吏通融,冥吏遂帮其更改死期。

"冥吏延寿"故事在中国古代十分流行,而六朝正是此类故事产生的时期,六朝志怪小说中记载了大量此类故事。《搜神记》中的一则故事叙述徐泰的叔父徐隗病危,徐泰忽然梦见有两人以簿书相示,并称"汝叔应死",徐泰连忙叩头祈请,两人被徐泰的孝行感动,称可以以同县同姓名者相代,徐泰想到同县有人名叫张隗,两人称"亦可强逼",其后徐隗之病果然痊愈。③《甄异传》中的"张阎"故事叙述张阎回家途中遇到一个足病发作的路人,便让此人坐了自己的车,到家后此人向张阎说明自己是鬼吏,前来索张阎性命,因被张阎的善举所感动,因此愿意为其延寿,鬼吏命张阎寻找同名者相代替,张阎与鬼来到侨人黄阎家中,鬼给黄阎头上戴一红色标记,又暗中刺中黄阎心脏,不久黄阎心痛暴毙,张阎则"位至光禄大夫"④。《述异记》中的一则故事叙述某州治中

---

① 【南朝宋】刘敬叔:《异苑》,中华书局1996年版,第56页。

② 李剑国:《新辑搜神记·新辑搜神后记》,中华书局2007年版,第559页。

③ 同上,第144—145页。

④ 鲁迅:《鲁迅辑录古籍丛编·古小说钩沉》,人民文学出版社1999年版,第139页。

费庆伯在家中忽见三驺戴赤帻来唤其去官府,费庆伯心中有疑,称自己才从官府回家,三驺答称"非此间官也!"费庆伯知三驺非人,遂叩头拜请,并设酒肉款待,三驺同意为费庆伯延寿,费庆伯妻子心中生疑,强迫费庆伯"具告其状",当即见到三驺被"楚挞流血",费庆伯也随即死亡。①《幽明录》中的一则故事叙述晋元帝时有士人某甲暴病而亡,至天上见司命,司命推算他"算历未尽",遂命冥吏送还,但某甲脚痛难行,冥吏便以某新死胡人之脚相更换,某甲复生醒来,发现自己的脚果然如胡人一般长满连毛。②在某些故事中,冥吏甚至会因同情而主动为死者延寿,如《幽明录》记载的一则故事叙述琅琊人王某暴死后七日复苏,自述到冥界后见到天上有宫殿,其中有朱衣官吏及紫衣大人,王某向冥官陈述自己妻子早逝,有两儿需要抚养,冥官为之动容,便为王某延寿三十年。③

"入冥"故事的两种类型都与巫觋活动有很大的关系,无论巫师还是早期的道士,都经常宣称自己可以通过与冥吏的沟通来为将死之人延寿。《幽明录》载晋时干庆无疾而终,道士吴猛作法为其请命延寿,作符水令干庆饮漱,不久干庆果然复生,吴猛又以符水洒干庆,干庆吐出数升腐血,三日后平复如常,干庆醒来后自称被冥吏押入冥狱,见吴猛向冥王陈释,遂被放归,所经过的冥界官吏都纷纷向吴猛行礼。④吴猛为净明道所奉祀的"十二真君"之一,关于他入冥替人延寿故事的流行,显示出民间巫术中的"入冥"故事被道教徒所吸收和利用。

在道教思想的影响下,当时人认为人的寿算也可以如财富一般相互借贷抵偿,《幽明录》中的一则故事叙述王献之病危,一位巫师为其作法延寿,并称如果有人愿意,可以以寿算相贷,王徽之愿以自己年命代王献之,巫师却称王

---

① 鲁迅:《鲁迅辑录古籍丛编·古小说钩沉》,人民文学出版社 1999 年版,第 302 页。

② 同上,第 196 页。

③ 同上,第 214 页。

④ 同上,第 198 页。

徽之自己所余寿算不长，无法相贷，其后王献之与王徽之果然先后去世。由于道教宣称人的寿算是书写在冥界官吏的簿册之上的，因此便出现了"冥吏延寿"故事中通过向冥吏祈请甚至贿赂的方式，以同郡同名者相代，这是完全的模拟人间官府和监狱吏卒行为的一种思维模式，而其背后的深层历史根源则是自上古时期流传下来的灵魂信仰和巫教传统。

第四章
六朝预言故事与谶纬思想嬗变

　　预言即对未来的预测，是世界范围内都普遍存在的一类故事母题，汤普森在《世界民间故事母题索引》中将此类故事母题编号为"M 预言未来"。六朝志怪小说中出现了大量属于此类母题的故事，其中大部分受到汉代以来流行的谶纬思想的影响。来源于汉代早期的预言故事大部分属于帝王符瑞征兆的传说，其目的在于神化皇权和证明皇权的正统性。东汉以后，随着政局的动荡和社会秩序的混乱，出现了大量带有灾异性质的预言故事，这些故事对于早期的符瑞征兆故事起到了消解作用。同时，汉魏六朝时期兴起的地方军阀和门阀士族也利用谶纬思想创造了大量专为神化自己姓氏和宗族的预言故事，并以家族政治神话的形式流传。这些不同时期的预言故事中的很多内容被六朝志怪小说所采纳。

第一节　六朝志怪小说与谶纬之学

　　早在商周时期，中国就形成了系统而独特的卜筮学，甲骨占卜和《周易》占卜都是这方面的代表。战国秦汉之际，由占卜之学又衍生出了以谣谶和征兆来预测国家命运的阴阳之学,如《吕氏春秋·应同》中称:"凡帝王者之将兴也,天必先见详乎下民。"①可以看作后来谶纬思想的先导。两汉之际,儒家学者吸收阴阳学而形成的谶纬之学大盛,成为大一统王权政治的辅佐。谶纬一中,谶指图谶,即记录着预测未来的只言片语或图形绘画的图书,《说文解字·言部》释谶字称:"谶,验也。"②纬指纬书,指经书的辅佐,是汉代学者所作的用政治神学思想来解释儒家经典的书籍。

谶纬之学在汉代的发展经历了一个过程。汉初,汉高祖刘邦以平民身份而登帝位,亟须对自己的出身进行神化,于是造作了所谓"斩蛇起义""赤帝子杀白帝子"的政治神话。登位以后,汉高祖又按照五德始终的次序,自居黑帝。自此以后,利用符瑞征兆和谶纬之学自我神化就成为汉朝历代帝王的基本政治手段。汉武帝时期,董仲舒为顺应大一统封建王权的需要,又提出"天人感应"的学说,扩展了阴阳灾异的理论,进一步对汉代的政治神学思想起到推波助澜的作用。到了成、哀之际,汉代儒学大量吸收了神仙、方术、灾异的思想,并根据儒家经义对这些内容进行穿凿附会,形成了当时被称为"内学"的纬学。

西汉末年,王莽希图借助谶纬之学和符瑞之说为自己的篡位行为进行正名,在他的授意之下当时的纬学家创造了许多图谶符应的传说。其后,光武帝刘秀又借符谶起兵,并最终登上帝位,遂宣布图谶于天下。后经明帝、章帝大力提倡,谶纬之学遂在东汉形成极大的影响力,《后汉书·张衡传》载:"自中兴之后,儒者争学图纬,兼附以妖言。"③谶纬之学在东汉时期成了整个知识阶层都必须熟练掌握的学问。由于谶纬之学与灾异符瑞有很大的关系,因此又衍生出了预测、占气、相面等附属内容,在民间百姓中也形成极大的影响力。

---

① 许维遹:《吕氏春秋集释》,中华书局 2009 年版,第 284 页。
② 【汉】许慎:《说文解字》,中华书局 1963 年版,第 51 页。
③ 【南朝宋】范晔:《后汉书》,中华书局 1965 年版,第 1911 页。

　　顾颉刚先生在《秦汉的方士与儒生》一书中指出："谶纬书的出现,大约负有三种使命:其一是把西汉两百年中的术数思想做一次总整理,使得它系统化。其二,是发挥王莽、刘歆们所倡导的新古史和新祀典的学说,使得它益发有证有据。其三,是把所有的学问,所有的神话都归纳到'六经'的旗帜之下,使得孔子真成个教主,'六经'真成个天书,借此维持皇帝的位子。"①总体来看,汉代谶纬之学的核心任务是在政治神学的维度下强化汉室皇权,如《春秋纬》中即直言:"援引古图,推集天变,为汉帝制法,陈叙图录。"②这种说法正是纬学辅佐皇权思想的集中体现。

　　汉末以后,谶纬之学逐渐式微,魏晋六朝的不少统治者出于稳定政治局面和维护统治秩序的需要,纷纷禁绝内学,《三国志·魏书》裴松之注引《魏略》称汉献帝时曹操曾下令"科禁内学及兵书",《晋书》载晋武帝曾下令"禁星气谶纬之学",《魏书》记载北魏孝文帝更是亲自下诏称:"图谶之兴,起于三季。既非经国之典,徒为妖邪所凭。自今图谶、秘纬及名为《孔子闭房记》者,一皆焚之,留者以大辟论"③。不过,谶纬之学在六朝时期虽然屡遭禁毁,却并未根本断绝,在六朝文人中仍然有着根深蒂固的影响力,甚至有从官学变为士族家学的趋势。《三国志·魏书》裴松之注引《献帝传》载武都士人姜合"长于内学,关右知名",又引《三辅决录注》称蜀中望族法正的祖父法真"少明五经,兼通谶纬",《晋书》载名士虞喜"专心经传,兼览谶纬",《魏书》载北魏宗室元禹"颇好内学",又载士人燕凤"博综经史,明习阴阳谶纬"。这些记载都体现着在统治者科禁内学的背景下,谶纬之学反而作为经学的重要组成部分而被士人们所传承。

　　事实上,自汉末以降,谶纬一直断断续续地发挥着影响力,并随着时代的

①　顾颉刚:《秦汉的方士与儒生》,上海古籍出版社 2005 年版,第 94 页。
②　【日】安居香山、中村璋八辑:《纬书集成》,河北人民出版社 1994 年版,第 903 页。
③　【北齐】魏收:《魏书》,中华书局 1974 年版,第 155 页。

变革不断地进行自我嬗变,由汉代辅佐皇权的学问转而变为六朝豪强和军阀
们用以自我神化,以及六朝文人用以预测个人和家族未来的学问。东汉末年,
地方军阀即纷纷利用谶纬进行自我神化,《三国志·公孙度传》裴松之注引《魏
书》载:"(公孙)度语(柳)毅、(阳)仪:'谶书云孙登当为天子,太守姓公孙,字
升济,升即登也。'"①公孙度强行将谶书中的孙登解释为自己的名字,并以此
向自己手下的将领证明自己当为天子,这种看似无稽之谈的做法在当时地方
军阀中却颇为常见。《后汉书·袁术传》载:"(袁术)少见谶书,言'代汉者当涂
高',自云名字应之。又以袁氏出陈为舜后,以黄代赤,德运之次,遂有僭逆之
谋。"②袁术将谶书中的"当涂高"解释为自己的字"公路",难免有牵强附会的
成分,但袁术的贸然称帝却与他对谶言的深信不疑有着极大的关系。袁绍与
韩馥曾谋立刘虞为帝,其依据也是符谶,《三国志·公孙瓒传》裴松之注引《吴
书》云:"是时有四星会于箕尾,(韩)馥称谶云神人将在燕分。又言济阴男子王
定得玉印,文曰'虞为天子'。又见两日出于代郡,谓虞当代立。"③随着汉末纷
争局面的出现,谶纬之学自此由维护汉室皇权的工具变成了军阀们代汉自立
的借口。

　　三国时期,曹丕、刘备、孙权在称帝自立的时候,也都造作了大量的符瑞
征兆作为天命的象征。曹操虽曾下令"科禁内学",但曹丕篡夺汉室皇权之时
也利用谶纬为借口,《三国志·魏书·文帝纪》裴松之注引《献帝传》中记载了太
史丞许芝在曹丕受汉献帝禅让之前,罗列条陈谶纬征兆作为劝进的理由。刘
备登基之前,其臣子也以纬书之言劝进,《三国志·蜀书·先主传》载尹默、谯周
劝进刘备时即引《河图》《洛书》及五经谶纬之语,又引《洛书甄曜度》中所说
"赤三日德昌,九世会备,合为帝际"的说法,以证刘备应为帝。东吴孙氏也颇

---

①　【晋】陈寿:《三国志》,中华书局 1964 年版,第 253 页。

②　【南朝宋】范晔:《后汉书》,中华书局 1965 年版,第 2439 页。

③　【晋】陈寿:《三国志》,中华书局 1964 年版,第 241—242 页。

信谶纬,《三国志·吴书》裴松之注引《汉晋春秋》载吴主孙皓时有谶语称"吴之败,兵起南裔,亡吴者公孙也",孙皓遂将朝臣乃至士兵中姓公孙者徙至广州,可见其对谶言的深信不疑。

　　与汉末三国时期一样,六朝的禅替也同样有谶纬思想的影子。刘裕代晋时,"太史令骆达陈天文符瑞数十条,群臣又固请,王乃从之。"①齐高帝萧道成代宋之时,之所以定国号为齐,也是因为谶书中有"金刀利刃齐刘之"的说法。六朝士人在利用谶纬符瑞之说劝进的同时,又进一步对谶纬的内容进行了发挥和改造,以使其适应六朝政治形势的新变。这一时期的纬学与其说是衰败,不如说是在嬗变中走向新的繁盛。而纬学的真正禁绝,要等到隋王朝建立以后,隋炀帝下令"搜天下书籍与谶纬相涉者,皆焚之,为吏所纠者至死。自是无复其学。"②在隋炀帝残暴的禁令之下,再无人敢谈论谶纬,图谶和纬书自此亡佚。隋唐以后,谶纬之学才渐渐消亡。

　　自东汉谶纬思想兴起,至六朝谶纬思想嬗变,再到隋唐谶纬之学消亡的过程中,大量政治神话和符应灾异故事被创造并流传下来。谶纬思想与童谣、占卜、鬼神、梦境等神异事件相关联,成为六朝志怪小说重要的题材来源之一。六朝小说中大量叙述天命、灾异、符瑞的神异故事,无不体现着谶纬思想的影响和遗绪。六朝志怪小说的作者大多出身儒生或方士,受汉代以来主流文化的影响,他们大多熟知谶纬,如《晋书·干宝传》载干宝"性好阴阳术数,留思京房、夏侯胜等传"③,《晋书·张华传》载张华于"图纬方伎之书莫不详览"④。《拾遗记》的作者王嘉本身即是方士,《晋书·王嘉传》载其"言未然之事,辞如谶记,当时鲜能晓之,事过皆验"⑤。六朝志怪小说作家们对谶纬的熟悉,使得

---

①　【南朝梁】沈约:《宋书》,中华书局1974年版,第48页。

②　【唐】魏征:《隋书》,中华书局1973年版,第941页。

③　【唐】房玄龄:《晋书》,中华书局1974年版,第2150页。

④　同上,第1068页。

⑤　同上,第2496页。

他们的作品也明显受到谶纬思想的影响，谶纬书中的很多内容也自然被他们写入笔下。

受谶纬思想影响，六朝志怪小说中出现了许多带有符瑞征兆色彩的预言故事，其中许多内容都是直接取材于纬书。《汉书·五行志》中记载了一则灾异事件，汉哀帝时豫章有一个男子化为女人，这一事件在当时被解释为"阳变为阴，将亡继嗣"的征兆。①《搜神记》中完全照录了《汉书》中的内容，并认为此事预言了王莽篡位。②此外，六朝志怪小说作家在抄录前代谶纬征兆故事的过程中，会依照自己对于谶纬思想的理解增加某些内容，《搜神记》中记载了先秦时期的一则"邢史子臣"故事，载宋景公问大夫邢史子臣以天道，邢史子臣对曰："后五年五月丁亥，臣将死；死后五年五月丁卯，吴将亡；亡后五年，君将终。终后四百年，邾王天下。"其后果然皆如其言，而所谓"邾王天下"，《搜神记》解释称："谓魏之兴也。邾，曹姓，魏亦曹姓，皆邾之后。"③此故事实际上来自于《汲冢琐语》，《汲冢琐语》又被称为《古文琐语》或《琐语》，出自晋武帝咸宁五年所发现于汲县出土的战国魏襄王墓穴中的竹简。但《艺文类聚》卷八十七所引《古文琐语》原文中刑史子臣的预言仅仅截止到宋景公之死，而并没有所谓"邾王天下"和曹氏将兴的内容。《汲冢琐语》成书于战国，自然不能预言曹魏时期的事情。《搜神记》中对"邢史子臣"故事的重述，也许并非是小说作家的杜撰，而是出于当时谶纬学者的附会。但是这种附会却使得一则简单的预言故事变成了跨越数百年的谶语，其背后正是谶纬思想的影响在发挥作用。

《搜神记》对于前代"预言"故事的改编，也与当时的社会风气有关。晋武帝司马炎虽曾下令"禁星气谶纬之学"，但实际上司马氏篡夺曹氏政权时也同

---

①　【汉】班固：《汉书》，中华书局 1962 年版，第 1472 页。

②　李剑国：《新辑搜神记·新辑搜神后记》，中华书局 2007 年版，第 190 页。

③　同上，第 83 页。

样通过创造符应神话自神。《搜神记》中还记载有很多晋初创造的此类预言故事，如其中一则故事叙述三国吴永安二年三月，有儿童于村间玩耍，忽然有一六七岁异儿出现与村中与儿童们一同嬉戏，村中儿童不识异儿，问其由来，异儿答称自己乃是荧惑星，并称："三公鉏，司马如。"诸儿童惊走奔告大人，异儿见大人来，腾身飞天而去。①其后，吴、蜀灭亡，三家归晋，被认为正是"三公鉏，司马如"所预言的内容。这些宣扬司马氏皇权正统的符瑞征兆故事，显然并不会触怒晋朝的统治者，但迫于晋武帝对于星象谶纬之学的禁令，这些内容又并不能被写入史书，因此干宝遂将这些内容写入《搜神记》之中。

随着东晋皇权的衰微和门阀世族的崛起，执掌了东晋大权的豪族们也开始用以往帝王专用的谶纬预言和感生神话来进行自我神化，如《晋书·桓玄传》中记载桓玄出生时，其母见流星坠于铜盆中，便以瓢接取饮下，因而感生桓玄。②《搜神后记》亦载此事，只不过增添了更多小说式的离奇情节，叙述袁真送阿薛、阿郭、阿马三名妓女给桓温，三人半夜同见流星坠于盆中，皆争以瓢取，唯独阿马取得饮下，遂生桓玄。③桓玄是东晋后期意图篡位的军阀，其父桓温则是东晋中期盛极一时的权臣。桓玄本为庶出，而桓玄之母感流星而生桓玄的故事显然是为提升桓玄的身份地位而创造的政治神话。

南北朝时期，谶纬思想有所复兴，并产生与前代不一样的新内容。刘宋开国皇帝刘裕本人即颇信谶纬，《晋书》载刘裕因谶云"昌明之后有二帝"，便故意使人缢杀晋安帝，立晋恭帝，以应二帝之谶。刘裕本人还颇信佛谶，所谓佛谶即谶纬思想与佛教占卜预言相结合的产物，《宋书·符瑞志》载晋末冀州沙门法称临死前向其弟子预言："江东有刘将军，是汉家苗裔，当受天命。"④这则预言被看作刘裕将代晋自立的征兆。刘裕本人对佛教和佛谶信奉有加，《南

---

① 李剑国：《新辑搜神记·新辑搜神后记》，中华书局 2007 年版，第 208 页。
② 【唐】房玄龄：《晋书》，中华书局 1974 年版，第 2589 页。
③ 李剑国：《新辑搜神记·新辑搜神后记》，中华书局 2007 年版，第 509 页。
④ 【南朝梁】沈约：《宋书》，中华书局 1974 年版，第 784 页。

史·宋本纪》载:"(刘裕)尝游京口竹林寺,独卧讲堂前,上有五色龙章,众僧见之,惊以白帝,帝独喜曰:'上人无妄言。'"①刘裕以后,佛谶在南北朝时期的上层贵族中十分流行,这些佛谶也成为志怪小说的重要题材,《幽明录》中就记载了胡僧以谶语为大将军姚绍占卜的故事,叙述后秦末帝姚泓叔父姚绍为大将军时总揽戎政,召胡僧命其占卜未来吉凶,胡僧用面做成大饼,分别对着西、北、南三个方向吃饼,姚绍不解其意,其后刘裕率领东晋大军攻打后秦,后秦军队在西、北、南三个方向失利,最终后秦末帝姚泓投降了东晋②。《幽明录》的作者刘义庆为刘宋宗室,从其中对于佛谶应验故事的记述也可看到佛谶在刘宋时期的流行。

总之,东汉时期曾经盛极一时的谶纬之学在东汉灭亡以后仍然在社会上发挥着很大的影响力。六朝时期意图在政治上自我神化的军阀与贵族们纷纷借助谶纬的力量来证明自己身份的正统性,并依据谶纬之言创造了大量的征兆预言故事。这些故事中的许多内容被六朝志怪小说作家所采纳,进入六朝志怪小说的叙事系统中,形成带有谶纬色彩的预言故事。

第二节　符应故事与王权政治

符应,或称符命、符瑞、瑞应、嘉应,是一种将自然变化与人间政治相联系的思想,是谶纬思想的一种集中体现形式。秦汉时期,随着大一统政权的建立,阴阳五行学说逐渐与帝王符瑞传说相结合,成为佐证王权正统性的工具。鲁迅先生在《中国小说史略》中说:"传说之所道,或为神性之人,或为古英雄,其奇才异能神勇为凡人所不及,而由于天相授,或有天相者,简狄吞燕卵而生商,刘媪得交龙而孕季,皆其例也。此外尚甚众。"③作为人间的统治者,封建帝

---

① 【唐】李延寿:《南史》,中华书局 1975 年版,第 1 页。
② 鲁迅:《鲁迅辑录古籍丛编·古小说钩沉》,人民文学出版社 1999 年版,第 223 页。
③ 鲁迅:《中国小说史略》,上海古籍出版社 1998 年版,第 7 页。

王需要利用人们对于神明的信仰和崇拜,对自己进行神化。在谶纬学者的努力之下,天上的神明变成了人间的英雄,人间的英雄又成为世俗的君主。这一切的目的都是证明人间帝王手中权力的神圣性和合法性。

一、"天书"故事与帝王天命叙事

"天书"故事是谶纬之学惯用的一种经典叙事模式,其内容可以概括为:某位人间帝王为政有德,因而感动上天,于是在某地发现一块刻有天书的金简玉策,预示着这位人间帝王为天命所归,最终将成为天下共主。这类故事可以追溯到周代的敬天观念,春秋战国时期随着阴阳家的兴起而大量出现,至汉代不断被纬学家改造为帝王天命征兆的政治神话,并逐渐成为汉室皇权正统性的理论依据。汉末以后,"天书"故事仍然不断被新兴的豪族和军阀所利用,并成为六朝志怪小说的重要题材之一。

中国古代的天命信仰可以追溯到周代,周代改变了殷商时期对于上帝的崇拜,转而改为敬天。周人将人德与天命相结合,形成了具有人格精神和伦理意味的天德观念,"天书"故事即由这种观念衍生而出。战国时期流传的预示周朝将兴的"赤鸟衔书"故事是"天书"故事的早期典型代表,《墨子·非攻》中载:"赤鸟衔珪,降周之岐社,曰:'天命周文王伐殷有国。'"①《吕氏春秋·有始览》又将这一故事与战国后期流行的五行更替思想联系起来:"及文王之时,天先见火赤乌衔丹书集于周社。文王曰:'火气胜。'"②周代以来流传的"赤鸟衔丹书"故事确立了"天书"故事的基本叙事逻辑,对后世的谶纬学者以"天书"故事佐证皇权正统产生了重要的影响。

到了汉代,随着谶纬之学的兴起,"赤鸟衔丹书"故事被纬书作者反复征

---

① 吴毓江:《墨子校注》,中华书局 1993 年版,第 221 页。
② 许维遹:《吕氏春秋集释》,中华书局 2009 年版,第 284 页。

引并进一步加工,如《洛书灵准听》中称:"有凤凰衔书,游文王之都。书又曰:
'殷帝无道,虐乱天下。皇命已移,不得复久。灵祇远离,百神吹去,五星聚房,
昭理四海。'"①原本故事中的赤雀被改为凤凰,而丹书中的文字则被描述为天
命的预言,且联系了神祇、星象等内容。同时,纬书中出现了许多模仿这一叙
事模式而作的故事,如《尚书中候》中记载秦穆公得白雀所衔丹书故事:"秦穆
公出狩,至于咸阳,日稷庚午,天震大雷。有火下,化为白雀,衔篆丹书,集于公
车。公俯取其书,言缪公之霸也,讫胡亥秦家世事。"②这则秦穆公得白雀丹书
的故事与周文王得赤鸟丹书的故事在形态上有着极强的相似性,但秦穆公故
事中预言的成分得到了很大程度的强化,丹书不仅预言了秦穆公成为春秋五
霸之一,甚至预言了几百年后秦王朝的建立和灭亡。

　　除了改造周代以来的"天书"故事以外,汉代纬学家还着力塑造了"禹得
天书"的传说。禹在传说中是禅让制的最后一人,又是开创了家天下皇权专制
的第一人,并且在他身上集合了治水、铸鼎、大会诸侯等帝王的功业和事迹。
因此,禹得天书的故事特别地受到了谶纬学者的青睐。《尚书·洪范》中本有
"天乃锡禹洪范九畴,彝伦攸叙"③的说法,汉代纬学家遂据此造作了禹得天书
的多种故事。《尚书中候》中称:"禹理洪水,观于河,见白面长人鱼身,出曰:
'吾河精也。'授禹河图,而还于渊。"④《河图挺佐辅》中称:"禹既治水功大,天
帝以宝文大字锡禹,佩渡北海若水之难。"⑤有关禹得天书的传说不仅限于纬
书,《论衡·正说篇》中亦引述当时的普遍说法称:"禹之时得《洛书》,书从洛水
中出,《洪范》九章是也。故伏羲以卦治天下,禹案《洪范》以治洪水。"⑥汉代带

---

① 【日】安居香山、中村璋八辑:《纬书集成》,河北人民出版社 1994 年版,第 1259 页。
② 同上,第 418 页。
③ 《十三经注疏》,上海古籍出版社 1997 年版,第 187 页。
④ 【日】安居香山、中村璋八辑:《纬书集成》,河北人民出版社 1994 年版,第 408 页。
⑤ 同上,第 1109 页。
⑥ 黄晖:《论衡校释》,中华书局 1990 年版,第 1133 页。

有小说性质的别杂史作品《吴越春秋》中也详细记述了禹得天书的故事,叙述禹治水十分辛劳,却一直未能成功,一次偶然机会从《黄帝中经历》中看到宛委山中有圣人所传金简玉书,于是前往祭祀祈请,夜晚禹梦见赤衣使者前来拜见,并教给禹得金简玉书之法,禹按其法,得金简玉书,遂知晓通水之理。①《吴越春秋》中关于禹得天书的记述虽然带有小说的性质,但也很明显地受到了汉代谶纬思想的影响。故事的最后禹最终获得了金简玉书,并且将治水功绩都归于天书的奇效,更增强了这一故事的神奇意味。《吴越春秋》中记载的禹得天书故事同时带有神话、谶纬和小说的性质,对后世大禹传说的发展产生了深远的影响。

　　禹得天书故事的这种小说化叙事并非始于《吴越春秋》,汉代纬书中的禹得天书故事已经带有很强的小说性质,《河图绛象》中记载了吴王阖闾于包山龙威丈人灵洞中得禹所藏真文故事,阖闾得书后命人问孔子,诈称是赤乌所衔来之书,孔子却一语道破此书来历,并劝告吴王私自窃出天帝之书将招来灾祸,这一事件被认为是后来吴王夫差被灭国的征兆。②这则故事尽管出自纬书,但故事性很强,且颇为有趣,实际上是将先秦以来流传的多种传说结合而成,除禹得天书玉策及周文王赤鸟衔书故事以外,这则故事中还借用了《国语》中所记载的孔子论防风氏的故事。《国语·鲁语》中记载吴王曾于会稽获得巨骨,派使者请问于孔子,孔子称此骨乃禹所杀防风氏。《河图绛象》中吴王阖闾以所得天书问孔子的故事显然是受到了《国语》中的这则故事的影响。到了六朝时期,纬书中的故事又被志怪小说所吸收和借鉴,出现了更为神异离奇的故事情节,《拾遗记》中记载的一则故事叙述禹治水至龙门,遇一空穴,深数十里,禹进入穴中,遇一如豕怪兽口衔夜明珠及一青犬导引于前,至深处,两兽化为人形,引禹见一蛇身人面神人,神人自称华胥神女之子,赐禹金版,版

---

① 周生春:《吴越春秋集校汇考》,上海古籍出版社 1997 年版,第 102 页。
② 【日】安居香山、中村璋八辑:《纬书集成》,河北人民出版社 1994 年版,第 1187 页。

上有八卦之图,禹按图平定水土,文末又称蛇神人面神人即伏羲。①《拾遗记》中的这则故事明显受到了前代谶纬学者关于禹得天书故事的影响,但又在此基础之上增加了魏晋时期颇为流行的"洞中得宝"故事的成分。这一改动为禹得天书的故事增加了道教传说的意味,更为后来道教徒宣扬《灵宝经》传自大禹所得天书的说法铺平了道路。

从大禹得天书故事在汉魏六朝时期的发展演变,我们可以窥见谶纬叙事模式对于六朝志怪小说的影响。除大禹以外,其他的上古帝王在汉代纬书中也多被附以"天书"故事。与大禹得天书故事一样,纬书中的这些"天书"故事大多与上古帝王的封禅祭祀活动有关,并且在许多故事中还着重表现了这些上古帝王的沉璧、敬天等祭祀仪式。《尚书中候》中记载尧得天书的故事称:"尧即政十七年……沉璧于河。青云起,回风摇落,龙马衔甲,赤文绿字,自河而出,临坛而止,吐甲回遭。甲似龟,广九尺,有文言虞、夏、商、周、秦、汉之事。帝乃写其文,藏之东序。"②又载周公辅成王得天书的故事称:"周公摄政七年,制礼作乐。成王观于洛水,沉璧。礼毕王退,有玄龟,青纯苍光,背甲刻书,上跻于坛,赤文成字,周公写之。"③《洛书灵准听》中记载汤得天书的故事称:"汤……东至于洛,观帝尧之坛,沈璧退立。黄鱼双踊,黑鸟随鱼止于坛,化为黑玉,又有黑龟,并赤文成字,言:'夏桀无道,汤当代之'。"④《河图考灵曜》中记载秦始皇得天书的故事称:"秦王政以白璧沈河,有黑头公从河出,谓政曰:'祖龙来。'授天宝,开,中有尺二玉牍。"⑤总之,纬书力图证明古代的帝王都是在举行了宏大的封禅祭祀仪式以后,得到了天书并获得了上天的启示,最终才成就了帝业。纬书中的这些"天书"故事实际上都是为了证明汉代帝王举行

---

① 齐治平:《拾遗记校注》,中华书局1981年版,第37页。
② 【日】安居香山、中村璋八辑:《纬书集成》,河北人民出版社1994年版,第424页。
③ 同上,第415页。
④ 同上,第1258页。
⑤ 同上,第1195页。

封禅祭祀仪式的正当性以及汉室皇权的正统性。

"天书"故事一方面是谶纬之学自我神化的需要,另一方面也迎合了汉代帝王封禅祭祀的需要,《史记·封禅书》中记载了汉武帝封禅祭祀的事情:汾阴地区名为锦的巫师偶然间于地下挖出一尊宝鼎,并献于汉武帝,当时群臣即称:"鼎至甘泉,光润龙变,承休无疆……唯受命而帝者心知其意而合德焉"。群臣为了迎合汉武帝,将宝鼎视为汉武帝为天命所归的象征,汉武帝遂决定于次年举行巡守和封禅祭祀的仪式。①汉武帝的封禅祭祀活动在后世又演变成了神异故事,《风俗通义·正失》引当时俗说称汉武帝曾于泰山上得"金箧玉策",策文中预言汉武帝寿命为十八,武帝命人改读为八十,因而获得长寿。②可见与汉武帝有关的"天书"故事在汉末以后已经演变成了志怪传说。

但是,在官方话语体系中,"天书"故事一直是帝王自我神化的样本。西汉末年,王莽笃信谶纬,也利用"天书"故事作为自己篡位的依据。据《汉书·王莽传》所载,梓潼人哀章曾伪造两枚铜制的天书献给王莽,其一上书"天帝行玺金匮图",另一上书"赤帝行玺某传予黄帝金策书",并预言王莽为真命天子。王莽得知后十分高兴,"至高庙拜受金匮神嬗",并下书称:"符契图文,金匮策书,神明诏告,属予以天下兆民。"③这一事件显然是受到了纬书中帝王得天书故事的启发,而一心想要篡位的王莽则欣然将这些所谓的"天书"当作了自己应受天命所归的证据。

光武帝刘秀讨伐王莽,也依靠"天书"故事来证明自己的正统性,据《后汉书·光武帝纪》载:"光武先在长安时同舍生彊华自关中奉《赤伏符》,曰:'刘秀发兵捕不道,四夷云集龙斗野,四七之际火为主。'"④群臣上表认为这是光武

①　【汉】司马迁:《史记》,中华书局1963年版,第465页。
②　王利器:《风俗通义校注》,中华书局1981年版,第65页。
③　【汉】班固:《汉书》,中华书局1962年版,第4095页。
④　【南朝宋】范晔:《后汉书》,中华书局1965年版,第21页。

帝应受天命的符瑞,光武帝于是命令设坛祭祀,并于一个月后登基称帝。光武帝起事之初即依靠了所谓"天书"《赤伏符》的预言。即位以后,群臣屡次上言建议光武帝举行封禅祭祀活动,光武帝虽然表面拒绝,却又依据纬书《河图会昌符》所称:"赤刘之九,会命岱宗。不慎克用,何益于承。诚善用之,奸伪不萌","乃诏松等复案索《河》《雒》谶文言九世封禅事者"①,最终举行了宏大的封禅祭祀活动。光武帝是东汉谶纬之学兴盛的主要推动者,其目的当然是依靠"天书"故事的叙述模式来稳固自身统治。

自此以后,"天书"故事成为东汉谶纬学者宣扬帝王天命的经典叙事模式,纬学家更是为汉代帝王创造了大量的"天书"故事。汉末以后,随着谶纬之学遭到上层统治者的禁止,这些故事大多进入了志怪小说的叙述系统之中,《搜神记》中就记载了两则借名孔子以宣扬汉代帝王天命的"天书"故事:其一叙述孔子作成《春秋》《孝经》以后,率领众弟子告祭于天,天上忽有赤虹下降,化为玉简,简文称:"宝文出,刘季握。卯金刀,在轸北。字禾子,天下服。"②其二叙述鲁哀公时,孔子梦见丰、沛之邦有赤气,遂率领弟子前往,至楚地遇一小儿自称赤松子,小儿告知孔子有一麟往西方而去,孔子于是预言:"天下已有主也,为赤刘。陈、项为辅。"孔子又得麟所吐天书,称:"周亡,赤气起,大耀兴,玄丘制命,帝卯金。"③这两则故事又都见于纬书《孝经援神契》,《搜神记》只是在纬书的基础之上略作改易,增添细节而成。六朝志怪小说中的其他作品也多有抄辑纬书内容而成的故事,只不过这些内容在志怪小说中已经不再是帝王天命的象征,而成为搜奇记异的故事。

有趣的是,主张禁绝谶纬的晋武帝司马炎,其先辈篡夺曹魏江山的过程中,其实也利用了谶纬之学的"天书"故事。《三国志·魏书》裴松之注引《魏氏春秋》记载魏明帝时张掖郡删丹县金山玄川中有石龟负图而出,图上有仙人、

---

① 【南朝宋】范晔:《后汉书》,中华书局1965年版,第3163页。
② 李剑国:《新辑搜神记·新辑搜神后记》,中华书局2007年版,第80页。
③ 同上,第78页。

石马等形象,又有玉字称:"述大金,大讨曹,金但取之,金立中,大金马一匹在中,大告吉开寿,此马甲寅述水"。①这一事件后来被司马氏解读为自己应天受命的证据。此事又见载于《搜神记》,《搜神记》中详细解释了图谶文字的含义:"此一事者,魏晋代兴之符也。至晋泰始三年,张掖太守焦胜上言:'以留郡本国图校今石文,文字多少不同,谨具图上。'案其文有五马象:其一有人平上帻,执戟而乘之;其一有若马形不成。其字有'金',有'合',有'中',有'大司马',有'王',有'大吉',有'正',有'开寿';其一成行,曰'金当取之'。程猗《说石图》曰:'金者,晋之行也。'"②这一事件的原貌可能只是古代的随葬物被洪水冲刷而显露,石碑上的文字难以辨别。但当时司马氏执掌大权,谶纬学者遂把此事附会成司马氏代替曹氏的天命证据。随着晋武帝禁绝谶纬,这一事件在晋代以后便不再被大力宣扬,但《搜神记》等志怪小说却将其作为奇闻进行了记录。

二、"斩蛇"故事与汉高祖感生神话

"斩蛇"故事又被称为"斩蛇起义"故事或"斩蛇剑"故事,是汉初学者为汉代的开国皇帝高祖刘邦创造的一则政治神话,其目的在于确立汉室皇权的正统性,进而巩固刘氏政权的统治地位。其后,赤龙或赤蛇的形象便与汉室皇权联系在一起,并在六朝时期被新兴政权所模仿。同时,剑也成为汉皇室的重要宝物和象征,关于"高祖斩蛇剑"的传说也随着汉政权的兴衰而不断演变。

自先秦时期开始,周王室权力衰微,战国诸侯都在试图寻找自身血统正统性的证明,为日后统一天下寻找政治和法理上的解释。战国中期以后,从有能力争夺天下的齐、楚、秦等诸侯国的情况来看,他们都已不是周王氏最早分

---

① 【晋】陈寿:《三国志》,中华书局 1964 年版,第 106 页。
② 李剑国:《新辑搜神记·新辑搜神后记》,中华书局 2007 年版,第 85 页。

封的正统诸侯。但是为了维护政治权力和统治地位的需要,他们又都希望在血统上保持正统地位,因此出现了诸侯国君们自我追认的血统传说:齐王自称舜后,楚、秦皆称颛顼后裔,韩、魏皆称与周同姓。这种对于正统性的追寻在秦始皇一统天下以后仍然存在,秦始皇多次进行的封禅祭祀活动就是为了证明自身皇权的正统性和合法性。然而,汉朝的开国皇帝汉高祖刘邦起于微末,起事之时和登位以后如何确立自身皇权的合法性和正统性便成了当务之急。"斩蛇起义"故事的创造在很大程度上是为了提高汉皇室在血统上的神圣性,并且成为汉朝历代皇帝的政治逻辑和行为准则,对后来谶纬思想的形成也产生了巨大的影响。

"斩蛇起义"故事的形成经历了一个循序渐进的过程,最初是以感生神话的面目出现的。感生神话是中国古代早期帝王神话的一个基本模式,《诗经·商颂·玄鸟》中所说的"天命玄鸟,降而生商"及《诗经·大雅·生民》中所说的姜嫄"履帝武敏"而育后稷的故事都是感生神话的早期形式。秦代也有造作始祖感生神话的记录,《史记·秦本纪》载:"秦之先,帝颛顼之苗裔,孙曰女修。女修织,玄鸟陨卵,女修吞之,生子大业。"[1]同样是以感生来佐证王权神圣性的神话故事。汉高祖及后来的继任者最初想模仿上古帝王的感生神话,并以此来确立刘姓皇权的神圣性,《史记·高祖本纪》中记载汉高祖的母亲刘媪在"大泽之陂"梦见自己与神明遇合,当时有"雷电晦冥",汉高祖之父刘太公前往查看,"则见蛟龙于其上。已而有身,遂产高祖"[2]。高祖感生神话亦见于纬书,《诗含神雾》中称:"赤龙感女媪,刘季兴。"[3]高祖的感生神话是用龙来比拟人间帝王,这种观念在秦朝已经出现,《史记·秦始皇本纪》载有一则故事,叙述秦朝使者过华阴平舒道,有神人持璧称"今年祖龙死"。"祖龙"即指秦始皇,故事中的神人以"祖龙"之死预言了秦始皇的死亡。汉高祖刘邦感龙而生的政治神话

---

① 【汉】司马迁:《史记》,中华书局 1963 年版,第 173 页。

② 同上,第 341 页。

③ 【日】安居香山、中村璋八辑:《纬书集成》,河北人民出版社 1994 年版,第 463 页。

与当时谶言中将秦始皇比作祖龙一事都是秦汉之际以龙比拟人间帝王思想的体现。自此以后,汉代学者开始大力推崇龙与帝王之间的符瑞关系,如《汉书·谷永传》称:"龙阳德,由小之大,故为王者瑞应。"

汉初学者由"感龙而生"的政治神话出发,又创造了所谓"赤帝子杀白帝子"的"斩蛇"故事,《史记·高祖本纪》载汉高祖刘邦醉酒后于道旁遇一大蛇,遂用剑将其斩为两段,后有人于高祖斩蛇处见到一位老年妇人深夜啼哭,便上前探问,老妇人称:"吾子,白帝子也,化为蛇,当道,今为赤帝子斩之,故哭。"说罢老妇人消失不见。①白帝实际上是秦国崇奉的祠畤之神,《史记·封禅书》载:"秦襄公攻戎救周,始列为诸侯。秦襄公既侯,居西垂,自以为主少皞之神,作西畤,祠白帝……(秦)文公梦黄蛇自天下属地,其口止于鄜衍。文公问史敦,敦曰:'此上帝之徵,君其祠之。'于是作鄜畤,用三牲郊祭白帝焉。"②《史记集解》释高祖"斩蛇"故事引应劭曰:"秦襄公自以居西戎,主少昊之神,作西畤,祠白帝。至献公时栎阳雨金,以为瑞,又作畦畤,祠白帝。少昊,金德也。赤帝尧后,谓汉也。杀之者,明汉当灭秦也。"③所谓赤帝子斩白帝子的传说,正是以汉代秦的政治神话式隐喻,目的即在于证明汉高祖皇权统治的正统性和合法性。而赤帝在五德中与尧相合,因此"斩蛇"故事也使得刘姓皇权与上古帝王的唐尧发生了联系,从而确立了汉皇室在血缘上的正统性。自此以后,便出现了汉室刘姓为唐尧后裔的说法,《汉书·高皇帝纪》的赞中称:"汉承尧运,德祚已盛,断蛇著符,旗帜上赤,协于火德,自然之应,得天统矣。"④《魏书》中记载北魏太祖所下诏书中亦称:"世俗谓汉高起于布衣而有天下,此未达其故也。刘承尧统,旷世继德,有蛇龙之征,致云彩之应,五纬上聚,天人俱协。"⑤

---

① 【汉】司马迁:《史记》,中华书局 1963 年版,第 347 页。
② 同上,第 1358 页。
③ 同上,第 348 页。
④ 【汉】班固:《汉书》,中华书局 1962 年版,第 82 页。
⑤ 【北齐】魏收:《魏书》,中华书局 1974 年版,第 37 页。

为了迎合汉高祖感龙而生和斩蛇起义的政治神话,《纬书》中又创造了尧与龙的感生故事,《诗含神雾》中称:"庆都与赤龙合昏,生赤帝伊祁,尧也。"①除此之外,为了进一步强化汉高祖的政治神话与尧的关系,纬书中还出现大量将尧与龙相联系的说法,《尚书中候》中即称:"尧火德,故赤龙应焉。"②《尚书中侯握河矩》中又称:"(尧)有盛德,封于唐,厥梦作龙而上。厥时高辛氏衰,天下归之。"③把这些关于尧的政治神话与汉高祖的感生神话相联系,不难看出其中的类比关系。自此以后,高祖斩蛇起义的故事遂成为汉代帝王政治神话的一个典型代表,经过两汉时期谶纬学者的不断努力,最终形成了一个贯穿汉代的政治神话体系,并对谶纬之学的叙述模式产生了深远的影响。

随着汉高祖"斩蛇"故事的流传,高祖的"斩蛇剑"也作为政治文物成为汉代王权政治的象征④,《太平御览》卷六百九十七引《汉旧仪》所载汉代帝王服饰即包括"乘舆带七尺斩蛇剑,履虎尾约履"⑤。汉高祖以后,历代汉朝皇帝都将"斩蛇剑"作为皇室重要的宝物加以细心保管,并立祠庙进行祭祀,《汉书·郊祀志》中记载汉宣帝为"随侯、剑宝、玉宝璧、周康宝鼎"四件宝物建立了四座祠庙,立于皇宫未央宫中。⑥《宋书·百官志》中记载载汉代帝王出巡时"法驾出,则多识者一人负传国玺,操斩白蛇剑,参乘"⑦。小说中还有许多关于"斩蛇剑"的神异记载,《西京杂记》中对汉代帝王代代相传的"高帝斩白蛇剑"进行

---

①　【日】安居香山、中村璋八辑:《纬书集成》,河北人民出版社 1994 年版,第 462 页。

②　同上,第 401 页。

③　同上,第 422 页。

④　王子今先生认为刘邦"斩蛇"的故事经史臣附会渲染,成为预言高祖帝业的工具,"斩蛇剑"也因此成为政治文物,对后来李世民、朱元璋的武装创业有着启示和指引的作用。李丰楙先生也认为:"汉高祖斩蛇之剑,象征秦汉政权的转移,属于帝王政治神话。"参见王子今:《"斩蛇剑"象征与刘邦建国史的个性》,载《史学辑刊》2008 年第 6 期;李丰楙:《神化与变异——一个"常与非常"的文化思维》,中华书局 2010 年版,第 243 页。

⑤　【宋】李昉:《太平御览》,中华书局 1960 年版,第 3110 页。

⑥　【汉】班固:《汉书》,中华书局 1962 年版,第 1249 页。

⑦　【南朝梁】沈约:《宋书》,中华书局 1974 年版,第 1239 页。

了细致的描述:"剑上有七采珠、九华玉以为饰,杂厕五色琉璃为剑匣。剑在室中,光景犹照于外,与挺剑不殊。十二年一加磨莹,刃上常若霜雪。开匣拔鞘,辄有风气,光彩射人。"①这些对于"斩蛇剑"神奇特性的描述,其背后对应的正是汉室皇权的正统与威严。

汉末以后,纬学家为汉代帝王所创造的政治神话渐渐失传,但其中一些内容被志怪小说作家采入作品之中,《拾遗记》卷五中就记载了一则附会高祖斩蛇剑传说的志怪故事,叙述汉高祖之父刘太公年轻时有一把配刀,其上刻字难以辨别,疑是殷商时期古物,太公带此刀于沛山中遇一铁匠,铁匠认出太公所配之刀为宝物,愿为太公改铸为剑,"即成神器,可以克定天下,星精为辅佐,以歼三猾。木衰火盛,此为异兆也",剑成之后,其上铭文尚存,太公知此剑为宝物,将其赐给汉高祖,汉高祖佩戴此剑平定天下,后将此剑收藏于宝库,宝库之上常有白气如云,乃是此剑灵气。②《拾遗记》中的这则故事虽然是出于附会和杜撰的神异故事,但其中所谓"星精为辅佐""木衰火盛"以及宝库上"白气如云"等描述,显然受到了汉代以来谶纬思想的影响。此外,《拾遗记》中还记载了许多与上古帝王有关的宝剑传说,如帝颛顼的"曳影之剑"可以腾空而起,飞指四方③,也同样是模仿高祖"斩蛇剑"故事而进行的创作。

六朝前期,不断出现模仿汉高祖"斩蛇"故事的帝王政治神话,其中尤其以同为刘姓出身帝王为多,《异苑》卷四记载一则故事,叙述前赵皇帝刘曜在管涔山中遇一童子,自称管涔王使者,为赵皇帝献剑一口,其剑光彩异常,上有铭文云"神剑服,御除众毒"④。故事中管涔王显然指的是山神,而刘曜在当时尚在隐居,并没有当上皇帝,这则故事带有明显的政治预言色彩,可能是出于刘曜称帝前后为自己创造的政治神话,其原型正是汉高祖刘邦"斩蛇剑"故事。

---

① 【晋】葛洪:《西京杂记》,中华书局1985年版,第3页。
② 齐治平:《拾遗记校注》,中华书局1981年版,第110—111页。
③ 同上,第16页。
④ 【南朝宋】刘敬叔:《异苑》,中华书局1996年版,第28页。

　　除模仿"斩蛇剑"故事以外,高祖感生故事也是六朝帝王模仿的对象。南朝宋武帝刘裕与汉高祖刘邦一样出身寒微,登帝位以后同样以感生故事进行了自我神化,《宋书·符瑞志》载刘裕出生时有"神光照室""甘露降于墓树"的祥瑞,又记刘裕年少时饮酒醉卧,有人误入刘裕房间,"见有一物,五采如蛟龙,非刘郎"①,这则神异传说显然也是受到了刘媪感蛟龙而生汉高祖的政治神话的影响。刘裕不仅模仿汉高祖感生的政治神话,也同样模仿创造了"斩蛇起义"的政治神话,《异苑》卷四载刘裕微时曾射中一大蛇,次日行至一处地方,见数名青衣童子捣药,童子称:"我王为刘寄奴所射",刘裕问其王为何不杀刘寄奴,童子称"刘寄奴王者","不可杀"。②这一关于宋武帝的神异故事显然是受到了汉高祖"斩蛇起义"故事的影响,同样带有明显的政治神话意味,但却被唐代所修《南史·宋本纪》作为正史全文收录。

　　除刘裕以外,六朝其他帝王也多模仿汉高祖感生故事以自神,《晋书·李雄载记》载成汉武帝李雄母罗氏生李雄时"梦大蛇绕其身,遂有孕,十四月而生雄"。《南齐书·高帝本纪》载南齐太祖萧道成"龙颡钟声,鳞文遍体",《隋书·文帝纪》载隋文帝杨坚幼时"皇姅尝抱高祖,忽见头上角出,遍体鳞起",都是模仿汉高祖感生故事的政治神话。

　　不过,随着汉朝的灭亡,作为汉室皇权象征的斩蛇剑本身反而渐渐失去了神性。宝剑这一意象本身也逐渐失去了皇权象征的属性,反而有时成了亡国征兆的代表。祖台之《志怪》中即载吴时天上斗、牛之间常有紫气,星官皆以为南方将有王者,唯独张华认为此为"神剑之气","非江南之祥"。③紫气与宝剑在纬书中本来都是王者的象征,但六朝时期却被说成是兵灾的征兆。六朝志怪小说中还记载了"斩蛇剑"遗失的神异传说,《异苑》载晋惠帝时武库失

① 【南朝梁】沈约:《宋书》,中华书局 1974 年版,第 783—784 页。
② 【南朝宋】刘敬叔:《异苑》,中华书局 1996 年版,第 29 页。
③ 鲁迅:《鲁迅辑录古籍丛编·古小说钩沉》,人民文学出版社 1999 年版,第 156 页。

火,高祖斩蛇剑失踪,有人见到此剑"穿屋飞去"①,这一事件本身也被认为是皇权衰落的征兆。

三、"陈宝"故事与光武帝政治神话

"陈宝"故事本是先秦以来流传的一则地方奇闻,由此衍生而出的陈宝信仰在秦汉时期有着较大的影响力,东汉前后逐渐与光武帝中兴联系在一起,成为光武帝应天受命的政治神话。陈宝一词原指周天子所用宝玉的一种,据《尚书·顾命》所载:"越玉五重,陈宝、赤刀、大训、弘璧、琬琰,在西序。"②春秋时,秦文公获得了一块形似周王室陈宝的玉石,并将其作为自己受命于天的证明,《史记·秦本纪》载:"(文公)十九年,得陈宝。"王国维《观堂集林》卷一"陈宝说"条认为:"秦所得陈宝,其质在玉石间,盖汉益州金马碧鸡之比,秦人殆以为《尚书·顾命》之陈宝,故以名之。是陈宝亦玉名也。"③可见,陈宝在先秦时期是特指某种形状、质地的玉石。

到了秦汉之际,由陈宝衍生出带有神话性质的地方传说,《史记·封禅书》载:"作鄜畤后九年,文公获若石云,于陈仓北阪城祠之。其神或岁不至,或岁数来,来也常以夜,光辉若流星,从东南来集于祠城,则若雄鸡,其声殷云,野鸡夜雊。以一牢祠,命曰陈宝。"④自此以后,陈宝逐渐由玉石演变为与雄鸡有关的神明,并受到秦、汉帝王的尊奉,《汉书·郊祀志》引刘向曰:"及陈宝祠,自秦文公至今七百余岁矣,汉兴世世常来,光色赤黄,长四五丈,直祠而息,音声砰隐,野鸡皆雊。每见雍太祝祠以太牢,遣候者乘一乘传驰诣行在所,以为福祥。高祖时五来,文帝二十六来,武帝七十五来,宣帝二十五来,初元元年以来亦二十来,

---

① 【南朝宋】刘敬叔:《异苑》,中华书局1996年版,第8页。
② 李学勤主编:《十三经注疏·尚书正义》,北京大学出版社1999年版,第503页。
③ 王国维:《观堂集林》,河北教育出版社2003年版,第29页。
④ 【汉】司马迁:《史记》,中华书局1963年版,第1359页。

此阳气旧祠也。"①作为秦代的旧祠,陈宝在西汉时期却同样受到汉代帝王的尊崇,并有多达百余次的显圣记录,这不得不说是一种十分奇特的现象。

东汉时期,围绕着东汉开国皇帝光武帝刘秀和陈宝之间又出现了一则非常有趣的志怪故事,《搜神记》中记载此事称秦文公时有陈仓人掘地得一物,似猪非猪,似羊非羊,众人皆不知为何物,唯独路过的两个童子认出此物名"媪",并称此物"常在地中,食死人脑。若欲杀之,以柏捶其首",名"媪"的怪物突然开口说话,称两童子名"陈宝","得雄者王,得雌者霸",陈仓人去追逐两童子,两童子化为雉飞去,秦文公得知后派人捕捉,于陈仓北阪得雌雄,"化为石",秦文公因而设立了"陈宝祠",雄雉则飞入南阳,成为后来汉光武帝刘秀起于南阳的征兆。②陈宝故事的最后预言了光武帝的中兴,这一说法在六朝时期流传甚广,《水经注·渭水》中即称:"昔秦文公之世,有伯阳者,逢二童,曰昌,曰被。二童,二雉也。得雌者霸,雄者王。二童翻飞化为双雉,光武获雉于此山,以为中兴之祥,故置县以名焉。"③《宋书·符瑞志》亦载秦文公时陈仓人遇二童子故事,文末亦称:"雄南飞集南阳穰县,其后光武兴于南阳。"④这些故事都将陈宝与光武帝联系在一起,应是喜好谶纬符瑞之说的光武帝为自己创造的政治神话。

与汉高祖刘邦一样,光武帝刘秀同样出身寒微,《后汉书·光武帝纪》载其"九岁而孤,养于叔父良","性勤于稼穑"。因此,光武帝夺取天下之后,也同样需要利用谶纬符瑞传说来进行自我神化。光武帝起事之初,即利用《赤伏符》的谶言来证明自己为天命所归,登帝位以后又大兴谶纬之学。但是,光武帝本就以汉朝皇姓刘氏的身份起事,《后汉书》载光武帝为"高祖九世之孙也,出自景帝生长沙定王发"⑤,因此没有必要再为自己进行血统和身份的证明。谶纬

---

① 【汉】班固:《汉书》,中华书局 1962 年版,第 1258 页。

② 李剑国:《新辑搜神记·新辑搜神后记》,中华书局 2007 年版,第 81 页。

③ 陈桥驿:《水经注校证》,中华书局 2007 年版,第 725 页。

④ 【南朝梁】沈约:《宋书》,中华书局 1974 年版,第 771 页。

⑤ 【南朝宋】范晔:《后汉书》,中华书局 1965 年版,第 1 页。

学家为光武帝创造的政治神话主要集中在他中兴汉室的征兆方面,《宋书·符瑞志》载光武帝降生时的异兆称:"光武将产……时有赤光,室中尽明,皇考异焉……时又有凤凰集济阳。明年,方士有夏贺良者,上言哀帝云:'汉家历运中衰,当再受命。'"①光武帝降生时的"赤光"和"凤凰"的祥瑞与《汉书》所载陈宝之神降临时的"光辉若流星"颇为相似,为陈宝故事与光武帝符谶的结合提供了条件,于是出现了陈宝所化雄雉飞于南阳预示光武将兴的说法.

从产生的顺序来看,陈仓人遇二童子的故事应产生较早,而将此故事与光武帝的中兴相联系当然在东汉以后。陈仓人遇二童子的故事由陈宝信仰发展而来,最初起源于民间,与秦汉民间的一种驱疫巫术习俗有关,睡虎地秦简《诘咎》中载:"人毋故鬼攻之不巳,是是刺鬼。以桃为弓,牡棘为失,羽之鸡羽,见而射之,则已矣。"②《太平御览》卷二十九引《玄黄经》亦称:"正腊月门前作烟火、桃人、绞索、松柏,杀鸡着门户逐疫"③。鸡、桃木、松柏等都是秦汉民间驱鬼时常用的事物,而陈宝又是与鸡有关的神明,二者结合后就成了与陈宝有关的情节独特的志怪故事,故事中的"婳"则是由恶鬼演化而出的怪物。

作为与秦文公有关的预言,陈宝故事原本就包含浓厚的符瑞征兆的意味,陈宝信仰的产生也与秦国的鸟图腾信仰有关。《史记·秦本纪》载秦王室的祖先大业为女脩吞玄鸟之卵而生,二世祖大费曾为舜"驯鸟兽",陈宝故事的生成与秦国的鸟信仰是一脉相承的。汉承秦制,汉代君王对于陈宝神的持续尊崇与汉代鸡的独特文化地位有关,《太平御览》卷二十九引董勋曰:"正月一日为鸡……七日为人。正旦画鸡于门,七日帖人于帐。"④在当时的信仰中,"鸡日"列于"人日"之前,可见人们对于鸡的尊崇。当时还流传着许多关于神鸡的传说,《神异经·东荒经》载:"扶桑山有玉鸡,玉鸡鸣则金鸡鸣,金鸡鸣则石鸡

---

① 【南朝梁】沈约:《宋书》,中华书局 1974 年版,第 770 页。
② 王子今:《睡虎地秦简〈日书〉甲种疏证》,湖北教育出版社 2003 年版,第 339 页。
③ 【宋】李昉:《太平御览》,中华书局 1960 年版,第 137 页。
④ 同上,第 138 页。

鸣,石鸡鸣则天下之鸡悉鸣,潮水应之矣。"[1]这则有关神鸡的传说在汉代流传甚广,《太平御览》卷二十九引《括地图》及同书卷四十七引《郡国志》皆载,此事亦被采入志怪小说《玄中记》中。由神鸡的故事又衍生出了关于神鸡的地方传说,祖冲之《述异记》中记载了一则故事,叙述南康雩都县洞穴中有神鸡,"色如好金",化为黄衣神人乘船,并向船主乞食,船主以盘盛酒食与之,此人吃完后"仍唾盘内",船主取视,"见盘上唾,悉是黄金"。[2]从这些故事中可以看出,鸡在汉魏六朝时期人们的心目中与光明、祥瑞及驱鬼辟邪等含义联系在一起。

纬书中也曾将神鸡的意象与汉高祖的感生神话联系在一起,《诗含神雾》中称:"执嘉妻含,始生刘季,有宝鸡衔赤珠出,含始吞赤珠,刻曰'玉英',生汉皇。后赤龙感女媪,刘季兴。"[3]这则叙事是模仿殷商的玄鸟神话和女修吞鸟卵而生秦始祖大业的感生神话而作的关于汉高祖的另一种感生故事,但并不如汉高祖感龙而生和斩蛇起义的政治神话在后世的影响深远。不过,到了东汉时期,谶纬学家遂利用了与陈宝有关的神鸡意象及陈仓人遇二童子的传说,将其作为光武帝中兴的符瑞征兆。

第三节　灾异故事与末世思想

西汉"天人感应"学说上承先秦阴阳家,下启汉代谶纬思想。在"天人感应"之说中已经包含了灾异的思想,董仲舒在《春秋繁露·必仁且智》中称:"天地之物有不常之变者,谓之异,小者谓之灾。灾常先至而异乃随之……凡灾异之本,尽生于国家之失。国家之失乃始萌芽,而天出灾害以谴告之;谴告之而不知变,乃见怪异以惊骇之,惊骇之尚不知畏恐,其殃咎乃至。"[4]在"天人感

---

① 王国良:《神异经研究》,文史哲出版社1985年版,第53页。

② 鲁迅:《鲁迅辑录古籍丛编·古小说钩沉》,人民文学出版社1999年版,第283页。

③ 【日】安居香山、中村璋八辑:《纬书集成》,河北人民出版社1994年版,第463页。

④ 【清】苏舆:《春秋繁露义证》,中华书局1992年版,第259页。

应"学者和早期的谶纬学者看来,灾异与符应正相反,符应是帝王将兴的预言,而灾异则是上天对帝王为政失德的警告,是警醒帝王要施行仁政的征兆,《晋书·五行志》称:"人君大臣见灾异,退而自省,责躬修德,共御补过,则消祸而福至。"①两汉时期,每逢有灾异发生,皇帝都要进行自我检讨,并调整施政纲领。但是,自东汉后期开始,天下大乱,军阀割据,民不聊生,大量灾异传说因此不断产生,使得原本用于佐证皇权正统的符瑞灾异理论逐渐变成末世将至的预言故事。

一、"陆沉"故事与末世预言

"陆沉"故事又称"城陷"故事或"城陷为湖"故事,是中国本土的一种独特故事类型,但又与世界范围内广泛流传的洪水故事有相通之处。丁乃通先生的《中国民间故事类型》中将此类故事按"AT 分类法"编号为"AT825A 怀疑的人促使预言中的洪水到来",祁连休先生《中国古代民间故事类型研究》中将此类故事称为"城陷为湖"故事,马昌仪先生《石狮子的象征与陆沉神话》一文中将此类故事称为"陆沉"故事②。此类故事通常叙述某人得到预言,知道某城将要沉没,他将预言告知他人,其他人不仅不信预言,反而戏弄预言者,最终城池果然如预言所说沉没为湖泊。"陆沉"故事发生甚早,流传甚远,至晚清民国之际仍在民间流传。不过,与前代和后世的"陆沉"故事相比,六朝时期的"陆沉"故事带有鲜明的末世预言特点。

先秦时期的"陆沉"故事以伊尹出生的传说为典型代表,带有感生神话的特征,《吕氏春秋·孝行览》中载:"有侁氏女子采桑,得婴儿于空桑之中,献之其君。其君令烰人养之,察其所以然。曰:'其母居伊水之上,孕,梦有神告之

---

① 【唐】房玄龄:《晋书》,中华书局 1974 年版,第 800 页。

② 马昌仪:《石狮子的象征与陆沉神话》,载《首都师范大学学报》1993 年第 4 期。

曰:"臼出水而东走,毋顾!"明日视臼出水,告其邻,东走十里,而顾,其邑尽为水,身因化为空桑。'故命之曰伊尹。"①这则故事中已经包含了陆沉故事的基本内容,即某人得到神明的警示,预知洪水的到来,洪水果然如期来临,并将陆地湮没,得到神明警示之人最终得以存活,或得到警示之人未能遵守与神明的约定而化为木头或石头。

伊尹的故事与世界范围内的洪水故事如挪亚方舟等故事有很大的相似性,代表了早期人类面对洪水时的一种普遍性思维模式。同时,伊尹出生的故事在先秦秦汉时期流传甚广,《列子·天瑞》《楚辞·天问》《论衡·吉验》等书中都有关于这一故事的记载。到了汉代,"伊尹生空桑"的故事又被进一步附会和改编,衍生出关于孔子的感生故事,《春秋演孔图》中记载了此故事:"孔子母徵在,游大泽之陂,睡梦黑帝使,请与已往梦交,语曰:'汝乳必于空桑之中。'觉则若感,生丘于空桑。"②值得注意的是,《春秋演孔图》孔子感生的故事中没有出现有关洪水的内容,这是因为汉代以后伊尹生空桑故事中的洪水神话被"陆沉"故事所取代。

汉代较为有名的"陆沉"故事是历阳城陷为湖的故事,《淮南子·俶真训》中称:"夫历阳之都,一夕反而为湖。"高诱注称:"昔有老妪,常行仁义,有二诸生过之,谓曰:'此国当没为湖。'谓妪视东城门阃有血,便走上北山,勿顾也。自尔,妪便往视门阃。阃者问之,妪对曰如是。其暮,门吏故杀鸡以血涂门阃。明旦,老妪早往视门,见血,便上北山,国没为湖。"③高诱生活于东汉末年,其《淮南子·注叙目》中称其所注《淮南子》乃是建安十年他做司空掾及濮阳令时所作,其中采纳了不少前人之说及当时的地方传说。④高诱所用于注解《淮南子》的"陆沉"故事情节生动、细节丰富,应即采纳当时传说而来。该故事亦见

---

① 许维遹:《吕氏春秋集释》,中华书局 2009 年版,第 311 页。

② 【日】安居香山、中村璋八辑:《纬书集成》,河北人民出版社 1994 年版,第 576 页。

③ 刘文典:《淮南鸿烈集解》,中华书局 2017 年,第 91 页。

④ 同上,第 2—3 页。

于《述异记》，只不过《述异记》中预示城陷的征兆并非门阃出血，而是门前石龟眼中出血。无论是城门还是石龟，在汉代都是带有征兆色彩的事物。纬书中城门出现血书是天下将有大变的征兆，《春秋演孔图》中即载："得麟之后，天下血书鲁端门曰：'趋作法，孔圣没。周姬亡，彗东出。秦政起，胡破术。'"[①]可见城门出血在汉代纬学中被认为是灾异的征兆。"陆沉"故事中城门出血的预言使得这一故事带上了极强的灾异色彩。

在六朝时期流传的志怪故事中，还有很多与历阳城陷为湖故事相类似的"陆沉"故事，其中较有代表性的是"由拳县"的故事，《搜神记》载此故事，叙述秦始皇时由拳县有童谣称："城门有血，城当陷没为湖"，有一老妇听了童谣后日日往城门查看，守门官吏为了戏弄老妇，将狗血涂于城门，老妇看见城门有血，转身奔逃，由拳县果然瞬间淹没为湖，县令及主簿都化作鱼。[②]《水经注》卷二十二引《神异传》亦载此事。与《淮南子》高诱注及《述异记》中所记载的历阳城陷的故事相比，由拳县的"陆沉"故事同样是以城门出血作为陆沉的征兆，只是预言由书生的话改为秦时童谣。童谣是谶言的一种重要形式，《论衡·纪妖篇》中引述当时人的看法称："世间童谣，非童所为，气导之也。"[③]其《订鬼篇》中又称："世谓童谣，荧惑使之彼言，有所见也。荧惑火星……言、火同气，故童谣、诗歌为妖言。"[④]《晋书·五行志》中称："荧惑降为童儿，歌谣嬉戏……吉凶之应，随其象告。"[⑤]裴松之甚至认为："童谣之言，无不皆验。"[⑥]汉魏六朝时期，人们普遍认为童谣是荧惑星降临人间后形成的妖言，是对未来的预言和警示。由拳县"陆沉"故事中洪水的预言出自童谣，更增强了这一故事的预言征兆性质。

---

① 【日】安居香山、中村璋八辑：《纬书集成》，河北人民出版社1994年版，第578页。

② 李剑国：《新辑搜神记·新辑搜神后记》，中华书局2007年版，第438—439页。

③ 张宗祥：《论衡校注》，上海古籍出版社2013年版，第444页。

④ 同上，第452页。

⑤ 【唐】房玄龄：《晋书》，中华书局1974年版，第320页。

⑥ 【晋】陈寿：《三国志》，中华书局1964年版，第245页。

　　事实上,汉朝统治者关于洪水的更深层次恐惧来源于"五德始终"之说,"五德始终"是汉代谶纬之学将王朝更迭与五行的"金、木、水、火、土"及五色、五音等一一对应形成的理论。关于汉朝在"五德始终"中的位置,谶纬学者虽有争议,但主流观点多认为汉居火德,如《汉书》即称:"汉承尧运……协于火德,自然之应,得天统矣。"①火德的式微则象征着汉朝统治的衰败,袁宏《三国名臣序赞》中称:"火德既微,运缠大过。"李善注称:"火德,谓汉也。"②火德的衰微被谶纬学者视作汉王室衰弱的征兆。

　　由于水能灭火,五行中也认为水能克火,故汉朝统治者对于与水有关的灾异颇为敏感。据《汉书·五行志》载,西汉元帝时曾有童谣称:"井水溢,灭灶烟,灌玉堂,流金门。"至汉成帝建始二年,果然"北宫中井泉稍上,溢出南流"③。这次的灾异事件被视为王莽篡位的征兆。汉成帝时还发生了一次讹言洪水的事件,同样引起了朝堂上下的高度紧张,《汉书·成帝纪》载:"虒上小女陈持弓闻大水至,走入横城门,阑入尚方掖门,至未央宫钩盾中。吏民惊上城。"④《汉书·王商传》亦载此事:"建始三年秋,京师民无故相惊,言大水至,百姓奔走相踥蹋、老弱号呼,长安中大乱。天子亲御前殿,召公卿议。"⑤仅仅是一次关于大水的谣言,就引发了整个京城的恐慌,以至于天子立即召见公卿商议,可见汉代对于洪水灾异的高度恐惧。

　　东汉时期也经常出现将大水与乱政相对应的说法,《后汉书·陈忠传》载仆射陈忠曾上疏称:"政有得失,则感动阴阳,妖变为应……春、秋大水,皆为君上威仪不穆,临莅不严,臣下轻慢,贵幸擅权,阴气盛强,阳不能禁。"⑥《后汉

---

①　【汉】班固:《汉书》,中华书局 1962 年版,第 82 页。

②　【南朝梁】萧统:《文选》,中华书局 1986 年版,第 3127 页。

③　【汉】班固:《汉书》,中华书局 1962 年版,第 1395 页。

④　同上,第 306 页。

⑤　同上,第 3370 页。。

⑥　【南朝宋】范晔:《后汉书》,中华书局 1965 年版,第 1562 页。

书·左雄传》载:"司、冀复有大水。雄推较灾异,以为下人有逆上之征。"①《后汉书·天文志》载汉桓帝时:"洛水溢至津门,南阳大水。荧惑留入太微中,又为乱臣。是时梁氏专政。"②由于东汉后期朝政混乱,民不聊生,洪水等自然灾害带来的损失显得尤为惨烈。加之汉代以来洪水本身就被与帝王失德和汉室火德衰微联系在一起。因此,"陆沉"故事由普通的地方传闻演变为在当时广为流传的末世预言,此类故事的流传正是汉王朝走向崩溃这一现实状况在当时人心目中的一种反映。

二、"龙母"及"蛇妖"故事对汉代政治神话的消解

汉高祖利用先秦以来人们对龙的独特认知,为自己创造了感龙而生的政治神话,此后龙就成了汉代帝王权力的象征。在此基础上,汉高祖还造作了"斩蛇起义"的传说,因此蛇在汉代也被视为是与龙一体的皇权象征。在早期的谶纬学者看来,龙和蛇的出现都是帝王符瑞的征兆,《后汉书·襄楷传》称:"夫龙形状不一,小大无常,故《周易》况之大人,帝王以为符瑞。或闻河内龙死,讳以为蛇。夫龙能变化,蛇亦有神,皆不当死。"③《后汉书·安帝纪》载汉安帝即位以前"自在邸第,数有神光照室,又有赤蛇盘于床笫之间"④。从这些言论和记载也可以看出,一直到东汉后期,龙与蛇仍然都是汉代帝王权力的象征。

东汉以后,皇权衰微,人们对于龙及蛇形象的认识也产生了巨大变化。受到东汉佛教传入的影响,六朝时期人们多将佛教中的龙与中国本土的龙形象混杂在一起。佛经中的龙是"天龙八部众"之一,是由印度本土的原始宗教中

---

① 【南朝宋】范晔:《后汉书》,中华书局 1965 年版,第 2019 页。

② 同上,第 3256 页。

③ 同上,第 1078 页。

④ 同上,第 203 页。

负责掌管河流和降雨的神明衍生出的一种水中的生物。由于这一形象与中国本土的龙有契合之处，因此早期佛经翻译时将其翻译为龙。佛经中的龙可以是人形也可以是兽形，其身份有好也有坏，善恶各异，如《洛阳伽蓝记》所记"盘陀王咒龙"故事中称："山中有池，毒龙居之。昔有三百商人止宿池侧，值龙忿怒，泛杀商人。盘陀王闻之，舍位与子，向乌场国学婆罗门咒，四年之中，尽得其术。还复王位，就池咒龙。龙变为人，悔过向王。"①这则佛教故事中的毒龙不但不是王权的象征，反而是害人的妖怪，并且成了盘陀国王讨伐的对象。

在佛教思想及其他因素的影响之下，六朝时期广泛流传的"龙母"故事中的龙形象产生了耐人寻味的变化。"龙母"故事也称"龙子望娘"故事或"龙子祭母"故事，是中国古代民间故事中的一个典型代表类型，艾伯华先生《中国民间故事类型》中将其归类为"60龙的母亲"型，顾希佳先生《中国古代民间故事类型》中按照"AT分类法"将此类故事置于"AT555D"，命名为"龙子望娘"故事②。此类故事通常叙述某女子生下一龙（或收养一小龙），并将其抚养长大，小龙长大后离去，女子死后，长大的龙时常来探望母坟。

"龙母"故事最初与"陆沉"故事混杂在一起，其代表性文本有"邛都老姥"故事和"担生"故事。"邛都老姥"故事见于《太平御览》卷七百九十一引李膺《益州记》③，叙述邛都县有一老姥饲养了一条头上生角的小蛇，小蛇随时日不断长大，直至丈余，一日此蛇吃掉了县令的骏马，县令发怒寻蛇不着，便迁怒杀了老姥，蛇归来后为老姥报仇，兴起洪水，整座县城瞬间陷没为湖，唯独老姥旧宅无恙④。"担生"故事见于《水经注·浊漳水》，叙述有人于路上捡到一条

---

① 【北魏】杨衒之：《洛阳伽蓝记》，中华书局2013年版，第171页。
② 顾希佳：《中国古代民间故事类型》，浙江大学出版社2014年版，第66页。
③ "邛都老姥"故事见于二十卷本《搜神记》卷二十，然前代诸书引此故事未见注出《搜神记》者，《太平御览》卷七百九十一、《太平寰宇记》卷七百一十一、《天中记》卷七十六引此故事皆注出李膺《益州记》，《太平广记》卷四百五十六引此故事注出《穷神秘苑》，李剑国先生以为二十卷本《搜神记》当系误收。
④ 【宋】李昉：《太平广记》，中华书局1960年版，第3506页。

小蛇,遂带回家饲养,并起名为"担生",蛇长大后吞噬人,官府将饲养者抓捕下狱,"担生"将饲养者救出后带走,并让整座城池陷没为湖,县令变为了鱼。①两则故事都包含"龙母"故事的基本情节,而后半段与前文所述"陆沉"故事又十分相似,可以看作是"龙母"故事与"陆沉"故事的结合。

在此后的发展中,"龙母"故事逐渐演变为独立的故事类型,《搜神后记》记载了一则完整的"龙母"故事,叙述长沙女子浣纱时忽觉有异,遂有娠,并生三物如鲮鱼,女子将此三物养大,取名为"当洪""破阻"和"扑岸",一日天降暴雨,三物变为蛟龙,俱失所在,此后天欲雨时三蛟子辄来看望女子,不久女子去世,三只蛟子俱到女子坟前痛哭,哭声"如狗嚎"②。这则"龙母"故事与刘媪感龙生汉高祖的感生神话有很多相似之处,但《搜神后记》"龙母"故事中的三只蛟子最终并没有变为人间帝王,而是保持着畜生的形态,甚至其哭声也"如狗嚎"。六朝"龙母"故事中的感生神话性质荡然无存,龙也不再是帝王权力的象征,这一类故事的流行,对汉代以来的帝王感生神话产生了极大的消解作用。

六朝时期,"龙母"故事又与地方豪族的家族神话联系在一起,《搜神记》载东汉时窦奉的妻子生下窦武的同时,还产下一条小蛇,家人将蛇送至林间放生,后来窦武长大成名,其母去世后,常常有大蛇至其母墓前探望,"时人知为窦氏之祥"③。窦氏是东汉后期颇有名望的豪族,窦武更是曾经一度大权独揽的外戚。带有感生神话性质的"龙母"故事与窦氏一族的结合,使得原本为皇权政治服务的政治神话变为预示豪族将兴的祥瑞故事。此类家族神话的出现在六朝时期具有象征意义,代表着谶纬符瑞的传说不再单纯服务于王权,而是被东汉豪族和魏晋门阀士族们所利用,成为他们对自己家族进行神化的工具。

---

① 陈桥驿:《水经注校证》,中华书局 2007 年版,第 268 页。

② 李剑国:《新辑搜神记·新辑搜神后记》,中华书局 2007 年版,第 545 页。

③ 李剑国:《新辑搜神记·新辑搜神后记》,中华书局 2007 年版,第 88 页。

除窦氏以外,曾一度掌握蜀中政权的张鲁也与"龙母"故事有关,《太平广记》卷四百一十八引《道家杂记》记载的一则故事叙述张鲁之女于山下浣衣时感白雾而怀孕,因是未婚而孕,张鲁之女羞愤而死,死前令婢女破其腹查看,婢女破张鲁之女腹后,取出一对龙子,遂将张鲁之女葬于山下,其后常常有龙至张鲁之女墓前祭拜。①此故事又见于《太平御览》卷五十二引袁山松《郡国志》,可见在魏晋时期流传颇广。"张鲁女"故事的感生神话性质更加明显,加之张鲁五斗米道教主的身份,这则故事除了用于家族神话以外,也有辅教的作用。

受到汉高祖感生神话的影响,蛇在汉代也一直被视为帝王的象征和预兆,如两汉时期流传的"两蛇相斗"故事即含有谶纬征兆的意味,《史记·郑世家》载:"初,内蛇与外蛇斗于郑南门中,内蛇死。居六年,厉公果复入。"②当时人以为"两蛇相斗"的故事象征了郑国的两君相争,而外蛇战胜内蛇则象征了郑厉公的复位。汉代的另一则"两蛇相斗"故事也被视为争夺君权的征兆,《汉书·五行志》载:"武帝太始四年七月,赵有蛇从郭外入,与邑中蛇斗孝文庙下,邑中蛇死。后二年秋,有卫太子事,事自赵人江充起。"③在谶纬思想和皇权专制的背景下,这则"两蛇相斗"故事被解释为汉武帝时期的戾太子"巫蛊案"的征兆。

到了六朝时期,蛇不再是人间帝王的象征,而成了地方传说中的精怪。《搜神后记》载"临海射人"故事,叙述三国时期吴国临海有善射者梦一黄衣白带神人求助,次日射人于草木中见两蛇缠斗,遂助其中一蛇将另一蛇射死,当晚射人又梦见黄衣白带神人来谢,并许其一年获猎,但一年之后必须离开此山并永不返回,射人果然在接下来的一年之中多有所获,并致巨富,数年后,

① 【宋】李昉:《太平广记》,中华书局 1961 年版,第 3401—3402 页。
② 【汉】司马迁:《史记》,中华书局 1963 年版,第 1764 页。
③ 【汉】班固:《汉书》,中华书局 1962 年版,第 1468 页。

猎人忘记前言,重返此山,又梦见黄衣白带神人警告仇人之子将来复仇,猎人正欲逃走,却忽然见到三个乌衣人一齐向他张口,猎人随即死去。①此则故事虽然也是表现两蛇相斗,但其中的蛇不再是人间帝王的象征,而更类似地方妖神。

《搜神后记》中的这则"两蛇相斗"故事与后来蜀中流传的"李冰斗蛟"的传说有关,《太平广记》卷二百九十一引《成都记》载李冰为蜀郡太守时有江神化蛟龙为虐,李冰化青牛与蛟龙相斗不能胜,遂选壮士数百人持弓箭,约定明日齐射腰间无白练者,次日李冰与江神化牛斗于江上,李冰所化青牛腰中有白练,武士齐射无白练者,江神遂毙。②故事中的蛟龙为江神所化,却为虐一方,最终在李冰和武士的合力之下被杀死,蛟龙在这里已经不再是帝王身份的象征,反而成为受人厌恶的恶神。这一变化与《搜神后记》中"临海射人"故事中"两蛇相斗"故事内涵的转变不无关系。

自此以后,"两蛇相斗"故事逐渐失去了它谶纬预言的意味,向民间传说转变。至今我国民间仍流传着《秃尾巴老李》《小黄龙和大黑龙》《龙女和樵哥》等故事,其情节都与《搜神后记》中的"临海射人"故事类似。丁乃通先生《中国民间故事类型索引》一书中将这一故事类型编号为"AT738 蛇斗"③。"两蛇相斗"故事转变为地方民间传说,故事中的蛇也成为普通的地方精怪,这种转变极大地消解了汉代以来汉高祖"斩蛇起义"故事的政治神话意义。

"斩蛇"故事本身在六朝时期也发生了变异,《幽明录》中记载了一则"斩蛇"故事,叙述会稽郡官吏薛重深夜还家,却听见妻子床上有男子鼾声,开视却无人,乃于床脚下发现一条醉酒的大蛇,于是将蛇斩成数段后抛于后沟,数日后薛重夫妇先后死而复生,醒来后向众人说起死时经历,薛重称自己被一神人引至一官府,府中官员问自己为何杀人,薛重称自己所杀为蛇,并叙述了

---

①　李剑国:《新辑搜神记·新辑搜神后记》,中华书局 2007 年版,第 541 页。

②　【宋】李昉:《太平广记》,中华书局 1961 年版,第 2316 页。

③　丁乃通:《中国民间故事类型索引》,华中师范大学出版社 2008 年版,第 159 页。

妻子被蛇所淫的情状，官员称："我常用为神，而敢淫人妇，又妄讼人；敕左右召来!"随即召来一人，此人具诘自己淫人妻子的罪状，官员遂将其收押送狱。① 与汉高祖的"斩蛇"故事相比，《幽明录》中的这则"斩蛇"故事中的蛇虽也是神物，但却犯有奸淫的恶行，并且被凡人薛重斩为寸段后抛弃。这些情节上的改易同样产生了对汉代帝王政治神话的消解作用。

蛇神犯错受罚的故事还有见于《搜神后记》的"雷公"故事，叙述吴兴人章苟于田中耕作，所带饭食为大蛇偷食，章苟遂将大蛇打伤，大蛇向天号哭，并称要让雷公下霹雳来杀章苟，顿时果然有天雷击伤章苟，章苟向天咒骂雷公不公，应该霹杀偷饭的蛇，片刻之后，又有霹雳击中蛇穴。②此故事看似是简单的民间传说，但联系蛇在汉代的象征意义，可以发现其中许多隐喻的深意。故事中农民章苟的食物被蛇所食，而蛇在汉代是皇室王权的象征，隐喻了皇帝和官府的横征暴敛使得百姓忍饥挨饿。雷公错伐章苟，隐喻了天道不公，而最终雷公又以霹雳斩杀诸蛇，象征了汉末王权的衰落和皇室的备受欺凌。

除了蛇神受罚故事以外，蛇妖故事在汉魏六朝志怪小说中也频繁出现，其中以"蛇妖魅人"的故事为多，《列异传》中记载鲁少千为楚王少女治病，途中有人夜乘鳖盖车从数千骑来访，此人自称伯敬，愿出二十万钱请鲁少千返回，鲁少千受钱后又从其他道路到楚国为楚王女儿治病，并用法术制服了蛇妖，楚王女儿随即复苏，不久后有人在城西北见到一条巨大的死蛇，旁边则有成百上千死去的小蛇，其后大司农发现府库失钱二十万，鲁少千以钱上缴并上书陈其事。③同书又载汉章帝时有妇人为魅所病，寿光侯作法治病，"劾得大蛇"。这些魅人的蛇妖都有一众小蛇护持，且能化作贵族人形，却最终皆为术士所诛杀，让人想起东汉末年在黄巾起义和地方军阀的轮番攻击下最终消亡的汉室皇权和皇室贵族。

---

① 鲁迅：《鲁迅辑录古籍丛编·古小说钩沉》，人民文学出版社 1999 年版，第 237—238 页。

② 李剑国：《新辑搜神记·新辑搜神后记》，中华书局 2007 年版，第 499 页。

③ 鲁迅：《鲁迅辑录古籍丛编·古小说钩沉》，人民文学出版社 1999 年版，第 124 页。

　　"蛇妖魅人"故事中较为典型的还有见于《搜神后记》的"蛇郎"故事,叙述东晋时有女子嫁到邻村,夫家将女子迎入一豪宅,富贵堪比王侯,女子的乳母夜晚前去看望女子,女子却抱着乳母哭泣,口不能言,乳母掀开床帐,见一大蛇将女子缠住,乳母想要逃走,却见到屋内屋外的婢女都是小蛇,而豪宅中的灯火都是蛇眼。①故事中蛇郎的家中布局富丽堂皇,堪比王侯,却又充满了诡异、恐怖的气氛,表现出极其矛盾和复杂的心理,正是失去权势的汉室贵族的象征。"蛇郎"故事在后世发展为民间故事中的一个庞大的故事类型,丁乃通先生《中国民间故事类型索引》中将其归类为"AT433D 蛇郎"。

　　除了魅惑妇人的蛇妖之外,六朝志怪小说中还经常出现大蛇为祸民间的故事,《博物志》中记载天门郡山中有峻谷,有人从谷上经过便飞升而去,俗说以为是得道成仙,遂名此谷为"仙谷",甚至有人专门到此以求成仙,后来有人产生疑心,招募了十几个人来到山顶,见到一个巨大的怪物,遂将其射杀,原来是一头巨大的蟒蛇,蟒蛇的身旁堆积着死人的尸骨,原来所谓升仙的人都是被蟒蛇吃掉了,从此之后此地便平安无事了。②六朝时期还流传着另一则与此相似的"斩蛇"故事,斩蛇的主人公由汉初应受天命的汉高祖变为了普通的民间女孩,《搜神记》载"李寄斩蛇"故事叙述东越闽中有大蛇为患,巫祝常以民间十二三岁童女献祭,民女李寄自告奋勇应募,用计将蛇灌醉后杀死。故事中为祸的蛇怪"头大如困,目如二尺镜"③,加之其吞噬童女的恶行,给人以极其妖异邪恶的感觉。六朝志怪小说中不断出现的蛇妖故事,正是民间百姓对于自身处境不满的一种体现,同时也代表了汉代以来作为王权象征的蛇意象的转变和崩塌。

　　蛇妖为祸人间的故事对汉初以来的帝王感生神话产生了极大的消解作用,在这种作用之下,汉初的感生神话也由帝王的祥瑞征兆变成了象征灾异

①　李剑国:《新辑搜神记·新辑搜神后记》,中华书局 2007 年版,第 542 页。
②　范宁:《博物志校注》,中华书局 1980 年版,第 111 页。
③　李剑国:《新辑搜神记·新辑搜神后记》,中华书局 2007 年版,第 29 页。

的末世预言。《晋书·五行志》中记载前赵君主刘聪时期,崇明观地陷为池,池
水赤色,有赤龙从水中飞出,又有流星如龙蛇之形,落于平阳,化为肉团,不久
刘聪的皇后刘氏生下一蛇一兽,各自逃走,有人于陨肉旁见之,当时人以为这
是因为刘聪娶了刘殷之女,按照汉族的礼法同姓相婚属于乱伦,上天因而降
下此灾异。①刘聪之妻刘氏产一蛇一兽的传说中出现的"赤龙""流星"等意象,
在汉代这些本来都是帝王祥瑞的象征,但到了六朝时期却被解释为灾异的代
表。相类似的产龙灾异叙事还有见于《宋书·五行志》中的一则与西晋皇族有
关的"龙母"故事:"晋愍帝建兴二年十一月,抱罕羌妓产一龙子,色似锦文,常
就母乳,遥见神光,少得就视。"②这一事件被归类为"龙蛇之孽",并且在后世
被解读为西晋衰败的征兆。从这些与六朝皇室有关的"龙母"故事中,我们已
经完全看不出任何感生神话的性质,反而充斥着一种末世的悲凉之感。

三、"服妖"故事与晋世之殇

服妖即象征灾异的服饰变化,是中国古人从谶纬符应灾异思想出发形成
的对于服饰文化的一种独特认识。早在汉代,服妖的观念就已经形成,《汉书·
五行志》中称:"风俗狂慢,变节易度,则为剽轻奇怪之服,故有服妖。"③服妖叙
事的基本模式可以概括为:在早期的升平年代,某种不符合古制的服饰成为
风尚,这预示着后世某种关乎国家命运的灾变将要发生。

东汉以后,中国进入了纷乱割据的局面,各种文化相与激荡,在服饰装扮
方面也出现了许多新变。但是,在正统儒家学者看来,这些新变无不意味着对
于传统古制的背叛,再与当时流行的谶纬思想结合,就产生了服妖预示了国
家衰变的感叹,这种感叹在两晋之际达到了顶峰。三国之后的西晋在经历了

---

① 【唐】房玄龄:《晋书》,中华书局 1974 年版,第 866—867 页。
② 【南朝梁】沈约:《宋书》,中华书局 1974 年版,第 1002 页。
③ 【汉】班固:《汉书》,中华书局 1962 年版,第 1353 页。

短暂的统一之后,迅速发生了"八王之乱"和"永嘉之乱"等巨变,东晋学者和文人在回顾这段历史时纷纷将服妖现象与家国巨变联系在一起。生活于东晋的干宝对于西晋败亡的历史记忆犹新,因此在他的《搜神记》中记载了大量预示西晋将生大变的服妖故事。综合来看,《搜神记》中所记载的服妖故事有以下几种:

其一,衣与裳比例失调,象征政失于上,天下将有大变。《搜神记》载:"吴景帝以后,衣服之制,长上短下。又积领五六,而裳居一二。上饶奢,下俭逼,上有余,下不足之妖也。故归命放情于上,百姓恻于下之象也。"①中国自商、周以来的传统服饰以上衣下裳的衣裳制为主,至战国时期则出现了衣与裳连在一起的深衣,汉代也基本依循这一制度。汉代统治者曾经尝试学习周代礼乐制度建立以服饰规范社会等级的秩序,如《后汉书·舆服志》中称:"非其人不得服其服,所以顺礼也。"②又据《南齐书·舆服志》载,汉武帝天汉四年曾"朝诸侯甘泉宫,定舆服制,班于天下。"③然而到了汉末,随着皇权的衰微,原本规范的舆服制度也发生了巨大变化,从上层贵族到下层百姓都普遍按照个人喜好和方便原则穿衣,不再遵守汉代服饰规定。总体来看,魏晋时期南方因炎热且盛行士族文化,故人们多喜欢穿着宽袍大袖的衣服,即所谓"长上短下","上饶奢,下俭逼,上有余,下不足"的衣服。但将这种自然发展形成的服饰风格看作预示东吴败亡的征兆,则显然是受到了谶纬之学遗风的影响。

与南方相反,魏晋时期北方受胡人影响,多流行短小上装和宽大下装的服饰风格,然而这种上俭下丰的衣服形制也被谶纬学者视作亡国之兆。《搜神记》中记载西晋时期衣服"上俭下丰",乃是"君衰弱,臣放纵,下掩上之象也";妇女中流行的"裲裆",乃是"内出外"的征兆。这些服饰方面的变革,后来都被

---

① 李剑国:《新辑搜神记·新辑搜神后记》,中华书局 2007 年版,第 211 页。
② 【南朝宋】范晔:《后汉书》,中华书局 1965 年版,第 3640 页。
③ 【南朝梁】萧子显:《南齐书》,中华书局 1972 年版,第 333 页。

与社会政治联系在一起,被认为是"晋之祸,天子失柄,权制宠臣,下掩上"的
征兆,预示了"永嘉之乱"时晋朝皇帝百官及"六宫才人""流徙戎翟"的结果。[1]
服饰的流行本来仅仅是社会时尚的变迁,以裲裆为例,它本是一种短小的日
常衣着,通常被当作内衣,魏晋时期妇女为了穿着方便,有时也将其当作外装
穿着。但是,这种单纯服饰风尚的改变却也被当成"内出外","六宫才人,流徙
戎翟"的征兆,这种思想显然也是受到汉代以来谶纬遗风的影响。

　　其二,以白色服饰作为天子殒命的凶兆。魏晋时期,玄学隐逸清谈之风盛
行,舆服以淡雅飘逸为主,士人好穿白色单衣。谶纬学者却认为白色单衣的形
制与古代丧服相同,象征天子殒命,天下将有大变。《搜神记》中记载西晋时
期,士大夫喜欢穿白色"生笺单衣",又流行以白篾作车的装饰,这些都被认为
是"古缌衰之布"及"丧车之遗象",乃是"愍、怀晏驾"的征兆。[2]《搜神记》中又
载三国时期曹操军中军士皆着"白帢",西晋以后又在"白帢"基础上改为"无
颜帢",这些后来都被认为是"丧服征""凶丧之象",是"永嘉之乱"后"四海分
崩"的征兆。[3]事实上,所谓"白帢"乃是曹操迫于天下凶荒,将原本士兵所用的
皮质的"弁"改为了白缣制成的"帢",本是无奈之下的权宜之举,《三国志》裴
松之注引《傅子》曰:"魏太祖以天下凶荒,资财乏匮,拟古皮弁,裁缣帛以为
帢,合于简易随时之义,以色别其贵贱,于今施行,可谓军容,非国容也。"[4]其
后西晋的"无颜帢"也仅仅是在曹魏军制的基础上略作改易。但是,这种改变
古制的行为在谶纬学者看来就成了"服妖"的一种表现,被认为是象征着天下
的纷争以及后来西晋衰败的征兆。这种将白色服饰与亡国征兆联系在一起的
看法在六朝后期也依然存在,《隋书·五行志》中记载陈后主喜欢穿着"白越布
折额,状如髽帼",谶纬学者以为"此二者,丧祸之服也",并认为这是后来陈国

---

[1]　李剑国:《新辑搜神记·新辑搜神后记》,中华书局 2007 年版,第 215 页。

[2]　同上,第 234 页。

[3]　同上,第 235 页。

[4]　【晋】陈寿:《三国志》,中华书局 1964 年版,第 54 页。

为北周所灭,陈后主"父子同时被害"的征兆。①《隋书》中的这一叙述也可以看作魏晋服妖叙事和谶纬思想的发展和遗绪。

其三,胡服盛行,预兆将有胡人乱华。中国自古就十分重视以服饰文化为代表的礼仪制度,将华夷之辨视为大事,《论语·宪问》中记载孔子曾说:"微管仲,吾其被发左衽矣。"即体现出对于服饰与正统文化关系的重视。到了汉代,随着封建大一统政权的建立,这种认识又被不断强化,董仲舒即称:"天地之生万物也以养人,故其可适者,以养身体;其可威者,以为容服,礼之所为兴也。"②但是,东汉以后随着胡人文化不断传入中原,大量的胡人用品和服饰也随之传入,并成为老百姓喜闻乐见的日用器物,甚至连皇帝也不能免俗,《后汉书·五行志》载:"灵帝好胡服、胡帐、胡床、胡坐、胡饭、胡空侯、胡笛、胡舞,京都贵戚皆竞为之。此服妖也。其后董卓多拥胡兵,填塞街衢,虏掠宫掖,发掘园陵。"③汉灵帝对于胡人服饰和文化的喜爱在后世被视为服妖,并且被认为是董卓之乱的征兆。而西晋遭受了胡人的反复入侵,终致崩溃,更容易让人将其与晋初胡服的盛行联系在一起,《搜神记》中记载西晋以来中原地区以使用胡人器物为风尚,"胡床、貊盘"流行,饮食方面也以"羌煮、貊炙"为珍品,服饰上又流行"以毡为绲头及带身、裤口",这些都被认为是"中国其必为胡所破"的征兆,预示了"永嘉之乱"后"四夷迭据华土"的变故④。这种将胡器、胡服与西晋灭亡相联系的思维方式,既是谶纬思想的遗存,也显示出当时人对于长期战乱和内忧外患境遇的无奈。

其四,女性配饰的变化象征将有女子乱政,以对应晋惠帝皇后贾南风乱政事。《搜神记》中记载西晋元康年间,妇女头饰流行"缬子髻"及"五兵佩",所谓"缬子髻"即一种"以缯急束其环"的发饰,而"五兵佩"则是以金、银等做成

① 【唐】魏征:《隋书》,中华书局 1973 年版,第 630 页。
② 【清】苏舆:《春秋繁露义证》,中华书局 1992 年版,第 151 页。
③ 【南朝宋】范晔:《后汉书》,中华书局 1965 年版,第 3272 页。
④ 李剑国:《新辑搜神记·新辑搜神后记》,中华书局 2007 年版,第 216 页。

斧、钺、戈、戟之形的发簪,这些都被认为是贾后乱政以及后来"永嘉之乱"的
征兆。①元康是晋惠帝年号,也是西晋由盛转衰的开始。所谓"缬子髻"和"五兵
佩"不过是女性服饰的某种风尚和新变,但在谶纬学者眼中这些都是皇后乱
政及西晋败亡的征兆。

　　总而言之,自汉代谶纬学者在先秦灾异思想的基础上提出"服妖"概念以
后,衣服的变化就被解读为王朝更迭的征兆。东汉后期至西晋,胡人文化日渐
渗透进中原百姓的日常生活之中,服饰方面也产生了许多新变。随着西晋"八
王之乱"和"永嘉之乱"等事件的爆发和西晋政权迅速的灭亡,后来的学者大
多按照"服妖"的叙事模式将西晋时期出现的服饰变化解读为西晋灭亡的预
兆。其中的许多内容直接进入了志怪小说如《搜神记》等作品之中,成为六朝
志怪小说的重要题材来源。

第四节　鬼神动物预言与士族的自我神化

　　汉代早期的谶纬预言多用于神化皇权,普通的贵族和地方豪强则很少用
谶纬预言的形式进行自我神化。但是,这一情况随着汉末乱世的到来发生了
转变。自黄巾起义之后,汉室皇权衰微,本来用于维持皇权统治的谶纬之学逐
渐失去了生存的土壤,地方豪强和军阀势力也纷纷将谶纬预言当作自我神化
的工具。六朝君主虽屡禁图谶,但谶纬之学并没有因此灭绝,而是与当时流行
的卜卦、占筮等方术相结合,成为豪门大族和士族文人们用以预测家族和个
人命运的工具。后来,随着门阀士族的崛起,大量带有谶纬色彩的预言故事涌
现,成为新兴的士族阶层证明自己家族神圣不凡属性的工具,并以家族政治
神话的形式流传后世。

---

① 　李剑国:《新辑搜神记·新辑搜神后记》,中华书局 2007 年版,第 228 页。

一、"鬼神预言"故事与士族崛起

　　随着东汉以后官学衰落和私学兴起，谶纬之学也一变而成为士族家学，并由符应灾异的政治神话变为预测个人荣辱的预言故事。魏晋时期出现了许多著名的预言家，如三国时期的管辂和两晋时期的郭璞。《三国志》载管辂曾根据官员王经夜见流光入怀而预言王经即将升迁，又据何晏梦见青蝇之兆预言何晏即将伏诛。《晋书》则记载郭璞曾预言了颍川庾氏家族的衰败。

　　汉代本来用于帝王符应的谣谶到了六朝时期也成为士族个人兴衰的预言，荀氏《灵鬼志》载："明帝初，有谣曰：'高山崩，石自破。'高山，峻也；硕，峻弟也。后诸公诛峻，硕犹据石头，溃散而逃，追斩之。"①苏峻、苏硕兄弟是东晋初期掌握实权的地方军阀，其后因谋反被诛，而"高山崩，石自破"的谣谶在当时被视为苏峻、苏硕兄弟被诛的预言。由此可见，谣谶在六朝时期已经脱离了王权政治专属的状态，成为士族和军阀的个人或家族预言。

　　预言故事在汉魏六朝时期的一种典型类型是"鬼神预言"故事，其基本叙事模式为：某人至某处偶遇鬼神，鬼神对此人表现出敬畏的姿态，并做出了一系列预言，其中包括此人日后将为高官，其后鬼神的预言果然应验。鬼神预言故事较早的典型文本是见于《列异传》的"华歆"故事，叙述华歆年轻时曾于某人家留宿，主人家有产妇临盆，华歆却听到门外有两吏前来，又听两吏议论称"公在此！"两吏又称新生儿的寿命为三岁，次日华歆离去，三年后遣人问询，知道新生小儿已死，华歆方知当日所听到对话的两吏实为冥吏，而自己则当为三公，后来华歆果然做到了太尉的官职。②魏晋六朝时期有多个与此故事相同类型的故事文本，如见于《搜神记》和《幽明录》的"陈仲举"故事，叙述陈蕃

---

①　鲁迅：《鲁迅辑录古籍丛编·古小说钩沉》，人民文学出版社 1999 年版，第 146 页。
②　同上，第 128—129 页。

字仲举,曾借宿于黄申家,黄申之妻深夜产子,陈蕃忽然听到有鬼神于门口问答,预言黄家当生男孩,十五岁时将会坠屋而死,并称"门里有贵人,不可前,宜从后门往",十五年后,黄申之子果然坠屋而死,陈蕃后来也果然身居高位。①《晋书·魏舒传》也记载了一则情节基本相同的故事,叙述魏舒曾借宿于人家,主人妻子深夜产子,魏舒听闻门外有车马声,有人问答称所生男孩十五岁时将死于兵刃,并称魏舒为"魏公舒",十五年后主人所生男孩果然死于斧伤,魏舒知自己当为公。在这些"鬼神预言"故事中,即将崛起的士人阶层甚至受到了鬼神的尊敬与畏惧,体现出谶纬思想已经和鬼神思想及方术占卜相结合,成为士族阶层自我神化的工具。

　　早期的"鬼神预言"故事仅仅与士人个人的仕宦升迁有关,但之后的"鬼神预言"故事却多与豪门家族的兴衰有关。《搜神记》中记载弘农人杨宝七岁时曾于华阴山中救下一只黄雀,数年后黄雀化为黄衣童子,自称华岳山使者,前来报恩,赠杨宝一枚玉环,并预言杨氏一族将世代为三公。②故事中的杨宝是弘农杨氏的先祖,弘农杨氏是汉魏六朝士族中的佼佼者,自西汉至两晋皆为豪门大族,两汉时曾出过丞相杨敞、太尉杨震等重要人物,西晋时更有被称为"三杨"的杨骏、杨珧、杨济。杨宝救助华岳山使者所化黄雀而带来整个家族的世代兴旺,将"鬼神预言"故事由个人未来的预测变为家族兴旺的神话。

　　同类的故事还有《幽明录》所记的"陈氏家鬼"故事,叙述颍川陈庆孙家忽有神于空中预言其妻、儿及陈庆孙自己都将死亡,其后陈庆孙妻、儿果然去世,陈庆孙却毫不畏惧,不久有鬼前来谢罪,称自己是司命神麾下冥吏,本想趁陈庆孙妻、儿阳寿已尽之际讨要祭祀,却因陈庆孙的刚正不阿而震撼,冥吏预言陈庆孙将"年八十三,家方如意,鬼神佑助"③。陈庆孙是颍川陈氏的先祖,

---

①　鲁迅:《鲁迅辑录古籍丛编·古小说钩沉》,人民文学出版社1999年版,第186页。

②　李剑国:《新辑搜神记·新辑搜神后记》,中华书局2007年版,第458页。

③　鲁迅:《鲁迅辑录古籍丛编·古小说钩沉》,人民文学出版社1999年版,第128—129页。

颍川陈氏同样是汉晋时期的豪门大族,子弟中出现了陈寔、陈纪、陈群、陈泰等一大批颇有名望的士人,"陈氏家鬼"的故事显然也是颍川陈氏用于自我神化的一则预言故事。

事实上,六朝时期流传的许多此类"鬼神预言"故事的背后都有世家大族的影子,如《搜神后记》所载王戎故事,叙述王戎参加别人葬礼,却见空中有一赤衣鬼王手持一斧,驾马车飞至地面,鬼王称王戎"神明清照,物无隐情",因此不宜前往送葬,并预言王戎将"致位三公"①。王戎出身琅琊王氏,为西晋名臣,与东晋时期显赫一时的王导、王敦同族。琅琊王氏是两晋门阀士族的代表,东晋时期与陈郡谢氏并称为"王谢",而王戎则是西晋时期琅琊王氏的佼佼者。这则与王戎有关的"鬼神预言"故事也可以看作琅琊王氏的家族政治神话。《幽明录》中也记载了一则此类"鬼神预言"故事,叙述汉时袁安为其父寻葬地,路上遇到三位书生,书生自称知道好葬地所在,袁安遂以鸡酒设宴款待三位书生,书生告知葬地,并称"当葬此地,世世为贵公",随后三书生隐没不见。②袁安为汉代望族汝南袁氏之祖,其后代袁敞、袁京、袁汤、袁逢、袁隗等皆位至三公,族孙袁绍、袁术更是汉末三国时期的重要军阀。所谓袁安得书生指点得知好葬地的故事,显然是一则关于汝南袁氏的家族政治神话。

同样的士族政治神话还有如前引《甄异传》中的"张阖"故事③,这则故事叙述冥吏为张阖延寿,并预言张阖将位至光禄大夫,可以看作"冥吏延寿"故事与"鬼神预言"故事的结合。值得注意的是张阖的身份,张阖出身于"吴中四姓"中的吴郡张氏,其曾祖父即为三国孙吴时期的名臣张昭。张氏为东吴地区的本土豪族,东晋南渡之时,南方士族对于北方士族的入侵怀有极其矛盾的心理。从故事中的情节来看,鬼吏命张阖寻找同名相代者,张阖所找到的是

---

① 李剑国:《新辑搜神记·新辑搜神后记》,中华书局 2007 年版,第 574 页。
② 鲁迅:《鲁迅辑录古籍丛编·古小说钩沉》,人民文学出版社 1999 年版,第 185 页。
③ 参见本书第三章第二节。

"侨人黄闾"，所谓"侨人"正是南方土著士族对南渡而来的北方士族的称呼。其后，鬼神对于张闾的预言则与其他"鬼神预言"故事一样属于家族政治神话的性质。

　　总之，汉代以来用于神化王权的政治神话在六朝时期被大量用于作为新兴士族个人和家族的自我神化。其中的许多内容又与地方传说及民间信仰相融合，从而产生了许多以某一门阀世族的先祖为主人公的神异故事。

二、"动物预言"故事与家族征兆

　　动物在讲求符应灾异的谶纬之学中一直扮演着重要的角色。早期的动物传说很多被当作帝王符应的象征，如《吕氏春秋·有始览》中称："黄帝之时，天先见大螾大蝼。"①《礼含文嘉》中称："尧德广被四表，龟龙致瑞。"②《春秋演孔图》中称："天命汤，白虎戏朝。"③《春秋元命苞》中则称："天命文王，以九尾狐。"④但是，自东汉后期开始，动物的形象更多地与灾异联系在一起，《后汉书·五行志》载汉安帝时，有黄龙现于历城，这件原本可以视为祥瑞征兆的事件却被当时的儒臣解读为汉安帝听信谗言，免太尉杨震，致使杨震自杀的灾异，儒臣还引先儒所言称："瑞兴非时，则为妖孽"⑤。《后汉书·五行志》又载汉安帝时有形似凤凰的五色大鸟集于济南台，当时的儒臣将其视为"羽虫之孽"，并引纬书《乐叶图征》称："五凤皆五色，为瑞者一，为孽者四。"⑥龙、凤本来都是古代帝王祥瑞的象征，但在东汉后期混乱的政治局势下，纬学家将龙、

---

① 　许维遹:《吕氏春秋集释》，中华书局 2009 年版，第 284 页。
② 　【日】安居香山、中村璋八辑:《纬书集成》，河北人民出版社 1994 年版，第 495 页。
③ 　同上，第 575 页。
④ 　同上，第 594 页。
⑤ 　【南朝宋】范晔:《后汉书》，中华书局 1965 年版，第 3344 页。。
⑥ 　同上，第 3300 页。

凤的出现都解释为"孽"。原本用于佐证王权正统性的政治神话随之消解,很多在两汉时期出现的祥瑞故事反而变成了灾异的征兆,前文所述的"龙母"故事即为这一变化的典型代表。

但是,尽管东汉以后"龙母"故事不再被当作帝王政治神话对待,甚至对汉初的帝王感生神话产生了消解作用,但六朝时期却出现了地方士族将这些本用于佐证帝王天命的"动物预言"故事作为家族神话的情况,前引《搜神记》所载窦武之母产蛇的"龙母"故事即为其例。《幽明录》中也记载的一则类似的"龙母"故事,同样带有家族神话的特征,叙述会稽人谢祖的妻子生下一男孩及一条蛇,小蛇径自出门不见,十余年后,谢祖妻子去世,谢祖忽然听到西北方风雨大作,有一巨蛇来至灵堂前,以头捶打灵柩痛哭,直至双目出血。①会稽谢氏是六朝时期东吴地区颇有名望的地方大族,虽不及东晋的陈郡谢氏门阀地位高,但依然是人才辈出的豪门。六朝时期出现了许多与会稽谢氏有关的神怪故事,《太平广记》卷三百二十三所引《志怪录》载会稽郡防风鬼常福佑谢氏一族,"郡将吉凶,先于雷门示忧喜之兆。谢氏一族,忧喜必告"②。而此则"龙母"故事也同样是会稽谢氏用以自神的地方传说。

除"龙母"故事以外,六朝时期还出现了其他与士族崛起有关的"动物预言"故事,这些故事大部分又都来自于早期的谶纬符应传说。周文王"赤鸟衔丹书"故事被改编后用于士族个人的政治神话,出现了张颢得"忠孝侯印"的故事,《博物志》和《搜神记》中都记载此事,叙述张颢为梁国相时,有鸟飞入市中,投下一枚圆石,张颢命人将圆石破开,见其中有一枚金印,上书"忠孝侯印",后人以为这件事预示了张颢后来将官至太尉。③

"两蛇相斗"故事在先秦秦汉时期一直被解释为皇权内部斗争的征兆,但到了东汉后期却成为士族个人仕途的象征,《风俗通义》卷九载冯绲为议郎时

---

① 鲁迅:《鲁迅辑录古籍丛编·古小说钩沉》,人民文学出版社1999年版,第237页。

② 【宋】李昉:《太平广记》,中华书局1961年版,第2563页。

③ 李剑国:《新辑搜神记·新辑搜神后记》,中华书局2007年版,第90页。

曾见"二赤蛇，可长二尺，分南北走"，精通方术的孙宪为其占卜后称："君后三岁，当为边将，东北四五里，官以东为名，复五年，为大将军，南征，此吉祥也。"①其后冯绲果然步步升迁，被拜为将军。

六朝时期，动物祥瑞的故事也多被士族用以自神，如《拾遗记》载张承之母孙氏怀胎时曾见白蛇、白鹤之瑞，占卜者以为："此吉祥也。蛇、鹤延年之物……今出于世，当使子孙位超臣极，擅名江表。"此故事的结尾，今本《拾遗记》作："及承生，位至丞相，辅吴将军，年逾九十，蛇鹄之祥。"②《太平广记》卷一百三十七引《拾遗记》结尾则作："后承生昭，位辅吴将军，年九十，蛇鹄之祥也。"③齐治平先生以为："按承乃昭之长子，昭、承俱未尝为丞相，辅吴将军乃昭之官爵，而承则为奋威将军，封都乡侯。子年疏于史事，往往摭拾传闻；《广记》妄改原文，以父为子，尤谬。"④齐治平先生所说甚是，但无论如何，这则故事表现出了鲜明的宗族政治神话的特征。作为"吴中四姓"的佼佼者，吴郡张氏家族的张昭受到东吴大帝孙权的礼遇，可谓位极人臣，其后世子孙也是人才辈出，在三国两晋是显赫一时的地方豪族。故事中白蛇、白鹤的祥瑞在当时被认作是吴中张氏家族兴旺和发达的征兆。

六朝时期战乱频繁，门阀士族的势力也在不断的政治斗争中此消彼长，由灾异思想衍生而出的"动物预言"故事也逐渐演变为门阀家族兴衰的征兆，其中又以家中常见的鼠、鸡、狗等动物的预言故事最为多见。汉魏六朝时期，鼠、鸡、狗等动物经常在占卜和祭祀活动中出现，《抱朴子·内篇·对俗》中称："鼠寿三百岁，满百岁则色白，善凭人而卜，名曰仲，能知一年中吉凶及千里外事。"⑤《史记·孝武本纪》中记载汉武帝灭南越后，"乃令越巫立越祝祠，安台无

---

①　王利器：《风俗通义校注》，中华书局 1981 年版，第 438 页。

②　齐治平：《拾遗记校注》，中华书局 1981 年版，第 185 页。

③　【宋】李昉：《太平广记》，中华书局 1961 年版，第 985 页。

④　齐治平：《拾遗记校注》，中华书局 1981 年版，第 186 页。

⑤　王明：《抱朴子内篇校释》，中华书局 1985 年版，第 48 页。

坛,亦祠天神上帝百鬼,而以鸡卜。"《史记正义》注称:"鸡卜法用鸡一,狗一,生,祝愿讫,即杀鸡、狗煮熟,又祭,独取鸡两眼,骨上自有孔裂,似人物形则吉,不足则凶。"①《尔雅·释天》郭璞注称:"今俗当大道中磔狗,云以止风。"②从这些记载可以看出,鼠、鸡、狗在古代都是经常被用在占卜和巫术活动中的动物。鼠、鸡、狗的非常行为和变化在汉代纬学体系中也普遍被解释为帝王的灾异,如关于鼠的灾异,最著名的例子是见于《汉书·五行志》的"鼠舞端门"事件,叙述汉昭帝元凤元年,燕国有黄鼠衔尾舞于王宫端门中,燕王刘旦亲自去看,却发现"鼠舞如故",刘旦又让手下人用酒肉进行祭祀,"鼠舞不休,一日一夜死"。这件事后来被视为燕王刘旦谋反将死的征兆。

但是,到了六朝志怪故事中,这些原本被视为帝王灾异的事件却成了预示士族个人荣辱兴衰的征兆,如《列异传》和《搜神记》中都记载的"王周南"故事,叙述王周南为襄邑长时,有老鼠身着衣冠,数次来到王周南面前,并预言王周南将要死去,王周南却都未应声,最后,老鼠又称:"周南,汝不应,我复何道?"最后反而是老鼠扑倒在地死去③。同类的"鼠预言"故事还有见于《幽明录》的"清河太守"故事,叙述清河太守如厕时见到有一三尺长的小人身穿冠袍,称:"府君某日死。"其后小人又反复出现做此预言,然而清河太守都未应答。最后,预言的小人称:"府君当道而不道,鼠为死。"遂倒地死去,竟是一只大如小猪的老鼠。在谶纬之学兴盛之时,鼠舞于庭即被视为天下将变的灾异。但是到了志怪小说中,鼠身着衣冠发出预言,却并没有能够左右普通中下层官吏的命运。

以动物故事作为士族个人或家族预言的情况在六朝时期颇为流行,《异苑》中记载了一则老鼠精预言士族个人仕途的故事,叙述姑孰有老鼠所化鬼

---

① 【汉】司马迁:《史记》,中华书局 1963 年版,第 478 页。
② 李学勤主编:《十三经注疏·尔雅注疏》,北京大学出版社 1999 年版,第 180 页。
③ 李剑国:《新辑搜神记·新辑搜神后记》,中华书局 2007 年版,第 250 页。

物名"灵侯",能附身于人,并为人占卜吉凶,十分灵验,"时郗倚为长史,问当迁官,云:'不久持节也。'寻为南蛮校尉。"①郗倚其人于史无考,然而从其事迹来看,应为东晋末年之郗僧施,《晋书》本传载:"僧施字惠脱,袭爵南昌公。弱冠,与王绥、桓胤齐名,累居清显,领宣城内史,入补丹阳尹。刘毅镇江陵,请为南蛮校尉、假节。"②姑孰在今安徽,晋时属宣城,所谓"郗倚为长史",即指郗僧施所任宣城内史之事,其后郗僧施担任"南蛮校尉、假节",也与故事中预言的内容一致。故此可知原文中"郗倚"二字应为"郗僧施"三字传抄之误。郗僧施出身高平郗氏,为东晋后期显赫一时的权臣郗超的嗣子。这则关于郗僧施的"鼠预言"故事,带有极强的士族政治预言色彩。然而,郗僧施后来依附刘毅,最终在东晋后期的权力斗争中失败被诛,高平郗氏也由此走向式微,或许原文中将"郗僧施"写作"郗倚"也是《异苑》作者无奈之下有意为之。

与鼠预言故事相类似的还有鸡的预言故事。早期以"陈宝"故事为代表的神鸡传说曾被视为东汉光武帝将兴的符应征兆。但是到了东汉后期,鸡却成了灾异的主角,《后汉书·五行志》中专门记载了所谓的"鸡祸",灵帝光和元年宫廷中的一只雌鸡突然化为雄性,这件事被当时身为议郎的蔡邕解释为天下有变的灾异征兆,后人则认为这件事预示了东汉末年的黄巾之乱和军阀割据。③正史中的"鸡祸"被解释为帝王失德,天下有变的灾异征兆,但在志怪故事中,鸡的变化则被解释士族兴衰的预兆,《幽明录》中的一则故事叙述谢安曾梦见自己"乘桓舆行十六里,见一白鸡而止,不得复前",其后桓温死,谢安代之为相,十六年后身染重病,临死之前,谢安悟到梦中的桓舆指桓温,十六里指十六年,白鸡则是自己死亡的征兆。④谢安是东晋门阀士族陈郡谢氏鼎盛时期的代表人物,他的去世也是陈郡谢氏由盛转衰的转折点,白鸡的预兆既是谢安

①　【南朝宋】刘敬叔:《异苑》,中华书局 1996 年版,第 57 页。

②　【唐】房玄龄:《晋书》,中华书局 1974 年版,第 1805 页。

③　【南朝宋】范晔:《后汉书》,中华书局 1965 年版,第 3273—3274 页。

④　鲁迅:《鲁迅辑录古籍丛编·古小说钩沉》,人民文学出版社 1999 年版,第 207 页。

个人生死的预言,也是陈郡谢氏家族政治走向衰落的政治预言。

六朝时期与鸡有关的预言故事又多与东晋时期把持朝政的桓氏家族有关,《晋书·五行志》载:"安帝隆安元年八月,琅琊王道子家青雌鸡化为赤雄鸡,不鸣不将。桓玄将篡,不能成业之象。"①这种关于鸡的预言在魏晋志怪小说中亦有显现,《搜神后记》中记载了一则杜不愆为投靠桓玄的士人郗超治病的故事,叙述郗超重病,杜不愆为其占卜后称向东北方三十里有一家姓上官的人家,其家中有一只雄鸡,将此雄鸡要来,用笼子养于东檐之下,九日后将有野雌鸡前来笼中与雄鸡相合,若两鸡一同飞去,不出二十日郗超之病将痊愈,并且可年寿八十,位极人臣;若雌鸡飞去,雄鸡仍留在笼中,则郗超之病一年后才可痊愈,年寿也仅有四十,名位也终不可得。郗超依言于上官家索得雄鸡,果然有雌鸡飞入笼中来与雄鸡交合而去,雄鸡却并未飞去。其后,郗超"病弥年乃起,至四十,卒于中书郎"②。值得注意的是,郗超出身高平郗氏,是东晋权臣桓温的重要谋士,曾劝桓温废帝自立,却最终未能成功。而后来妄图篡位自立却最终也未能成功的桓玄则是桓温之子。可见当时人普遍把鸡的预言与东晋时期盛极一时,甚至一度篡位自立的桓氏一族相联系。

狗在汉代也是灾异显现的重要征兆,《汉书·五行志》引京房《易传》云:"君不正,臣欲篡,厥妖狗冠出朝门。"③到了志怪小说中,狗妖故事也成了预示士族家族兴衰的征兆,《搜神后记》中的一则故事叙述永初三年谢南康家中的婢女于路上遇到一条黑狗,黑狗背后有一三尺长小人长有两颗头颅,婢女给狗喂食,两头人随即离去,婢女对狗说:"人已去",狗却开口说:"正已复来",随后狗也消失不见,而谢南康家中此后死丧不断。④谢南康即谢暠,《晋书》载谢石封南康郡公,谢石死后,"子汪嗣,早卒。汪从兄冲以子明慧嗣,为孙恩所

---

① 【唐】房玄龄:《晋书》,中华书局1974年版,第828页。
② 李剑国:《新辑搜神记·新辑搜神后记》,中华书局2007年版,第481—482页。
③ 【汉】班固:《汉书》,中华书局1962年版,第1367页。
④ 李剑国:《新辑搜神记·新辑搜神后记》,中华书局2007年版,第528页。

害。明慧从兄喻复以子嵩嗣。宋受禅,国除。"①《搜神后记》中的故事发生在永初三年,永初正是刘宋开国皇帝刘裕受禅后的第一个年号,也正是谢氏家族南康郡公封国被废除的时间。谢石是东晋名士谢安的弟弟,也是陈郡谢氏的重要代表人物,他传下的南康郡公封国被废是陈郡谢氏最终衰败的标志性事件。故事中黑狗及两头人的出现正是以"动物预言"故事的形式表现了陈郡谢氏的衰败。

　　狗的预言故事不仅能作为门阀士族家族衰败的征兆,也可作为士人个人福运的预兆,《幽明录》载王彪之年少时忽于竹林中见其母,其母称王彪之将有危难,当出门,见一白狗,随之向东行千里,等待三年后灾厄将免除。王彪之随即出门,果然见一白狗,便跟随此狗直至千里之外的会稽,三年后方归家,又闻其母前来祝贺王彪之灾厄已除,并对王彪之预言:"汝自今已后,年逾八十,位班台司。"其后果然如其母所言。②王彪之为东晋名臣,是琅琊王氏的代表人物,与陈郡谢氏的谢安齐名。王彪之遇白狗的预言故事与谢安梦见白鸡的预言故事一样,都是当时人利用"动物预言"故事对门阀士族中的名士进行神化的代表。

　　总之,随着谶纬思想在六朝时期逐渐成为士族阶层的家学,把谶纬征兆作为预测和占卜工具的做法遂成为一种趋势。东汉时期作为帝王灾异征兆的动物变异现象,到了六朝时期反而成了门阀世族家族兴衰和个人仕宦荣辱的征兆。这些征兆以预言故事的形式在社会上流传,并被志怪小说作家所记录,成为六朝志怪小说的重要题材。

---

① 【唐】房玄龄:《晋书》,中华书局1974年版,第2089页。
② 鲁迅:《鲁迅辑录古籍丛编·古小说钩沉》,人民文学出版社1999年版,第208页。

第五章
六朝宗教故事与佛教、道教传播

　　六朝是道教、佛教发展、传播并走向大盛的重要时期，为了扩大影响、吸引信徒，两大宗教在六朝时期曾发生过激烈论争，并都造作了许多用于辅教的宗教故事。这些故事不但被大量收入《搜神记》《幽明录》等志怪小说集中，更催生出了诸如《神仙传》《冥祥记》这样专门用于辅教的鬼神志怪书。总体来看，两晋的志怪小说创作更多地受到神仙道教的影响，而南北朝的志怪小说创作更多地受到佛教思想的影响。

第一节　六朝志怪小说与宗教传播

　　道教的初兴和佛教的传入都始于东汉末年，且都大盛于六朝隋唐时期，两大宗教对六朝社会各阶层的思想和生活都产生了巨大影响。明胡应麟《少室山房笔丛·九流绪论》中称："魏晋好长生，故多灵变之说；齐梁弘释典，故多因果之谈。"①这一说法指明了六朝志怪小说的创作与当时道教、佛教流行的

---

① 【明】胡应麟：《少室山房笔丛》，上海书店出版社2009年版，第283页。

关系。六朝道教以神仙之说和方术之法作为吸引教众的工具，六朝佛教也同样以神通法术和鬼神报应之说吸引百姓。两种宗教积极地创造法术传说和鬼神故事用于辅教传教，对当时的志怪小说创作产生了很大的影响。两晋志怪小说多受神仙道教思想影响，《神异记》的作者王孚、《神仙传》的作者葛洪及《拾遗记》的作者王嘉都是当时著名的道士；南北朝时期的志怪小说则多受佛教思想影响，出现了刘义庆《宣验记》、王琰《冥祥记》、颜之推《冤魂志》及多种名为《观世音应验记》的"释氏辅教之书"。

　　道教与原始信仰和民间巫术有着天然的联系，最初的传播有着由下而上的特点，又因地域、渊源的不同形成不同的信仰体系，如赵益先生所说："道教的'形成'是汉末魏晋以降各种原始宗教遗存和创生型宗教运动综合作用的产物，因地域文化、历史渊源和信仰特征形成了不同的派别。"①从道教最初的大规模传播来看，以张陵的天师道和张角的太平道为代表的早期道教都以符水疗病作为号召，在社会下层民众中建立了广泛的基础。但是，太平道发动的黄巾起义宣告失败，张陵的孙子张鲁也在投降曹操后第二年去世，道教在初期的发展暂时走向低谷。天师道失去了统一的教主以后，陷入内部组织涣散，各自为治，祭酒和道官私立的局面。除太平道和天师道外，汉末流传的道教派别还有于（于吉）家道、帛（帛和）家道、李（李阿）家道等。黄巾起义失败后，李家道、帛家道等道教派别也纷纷转向民间秘密发展。一时间，道教整体发展混乱，未能形成统一的宗教结构。

　　魏晋时期，门阀士族崛起，整个社会的政治、经济、文化都受到了门阀政治的影响，道教也开始努力向上层士族阶层传播。新兴起的神仙道教形成了上清派、灵宝派等新的教派，这些新兴教派倡导宗教改革，以神仙长生之说为号召，吸引了大量的世家名门子弟入教。上清派原本出于天师道，其祖师魏华存即曾为天师道祭酒。其后，丹阳许氏的许谧、许翙兄弟联合年轻道士杨羲创造

---

① 赵益：《六朝隋唐道教文献研究》，凤凰出版社 2012 年版，第 5 页。

神仙道教经典,以仙真降临的传说推动神仙道教的发展。神仙道教把隐居山林、研习方术等活动作为主要的传教方式,以长生成仙为教旨。六朝神仙道教传教的形式多是以一位影响力较大的成员为核心,担当布道者角色,以世家大族为传教对象,以家族成员和门生弟子组成教团。许多世家大族子弟都开始信奉天师道,使得六朝早期的神仙道教带上鲜明的世族家庭宗教的特点,两晋时期更出现一大批道教世家,这些举家信奉道教的大族中不乏琅琊王氏、义兴周氏、吴郡杜氏等颇具影响力的家族,甚至连晋朝皇族司马氏也信奉天师道,迷信长生成仙的方法。

随着神仙道教的兴起,魏晋时期出现了一大批带有仙传文学色彩的志怪小说作品,很多志怪小说的作家本身就是道士。《神仙传》的作者葛洪是两晋神仙道教的代表人物,著有《抱朴子·内篇》一书。《抱朴子·内篇》一书系统阐释了神仙可学、仙药可得、鬼怪变化、养生延年的神仙道教理论,而《神仙传》则记录了上古至魏晋传说中的大量仙人事迹。葛洪在《神仙传自序》中称自己创作《神仙传》的目的就在于宣扬"仙化可得,不死可学"的神仙道教思想。《拾遗记》的作者王嘉也是东晋时期活跃于北方的著名道士,《晋书》本传载其"不食五谷,不衣美丽,清虚服气,不与世人交游。隐于东阳谷,凿崖穴居,弟子受业者数百人,亦皆穴处"[1]。萧绮《拾遗记序》中称王嘉之书乃"多涉祯祥之书,博采神仙之事"[2]。此外,如《搜神记》《搜神后记》等作品也很大程度上受到神仙道教思想的影响,收录了大量的神仙传说和仙话故事。

佛教自两汉之际传入中原,在相当长的一段历史时期内发展缓慢,最初只在皇室和贵族中流传,并且与黄老之学一样被当作神仙方术对待。自东汉后期开始,佛教逐渐向其他阶层传播,产生了一定的社会影响。魏晋时期,玄学清谈之风盛行,许多名僧与世族文人交往密切,并援引老庄思想解释佛理,

---

[1] 【唐】房玄龄:《晋书》,中华书局1974年版,第2496页。
[2] 齐治平:《拾遗记校注》,中华书局1981年版,第1页。

对佛教的传播和发展产生了推动作用。随着佛教传播逐渐走向繁盛，自西域来华的僧人也逐渐增多，佛经的翻译渐成规模。东汉至西晋，涌现出安世高、支娄迦谶、佛图澄、鸠摩罗什、道安、慧远等一大批名僧，他们的译经和传教活动以及与他们与士族阶层的频繁交往，为佛教影响力的迅速扩大奠定了基础。到了东晋后期至南北朝时期，佛教的传播逐渐走向高潮，大量的佛经被翻译成汉文，各个政权的统治者和门阀世族子弟也对佛教崇奉有加。北方十六国时期的统治者由于地理位置因素，受西域文化影响更大，其中许多君主都信奉佛教，如后赵石虎、前秦苻坚、后秦姚兴等都是有史籍记载的崇佛帝王。南北朝时期，佛教影响不断扩大，南朝宋、齐、梁、陈历代皇帝也大多崇佛，其中又以齐竟陵王萧子良和梁武帝萧衍最甚，梁武帝萧衍甚至曾多次下诏表示愿意出家为僧。

佛教为中国文化带来了很多新鲜的思想观念，如因果业报、轮回往生、地狱净土等思想，都是中国传统观念中所没有的。早期的志怪小说中已经出现了明显受到佛教思想影响的故事，如《搜神记》《搜神后记》中出现的大量"动物报恩"故事，即受到了佛教轮回和业报思想的影响。六朝中后期的志怪小说作品中出现了大量属于"释氏辅教之书"的作品，《高僧传》中列举了受到佛教影响的作品："宋临川康王义庆《宣验记》及《幽明录》、大原王琰《冥祥记》、彭城刘俊《益部寺记》、沙门昙宗《京师寺记》、太原王延秀《感应传》、朱君台《征应传》、陶渊明《搜神录》，并傍出诸僧，叙其风素。"[1]六朝时期的"释氏辅教之书"或叙述高僧事迹，或宣扬报应思想，通过撰述与佛教有关的神异故事进行宣教活动。

作为六朝时期同时兴盛的两大宗教，道教与佛教在发展过程中既有教义和教法方面的融合，也有争夺信徒方面的斗争。在教义方面，佛教初传之时即以道家思想解释佛理，如将"空"译作"无"，将"涅槃"译作"无为"等。道教在发

---

① 【南朝梁】释慧皎：《高僧传》，中华书局 1992 年版，第 524 页。

展过程中也大量吸收了佛教的思想，如《洞玄灵宝诸天世界造化经》中即在佛教六道轮回之说的基础上提出了五道轮回的道教学说，认为人死后会在天道、人道、地狱之道、饿鬼之道、畜生虫兽之道五道之中轮回，唯有真仙才能超脱生死轮回。这些都体现出了两大宗教在传播过程中的相互融合。但是，随着道教自下而上的发展和佛教自上而下的传播，两种宗教之间争夺信徒和影响力的争斗也势不可免。六朝佛教徒和道教徒之间经常发生论辩，晋代道士王孚曾与僧人帛远论辩佛、道正邪，并作《老子化胡经》以崇道抑佛。佛教徒也针锋相对地作《清净法行经》，将老子说成是迦叶菩萨化身。

　　道教与佛教的这种关系在许多六朝志怪小说作品中也多有所反映。两大宗教的融合方面，早期道教志怪小说中可以看到佛教思想的影子，如《拾遗记》中称"丹邱之地，有夜叉驹跋之鬼"[①]、"昆仑山者，西方曰须弥山"[②]等说法，这些说法显然都来于佛教。到了南北朝时期，随着两大宗教之间的论辩和争夺信徒的斗争日益激烈，志怪小说中所记载的辅教故事也变为以互相攻讦的内容为主。《旌异记》中记载了一则道教、佛教互相争夺信徒的故事，叙述西晋愍帝时吴郡松江沪渎口忽见二人浮于海上风涛之中，道教徒称此二人为"天师"，佛教徒则认为二人乃是"大觉"，风涛过后，海中二人随波上岸，众人才看清是两尊石像。[③]从此则故事即可看到当时道教徒与佛教徒对于神异现象争夺之激烈。南朝佛教尤盛，许多以弘佛辅教为主旨的志怪小说作品中出现了大量攻讦道教的内容，如《冥祥记》中记载的一则故事叙述主人公何澹之为刘宋时期的司农，他崇信道教而不信佛法，后来得病，经常见到一只体型强壮、牛头人身的恶鬼手执铁器围绕身边，何澹之最初请道士做章符印录来祈禳，却毫无效果，后来有人向何澹之介绍了沙门慧义，慧义一语道出此怪物是"牛头阿旁"，并称何澹之唯有转信佛法才能解脱，何澹之却不肯弃道学佛，不

---

① 　齐治平：《拾遗记校注》，中华书局 1981 年版，第 19 页。
② 　同上，第 221 页。
③ 　鲁迅：《鲁迅辑录古籍丛编·古小说钩沉》，人民文学出版社 1999 年版，第 414 页。

久就死去了。①

　　为了吸引更多的信徒,道教与佛教都曾以法术作为传教的工具。所谓法术,实际上大部分都是带有仪式性质的幻术表演。道教在形成过程中大量吸收民间巫术,创制出了许多用以自我神化的法术。通过展示这些神异的法术,道教徒们宣称自己得到了上天、诸神或太上道君所授予的契约和名号,从而拥有了劾召鬼神和神仙变化的能力。佛教在早期传教过程中也大量利用神通作为宣传的工具,后魏菩提流支译《十地经论》中称:"以神通力示现不可思议处。令诸见者决定信入故。"②所谓神通力即神通,是佛教徒们宣称的通过修行而获得的超自然力量,丁福保《佛教大辞典》中称:"神为不测之义,通为无碍之义。不可测又无碍之力用,谓为神通或通力。"③佛教有六神通之说,天眼通可照见世间一切形色;天耳通可闻听世间一切声音;他心通可洞见世间一切念想;宿命通可知晓过去、现在、未来乃至百千万世之事;神境通可自由来往、随意变化,以大作小,以小作大;漏尽通可跳出生死轮回,不受五住之惑。佛教在传入中原的过程中,大量利用了西域传入的幻术和方术作为传教和辅教的手段,以此证明神通的真实性,《高僧传》中即记载东汉来华的僧人安世高于"七曜五行医方异术,乃至鸟兽之声,无不综达"④,十六国时期进入中原地区的天竺僧人佛图澄因有奇行、通幻术而得到后赵统治者石勒和石虎的尊崇,被尊奉为"大和尚"。

　　道教法术和佛教神通衍生出许多宗教志怪故事,此类故事主要叙述道教徒或佛教徒对于法术与神通等超自然力量的展现,并以此弘扬宗教信仰。不过,依现在的眼光来看,这些法术和神通大部分本质上属于幻术或魔术。道教法术与佛教神通又有所不同,道教法术大多来自民间巫术,带有本土幻术的

① 鲁迅:《鲁迅辑录古籍丛编·古小说钩沉》,人民文学出版社1999年版,第368页。

② 【日】高楠顺次郎等编:《大正藏》第26册,台北佛陀教育基金会出版部1990年版,第126页。

③ 丁福保:《佛学大辞典》,上海书店出版社2015年版,第1821页。

④ 【南朝梁】释慧皎:《高僧传》,中华书局1992年版,第4页。

性质;佛教神通大多来自于域外,带有域外幻术的性质。道教与佛教都依赖法术或神通来吸引教众,于是出现了代表本土幻术的道教法术与代表域外幻术的佛教神通之间的对抗和融合。这些幻术通过官方和民间的渠道在汉魏六朝时期广为流传,成为当时人们津津乐道的故事。

　　除单纯用于表演的法术与神通以外,两大宗教还都曾将神通法术与医疗活动相结合,利用法术疗病以吸引信众。六朝时期的神仙道教大量吸收先秦神仙家、方术士学说和秦汉黄老思想,形成了以呼吸、导引、吐纳等为主要形式的修炼法门,对中医的发展有着重要的影响。汉魏六朝时期,许多著名的道士本身也以医术见长,对于中医的经脉、草药等深有了解。不过,道教的法术疗病活动主要还是靠符水和祈禳,《后汉书》载:“张角自称‘大贤良师’,奉事黄、老道,畜养弟子,跪拜首过,符水咒说以疗病,病者颇愈,百姓信向之。”①《三国志》裴松之注引《典略》载:“(天师道)请祷之法,书病人姓名,说服罪之意。作三通,其一上之天,著山上,其一埋之地,其一沉之水,谓之三官手书。”②道教治疗疾病的手段是向上天和仙尊表达悔过和皈依之意,并请求上天或仙尊派遣神祇和鬼兵下凡帮助解除疾病。这些符水咒术和祈禳活动,配合带有表演性质的道教法术,就可以达到十分明显的传教效果。《搜神记》载道士徐登、赵昺皆擅长以法术为人治病,当时由于战乱,四方皆暴发瘟疫,二人遂于乌伤溪水相约一同以法术为百姓疗病,故事中还描述了二人所展示的法术,徐登能以禁术使溪水不流,赵昺则能用法术使枯木生枝叶,都带有幻术表演的性质。③

　　与道教相似,佛教在传教过程中也大量利用医疗神通作为辅教和传教的工具。因为佛教认为佛和菩萨本身就是能够解除疾病的“医王”,佛教治疗疾病主要依靠念诵佛经以坚定对佛法的信仰。六朝志怪小说中记载了许多身患

---

① 【南朝宋】范晔:《后汉书》,中华书局1965年版,第2299页。

② 【晋】陈寿:《三国志》,中华书局1964年版,第264页。

③ 李剑国:《新辑搜神记·新辑搜神后记》,中华书局2007年版,第46页。

重病者,因笃信佛教最终获得痊愈的故事,《宣验记》中记载了一则佛教神通疗病的故事,叙述吴郡安荀身患重病,遍请名医而不能治,病情每日加剧,太玄台寺僧人释法济劝安荀皈依三宝,安荀便于宅中设观世音斋,每日斋戒祈祷,七日后,安荀忽见有一位金人现身,抚摸自己手足,其病遂愈。六朝佛教辅教医疗故事大抵如此,不过佛教徒中确实有许多人精通医术,六朝时期更出现了著名的医僧,关于这些医僧的传说往往与佛教神通联系在一起,《高僧传》载洛阳大市寺僧人安慧则遇天下大疫,向天神祈祷降药于万民,一日安慧则忽然于寺门口见到两尊石瓮,瓮中皆有神水,安慧则将神水给病者服下,不久病人全都痊愈。①由此可知,早期的僧人也曾模仿道教徒符水疗病的做法。不过,僧人治病使用更多的是咒术,《高僧传》记载佛图澄、诃罗竭、竺法旷、杯度等僧人都精通以咒术治病的方法。

六朝时期的名僧中以医疗神通闻名者甚多,其中最有名者应属耆域,六朝时期流传着许多耆域为人治病的故事,《冥祥记》中详细记述了一次耆域治病的过程,叙述耆域来到一常年卧病在床的人家中,让病人躺于单席之上,又将一个容器放在病人肚腹上,以布将容器盖住,耆域念诵咒语,周围人忽然闻到满屋子的恶臭味,病人却起身痊愈了,耆域又将容器打开,众人见到容器中有污物如泥。②从现代科学的眼光来看,单纯以咒语治病显然是不可能,如果《冥祥记》中记载的这则故事是当时僧人治病的真实写照的话,那么当时的医疗神通背后很可能也带有幻术表演的成分。不过,由于"医方明"是佛教五明之一,属于僧侣需要掌握的基本技能,因此六朝时期确实出现了许多行之有效的佛教医药和医术,这些佛教医术和幻术结合在一起,就形成了如同展现神迹一般的辅教效果。

除利用法术疗病来进行传教活动以外,道教和佛教又都从本教教义出

---

① 【南朝梁】释慧皎:《高僧传》,中华书局1992年版,第372页。
② 鲁迅:《鲁迅辑录古籍丛编·古小说钩沉》,人民文学出版社1999年版,第323页。

发,构筑了一套不同于现实世界的时空观念,并将其与神通法术相结合,衍生
出一系列"时空变幻"的宗教故事。不过,由于道教与佛教在教义和终极追求
方面的理解并不相同,因此受两种宗教影响的"时空变幻"故事的主旨也不尽
相同。道教追求长生久视,道教的"时空变幻"故事往往通过对神仙世界与现
实世界的时间对比,突出神仙世界的永恒和现实人生的短暂,如以"烂柯山"
故事和"刘晨阮肇天台山遇仙"故事为代表的道教"时空变幻"故事中都包含
了"山中一日,世上千年"的思想。佛教强调性空,佛教"时空变幻"故事大多通
过对空间界限的否定,从而使人看破现实世界的虚幻不实。如在六朝时期广
为流传的"鹅笼书生"故事,即通过人进入细小的鹅笼及口中吐人等情节强调
现实人世的虚幻不实。

　　总之,随着六朝时期道教与佛教的迅速传播,两大宗教为了吸引信众各
自造作了许多用于辅教的神异故事。这些神异故事大量进入六朝志怪小说的
叙述视野,形成了众多带有宗教色彩的故事类型。

第二节　六朝"法术疗病"故事与佛教、道教的传播

　　法术是宗教传播的重要手段,自原始巫教文化时期即已如此,正如李丰
楙先生所说:"法术变化传说即本于原始巫术信仰,当时之人视其为'真实'的
现象,民间流行的观念如此,道教整备其说之后,依然基于原始巫术性思考原
则,抽象化为一种宗教的神秘法力。"①道教、佛教在传教过程中都曾借重法术
与神通,这些法术与神通又大多依托幻术而形成。幻术通常是依靠障眼法而
实现的对超自然现象的展示,类似于今天的魔术表演。道教法术与佛教神通
又将幻术与医疗活动结合在一起,形成了带有神迹性质的"法术疗病"故事。

----

① 　李丰楙:《神化与变异——一个"常与非常"的文化思维》,中华书局 2010 年版,第 231—232 页。

一、幻术在六朝宗教活动中的使用

中国古代幻术出现很早,至秦汉时期已颇为流行,当时多有神仙家、方术士和道教徒用幻术来进行传教活动的记载。《史记·封禅书》载术士栾大曾向汉武帝展示"斗棋"之术,使"棋自相触击"①。以今天的眼光来看,大部分幻术实际上是利用当时人对于自然科学认知的欠缺以及信息的不对称而实现的障眼法操作,许多幻术的背后蕴含的其实是类似于现代魔术背后的科学道理,如《太平御览》卷七百三十六引《淮南万毕术》中就记载了多种法术背后的秘密:"慈石提棋,取鸡磨针铁以相和慈石棋头置局上自相投也。"这正是栾大向汉武帝所展示的幻术,其原理是利用磁石对铁器制成的棋子进行磁化后使其具有磁性吸力而实现的法术。"首泽浮针,取头中垢以涂针,塞其孔,置水即浮。"这是依靠人体分泌物溶于水后增强水面张力而实现的法术。"削冰令圆,举以向日,以艾承其影,则火生。"②这是依靠凸透镜原理聚光后对物体加热取火而实现的法术。这些在今天人看来属于科学或魔术的东西,在古人的眼中则无异于神奇的法术和神通,再辅之以宗教话语,就可以在普通百姓中实现辅教和传教的目的。

中国本土的早期幻术大多来源于民间巫术,并带有表演的性质,如屡见于汉代记载的"东海黄公"故事,其最初即源于我国东南沿海地区民间的巫术表演活动,张衡《西京赋》载:"东海黄公,赤刀粤祝。冀厌白虎,卒不能救。挟邪作蛊,于是不售。"③《西京杂记》卷三中详细记载了这一故事,叙述精通幻术的鞠道龙曾讲述东海黄公的故事,东海黄公是一个精通法术的老者,年少时能以法术制服毒蛇猛虎,年老后气力渐衰,秦朝末年前往东海制服在东海为祸的白虎时,却被白虎所杀,东海黄公的故事流传至汉代,"三辅人俗用以为戏,

---

① 【汉】司马迁:《史记》,中华书局 1963 年版,第 1390 页。
② 【宋】李昉:《太平御览》,中华书局 1960 年版,第 3265—3266 页。
③ 【南朝梁】萧统:《文选》,中华书局 1986 年版,第 77 页。

汉帝亦取以为角抵之戏焉"①。东海黄公降服老虎依赖的是禁咒厌胜之术,明显带有巫术的成分,而这个故事的讲述者鞠道龙本人也精通幻术表演。这个故事最终变成汉代角抵戏的内容之一,成为大型幻术表演中的组成部分。故事中东海黄公能够"立兴云雾,坐成山河",这显然就是利用某种障眼法施展的幻术。这些幻术在汉代成为术士们常用的手段,《西京杂记》卷三又载:"淮南王好方士,方士皆以术见,遂有画地成江河,撮土为山岩,嘘吸为寒暑,喷嗽为雨雾"②,正是民间巫术中的幻术表演被方术士们借鉴的例证。

民间巫术所使用的幻术本身带有强烈的表演成分,这些表演性的成分也出自巫术传教的需要,《晋书·隐逸传》载夏统母亲重病,夏家请来章丹、陈珠两位巫师治病,"丹、珠乃拔刀破舌,吞刀吐火,云雾杳冥,流光电发",并且"轻步仳舞,灵谈鬼笑,飞触挑柈,酬酢翩翻"③,这些表演引得夏家子弟纷纷跑来观看,可见当时以幻术和舞蹈来辅佐巫术的施行是一种颇为常见的做法。汉魏六朝的志怪小说和道教仙传中记载了许多道教徒通过幻术展现法力以传教的故事,《抱朴子·内篇·道意》中称"张角、柳根、王歆、李申之徒,或称千岁,假讬小术,坐在立亡,变形易貌,诳眩黎庶,纠合群愚"④,可见道教一直将幻术作为重要的传教法门。

不过,早期方术士们所展现的法术在技术方面难度并不是很高,通常是通过信息的不对称实现的。如常见于史传记载的术士"吐酒救火"的幻术故事,其情节可以概括为:某位术士突然在众人面前喷酒,众人奇怪问之,术士告知远方某城市失火,所以发动法术灭火,其后果然证实术士所说的城市失火。此类事例在汉代史书中被频繁记载,《后汉书·方术列传》中记载汉光武帝时,郭宪为光禄勋,他在主持祭祀时忽然向东北方向喷了三次酒,有人举报他

---

① 【晋】葛洪:《西京杂记》,中华书局 1985 年版,第 16 页。

② 同上,第 16 页。

③ 【唐】房玄龄:《晋书》,中华书局 1974 年版,第 2428 页。

④ 王明:《抱朴子内篇校释》,中华书局 1985 年版,第 173 页。

"不敬",他辩解称:"齐国失火,故以此厌之。"其后齐国果然上报火灾,情状与郭宪所说相同。①《后汉书·方术列传》又载樊英也曾以此法术于长安附近喷水,却救灭了成都的大火,引得"天下称其术艺"②。在许多私人记录的笔记和仙传故事中,这种法术更是被增添了许多神异化的描述,《太平御览》卷七百三十六引《劭氏家传》载:"劭信臣为少府,南阳遭火,烧数万人。信臣时在丞相匡衡坐,心动,含酒东向潄之,遭火处见云西北来,冥晦大雨以灭火,雨中酒香。"又引《桂阳列仙传》载:"成武丁正旦大会以酒沃廷中。有司问其故,对曰:'临武县失火,以酒救之。'遣骑果然。"③《神仙传》中则记载了栾巴在皇宫宴会上喷酒,救灭成都大火的故事,皇帝还特意派人查看,报称成都果然失火,有雨从东北来浇灭大火,"雨皆作酒气也"④。如果史传所记为真,那么吐酒救火的法术应是利用了当时两个路途较远的城市之间信息传递缓慢而实现的。古代通过官方渠道获取信息通常会有数日甚至长达数月的延迟,这给了方术士们极大的操作空间,他们通过私人的渠道可以快速获取火灾的信息,甚至可以事先安排亲信或弟子在指定的地点和日期纵火。但是,这种简单的法术通过方术士们精彩的演绎,却成为跨越千里而吐酒救火的神迹。

东汉后期的左慈也是一位精通幻术的方士,同时又被认为是早期道教的重要代表人物。魏晋时期流传着大量关于左慈精通法术的记载,《后汉书·方术列传》中记载了左慈于曹操的宴会上用鱼竿垂钓于铜盘之中,不久便钓上来一条鲜活的鲈鱼。这种在水盆中变出活鱼的法术在后世亦为道士们所习用,《搜神后记》中记载的一则故事中就提到道士谢允曾为桓温表演左慈"致鲈鱼"的法术,谢允在盛满水的大瓮中投入朱符,然后瓮中便有一双鲤鱼跃出。⑤

---

① 【南朝宋】范晔:《后汉书》,中华书局1965年版,第2709页。
② 同上,第2722页。
③ 【宋】李昉:《太平御览》,中华书局1960年版,第3265页。
④ 胡守为:《神仙传校释》,中华书局2010年版,第195页。
⑤ 李剑国:《新辑搜神记·新辑搜神后记》,中华书局2007年版,第475页。

今天的古彩戏法中也有所谓"大变活鱼"的魔术,其原理是利用水的光影和折射,通过障眼法的方式实现仿佛于水中变出活鱼的视觉效果。早期的道士们就是利用了这些魔术的手法,并把它们包装成法术的形式,以博取人们的惊叹和信任。

东汉以后,道教徒在传教的过程中也经常利用幻术作为传教的工具。《神仙传》载道士孙博可以"吞刀剑""从壁中出入",还能"引镜为刀,屈刀为镜"①,又载道士刘政可以"取他人器物,以置其众处,人不觉之"②,这些道士们所表演的法术很多都是通过障眼法实现的空间转移或瞬间变换物品的魔术手法,其中一些内容在今天的魔术表演中仍然能够见到。《神仙传》又载女道士颜和曾经率领一众弟子来到一处山间,傍晚时颜和以杖叩击石壁,石壁便如门户般打开,其中有"床几帷帐"及酒食。③事实上,故事中的颜和只需要将弟子们引入预先设计好的山中屋舍,再触动机关,如此一来甚至不需要借助任何魔术手法都可以实现神迹般的效果。早期的道教神仙法术大抵皆是可以通过道具和魔术的手法实现的幻术效果,其中很多内容在今天的魔术表演中还能够见到,但是在当时信徒们的眼中,这些超现实的表演无疑都是道士们神奇法力的展现。

与道教徒所借助的中国本土幻术不同,佛教徒在传教过程中更多借助的是自西域传入的域外幻术。随着西汉初年西域道路的开通,域外幻术随之传入中国,《史记·大宛列传》载安息国王所派使者曾"以大鸟卵及黎轩善眩人献于汉","大鸟卵"应即鸵鸟蛋,而所谓"善眩人"实即幻术师。《汉书·张骞传》亦载大宛诸国曾派使者携带"大鸟卵"及"黎轩眩人"前来献给汉朝皇帝,颜师古注称:"眩,读与幻同。即今吞刀吐火、植树种瓜、屠人截马之术皆是也。本从西域来。"④这些西域幻术至六朝时期依然十分流行,《颜氏家训·归心》中称:"世

---

① 胡守为:《神仙传校释》,中华书局 2010 年版,第 133 页。
② 同上,第 130 页。
③ 同上,第 159 页。
④ 【汉】班固:《汉书》,中华书局 1962 年版,第 2696 页。

有祝师及诸幻术,犹能履火蹈刃,种瓜移井,倏忽之间,十变五化。"①文中颜师古列举了当时人们所熟悉的几种主要的西域幻术,这些外来的幻术大多新奇炫目,对中国本土的神仙法术构成挑战。

与中国本土的神仙法术不同,外来的幻术表演一开始就带有明显的舞台效果和炫技成分,《旧唐书·音乐志》称:"大抵散乐、杂戏多幻术,幻术皆出西域,天竺尤甚。汉武帝通西域,始以善幻人至中国。安帝时,天竺献伎,能自断手足,刳剔肠胃,自是历代有之。"②自断手足及剖腹断肢后痊愈是西域幻术中经常出现的一种表演,《搜神记》中记载了晋永嘉年间由天竺而来的胡人所表演的几种幻术,其一为"断舌续断",其二为"吐火变化"。所谓"断舌续断",即在大庭广众之下,用刀截断自己的舌头,并将口中剩下的半截舌头向观众展示,然后将截断的另一半舌头放回口中,再张口时舌头已然完好如初;所谓"吐火变化"则是从口中喷出火焰,将纸片或绳缕之类物品点燃,待其烧成灰烬后再从灰中取出原来的物品,并且完好如初。此外,幻术师还有将剪断的绢布瞬间复原的"续断"幻术表演。③以今天的眼光来看,"断舌复续"的幻术应该是使用了某种道具模拟表演者的断舌,加之大量的鲜血造成眩惑的视觉效果,让人以为舌头真的被截断一般。"吐火变化"则是将酒精或油脂等可燃物含在口中,突然喷吐于火上实现吐火的效果,加之配合魔术手法将燃烧成灰烬的事物复原,以实现令人惊奇的视觉效果。至于"续断"的法术,今天的古彩戏法中仍然有"剪不断的绳子"等表演项目,二者在表演手法上应是相通的。尽管从今天的眼光来看,这些西域幻术都是通过道具配合魔术师熟练的动作完成的,但很多幻术师在当时都被人们奉若神明,《拾遗记》中记载渠胥国人韩房可以用丹砂在手中画出日月,并且可以"照百余步"④,虽然也是通过魔术

---

① 王利器:《颜氏家训集解》,中华书局1993年版,第383页。
② 【后晋】刘昫:《旧唐书》,中华书局1975年版,第1073页。
③ 李剑国:《新辑搜神记·新辑搜神后记》,中华书局2007年版,第58—59页。
④ 齐治平:《拾遗记校注》,中华书局1981年版,第75页。

道具和魔术手法实现的幻术表演,但在当时却产生了很大的轰动效应,人们无不视韩房为神人。

早期域外的术士也大多利用幻术来进行传教活动,甚至会出现类似于今天大型魔术表演的场面,《抱朴子·内篇》中记载了一名外国方士可以用神咒之法于水中召唤出一条长达数十丈的巨龙,再一点点将龙缩小为数寸,然后装入壶中,不过方士的最终目的还是要贩售自己壶中的小龙,方士宣称将这些小龙放回深潭之中就可招来云雨,很多人购买方士的小龙用以求雨。①可以推测,故事中的这位外国方士先是依靠某种光影效果呈现出龙的影像,再将某种水生动物当作缩小的龙来售卖,加之辅以所谓的求雨法术,即可从中大量获利。这一"咒龙"幻术后来也被佛教徒当作传教的工具,《高僧传》载佛图澄曾为石勒咒龙求雨,佛图澄在绳床上念咒三日,便有一条五六寸长的小龙随水而来。②《高僧传》中又载西域僧人涉公亦能以秘咒"咒下神龙"。这些佛教僧侣所使用的法术应与外国方士的咒龙之术同出一系。

佛教在传教过程中也大量利用幻术来达到自神其教的目的,佛经中就有很多关于幻术的描写以及佛教徒利用幻术进行传教的记录。《大宝积经》卷八十五《授幻师跋陀罗记会》中记载了幻术师跋陀罗利用幻术迷惑众人,却被佛祖点化的故事,叙述跋陀罗将王舍城最污秽的场所幻化成庄严道场,佛祖到后,诸种幻象皆化为真实,跋陀罗也在佛祖的点化下修成正果。

东汉以后佛教大规模传入中原,许多佛教徒依靠域外幻术来进行传教活动,《高僧传》中记载安世高于"医方、异术乃至鸟兽之声无不综达",康僧会也曾以神异之术震动孙权,使其信奉佛法。《幽明录》中记载了一则故事,叙述石勒问佛图澄刘曜可擒否?佛图澄令童子斋戒七日,然后在自己手中涂满麻油让童子观看,众人见到佛图澄手掌中果然有光影晃动,佛图澄问童子所见,童

① 王明:《抱朴子内篇校释》,中华书局 1985 年版,第 359 页。
② 【南朝梁】释慧皎:《高僧传》,中华书局 1992 年版,第 347 页。

子答唯见一军人被朱带缚肘,佛图澄说此即刘曜,其后刘曜果然被石勒生擒。①
佛图澄显然是通过某种魔术的手法让手掌中呈现奇异的光影,再指示童子说
出见到有军人被缚的景象,所谓斋戒七日则不过是形式上的掩饰。当时石勒
的势力不断壮大,刘曜的情形则每况愈下,做出石勒会击败刘曜的预测并不
难,再借助幻术及童子之口将其说出,就达到了自我神化和自神其教的目的,
这是早期佛教徒传教过程中经常会用到的手段。

　　著名西域僧人鸠摩罗什在传教时也使用了幻术作为辅教的工具,据《高
僧传》卷二所载,后凉皇帝吕光十分器重的大臣张资重病,有外国道人罗叉自
称可治愈张资的病,鸠摩罗什知道罗叉不可信,便将自己的意思告诉张资,并
将五色丝绳烧成灰投于水中,称如果绳灰能够还原成丝绳的样子,那么张资
的病就不可治愈,不久水中的绳灰果然还原成丝绳的形状,张资也果然病亡。②
鸠摩罗什所使用的幻术与《搜神记》所载天竺胡人所表演的吐火燃物后复原
的幻术显然同出一源。此外,鸠摩罗什还表演过吞针的幻术,《晋书·艺术传》
载后秦皇帝姚兴强迫鸠摩罗什与妓女十人同住, 鸠摩罗什不得已而答应,其
他诸僧也想仿效,鸠摩罗什将一钵针展示给僧众,并一口吞下,如同吃正常的
食物,并称能够同样做到的人就可以畜养家室,众僧皆愧服不已。③事实上,鸠
摩罗什所用的正是魔术的手法,现代魔术表演中也有吞针的节目,其原理即
通过磁石等道具将针替换掉,再配合魔术师精湛的手法给人以自己已经将针
吞入腹中的错觉。鸠摩罗当时即利用这一幻术实现了稳定僧团秩序的目的。

　　有一些幻术故事同时为道教徒和佛教徒所习用,其中最典型的就是所谓
"种瓜植树"的幻术,这是一种展示植物瞬间生长并结出瓜、果的幻术。"种瓜
植树"本是一种用于舞台表演的幻术,《隋书·音乐志》载南朝时期的宫廷"百

---

①　鲁迅:《鲁迅辑录古籍丛编·古小说钩沉》,人民文学出版社 1999 年版,第 203 页。

②　【南朝梁】释慧皎:《高僧传》,中华书局 1992 年版,第 51 页。

③　【唐】房玄龄:《晋书》,中华书局 1974 年版,第 2502 页。

戏"中就有"种瓜"的表演项目①。民间的"种瓜植树"幻术则经常被当作神奇法术来辅证宗教的神异，《搜神记》中记载吴时术士徐光就曾在市井中向人讨瓜，瓜主不给，徐光便将瓜的种子在地上种下，瞬间发芽生长，开花结果，长出的瓜马上即可食用，徐光便将所种之瓜全都赐给围观者。②《神仙传》亦载道士刘政"能种五果之木，便华实可食"③，又载道士介象可以"种瓜菜百果皆立生"④。除道教徒使用"种瓜植树"的幻术以外，佛教经典中也经常出现关于这一幻术的记载，《贤愚经》卷十《须达起精舍品》中记载舍卫国国王波斯匿命令大臣须达主持佛弟子与六师外道弟子的斗法，其中一名名为"劳度差"的六师外道弟子精通幻术，所表演的就是用咒术种下一棵树，瞬间长大，开枝散叶，并长出许多花果。⑤由此可见，域外幻术中也有"种瓜植树"的法术，只不过早期的佛经中多将此类幻术视为与佛教神通相对立的奇技淫巧。

　　"鱼腹得物"也是汉魏六朝时期道教、佛教都曾广泛使用的一种幻术，其原理是事先在活鱼的腹中放入书信等事物，再假装意外获得此鱼，并将鱼腹中的事物说成是法术的神力。秦汉时期，"鱼腹得物"的法术就已经被当作符瑞征兆的证明使用，《史记·陈涉世家》载秦末陈胜、吴广想要发动起义，就用丹砂在帛书上写下"陈胜王"，再将帛书置于捕捉到的鱼腹中，不少人将鱼买回家烹食，发现鱼腹中的丹书，引起了不小的轰动。⑥其后，这一方法又被道教徒们广泛用于证明自己的法术乃上天所授，《列仙传》载陵阳子明钓得白鱼，"腹中有书，教子明服食之法"，显然也是想通过"鱼腹得物"的法术证明服食之法的神圣性。道士们还经常使用"鱼腹得物"的法术配合其他手法形成神奇

---

① 【唐】魏征：《隋书》，中华书局1973年版，第380页。

② 李剑国：《新辑搜神记·新辑搜神后记》，中华书局2007年版，第54页。

③ 胡守为：《神仙传校释》，中华书局2010年版，第159页。

④ 同上，第325页。

⑤ 【日】高楠顺次郎等编：《大正藏》第4册，台北佛陀教育基金会出版部1990年版，第421页。

⑥ 【汉】司马迁：《史记》，中华书局1963年版，第1950页。

的法术效果,《艺文类聚》引《汝南先贤传》载葛玄曾至某鱼人处借已死之鱼传书与河伯,葛玄将丹砂写成的书信放在死鱼的口中,又将鱼投掷回水中,不一会儿鱼又自己跃回岸上,吐出用墨汁书写的书信。①尽管这则故事中的叙述带有夸张和增饰的成分,但是我们仍然可以看出葛玄正是使用了"鱼腹得物"的法术,运用假死的活鱼和可以变色的颜料,实现神异的视觉效果,并以此展现自己的神奇法力。

除了道教徒作为法术使用以外,"鱼腹得物"的故事还经常出现于佛教经典之中。吴康僧会译《旧杂譬喻经》载某妇人之子偷偷将其母指环掷入水中丢弃,妇人后日请目连、阿那律、大迦叶等僧人吃饭,遣人于市场买鱼,于鱼腹中得到所丢失的指环。《三慧经》中则记载某国王欲将一美女据为己有,便将一枚金环交给美女的丈夫保管,又暗中派人将金环盗出,以此为罪名要将美女的丈夫处死,临死之前美女的丈夫想要吃鱼,却在鱼腹中得到了所丢失的金环。六朝时期,此类"鱼腹得物"的故事在民间也颇为流行,许多志怪小说中都出现了这一情节的故事。《搜神记》中的一则故事叙述某商人将书刀忘在宫亭湖孤石庙中,并乘船离去,至中流时忽然有鲤鱼跃入船内,商人的书刀就在鱼腹之中。②《幽明录》中的一则故事叙述三国时某官吏携带要献给孙权的犀簪经过庐山君庙前,庐山君神现身求簪,官吏将簪敬奉于神前并祈求归还,庐山君神答应归还,官吏离去一路赶往建康,在快到达石头城时有三尺长的鲤鱼跃入船中,犀簪正在鱼腹之中。③《异苑》载官吏李瑶遇事被关押,其妻至吴郡桐庐徐君庙前祈请,并将自己的银簪献给神明,李妻乘船回家,未到富阳时有白鱼跃入船中,正落在李妻面前,李妻剖开鱼腹,银簪正在其中,李瑶的官司也在不久后解决。④

---

①　【唐】欧阳询:《艺文类聚》,上海古籍出版社1965年版,第1672页。

②　李剑国:《新辑搜神记·新辑搜神后记》,中华书局2007年版,第121页。

③　鲁迅:《鲁迅辑录古籍丛编·古小说钩沉》,人民文学出版社1999年版,第190页。

④　【南朝宋】刘敬叔:《异苑》,中华书局1996年版,第42页。

　　总之,汉魏六朝时期的幻术表演被广泛地用于宗教传教活动之中,吞刀吐火、种瓜植树、剖腹挖心、鱼腹得物等幻术都被道教徒和佛教徒用以辅证宗教的神异。这些幻术流行以后,又衍生出许多宗教神异故事,并被记载入六朝志怪小说之中。不过,单纯的幻术很难让人不产生任何怀疑。于是,宗教徒往往将幻术表演与医疗活动结合在一起,以达到更好的传教效果。六朝时期,瘟疫横行,当患病的百姓目睹了道士和僧侣的法术神通,并在他们的帮助之下获得了疾病的痊愈,就会自然而然地成为宗教的忠实信徒。

二、《搜神记》"赵公明参佐"故事与道教"符水疗病"法术

　　六朝时期,战乱频发,随之便是疾病和瘟疫的流行。曹植《说疫气》一文中详细描述了当时瘟疫兴起时民间的惨状:"家家有僵尸之痛, 室室有号泣之哀。或阖门而殪,或覆族而丧。或以为疫者鬼神所作。"[1]瘟疫给普通百姓带来了极大的苦痛,也为宗教的流行提供了契机。作为在民间迅速传播的新兴宗教,道教自创教之初就以法术疗病和祛除瘟疫作为传教和吸引信徒的重要手段。在早期道教的观念中,瘟疫和疾病都是上天或太上道君派遣"五方鬼主"等鬼神对不信道教的世人降下的惩罚。所谓"五方鬼主",即东方青瘟鬼主、南方赤瘟鬼主、西方白瘟鬼主、北方黑瘟鬼主、中央黄瘟鬼主。"五方鬼主"的名字在不同的道经中各有不同, 其源头可以追溯到东汉时期的疫鬼信仰,《释名·释天》中称:"疫,役也,言有鬼行疾也。"[2]疫鬼本是带来瘟疫的鬼怪,但是早期道教徒将这些传播瘟疫的"鬼主"说成是受上天或太上道君之命行疫的鬼神,其目的在于清除世上不信大道的冥顽之人,只留下所谓的"种民",而信奉道教则是成为"种民"、获得救赎的关键条件。这一理论与世界上许多宗教

---

① 【清】严可均辑:《全三国文》,商务印书馆 1999 年版,第 183—184 页。
② 任继昉:《释名汇校》,齐鲁书社 2006 年版,第 37 页。

早期用以辅教的末世理论具有相通之处。

　　在这种背景下，许多关于道教徒以法术疗病，祛除瘟疫，引导世人信奉大道的故事被创作出来，并不断进入志怪小说的叙述系统。《搜神记》中记载了大量的神鬼故事，但从创作目的来看，干宝却是以史家的态度对当时流行于世的传说进行的忠实记录，只不过这些传说在其流传过程中可能发生了某些改变。如果将这些传说放在当时的历史背景下加以还原，我们可以从中发现魏晋社会生活某些方面的材料和证据。《搜神记》中有"赵公明参佐"故事，其文如下：

　　　　散骑侍郎、汝南王祐，疾困，与母辞诀。既而闻有通宾者，曰某郡某里某人，尝为别驾，祐亦雅闻其姓字。有顷，奄然来至，曰："与卿士类，有自然之分，又州里，情便款然。今年国家有大事，出三将军，分布征发。吾等十余人，为赵公明府参佐。至此仓卒，见卿有高门大屋，故来投。与卿相得，大不可言。"祐知其鬼神，曰："不幸疾笃，死在旦夕。遭卿，以性命相乞。"答曰："人生有死，此必然之事。死者不系生时贵贱。吾今见领兵千人，须卿，得度簿相付。如此地难得，不宜辞之。"祐曰："老母年高，兄弟无有，一旦死亡，堂前无供养。"遂歔欷，不能自胜。其人怆然曰："卿位为常伯，而家无余财。向闻与尊夫人辞诀，言辞哀苦，然则卿国士也，如何可令死？吾当相为。"因起去："明日更来。"

　　　　其明日又来。祐曰："卿许活吾，当卒恩不？"答曰："大老子业已许卿，当复相欺耶？"见其从者数百人，皆长二尺许，乌衣军服，赤油为志。祐家击鼓祷祀，诸鬼闻鼓声，皆应节起舞，振袖飒飒有声。祐将为设酒食，辞曰："不须。"因复起，谓祐曰："病在人体中如火，当以水解之。"因取一杯水，发被灌之。又曰："为卿留赤笔十余枝，在荐下。可与人使簪之，出入辟恶灾，凡举事者皆无恙。"因道曰："王甲李乙，吾皆与之。"遂执祐手，与辞。

　　时祐得安眠。夜中忽觉，即呼左右，令开被："神以水灌我，将大沾濡。"开被而信有水，在上被之下，下被之上，不浸，如露之在荷。量之，得三升七合。于是疾三分愈二，数日大除。凡其所道当取者，皆死亡，唯王文英半年后乃亡。所道与赤笔人，皆经疾病及兵乱，皆亦无恙。

　　初有妖书云："上帝以三将军赵公明、钟士季，各督数万鬼兵取人，莫知所在。"祐病差见此书，与所道赵公明合焉。①

　　此故事中的主人公，旧本《搜神记》卷五作"散骑侍郎王祐"，然而检索史书并未发现散骑侍郎王祐其人。汪绍楹先生校注《搜神记》此条时认为："此当作'汝南王祐'，脱'汝南'二字，以'王祐'为姓名，与十六卷'新蔡王昭'条同。"②据《晋书·汝南王司马亮传》载汝南文成王司马亮次子名司马矩，司马矩有子名司马祐。司马亮和司马矩皆被楚王司马玮害死，司马祐遂袭汝南王世系，封汝南威王。永嘉之乱后，司马祐随晋元帝司马睿南渡，东晋明帝太宁年间进号卫将军，加散骑常侍。旧本《搜神记》此条故事中的"散骑侍郎王祐"应该就是"散骑常侍汝南王司马祐"的脱文或简称。李剑国先生校注此条时也认为："汪说甚是。文中祐云：'老母年高，兄弟无有'，据《晋书·汝南王司马亮传》及《惠帝纪》，祐父汝南怀王矩与父亮于永平元年（291）为楚王玮所害，则无父矣，故独言老母。《晋书》亦未载祐有兄弟。祐卒于咸和元年（326），在干宝前，时代亦相合。"③

　　此则故事中，除主人公以外，其他人姓字皆隐，故难以判断其具体时间，加之旧本中脱文所造成的将"汝南王司马祐"误为"王祐"，使得此故事长期被认为是虚构杜撰的神怪小说。然而，如果我们将此故事与司马祐所生活的时代相比对，则可以发现其中很多内容并非杜撰，而是当时道教依靠法术疗病

---

① 李剑国：《新辑搜神记·新辑搜神后记》，中华书局 2007 年版，第 100—101 页。
② 【晋】干宝：《搜神记》，汪绍楹校注，中华书局 1979 年版，第 64 页。
③ 李剑国：《新辑搜神记·新辑搜神后记》，中华书局 2007 年版，第 102 页。

进行传教活动情况的真实写照。

据《晋书》本传所载:"祐字永猷。永安中,从惠帝北征。帝迁长安,祐反国。及帝还洛,以征南兵八百人给之,特置四部牙门。永兴初,率众依东海王越,讨刘乔有功,拜扬武将军,以江夏云杜益封,并前二万五千户。越征汲桑,表留祐领兵三千守许昌,加鼓吹、麾旗。越还,祐归国。永嘉末,以寇贼充斥,遂南渡江,元帝命为军谘祭酒。建武初,为镇军将军。太兴末,领左军将军。太宁中,进号卫将军,加散骑常侍。咸和元年,薨,赠侍中、特进。"[1]司马祐之祖父司马亮和父亲司马矩死于晋惠帝永平元年(公元 291 年),其时司马祐应未成年,所以没有遇害。至晋惠帝永宁年间(公元 301—302 年),司马祐随晋惠帝北征,其时司马祐应已入壮年。其后,司马祐又依靠东海王司马越,经历了永嘉之乱和晋室南渡,司马祐去世时为东晋成帝咸和元年(公元 326 年)。

就在司马祐去世之前不久的太宁二年(公元 324 年),发生了道士李脱和李弘事件。《晋书·明帝纪》载:"术人李脱造妖书惑众,斩于建康市。"[2]《晋书·周札传》又载其详情:"时有道士李脱者,妖术惑众,自言八百岁,故号李八百。自中州至建邺,以鬼道疗病,又署人官位,时人多信事之。弟子李弘养徒灊山,云应谶当王。故(王)敦使庐江太守李恒告札及其诸兄子与脱谋图不轨。时筵为敦谘议参军,即营中杀筵及脱、弘。"[3]又《晋书·周嵩传》载:"(王)敦密使妖人李脱诬嵩及周筵潜相署置,遂害之。"[4]李脱以鬼道疗病,且署人官位,其行事与早期天师道相符,应是早期天师道教团的一支。由此可知,司马祐所生活之时代,早期天师道教团的活动十分频繁,随着晋室南渡,天师道活动范围已达首都建康,且与社会上层世族集团有所牵连。

在"赵公明参佐"故事中,拜见司马祐者自称"赵公明府参佐",并有统帅

---

① 【唐】房玄龄:《晋书》,中华书局 1974 年版,第 1593 页。

② 同上,第 160 页。

③ 同上,第 1575 页。

④ 同上,第 1662 页。

诸鬼的能力,且有以水疗病的法术。从这些细节来看,此人实为天师道早期教团之头目。三国时期,天师道教首张鲁投降曹操,并于第二年死去,天师道教团遂陷入群龙无首的局面,面临解体风险。各地祭酒各自为政,继续传教,其中不乏假天师道名号行起义之事者。而起义者所常用的口号,则是以为天下大乱,末世将临,唯有信教种民方可获得福佑等。据天师道早期重要文献《女青鬼律》卷六记载:"自顷年以来,阴阳不调,水旱不适,灾变屡见者,皆由人事失理使其然也……国无忠臣,亡义远仁。法令不行,更相欺诈。致使寇贼充斥,污辱中华,荼毒饥寒,被死者半,十有九伤,岂不痛哉!乱不可久,狼子宜除,留善种人,男女祭酒,一切生民,急相核实,搜索忠贤……今遣五主,各领万鬼,分布天下,诛除凶恶,被诛不得称狂,察之不得妄救。鬼若滥误,谬加善人,主者解释,祐而护之,鬼若不去,严加收治,赏善罚恶,明尊道科。东方青气鬼主姓刘名元达,领万鬼行恶风之病。南方赤气鬼主姓张名元伯,领万鬼行热毒之病。西方白气鬼主姓赵名公明,领万鬼行注气之病。北方黑气鬼主姓钟名士季,领万鬼行恶毒霍乱心腹绞痛之病。中央黄气鬼主姓史名文业,领万鬼行恶疮痈肿之病。"①与后世道教以修习长生之术为鹄的不同,早期道教无论太平道还是天师道,都以创建政教合一的人间教团为己任,因此难免与统治者之间发生矛盾。在早期天师道文献中,充斥着末世之说,认为天将谴鬼主率领群鬼杀人,唯有信教的种民才能得以幸免。《女青鬼律》中所说的"西方鬼主赵公明""北方鬼主钟士季",恰与《搜神记》"赵公明参佐"故事后引"妖书"文同,又与故事中参佐所谓"今年国家有大事,出三将军,分布征发"一说相合,可知所谓"妖书"实即天师道道书。

值得注意的是,《女青鬼律》中认为五方鬼主率鬼杀人乃是奉"太上"之命赏善罚恶,以辅佐天师传教。五方鬼主生前为将军,死后为鬼将、鬼雄,是当时天师道早期教团的重要思想。这些鬼主除了率领群鬼诛杀恶人之外,如果有

① 张继禹主编:《中华道藏》第 8 册,华夏出版社 2004 年版,第 609 页。

邪鬼误伤善人,鬼主还有约束救治的责任。故事中参佐救治司马祐时说:"卿位为常伯,而家无余财。向闻与尊夫人辞诀,言辞哀苦,然则卿国士也,如何可令死? 吾当相为。"加之其赵公明府参佐的身份,显然正是属于鬼主一类的人物,履行的正是约束众鬼、赏善罚恶的义务。

关于《女青鬼律》的成书年代,日本学者小林正美认为:"《女青鬼律》当是在庚子年的隆安四年(400)以前不久的时期作成的,或是4世纪80年代后半到90年代前半时期成立的。大致视为390年前后,即东晋末期的开始前后,当无大错吧。"①尽管《女青鬼律》的成书时间要晚至东晋末期,但其思想渊源应该可以追溯更早。《女青鬼律》中称赵公明、钟士季等人为五方鬼主,较之"赵公明参佐"故事中的妖书所记三将军多了两人,很可能是两晋之交"赵公明参佐"故事发生的时代鬼主信仰尚不完善,而至东晋末《女青鬼律》成书的时代则已发展出完善的鬼主信仰,但其二者在思想上则是一脉相承的。

两晋时期,天师道不断向上层社会传播和发展,逐渐成为统治者所信赖的宗教。南北朝以后,随着新的教派和传教制度的兴起,早期教团式的传教方式已经不适应天师道发展的需要。因此,南北天师道的改革者如寇谦之、陆修静、陶弘景等人都试图清整早期天师道的思想和遗产。作为起义号召的鬼主信仰则首当其冲在其清整之列。陆修静《陆先生道门科略》中即曾对早期天师道的鬼主信仰进行过批评:"三五失统,人鬼错乱,六天故气称官上号,构合百精及五伤之鬼,败军死将,乱军死兵,男称将军,女称夫人,导从鬼兵,军师行止,游放天下。责人庙舍,求人缮祠,扰乱人民,宰杀三牲,费用万计,倾财竭产,不蒙其佑,反受其患,枉死横夭,不可称数。"②陆修静认为曾经天师道早期教团的鬼主信仰不是天师道的正统,而天师道教徒真正的职责应该是"诛符伐庙,杀鬼生人,荡涤宇宙,明正三五"。这显然是对早期天师道教团依靠鬼主

---

① 【日】小林正美:《六朝道教史研究》,李庆译,四川人民出版社2001年版,第362页。

② 张继禹主编:《中华道藏》第8册,华夏出版社2004年版,第556页。

赏善罚恶号召信徒这一思想的清整。

　　而在晚于《女青鬼律》形成的天师道经典《太上洞渊神咒经》中，虽然也提到了刘元达、张元伯、赵公明、史文业、钟士季的名字，但其形象已经不是约束众鬼、辅佐传教的鬼主，而是被约束和教化的对象。《太上洞渊神咒经》第十一卷"三昧王召鬼神咒品"中称元始天尊在元阳上宫说法，真人蔚明罗向元始天尊禀告称有六天故气生成灾害，形成诸般天灾人祸，"愿与三昧神咒王游行三界之内，天下地上及山川水土、洞天灵岳之内，荡灭六天九丑五瘟，拒抗故气伤害生民。"真人又对三昧神咒王说："我等今者收灭故气，摄鬼治病，应须出示行病之鬼姓名，令人咒诵，呼其姓字；彼行病鬼闻己姓名，自生惭愧，各怀恐怖，于三宝前大众之中羞闻其恶，不敢为害。"①于是，列出诸魔王、鬼王的名单，而五方鬼主的名字正在其中。这些鬼王听闻之后，皆"大惊怖"。真人又对诸鬼王说："汝等昔来不信至道，不奉正真，更相伤杀，报对轮回，劫数有穷，恶缘未尽，方于九幽受大苦报者……汝今若能普告眷属，不害人民者，我令世人，逐所方宜，称家所有珍味饮食，或昼或夜，于其城邑村落治舍清静之处，为汝设食，令汝饱满，永无饥渴。"②诸行病鬼王及眷属听后皆大欢喜。

　　关于《太上洞渊神咒经》的成书时间，据日本学者大渊忍和吉田义丰考证，判定并非是某一固定时间成书，而是在东晋末或刘宋初开始，至唐五代这段漫长的历史过程中逐渐形成的一部经书。而这段时间正是天师道清整早期道教遗产的重要时间段。可以看出，经过后世天师道的改造，早期奉太上之命行病的鬼主已经成了天师道约束的对象。其后，又经历了宋、元、明时期的改造和演变，赵公明才逐渐定型为"黑虎玄坛赵元帅"的道教护法神形象。但在民间，赵公明的形象一直处于尴尬的境地。如明代神魔小说《北游记》和《封神演义》中，赵公明都是先以反面的角色出现，再被正面人物击败或收服后，才

---

① 张继禹主编:《中华道藏》第 30 册, 华夏出版社, 2004 年版, 第 41 页。
② 同上, 第 43 页。

最终变为善神的。这正是赵公明鬼主形象本身在天师道中具有两面性的一种反映。

两晋时期天师道早期教团及其思想传播范围已及上层士族甚至王侯之间，且与当时诸多政治事件产生关系，这一点前人已多有阐明。陈寅恪先生《天师道与滨海地域之关系》一文中已提出："东西晋南北朝时之士大夫，其行事遵周孔之名教，言论演老庄之自然。玄儒文史之学著于外表，传于后世者，亦未尝不使人想慕其高风盛况。然一详考其内容，则多数之世家其安身立命之秘，遗家训子之传，实为惑世诬民之鬼道。"①两晋时期天师道教徒多依附于世家大族进行传教，王侯将相及在地方有影响力之大族是其争取的主要对象，遂造成各地世族多信奉天师道之景象。

在《搜神记》"赵公明参佐"故事中，汝南王司马祐与参佐的一番对话十分值得寻味。司马祐最初同意接见参佐，是因为此人曾为"别驾"，司马祐也曾听闻此人的姓名。"别驾"是"别驾从事史"的简称，是汉朝所置官员的一种，魏晋南北朝亦延续汉置。别驾属于州刺史的从事，但因其地位较高，属于州刺史副手的角色，因此出行时一般不与刺史同乘一车，故称别驾。庾亮《答郭预书》中即称："别驾旧与刺史别乘同流，宣化于万里者，其任居刺史之半，安可任非其人。"②由此可知，此人曾属于当时的中上层官僚，地位并不算低。参佐见到司马祐后，却说："至此仓卒，见卿有高门大屋，故来投。与卿相得，大不可言。"其言语中似乎有投奔拉拢之意。后文又说"须卿，得度簿相付。如此地难得，不宜辞之。"似乎欲将某种权力相托付。如果将此故事当作普通的鬼神故事来看待，其中意思可能是许以死后去做某种冥间官吏。但从后文情节发展来看，似乎并无此意思。但如果将此人看作天师道教团的首领，则其来投奔司马祐的目的就甚为明了，即是希望司马祐加入其教团，并以其汝南王的身份地位作

---

① 陈寅恪：《金明馆丛稿初编》，生活·读书·新知三联书店 2001 年版，第 44 页。
② 【清】严可均：《全晋文》，商务印书馆 1999 年版，第 375 页。

为传教的号召。再从司马祐"不幸疾笃,死在旦夕"和"老母年高,兄弟无有,一旦死亡,前无供养"等回复来看,司马祐似乎有意推脱。

其后,参佐答应为司马祐治病,司马祐之病也依言痊愈。至于司马祐痊愈之后是否加入了其教团,由于资料甚少则无从得知。但从故事记述情况来看,其细节十分详尽,却故意将涉事人等姓名全部隐去,似乎有所忌讳。或许旧本文中将"散骑常侍汝南王祐"误为"散骑侍郎王祐"也并非脱文,而是故意为之。干宝生活于东晋,其时汝南王家族势力尚在,这种故意的回避似乎是出于为尊者讳的目的。

值得注意的是,参佐为司马祐治病的手法是将一杯水灌入司马祐所盖被中。这种治病手法十分独特,与天师道传统符水疗病之法并不相同。据《三国志·张鲁传》注引《典略》云:"请祷之法,书病人姓名,说服罪之意。作三通,其一上之天,著山上,其一埋之地,其一沉之水。谓之'三官手书'。"①而参佐治病时却未书符,也没有让司马祐说服罪之意,甚至司马祐主动"为设酒食"也被参佐拒绝。司马祐半夜醒来发现参佐所灌之水"在上被之下,下被之上,不浸,如露之在荷",可见此水并非普通符水。从故事内容来看,参佐初次拜见时并不知道司马祐身染重病,因此并未准备疗病之水,要等到明日再来拜见,可见此水并非普通水,而是某种特制的药物。从此水放入被中并不濡湿来看,可能是某种琼脂类胶状物,再在其中放入具有抑菌作用的药物或微生物,便可达到疗病的目的。由于资料的欠缺,关于此水的具体情况只能依靠猜测。

从参佐所使用的法术来看,他并非正统的天师道,而很可能是天师道与其他道派结合形成的新教派。从时代来看,则很可能是流行于中原及江南地区的李家道。葛洪《抱朴子·内篇·道义》中记载李家道早期的教首李宽事迹,称其"能祝水治病,颇愈,于是远近翕然。"②李家道治病使用的是"祝水",而非

---

① 【晋】陈寿:《三国志》,中华书局1964年版,第264页。

② 王明:《抱朴子内篇校释》,中华书局1985年版,第174页。

天师道常用的符水,这一点正与故事中参佐治病的手法类同。"赵公明参佐"故事末尾所引妖书,汪绍楹先生认为:"《晋书》六:'太宁二年,术人李脱造妖书惑众,斩于建康市。'疑即指此。"[1]李脱是东晋初年道士,一般认为是李家道的传人,从时间上来看确实与"赵公明参佐"故事发生的时间相吻合。李脱"以鬼道疗病,又署人官位,时人多信之。"而"赵公明参佐"故事中拜访者自称"为赵公明府参佐","参佐"一职很可能正是李脱所署之官位,而参佐又以灌水之法治好了司马祐的病,正是鬼道疗病的实际操作之法。

总之,《搜神记》中的"赵公明参佐"故事并非单纯的鬼神志怪故事,而是两晋之交天师道传播情况的真实记载,为我们了解六朝道教"法术疗病"故事背后的历史动因和文化意蕴提供了研究范本。

三、"断肢复续"故事与佛教医疗神通

"断肢复续"故事也被称作"自戕复愈"或"肢解复形"故事,本源自西域传入中原的一种幻术,其主要内容通常是叙述某位胡人或胡僧可以当众表演自戕肢体,如断肢、断头、断舌、剖腹取出内脏等行为,在观众目瞪口呆之际却又能转瞬间痊愈,以此来展现神通和法力。此类幻术最初单纯用于表演,《后汉书·西南夷传》中记载的掸国国王向汉安帝进献的幻人"能吐火,自支解,易牛马头",当时汉安帝和满朝文武大臣观看后都大感惊奇。《搜神记》中记载的"天竺胡人"也可以表演断舌复续的幻术。[2]这些幻术最初都属于表演,是某种带有魔术性质的戏法,当时人也并不会信以为真。不过,由于这种外来的幻术与中国本土的传统戏法表演有诸多不同,因此在社会上引起了不小的轰动。尤其是"断舌复续"的幻术,给当时人留下了深刻的印象。

---

[1]　【晋】干宝:《搜神记》,中华书局1979年版,第64页。

[2]　李剑国:《新辑搜神记·新辑搜神后记》,中华书局2007年版,第58—59页。

　　但是,由于"断肢复续"幻术的表演过于血腥,宫廷中的帝王和贵族逐渐对此失去了兴趣,《册府元龟》卷一百五十九记载了唐高宗就曾下令禁止婆罗门等胡僧表演刺肚、割舌的幻术。但是,由于此类幻术一直以来只在宫廷贵族中表演,六朝时期的普通百姓对这类幻术的了解并不多,这就为将此类幻术作为神通和法术进行展现提供了契机,并由此衍生出了通过神通换脚、换头、换心甚至换躯体来治病的新型故事类型。

　　事实上,早在六朝初期,"断肢复续"幻术便被改头换面后当作神奇法术用来辅证宗教的神异,《拾遗记》卷三记载了浮提国所献"神通善书人"的故事,叙述两位来自浮提国的神通善书人能"乍老乍少",还能隐形出影,二人用四寸金壶中的墨汁在石板上写下老子《道德经》的注解约十万言,金壶中的墨汁写尽后,二人又"刳心沥血,以代墨焉",所用灯烛中的油膏用尽后,二人"钻脑骨取髓,代为膏烛",心血和骨髓用尽后,二人以丹药涂身,即痊愈如故。[①]浮提国两善书人剖腹挖心、以血代墨、钻骨取髓来写《道德经》,并以此作为自己神奇法力的展现,但将其与"断肢复续"幻术进行对比就会发现此类法术乃是在"断肢复续"幻术表演的基础之上改易而成的。而且《拾遗记》中浮提国善书人的故事与佛经也有极大的关系,《贤愚经》中就有佛教信徒"剥皮作纸,析骨为笔,血用和墨"以记录佛法的记载[②],其后的汉译佛经中多次出现此类说法,钱锺书先生即以为:"《拾遗记》卷三,二人乃'佐老子作《道德经》'者,盖方士依傍释典'以血为墨'之事,又割截'阎浮提'之名,后世道书复掩袭之而托言出于《圣记》。"[③]《拾遗记》的作者王嘉本是道士,他将"断肢复续"故事及佛教"以血为墨"的故事与老子《道德经》联系在一起,显然是希望通过此类幻术神迹的展现以实现助推道教传播的目的。事实上,"断肢复续"的幻术在印度本

---

①　齐治平:《拾遗记校注》,中华书局 1981 年版,第 80 页。

②　【日】高楠顺次郎等编:《大正藏》第 4 册,台北佛陀教育基金会出版部 1990 年版,第 351 页。

③　钱锺书:《管锥编》第 4 册,中华书局 1979 年版,第 1499—1500 页。

土也是辅助宗教传播的一种重要表演形式,婆罗门教徒和佛教僧侣都曾使用这种幻术作为向大众传教的手段,并以此作为自己拥有神通或受到神明庇佑的证明。

在中国本土的传说中,本来也存在将受伤后能够迅速痊愈的能力视作神迹的传统,如《抱朴子·内篇》中记载方士李阿被飞奔的马车压断双脚,弟子占弼见了害怕得惊呼不已,但是过了一会儿,李阿的断脚却"相续如故"了。这在当时被当成李阿受到上天庇佑而拥有神奇法力的证明。但是,外来的意外伤害毕竟难以控制,因此中国传统的方术和道教法术中很少展现这种意外受伤后迅速痊愈的神迹。同时,由于中国古人重视厚葬,自古就有保生全身的理念,对自戕形体乃至肢解尸体等事情十分恐惧和厌恶。中国本土医学也并不以解剖见长,出于医疗的目的而戕害身体之事亦极少出现。《汉书·王莽传》载王莽曾下令将叛党王孙庆的尸体"使太医、尚方与巧屠共刳剥之,量度五藏,以竹筳导其脉,知所终始,云可以治病"①。这是少有的见于记录的中国本土医疗解剖事件,但却被当作王莽的罪证受到后人口诛笔伐。王莽行事固然异于常人,但古人对付恶人或政敌采取挖坟戮尸的刑罚并不罕见,王莽使太医解剖罪犯尸体是出于治病的目的,却终不为后世所理解,反而被后人当作王莽大奸大恶行径的重要证据。从这一点也可看出中国古人对待身体乃至尸体的态度。但是,源于印度的佛教将人的身体视为"臭皮囊",认为其不过是灵魂寄托的凭依,并不足为珍贵,因此对于身体的戕害反而带有苦行和自我试炼的意味。将身体随意切割组装的情节在佛教故事中也经常出现,鸠摩罗什所译《大智度论》卷十二中就记载了一个故事,叙述某人出行,遇到两个鬼怪争夺一具尸体,此人因言语惹怒了鬼怪,被鬼怪将头、手臂、两腿乃至全身的器官都与尸体进行了对换,此人因而产生了自己还是不是本人的疑问。②佛经中经

---

① 【汉】班固:《汉书》,中华书局1962年版,第4145—4146页。
② 【日】高楠顺次郎等编:《大正藏》第25册,台北佛陀教育基金会出版部1990年版,第149页。

常以这样的故事来宣扬"诸行无常、诸法无我"的佛教思想。

在这样的背景下,"断肢复续"故事最初以法术或幻术的形式出现,后来则逐渐与佛教义理结合在一起,成为辅助佛教传播的一种叙事模式,其后更与佛教医学的发展结合在一起,从而衍生出了许多展现佛教神通以及僧侣法力的故事。事实上,佛教医学一直是辅佐佛教传播的重要工具。作为与中国文化同样古老的文明形态,印度很早就形成极具自身特色的医学体系,并且与印度本土的宗教紧密结合在一起。在印度早期婆罗门教的经典《吠陀》中就有被称为"生命吠陀"的关于医疗部分的内容,印度传统经典"四大吠陀"之一的《阿闼婆吠陀》中也记载了大量具有疗病作用的咒术和医方。佛教在创立之初大量吸收了古代印度医学的知识,并在初期传入中原时影响佛教传播所及地区。《北史》中记载北魏时期的沙门惠怜就宣称自己能够以"咒水饮人,能差诸病",很可能是受到了当时道教符水疗病法术的启发,将印度医学与中国人习见的符水疗病法术结合在一起作为辅教传教的手段。"断肢复续"幻术与佛教医疗神通的结合也是在这样的背景下出现的。

佛教医疗神通故事通常叙述佛弟子瞬间治愈某种不可能治愈的疾病以展现神通的情节,佛经中也经常出现某位神明或僧侣将刚刚截断的肢体迅速复原的神通,如支娄迦谶所译《道行般若经》中就记载了信徒萨陀波伦自断双臂向天王释提桓因化身的婆罗门献祭,释提桓因大受感动并运用神通将萨陀波伦割断的肢体复原;康僧会所译《六度集经》中也出现了居士羼提和被凶恶的国王截去手、脚、耳、鼻,羼提和精通佛法的兄弟则运用神通将羼提和的肢体复原。与佛经中运用神力治疗损伤的肢体相类似,"断肢复续"故事本身也有着医疗神通的意味,《魏书·西域传》中记载悦般国王进献的幻人能将人的喉咙割断,又将人的头骨砸陷,然后再用草药敷在伤口处,将养一个月即可痊愈,连伤疤都不会留下。①这里幻人所展现的法术已经脱离了单纯幻术表演的

---

① 【北齐】魏收:《魏书》,中华书局1974年版,第2269页。

范畴,而更为接近医疗神通了。

　　但是,舞台上的"断肢复续"毕竟属于幻术表演,并不能真正地用于医疗。为了更好地达到辅教传教的效果,"断肢复续"幻术与医疗神通进一步结合,又衍生出了更换肢体以治疗疾病的故事类型,包括"换头"故事、"换脚"故事和"换心"故事。这一类型的故事常见于六朝志怪小说之中,且多与胡人及僧侣有关。《高僧传》卷三记载了神人为西域僧人求那跋陀罗换头的故事,叙述求那跋陀罗来到中国译经,苦于不通汉语,于是向观音祷请,夜晚求那跋陀罗梦见一位白衣人持剑带一人头前来,白衣人用剑将求那跋陀罗的头割下,换上手中的人头,自此以后求那跋陀罗便能精通汉语。①《幽明录》中记载了一则"换脚"故事,叙述晋元帝时有甲者,属高门世族,突然暴病而亡,死后上天见到司命,司命推算称其寿算未尽,应复生,甲因脚痛不能归,司命遂以新死胡人康乙之脚相更换。②故事中某甲所换之脚来自于胡人康乙,可见此则故事与西域文化有关,尤其受到自西域传入的"断肢复续"等幻术故事的影响。《幽明录》中又记载了贾弼之被人换头的故事,叙述河东人贾弼之夜晚梦到一人想要与他换头,贾弼之初时不许,其后此人每夜入贾弼之梦中请求,贾弼之无奈之下答应,次日早上贾弼之醒来发现自己的头被人换掉,家人和同事都不认识自己。③值得注意的是,故事中想要与贾弼之换头之人"面黝魋,甚多须,大鼻瞋目",明显带有胡人的相貌特征。由此可见,早期的换头故事也受到了西域文化,尤其是"断肢复续"幻术故事的影响。从故事的发展演变来看,"更换肢体"故事最初应源于西域幻术,后来则被佛教僧侣用以辅教和自神,其后又被志怪小说作家所采纳,进入六朝志怪小说叙事系统之中。

　　六朝"更换肢体"故事中最有代表性的是"换心"故事,此类故事出现最早且数量很多,对后世的影响也最大,并同样与佛教医疗神通有关。艾伯华先生

---

① 【南朝梁】释慧皎:《高僧传》,中华书局1992年版,第132页。
② 鲁迅:《鲁迅辑录古籍丛编·古小说钩沉》,人民文学出版社1999年版,第196页。
③ 同上,第220页。

在《中国民间故事类型》一书中收录此类故事,并将其编号为"134 换心"型故事。顾希佳先生在《中国古代民间故事类型》一书中称此类故事为"神奇换心"故事,并按"AT 分类法"编号置于"AT681B 夫妻同梦"条之后。此类故事的典型文本是见于《列子·汤问》中的一则先秦名医扁鹊为人换心的故事,叙述鲁公扈与赵齐婴二人去找扁鹊看病,扁鹊认为二人的病症与身体禀赋气质有关系,必须通过换心的方式来医治,于是用毒酒使二人迷死三日,将二人的心挖出后对换,又用神药让二人痊愈后醒转,二人依照之前的记忆各自回到家中,二人的妻子却都不能相识,最后由扁鹊说明原委才得以解决。①《列子》一书一般认为是魏晋时期的作家所伪托,其中收录了大量道教、佛教故事,此则"剖腹换心"故事明显受到西域文化和佛教文化的影响。与此相类似的还有见于《拾遗记》中的一则故事,叙述周昭王即位二十年时,忽然梦见有羽人前来拜访,周昭王向羽人请教成仙之法,羽人用手指向周昭王之心,周昭王之心应声而裂,鲜血崩出沾满衿席,周昭王从此患上心疾,不久周昭王又梦见羽人再次前来,为周昭王换心,羽人用"续脉明丸"和"补血精散"涂抹伤口,周昭王顿时痊愈,周昭王又向羽人要来神药,用以涂抹足底,即可飞翔天地之间。②此则故事虽属于道教神仙传说,却明显受到了西域"断肢复续"故事和"更换肢体"故事的影响。这些早期的"换心"故事大多与医疗有关,为此后"换心"故事发展为医疗神通提供了契机。

早期佛教徒在传教的过程中经常需要借助幻术作为展现神通的辅教手段,王青先生曾撰写"古典小说与幻术"系列文章③专门探讨西域幻术在中原地区的传播和影响,并指出:"来华僧人中的一部分人或多或少地掌握一些幻术,用以制造神迹,培养信仰,吸引信徒,效果异乎寻常的好。"④早期的佛教僧

① 杨伯峻:《列子集释》,中华书局 1979 年版,第 174 页。
② 齐治平:《拾遗记校注》,中华书局 1981 年版,第 54 页。
③ 见载于《古典文学知识》2014 年第 4、6 期,2015 年第 2、4、6 期,2016 年第 2 期。
④ 王青:《佛教僧侣的幻术展示——古典小说与幻术之五》,载于《古典文学知识》2015 年第 6 期。

侣确实曾经使用"断肢复续"的幻术来展现神通法力，《冥祥记》和《幽明录》中都记载了一则东晋时期某比丘尼劝当时把持朝政的权臣桓温不要篡位的故事，其中比丘尼向桓温显示神通的方式就是"裸身挥刀，破腹出脏，断截身首，支分脔切"①，其后又迅速痊愈，"身形如常"，正是使用了"断肢复续"的幻术。

随着佛教徒在传教的过程中不断将幻术表演作为神通法术展现，"断肢复续"故事也不断与宗教活动相结合，形成各种用以辅教的神通故事。《晋书·佛图澄传》中记载佛图澄腹旁有孔，用棉絮塞住，读书时拔开棉絮，孔中有光可照一室，还可从孔中取出五脏六腑用水洗涤，洗净后纳入腹中，完好如初。②《高僧传》亦载此故事，应该是当时非常流行的关于佛图澄的一种神迹传说。然而从这一故事的细节来看，佛图澄所展现的很可能就是自西域传入的"断肢复续"幻术的变体，只不过是将"断肢复续"的幻术变为腹旁有孔，可洞见甚至洗涤肠胃五脏这一新的形式而已。

洞见肠胃五脏的情节实际也来源于佛经，后汉安世高所译的《佛说㮈女祇域因缘经》和《佛说㮈女耆婆经》中都记载了精通医疗神通的僧人祇域（或名耆婆）的故事，叙述祇域年轻时曾偶然间获得了一枚药王树的枝条，从此可以洞见人的五脏肠胃，因而获得了医疗神通的本领。在医治某富人女儿的头痛症时，祇域以药王树的枝条作为道具，照见病人头颅中有数百刺虫钻食脑髓，便用金刀劈开病人头颅，将刺虫清理干净，再用神膏涂抹伤口，七日之后病人便痊愈。在治疗另一位因坠马而造成内脏损伤的少年时，祇域更是用金刀剖开病人的肚腹，用手清理病人的内脏，病人最终也得以痊愈。③依靠药王树的枝条洞见病人体内情况的情节充满了神话式的想象，而故事中那些神奇的医疗手段即便是在今天的医疗条件下看来也是不可能完成的任务，在当时的医疗条件下应该更多的是出于想象。但是，对于身处汉魏六朝时期长期战

---

① 鲁迅：《鲁迅辑录古籍丛编·古小说钩沉》，人民文学出版社 1999 年版，第 339 页。
② 【唐】房玄龄：《晋书》，中华书局 1974 年版，第 2485 页。
③ 【日】高楠顺次郎等编：《大正藏》第 14 册，台北佛陀教育基金会出版部 1990 年版，第 899 页。

乱中的人们,这些佛教故事中所呈现出来的那些能够使断肢复续、起死回生的医疗神通无疑有着极其强大的吸引力。我国三国时期的华佗也有剖腹疗病的传说,陈寅恪先生即提出华佗故事源于印度佛教传说的看法。①《西京杂记》卷三中也记载了汉高祖曾得秦始皇宝镜,可以照见人的肠胃五脏的故事,称"人有疾病在内,则掩心而照之,则知病之所在"②,由此可见当时人对于洞见五脏与治疗疾病之间的关系是有共识的。

随着佛教的传播和佛经的译介,"断肢复续"的幻术故事与医疗神通相结合,发展为剖腹换心等情节,成为佛教僧侣展现神通的一种重要方法。《高僧传》卷十二记载了释僧富的故事,叙述释僧富所在的村庄有强盗欲取小儿心肝以解神,释僧富劝说强盗并称愿以自己的心肝代替,又取刀"划胸至脐",群盗见状惊吓而逃,释僧富被人救下后用针线缝合肚皮创口,又涂以药膏,回寺中稍事休息后竟然痊愈。③释僧富的故事同样展示了佛教神迹,与佛经中因善行感动诸神得以将断肢复续的故事如出一辙。"断肢复续"故事与佛教医疗神通结合在一起,用以辅证佛法普度众生的思想,起到了非常好的辅教传教的效果。

南北朝时期,随着佛教的流行,为人剖腹更换内脏的"更换肢体"故事成为佛教医疗神通经常使用的叙述模式。《冥祥记》也中记载了一则洗涤内脏治病的故事,叙述僧人竺法义笃信佛法却身患重病,某日梦见有人为其剖开肚腹,取出内脏进行洗涤,洗出许多不洁之物,竺法义醒来后发现自己的病竟然痊愈了。④故事中竺法义梦见的道人以剖开肚腹、洗涤肠胃的方式为竺法义治疗疾病,标志着"断肢复续"及"更换肢体"的故事情节正式成为佛教医疗神通的代表。"断肢复续"故事在后世形成了反复出现的类型化叙事,唐范摅《云溪友议》载胡生梦见神人为其剖开腹部,将一卷书置于心肺之间,从此便能吟咏

①　陈寅恪:《寒柳堂集》,生活·读书·新知三联书店 2001 年版,第 179 页。

②　【晋】葛洪:《西京杂记》,中华书局 1985 年版,第 19 页。

③　【南朝梁】释慧皎:《高僧传》,中华书局 1992 年版,第 449 页。

④　鲁迅:《鲁迅辑录古籍丛编·古小说钩沉》,人民文学出版社 1999 年版,第 342 页。

成句、出口成章。《聊斋志异·陆判》中的陆判官给朱尔旦剖开内脏、更换慧心，使得朱尔旦文思泉涌，又为朱尔旦之妻更换美丽头颅，显然都是受到了六朝以来的"断肢复续"和"更换肢体"故事的影响。

第三节　六朝"时空变幻"故事中的道、佛思想

"时空变幻"故事是一种有着独特叙述模式的故事类型，杨义先生将这种叙述模式称为"时间幻化"，并指出："时间幻化，是与神仙思想或佛教观念的流行有关的，它们以时间幻化来改造、伸缩和反讽人间生存的时间状态。"[①]除时间的幻化以外，空间的变幻也是道教故事和佛教故事中常见的叙述模式。

相对性的时空观念在先秦哲学中已经出现，如《庄子·逍遥游》中所说的："覆杯水于坳堂之上，则芥为之舟"[②]，正是这一观念在中国哲学中的体现。但是，以庄子为代表的中国哲学家所关注的是时空本身的相对性，而并非如宗教徒一般利用"时空变幻"故事阐述宗教理念和宗教追求。通过时空的变幻来表现人间生活的虚幻与沧桑，是道教和佛教都经常使用的叙事策略。不过需要指出的是，两种宗教的"时空变幻"故事背后所蕴藏的思想旨趣并不相同：道教追求长生，道教的"时空变幻"故事主旨是表现现实世界的短暂和神仙世界的永恒；佛教强调"性空"，佛教的"时空变幻"故事主旨是为了展现现实人生的虚幻与无常。

一、"山中遇仙"故事与道教仙境思想的形成

"山中遇仙"故事是六朝道教"时空变幻"故事的一个典型代表，艾伯华先

---

① 杨义：《中国叙事学》，人民出版社 1997 年版，第 157 页。
② 【清】郭庆藩：《庄子集释》，中华书局 1961 年版，第 7 页。

生《中国民间故事类型》中将此类故事定名为"103 仙乡淹留，光阴飞逝"，丁乃通先生《中国民间故事类型索引》中将此类故事归入"AT471A 和尚与鸟"，金荣华先生《六朝志怪小说情节单元分类索引（乙编）》将此类故事母题称为"人世与仙界之时光不同"。这类故事的主要情节可以概括为：主人公因某种原因进入山中（或洞中），却奇妙地误入了神仙世界，展开了某种奇遇，当他再次回归人间时，却发现人间世界的时空已经过去了数百年的光景。故事中的山路或洞穴成为神仙世界的入口，山中或洞中的奇幻世界代表着神仙世界，此类故事的主旨多在于通过时空的变幻来展现神仙世界的玄妙，对后世道教仙境传说和洞天福地思想的产生有着深远的影响。《汉武洞冥记》中已有此类故事，叙述东方朔幼年时外出游玩，"经年乃归"，其母见之惊问，东方朔却称自己仅是在紫泥海被紫水弄脏了衣服，至虞泉湔浣洗之后便归家，只去了半天时间而已。在以往的研究中，此类故事按照情节的不同又可分为"烂柯山"型和"仙乡艳遇"型两种故事类型。

"烂柯山"型故事是六朝"山中遇仙"故事早期最为典型的代表，祁连休先生《中国古代民间故事类型研究》中将此类型故事称为"观棋对弈型故事"，顾希佳先生《中国古代民间故事类型》中将此类型故事归类为"AT844A 观棋烂柯"故事。"烂柯山"型故事最早的文本见于晋袁山松《郡国志》，《太平御览》卷四十七引《郡国志》中记载了此故事，叙述晋时有人名叫王质，他入山伐木，却在山中石室见到四名童子弹琴唱歌，王质驻足欣赏，其中一名童子给了王质一枚如枣的食物，王质吃下后便不觉饥饿，等到想要离开的时候，才发现自己手中的斧头柄已经朽烂殆尽，"烂柯"一说也即由此而来。①此故事又见任昉《述异记》卷上，情节基本相同，唯《述异记》中王质所观童子并非弹琴唱歌，而是"棋而歌"，故事结尾不仅斧柯烂尽，且王质"既归，无复时人"。王质故事是"烂柯山"或"观棋烂柯"故事得名的由来，烂尽的斧柯昭示着神仙世界与人间

---

① 【宋】李昉：《太平御览》，中华书局 1985 年版，第 230 页。

世界时空的迥异。神仙世界中仅仅一首歌或一局棋的时间，人间世界已经过去数百年，给人造成心理上的巨大震撼。

此后，六朝志怪小说中又出现了数篇"烂柯山"型故事，基本的叙事模式都是展现神仙世界与人间世界时空的巨大差异。《神仙传》卷二载"吕恭"故事，叙述修道之人吕恭携奴婢入太行山采药，忽于谷中遇到三位仙人，仙人们授予吕恭神仙秘方一通，并称："公来虽二日，今人间已二百年。"吕恭下山回家，其家田宅已成荒野，自己的子孙也无处寻找，仅在离家数里外的地方找到了同乡的数世后人赵光辅，赵光辅称吕恭入山已二百年。[①]《神仙传》的作者葛洪与《郡国志》的作者袁山松皆为东晋时人，而"吕恭"故事与"王质"故事主旨十分相似，可见东晋时期在神仙道教的影响之下，此类表现神仙世界时空永恒的"烂柯山"型故事十分流行。

"烂柯山"型故事的典型文本还有见于《异苑》的"樗蒲仙"故事，该故事叙述某人乘马山行，忽遇山中两位老翁相对樗蒲，此人下马以策拄地观看，自认为只是看了一小会儿，想要离去时才发现手中马鞭已经烂尽，所乘之马已成枯骨，回到家后发现家人亲属都已经找寻不到，此人在遭受心理上巨大打击之后"一恸而绝"[②]。与其他强调神仙世界永恒的"烂柯山"型故事相比，该故事的独特之处在于更加鲜活地展现了时空上的巨大变化给人在心理上造成的极大震撼。

"烂柯山"型故事的基本主旨与东晋时期神仙道教的宗教意趣相符，羽化成仙是六朝神仙道教的终极追求，而长生久视则是仙人的标志，葛洪《抱朴子·内篇·对俗》中称："仙人或升天，或住地，要于俱长生，去留各从其所好耳。"[③]道教徒们普遍认为，相对于短暂的现实人生来说，长生久视的神仙世界才是永恒的。因此，对于神仙世界永恒性的表现，是六朝道教神仙传说的典型

①　胡守为：《神仙传校释》，中华书局 2010 年版，第 46 页。
②　【南朝宋】刘敬叔：《异苑》，中华书局 1996 年版，第 48 页。
③　王明：《抱朴子内篇校释》，中华书局 1985 年版，第 52 页。

特点。《神仙传》载仙人王远邀请女仙麻姑至士人蔡经家相会,麻姑自称曾"见东海三为桑田"①,也是通过仙女麻姑历经沧海桑田来表现神仙的长生不死。而"烂柯山"型故事则是通过将神仙世界的一瞬与现实人世的百年时光放在同一时空之中,来表达同样的沧桑之感。《神仙传》中记载的"壶公"故事,也带有"时空变幻"故事的特点,叙述汉时道士费长房拜一老者为师,老者引费长房进一壶中,壶中竟有亭台楼阁,费长房自谓在壶中世界仅过一日,"推之已一年矣"②。

六朝"山中遇仙"故事的第二种类型是"仙乡艳遇"型故事,祁连休先生《中国古代民间故事类型研究》中将这一故事类型称为"仙窟艳遇"型故事,顾希佳先生《中国古代民间故事类型》中将这一类型的故事称为"仙乡艳遇"型故事。该故事类型的情节可以概括为:某人(或两人结伴)入山迷路,偶遇山中仙女并被仙女邀至家中,此人(或两人)受到仙女的盛情款待,又与仙女结为夫妻,后因思乡而与仙女告别回家,返乡后发现村邑零落,原来人间已过去数百年时光。

"仙乡艳遇"型故事在六朝志怪小说中最典型的文本是见于《拾遗记》的"洞庭山"故事和见于《幽明录》的"刘晨阮肇天台山遇仙"故事。"洞庭山"故事叙述某采药人入洞庭山中采药,忽于山中见到一琼楼玉宇的仙境,又见众多女仙生活其中,众女仙邀采药人同居,不久采药人因思念家乡而还,返回后却发现家中乡邻皆非旧识,四处找寻之后才发现自己九世后子孙,子孙称远祖入洞庭山采药已三百年。③"刘晨阮肇天台山遇仙"故事叙述东汉末年村民刘晨、阮肇入天台山迷路,困乏之际忽于大溪边遇二女子,二女子邀请刘晨、阮肇归家,傍晚有一群女子前来相贺,先前二女子遂与刘晨、阮肇婚配,十日后刘晨、阮肇思乡欲归,苦求之后二女子同意二人回乡,并指示归路,二人回家

① 胡守为:《神仙传校释》,中华书局 2010 年版,第 94 页。
② 同上,第 307—309 页。
③ 齐治平:《拾遗记校注》,中华书局 1981 年版,第 235—236 页。

后发现村邑零落,故人皆无,问询后找到两人七世后子孙,子孙称远祖入山不归。①

山是中国古代人们心目中神仙世界的所在,《史记》中记载了秦汉之际流行的海外三神山的传说,称蓬莱、方丈、瀛洲三神山上有仙人及不死药。《淮南子·地形训》中描述了有神人居住的昆仑山,人登上之后即可成神。②但是,在早期的方士传说中,这些山上的仙境并非凡人所能企及的去处,《史记》中记载的三神山凡人不能至,"临之,风辄引去"③,而昆仑山据《山海经·西山经》所载是"非仁羿莫能上冈之岩"④。早期的方术士们对于神仙世界的想象和描述,并非是为了向民众推广宗教,而是单纯希望以此来证明神仙世界的实有,并吸引帝王和贵族们的注意。但是,到了六朝时期,继承了早期神仙家和方术士思想的神仙道教信徒却是希望向更多的民众推广"神仙可学"的神仙道教信仰的,道教徒们往往把仙境描绘成普通人也能进入的场所,并以此来扩大神仙道教的吸引力。

早期的天师道和五斗米道并不单纯以成仙作为道教的终极目标,而是希望建立政教合一的人间教团。但是,随着黄巾起义的失败和五斗米道教主张鲁的去世,道教徒们渐渐意识到建立人间教团的理想已经不再现实。六朝时期,随着神仙道教的兴起,道教逐渐确立了以长生久视和羽化成仙作为终极目标的宗教理想。在这种背景之下,神仙道教在先秦道家和神仙家的思想基础之上,构筑了一个神圣而逍遥的神仙世界。但是,普通人应该通过何种方式才能进入神仙世界,这是六朝神仙道教需要回答的一个问题。六朝时期本来存在着许多为了躲避乱世而选择隐居的村落和邬壁,陈寅恪先生认为陶渊明的《桃花源记》即是以文学的手法对这种现象进行的描述。在民间,也广泛流

---

① 鲁迅:《鲁迅辑录古籍丛编·古小说钩沉》,人民文学出版社 1999 年版,第 184—185 页。
② 刘文典:《淮南鸿烈集解》,中华书局 2017 年版,第 162 页。
③ 【汉】司马迁:《史记》,中华书局 1963 年版,第 1370 页。
④ 袁珂:《山海经校注》,巴蜀书社 1996 年版,第 345 页。

传着普通人误入异境的传说,神仙道教巧妙地利用了这些传说,构筑了普通人误入仙境的故事。正如李丰楙先生所说:"民间说话与道教内部各自叙述,这种人仙的关系即是降真与误入之说,在此界与彼界间开了一个洞口或通道,使凡人待偿的游仙愿望得以满足,并以此宣示于世人一个终极真实的仙界想象。"①"山中遇仙"故事的出现和流行,正是民间话语与神仙道教话语共同作用的结果,同时也在某种程度上为神仙道教证明了仙界的实有以及普通人成仙的可能性。

　　神仙道教与其他宗教最大的区别,就在于神仙道教并不追求来世或天国的幸福,而是执着于现实世界的永生不死。不过这一终极追求却给神仙道教自身提出了一个难题,即如何去描述一个存在于现实世界之中,又与现实世界不同的神仙世界。《抱朴子·内篇》中反复强调有不同境界的神仙:"上士举形升虚,谓之天仙。中士游于名山,谓之地仙。下士先死后蜕,谓之尸解仙。"②正是为了表现现实世界与仙境之间这种同而不同的独特关系。道教"时空变幻"故事的大量出现和流行,为这种关系提供了新的理解,即现实世界与仙境之间存在着无缝对接的通道,但却又存在于不同的时空。这种叙事策略一方面向民众展示了仙境的切近,又强调了神仙世界的永恒,具有一举两得的妙处。

　　值得注意的是,佛教传说中也有相对性的时间观念,《中阿含经》卷一六《王相应品》中称:"天上寿长,人间命短。若人间百岁是三十三天一日一夜,如是一日一夜,月三十日,年十二月,三十三天寿千年。"③只不过这种相对性时间观念源于印度古代神话,与中国本土思想中通过时间对比表现沧桑之感和神仙世界永恒的思想并不相同。佛教受印度本土思想的影响,认为天界、人界、冥界的时空是不同的,其主旨只是为了通过不同世界时空上的巨大差异

---

① 李丰楙:《仙境与游历:神仙世界的想象》,中华书局 2010 年版,第 5 页。
② 王明:《抱朴子内篇校释》,中华书局 1985 年版,第 20 页。
③ 【日】高楠顺次郎等编:《大正藏》第 1 册,台北佛陀教育基金会出版部 1990 年版,第 527 页。

来表现现世人生的虚幻，而并非如神仙道教的"时空变幻"故事是为了强调神仙世界的永恒。

二、"以小纳大"故事与佛教时空观念的输入

"以小纳大"故事或称"芥子纳须弥"故事，是佛教"时空变幻"故事的典型代表。与道教"时空变幻"故事更加强调仙凡世界时空上的巨大差异不同，佛教的"时空变幻"故事反而是在努力消弭时空本身存在的差异和界限，从而使听者悟出"万法皆空"的佛理。佛教"时空变幻"故事经常故意违背时空本身的界限，故意设计用小的事物去容纳大的事物的情节，并以此证明现实世界的虚幻不实。此类故事在六朝志怪小说中最经典的代表是"鹅笼书生"故事，祁连休先生《中国古代民间故事类型研究》一书中称这一类型的故事为"鹅笼书生型"故事，顾希佳先生《中国古代民间故事类型》中也将此类型的故事称为"鹅笼书生"故事。"鹅笼书生"故事通常叙述某人担鹅笼出行，遇一异人求助，异人将自己的身体容纳进入小小鹅笼，中途异人从笼中出来，从口中吐出美食餐具款待担笼人，又吐出一女子陪饮，异人醉后，女子又吐出一男子共饮，饮食完毕女子将男子吞下，异人醒来又将女子及餐具吞回。"鹅笼书生"故事是六朝时期典型的受到佛教思想影响的"以小纳大"故事类型。

早期的佛教经文中已经出现以消弭时空差异为主旨的佛教"以小纳大"故事，鸠摩罗什译《维摩诘所说经》中就记载了维摩诘将万千师子座纳入一间斗室的故事，叙述文殊师利菩萨率众弟子拜访居士维摩诘，维摩诘于斗室中设三万四千师子座，而斗室不见大，师子座不见小，维摩诘向弟子解释称若得"不可思议解脱法门"，即可将须弥山纳于芥子之中，须弥山不变小，芥子也不变大。①此故事即佛教典型的"芥子纳须弥"故事，佛教徒认为须弥山是世界中

---

① 【日】高楠顺次郎等编：《大正藏》第14册，台北佛陀教育基金会出版部1990年版，第546页。

心的巨大高山，高八万四千由旬，传说中佛祖及四天王都生活在须弥山之上，如此巨大的高山却能够纳入小小芥子之中，这实际上代表着佛教对于世界"假有真空"和诸法无差别的思维方式和解释方法。唐代僧人窥基曾对这一思想进行过解释："世俗虚假，胜义本空，迷空假以碍心，大小由隔。悟幻化而通意，何不相容？况乎大小悬差，由迷执有。达空胜义，何碍不通？"①佛教认为只要参破"假有"，彻悟"真空"，就能顿悟世间一切"无差别"的真理。佛教徒认为空间上的大小界限本身就是人心中的一种执念，在佛法面前会不攻自破，这是佛教时空观念的思想基础，也是佛教"时空变幻"故事的思想源头。

　　从这种思想出发，佛教的时空观更加强调时空界限本身的虚妄不真，佛教的"以小纳大"故事正是对这一思想的诠释，"鹅笼书生"故事则是此类故事流传于中国的典型故事类型。"鹅笼书生"故事的早期版本可以追溯至三国吴康僧会所译《旧杂譬喻经》卷一中的一则故事，叙述某国王子出行，于泉边见一梵志前来沐浴，沐浴结束后梵志以法术吐出一壶，壶中有一名女子，梵志食毕休息，女子则又作术吐出一壶，壶中有一名年少男子，不久女子将男子及壶吞回，梵志醒来又将女子纳入壶中吞回，梵志拄杖离去。②故事中梵志口中吐出的壶能容纳女子，女子吐出的壶中又能容纳少年男子，事后又将吐出的人和壶依次吞回，显然正是受到了佛教"无差别"思想的影响。这种思想在其他佛经文本中也经常出现，如支娄迦谶译《佛说遗日摩尼宝经》中即称："譬如幻师化作幻人，还自取幻师啖。"③晋代僧人所译《佛说摩诃衍宝严经》中亦有"譬如幻师化作幻人，而食幻师，无有真实"④的说法。《大庄严论》卷四中也记载了一则故事，叙述某幻师携一女子进行表演，其后却以"刀斫刺是女，分解支节，挑目截鼻"，旁观者惊讶恐惧之际，幻师便展示此女为尸陀罗木所制，并非真

---

① 【日】高楠顺次郎等编：《大正藏》第 38 册，台北佛陀教育基金会出版部 1990 年版，第 1079 页。

② 同上，第 206 页。

③ 同上，第 191 页。

④ 同上，第 196 页。

人。①由于佛教诞生的印度地区古代十分流行幻术表演,因此佛经中经常出现用幻术表演来比喻人间世界虚幻不实的内容,"鹅笼书生"故事的早期形态应即由印度幻术表演而来。

这一故事传入中国以后,又几经改易,东晋荀氏《灵鬼志》中的一则故事即取材于《旧杂譬喻经》,叙述某外国道人精通幻术,路遇一人担一小笼,道人便欲寄身小笼之中,担笼人请道人进入笼中,笼没有变大,道人也没有变小,担笼人也没有觉得笼子变重,至一树下,道人于笼中设宴请担笼人共食,并从口中吐出一女子共饮,道人酒醉,女子又从口中吐出一年少男子,数人皆在笼中,却并不会觉得狭窄。其后道人又至一国中,该国有一悭吝富人,道人为惩戒此人,遂将富人心爱的良马纳入"五升罌"中,又将此人父母纳入"泽壶"之中。②到了南朝吴均《续齐谐记》中,这则佛教故事则完全转变为中国本土的志怪故事,《续齐谐记》"阳羡书生"故事叙述阳羡许彦山行遇一书生,书生脚痛,求寄身许彦鹅笼中,书生遂与两鹅并坐,鹅笼没有变大,书生也没有变小,许彦也没有觉得鹅笼变重,至一树下,书生设宴请许彦同食,口吐一年少女子共饮,女子又吐出一可爱男子共饮,男子又吐出一妇人共饮。饮宴完毕,所吐诸人又被依次吞回,书生与许彦作别离去。③

无论是《灵鬼志》还是《续齐谐记》,显然都是受到了佛教故事的影响,钱锺书先生已经指出:"'书生便入笼,笼亦不更广,书生亦不更小',此固释典常谈。"④人入笼中,笼不更大,人亦不更小的情节与《维摩诘所说经》中维摩诘于斗室中设三万四千师子座的情节在思想上有相通性,而口中吐出人又吞回的情节则是受到了《旧杂譬喻经》中故事的影响。

受到印度文化和佛教思想自身旨趣的影响,佛教有着与中原本土完全不

① 【日】高楠顺次郎等编:《大正藏》第 4 册,台北佛陀教育基金会出版部 1990 年版,第 285 页。
② 鲁迅:《鲁迅辑录古籍丛编·古小说钩沉》,人民文学出版社 1999 年版,第 151—153 页。
③ 李剑国:《唐前志怪小说辑释》,上海古籍出版社 2011 年版,第 629—631 页。
④ 钱锺书:《管锥编》,中华书局 1979 年版,第 765 页。

同的时空观念。后秦时期佛陀耶舍共竺佛念所译的《长阿含经·世纪经》中详细描述了佛教的时空观,佛教认为人们所生活的现实世界只是无数世界中的一个,一千个现实世界才构成一个小千世界,一千个小千世界才构成一个中千世界,一千个中千世界才构成一个大千世界。但是,从佛教"性空"说的理念出发,这些数以亿计的世界都是虚幻不实的,唯有看破这种虚幻不实,才能真正地理解佛法的奥义。支娄迦谶译《道行般若经》中说:"诸法空,诸法如梦。诸法如一,诸法如幻。当如是幻化及野马,譬如幻师于旷大处化作二大城,作化人满其中。"①佛教认为世间一切事物皆是虚幻,关于时空界限的分别也被认为是某种妄念,一旦顿悟"真空"的佛理便可看破。鸠摩罗什所译《金刚般若波罗蜜经》中说:"不应住色生心,不应住声香味触法生心,应生无所住心。"②所谓"无所住心",即以清净佛心观世间万物,视世间万物皆无差别。真谛所译《大乘起信论》中也说:"一切诸法唯依妄念而有差别。若离妄念则无一切境界之相。是故一切法从本已来,离言说相,离名字相,离心缘相,毕竟平等,无有变异,不可破坏。唯是一心,故名真如。"③佛教认为人通过六触感知到的世界是虚妄不实的,对于时空的感知也是一种妄念,阻碍着人们看破世间的虚妄不实,要顿悟佛法必须破除这种妄念。因此,佛经中经常以幻术师所作幻术来比喻现实的人生,玄奘所译《大般若波罗蜜多经·初分诸法平等品》中将世间一切现象比喻成"巧幻师或彼弟子执持少物于众人前幻作种种异类色相"④,唯有获得般若智慧之人才能看破其中的虚幻不实。

　　总之,佛教以"以小纳大"为主要形式的"时空变幻"故事基本上都是从"诸法皆空"这一佛理出发,主旨在于表现时空界限的虚妄不实,目的则在于消弭时空差异的妄念,实现对于佛法的顿悟。"鹅笼书生"故事最初由佛教故

---

① 【日】高楠顺次郎等编:《大正藏》第 8 册,台北佛陀教育基金会出版部 1990 年版,第 452 页。
② 同上,第 754 页。
③ 同上,第 576 页。
④ 同上,第 995 页。

事而来,属于佛教"时空变幻"故事的典型代表。在流传的过程中,"鹅笼书生"故事逐渐本土化,最终脱去了佛教故事的外壳,但却完整地保留了佛教思想的内核。

第六章
六朝博物故事与中外文化交流

博物故事产生自先秦地理博物之学，最初起源于周代的知识精英们对世界的探索和认知，战国秦汉之际被神仙家和方术士们利用而走向志怪化，并逐渐衍生为地理博物类志怪小说。李剑国先生在《唐前志怪小说史》中认为："巫觋和方士之流利用地理博物知识自神其术和传播迷信，更促使了地理博物学的巫术化、方术化和志怪化。这种关于山川动植、远国异民的传说，同神话传说、宗教迷信故事一起被志怪小说所承继，成为志怪小说的另一块发源地。"①汉魏六朝之际，随着中国与世界的交流日益频繁，大量域外的事物不断传入，外来的信息也刷新了中国古人旧有的世界观。神仙家、方术士和早期道教徒在原本的域外传说的基础之上，进一步创造了大量殊方异物的故事和远国异民的传说，并将想象中的神仙世界建立于其上。志怪小说作家们将这些博物故事纳入志怪小说的叙事系统之中，成为六朝志怪小说的重要组成部分。

---

① 李剑国:《唐前志怪小说史》，天津教育出版社 2005 年版，第 56 页。

第一节　六朝志怪小说与域外文化

中华文明所处的地理环境相对特殊,东南有大海环绕,西北则有难以逾越的沙漠和高山,基本处在一个半封闭的环状世界之中。但是,随着人类活动的日益频繁,自商周时期开始,中国就不断与域外世界有所接触。战国秦汉之际,关于域外世界的见闻不断传入中原,神仙家和方术士们在此基础上大量造作了关于域外世界的传说,并构建了一整套想象中的海外神仙世界的图景。随着战国秦汉帝王不断追求长生成仙,大量关于海外神仙世界的传说和故事也不断衍生,并在六朝时期以博物故事的形式进入志怪小说的叙述系统之中,构成了六朝小说中独特的地理博物类志怪小说。

总体而言,早期中国古人的世界观是以"天下"一词作为核心概念的,"天下"通常指代的就是当时人们能够认知的整个世界。自商周至秦汉,人们对于域外世界的认知不断丰富,"天下"的概念也在不断扩大,其中还包含了大量想象的成分。王永平先生在《从"天下"到"世界"——汉唐时期的中国与世界》一书中指出:"古代中国对世界的了解大体经历了一个从想象到探索,再到逐步认知的过程。传统中国的世界观更多的是建立在一种想象基础之上的观念世界,这就是所谓的'天下秩序'与'华夷格局'。早期中国对世界的了解与认识更多的是将客观认知与主观想象,甚至是一些道听途说或传闻结合在一起。"[①]这样一个想象中的域外世界的形成,为海外神仙世界的构建和大量博物故事的出现提供了思想方面的契机。

中国古人的世界观早期局限于中原较小的范围之内,中原以外的世界则被笼统地称为"四夷",《礼记·王制》中称:"东方曰夷……南方曰蛮……西方曰戎……北方曰狄……中国、夷、蛮、戎、狄,皆有安居,和味、宜服、利用、备

[①]　王永平:《从"天下"到"世界"——汉唐时期的中国与世界》,中国社会科学出版社 2015 年版,第 26 页。

器,五方之民,言语不通,嗜欲不同。"①《礼记》中的这一说法体现了当时中国人对于自身和外部世界的认知方式。在周代官方意识形态主导下建立起来的天下观念是以王畿为核心的环状世界,其思想渊源可以追溯到周代的分封制度,如《诗经·小雅·北山》中称:"溥天之下,莫非王土;率土之滨,莫非王臣。"②《周易·系辞下》中也说:"神农氏……以教天下,盖取诸《益》。日中为市,致天下之民,聚天下之货。"③这里的"天下"指的都是王化所及的中原及其周边地区,而中原以外的区域则并不包含在这一概念之中,甚至可以说当时中原地区的人们对于中原以外的世界并没有特别明确的理解和认识。

　　春秋战国之际,随着各个诸侯国不断开疆拓土,"天下"的概念也在不断发展和扩大。到了战国晚期,随着中外文化交流的增强,人们对于域外世界的认知也不断丰富,遂产生了以邹衍"大九州"说为代表的"新天下"观念。《史记·孟子荀卿列传》中记载了邹衍的学说,邹衍认为所谓中国者不过是天下八十一分之一,名为"赤县神州",赤县神州之外如中国者还有九个大州,九大州之外还有大瀛海环绕。《汉书·艺文志》列邹衍之书于阴阳家,其本人的学说确实也以"五德始终"为代表。但是,邹衍关于"大九州"的学说虽带有夸大和想象的成为,却在很大程度上符合了真实世界的情况,更重要的是他的学说对中国古人形成开阔的"新天下"观念有着重要的意义。

　　受以邹衍为代表的"大九州"思想的影响,战国后期人们对域外世界的理解比之西周时期要扩大许多。战国秦汉之际,出现了许多专门记载和讨论域外世界的书籍,《尚书·禹贡》中就将想象中大禹所治理的九州描述为"五百里甸服""五百里侯服""五百里绥服""五百里要服""五百里荒服"的环形向外扩张的世界,并将九州的边际定为"东渐于海,西被于流沙,朔南暨声教讫于四

① 李学勤主编:《十三经注疏·礼记正义》,北京大学出版社 1999 年版,第 398—399 页。
② 同上,第 797 页。
③ 同上,第 298 页。

海。"①《逸周书·王会解》中也将想象中的天下分为不同的层级:"方千里之内为比服,方两千里之内为要服,方三千里之内为荒服,是皆朝于内者。"②在"朝于内者"的世界之外,还有许多未及王化的域外世界,《逸周书·王会解》中还记载了大量域外世界的奇珍异物,如九尾的青丘狐、背有两角似骐的乘黄以及若白马锯牙食虎豹的兹白等,其中许多内容又见于《山海经》。

《禹贡》与《逸周书》都是大约成书于战国时期的作品,书中对于夏、商、周时代天下的想象实际上代表了战国时期人们所理解的"新天下"观念。《山海经》则大约成书于战国至汉代,是一部极为特殊的典籍,以记录山川地理为本,却又因描述了大量神奇怪异、荒诞缪悠的事物而受到古今中外研究者的关注,造就了中国文化史上的众多不解之谜,也使《山海经》成为后世地理博物类志怪小说的先驱和代表。总体来看,今本《山海经》由两部分构成:一是由《南山经》《西山经》《北山经》《东山经》和《中山经》构成的"山经"部分,也被称为"五藏山经";二是由《海内经》《海外经》《大荒经》构成的"海经"部分。虽然二者都以叙述荒诞怪异事物为主,但在内容与文风上却又迥然不同。"山经"部分语言平实而详密,以描述山川地理风貌和奇特事物为主;"海经"部分语言虚幻而疏阔,以描述四海之外的特异人物和神话传说为主。很多内容在"山经"部分和"海经"部分中反复出现,甚至还会出现前后描述不一致的情况。造成这种情况的原因,很可能是《山海经》并非成于一时一地一人之手,徐旭生先生在《读〈山海经〉札记》一文中已经提出:"《山海经》非一人一时所作,盖经多次附益而成,固不仅与《汉书·艺文志》不符,及《海外》《海内》两经后有校录衔名可为证也。各经中多重复大同小异之文,已足证其非一人所辑录者矣。"③刘宗迪先生在《失落的天书——〈山海经〉与古代华夏世界观》一书中也

---

① 李学勤主编:《十三经注疏·尚书正义》,北京大学出版社 1999 年版,第 171 页。
② 黄怀信、张懋镕、田旭东:《逸周书汇校汇注》,上海古籍出版社 1995 年版,第 866 页。
③ 徐旭生:《中国古史的传说时代》,文物出版社 1985 年版,第 291 页。

认为:"《海经》与《山经》的文本差异,暗示两者各有来历。"①

　　无论是"山经"部分还是"海经"部分,都记载了大量华夏地理的山川河流等名物。但是,如果我们顺着这些记载一一进行推敲考证,却往往如堕五里雾中。即便是较为翔实的"山经"部分也往往让人无法搞清它的具体所指,谭其骧先生在《论〈五藏山经〉的地域范围》一文中曾对"山经"部分所记载的地理名物做过详细的考证,认为:"今本《山经》总共记载着四百四十七座山,其中见于汉晋以来记载,可以指实其确切地理位置者,约计为一百四十座山左右,不及总数三分之一。"②《山海经》中记载了大量华夏事物,历来研究者大都将其视为华夏地理之书。但是,若进行细致探究就会发现,《山海经》中实际上也记载了许多非华夏的事物,因此很早也有学者提出《山海经》并非记载的华夏地理,而是记载的古代与中国有交流的中亚、西亚、南亚乃至欧洲的地理。此说首倡于梁启超先生,他在《翻译文学与佛典》一文中提出:"语最古之译本书,吾欲以《山海经》当之,此经殆我族在中亚细亚时相传之神话至战国秦汉间殆写以华言。故不独名物多此土所无,即语法亦时或诡异。"③其后,卫聚贤先生在《山海经的研究》一文中提出:"《山海经》中的神名、物名等及其现象有与印度古代四大《吠陀》中所记载的相同,因而断定《山海经》为印度婆罗门教徒到中国游历的记录。"④到了1972年,苏雪林先生在《屈原与〈九歌〉》一书中又再次提出:"《山海经》的地理并非中华地理——有些是的则系后人混入——我怀疑它是两河流域地理书。所谓"大荒"及"海外"诸经,则系神话地理。"⑤

　　不过,如果我们用海外地理之说去考察《山海经》一书,又会发现其中记载的海外地理名物很少,华夏地理名物仍是主流。《山海经》原书的主体部分

---

①　刘宗迪:《失落的天书——〈山海经〉与古代华夏世界观》,商务印书馆2016年版,第5页。

②　谭其骧:《长水粹编》,河北教育出版社2000年版,第300页。

③　梁启超:《佛学研究十八篇》,上海古籍出版社2009年版,第166页。

④　卫聚贤:《古史研究》第二集,商务印书馆1934年版,第3页。

⑤　苏雪林:《屈原与〈九歌〉》,武汉大学出版社2007年版,第86页。

无疑确实是以华夏地理为主的,但在后世编排的过程中又混入了大量海外地理,尤其是中亚和南亚地理的内容。至于造成这一情况的原因,徐旭生先生早已指出:"平常典籍,每节较长,各简相属,有意义可寻,故再系时讹误可较少。《山海经》则每节颇短,每简可书一节。散乱后即无从寻得其互相联属之意义,故错简特多。不惟每卷中前后讹误,且可此卷掺入彼卷。流沙、昆仑、大夏、月氏诸地可入《海内东经》,即其显例。"①由于地理博物类志怪小说大多没有情节,而是以条为单位对相关地理名物进行简要介绍,因此很容易在编排过程中发生混淆。《山海经》中的华夏地理传说与域外传说混杂流传,正是战国秦汉之际地理博物之学独特状况的典型体现,这种情况在后来的地理博物类志怪小说如《括地图》《外国图》《博物志》等书中也十分常见。

　　由于《山海经》中所记载的海外地理及事物大多荒诞迂远、无法考证,因此《山海经》也被视为地理博物类志怪小说的始祖,明代胡应麟《少室山房笔丛》中即直称《山海经》为"古今语怪之祖"②,李剑国先生也认为:"它(指《山海经》)的作用首先是扩大了语怪的风气。其次,开辟了地理博物体志怪。"③《山海经》之后,对秦汉之际的域外世界进行整体纪录的还有《淮南子·地形训》,它总括了先秦至汉初流行的远方异国传说:"凡海外三十六国,自西北至西南方,有修股民、天民、肃慎民、白民、沃民、女子民、丈夫民、奇股民、一臂民、三身民;自西南至东南方,结胸民、羽民、讙头国民、裸国民、三苗民、交股民、不死民、穿胸民、反舌民、豕喙民、凿齿民、三头民、修臂民;自东南至东北方,有大人国、君子国、黑齿民、玄股民、毛民、劳民;自东北至西北方,有跂踵民、句婴民、深目民、无肠民、柔利民、一目民、无继民。"④通行本《淮南子》作"海外三十六国",但实际所载为三十五国,《论衡》中亦称"海外三十五国",则今本《淮

①　徐旭生:《中国古史的传说时代》,文物出版社 1985 年版,第 291 页。
②　【明】胡应麟:《少室山房笔丛》,上海书店出版社 2009 年版,第 314 页。
③　李剑国:《唐前志怪小说史》,天津教育出版社 2005 年版,第 106 页。
④　刘文典:《淮南鸿烈集解》,中华书局 2017 年版,第 176—177 页。

南子》或将"三十五国"误作"三十六国"。《淮南子》中所载海外诸国多见于《山海经》及六朝地理博物类志怪小说,实际上六朝地理博物类志怪小说中的异国传说也多是传抄自《山海经》及其他汉代以来的传说而成。

《山海经》和《淮南子》中的记述代表了战国秦汉间人对于域外世界认知的扩大,也标志着博物与志怪正式结合在了一起。《山海经》和《淮南子》所确立的域外世界图景成为汉魏六朝时期人们描画域外世界的基本结构模式。汉魏六朝以记载山川异物和远国异民为主的地理博物类志怪小说大多与《山海经》有着密切的联系,如托名东方朔所作的《神异经》与《海内十洲记》,在体例上即模仿《山海经》;而《括地图》《外国图》《博物志》等典型的地理博物类志怪小说中则有大量内容直接采录自《山海经》。此外,汉魏六朝时期还出现了多种以《异物志》或《异域志》为名的博物体笔记,也都以记录风俗物产和海外奇闻为主,在体例和内容上也受到《山海经》及六朝地理博物类志怪小说的影响。

除受到《山海经》《淮南子》等书的影响以外,先秦秦汉之际的神仙家与方术士对于域外神仙世界的想象也在很大程度上影响了汉魏六朝地理博物类志怪小说的创作。以《神异经》和《海内十洲记》为代表,汉魏六朝志怪小说中逐渐形成了一套以十洲三岛为核心的海外神仙世界体系,十洲即祖洲、瀛洲、聚窟洲、玄洲、炎洲、长洲、元洲、流洲、生洲、凤麟洲,三岛则为蓬莱、方丈、瀛洲。这套以十洲三岛为核心的海外神仙世界体系对六朝志怪小说中所描述的海外世界产生了很大的影响,《太平广记》卷三引《汉武内传》中引《五岳真形图》称:"方丈之阜,为理命之室,沧浪海岛,养九老之堂。祖瀛玄炎,长元流生。凤麟聚窟,各为洲名,并在沧流大海玄津之中。水则碧黑俱流,波则震荡群精。诸仙玉女,聚居沧溟,其名难测,其实分明。"①以《汉武内传》为代表的一系列带有道教背景的志怪小说在汉代以来流传的十洲三岛传说基础之上又为人

---

① 【宋】李昉:《太平广记》,中华书局 1961 年版,第 18 页。

们描绘了一个远在海外仙岛之上的缥缈神仙世界。这一神仙世界的构建助推了六朝神仙道教的发展,同时也对后世志怪小说中海外世界的描写产生了很大影响。

此外,六朝志怪小说中还记载了大量幻想出来的居住于海外神仙世界的异国奇人,《拾遗记》中将居住于海外神仙世界的人描绘为"人长三尺,寿万岁,以茅为衣服,皆长裾大袖,因风以升烟霞,若鸟用羽毛也。人皆双瞳,修眉长耳,餐九天之正气,死而复生,于亿劫之内,见五岳再成尘。扶桑万岁一枯,其人视之如旦暮也。"[①]在王嘉的描述中,这些海外世界的居民拥有长达万年的寿命和随风飞翔的毛羽,又可以吸风饮露、死而复生,完全是在秦汉以来神仙形象的基础之上发展而来的。

六朝志怪小说中出现的对于域外世界的神奇想象有其独特的历史背景。西汉自张骞通西域之后,人们对于外部世界认知的范围开始逐渐扩大。张骞分别于汉武帝建元三年(公元前 138 年)和汉武帝元狩四年(公元前 119 年)两次出使西域,最初的目的是联合月氏、乌孙等国共同抗击匈奴。但是由于月氏、乌孙等国国内的动乱导致国力衰弱,张骞的政治使命没能顺利完成。不过,张骞自西域带回了域外世界的情报,他所到之处包括大宛、康居、大夏、安息、身毒、奄蔡、条枝、黎轩等国,打通了中国经中亚、西亚至南亚和欧洲的路线,并带回了葡萄、苜蓿、棉花、胡桃(核桃)、胡瓜(黄瓜)、安石榴(石榴)、胡萝卜、胡椒等多种域外事物,在当时引起了很大的轰动。

东汉时期,匈奴分裂为南北两部,南匈奴不久臣服于东汉政权,北匈奴则继续在边境为患。东汉派班超等人出使并控制西域诸国,经过几十年的经营确保了西域通路的畅通,增强了东汉王朝与域外诸国的联系。尤其是远隔大海的大秦国,汉代又称"海西国",实即今日所说的罗马帝国。由于交通不便,当地物产在传入中原的过程中被增加了许多奇异的传说成分,《后汉书》载:

---

① 齐治平:《拾遗记校注》,中华书局 1981 年版,第 228 页。

"大秦国……多金银奇宝,有夜光璧、明月珠、骇鸡犀、珊瑚、虎魄、琉璃、琅玕、朱丹、青碧。刺金缕绣,织成金缕罽、杂色绫。作黄金涂、火浣布。又有细布,或言水羊毳,野蚕茧所作也。合会诸香,煎其汁以为苏合。凡外国诸珍异皆出焉。"①同时还把大秦国与中国古代神话传说相联系:"或云其国西有弱水、流沙,近西王母所居处,几于日所入也。"②

此外,地处南亚次大陆的印度地区在汉代被称为"天竺"或"身毒",由于气候与物产与中原有很大不同,也成为殊方异物传说的重要来源,《后汉书·西域传》载:"天竺国,一名身毒……土出象、犀、玳瑁、金、银、铜、铁、铅、锡,西与大秦通,有大秦珍物。又有细布、好毾㲪、诸香、石蜜、胡椒、姜、黑盐。"③由于路途的远隔,域外的物产与中国地区多有不同,域外传入的很多事物在当时都被视为珍物,加之语言不通,对于这些域外事物的记述和描绘亦有讹差,如《玄中记》中记载大月氏有"日反牛",能够割肉复生,"今日割取其肉三四斤,明日其肉已复,创即愈也",同时也提到汉人对当地人说起中国有能食桑叶吐丝织布的蚕虫,西胡人也不相信蚕真的存在。④故事中的"日反牛"可以割肉复生,关于这一奇特描述即便在今日仍然无法推测到底指的是哪种动物,但这一传说无疑为域外物产增添了许多奇异的色彩。中国人向西胡人介绍养蚕缫丝之事,当时的西胡人也同样无法相信世上有蚕这种动物的存在。这则故事所体现出的正是由于地域、语言的不同造成巨大的文化差异,从而产生奇异传说的例证,这些传说衍生出了许多"殊方异物"的故事,并被当作奇闻逸事收录于六朝志怪小说之中。

---

① 【南朝宋】范晔:《后汉书》,中华书局1965年版,第2919页。
② 同上,第2920页。
③ 同上,第2921页。
④ 鲁迅:《鲁迅辑录古籍丛编·古小说钩沉》,人民文学出版社1999年版,第455页。

第二节　"殊方异物"故事与域外事物的传入

由于地理环境的限制,许多域外事物在古代中国都不常见。西汉时期,随着西域通道的打开,大量的外来器物、用品和动植物传入中原,这些曾经在中原地区难得一见的新奇域外事物迅速成为当时人们关注和讨论的焦点。但是,正如王青先生所说:"中土的人们首先感兴趣的并得以接触的事物之一是各种来自于西域的新奇器物。这种了解往往不完全本之于真实的知识,而是带有明显的误解、夸饰与想象的痕迹。人们通过独特的视角把自己的情感、愿望投射于来自于西域的器物,各种传闻与想象源源不断地进入历史,从而重新建构了一个西域世界。"①很多域外传入的事物长期仅以贡品的形式存放于皇宫,流传范围也仅限于宫廷和上层贵族,普通百姓难得一见,久而久之人们便凭借想象杜撰了大量关于这些域外事物的神奇故事和传说。这些传说在流传过程中又不断被重述和改写,并被增添了许多更为神异的细节,大大丰富了汉魏六朝时期人们对于域外世界的想象,也成为六朝地理博物类志怪小说的重要题材来源之一。

一、"火浣布"故事与域外器物的传入

大部分博物类志怪小说对于域外奇物的叙述并非都凭空想象,而是有一定的事实作为基础的。许多域外器物本身有着中原人不熟悉的性状和质地,在传入时即引起了轰动,在流传过程中又被添加了许多奇异的故事成分,逐渐演变成关于域外奇物的神奇故事,其中"火浣布"的故事即较有代表性。火浣布即石棉布,由富有弹性的硅藻岩类矿物质纤维制作而成,成品呈白色或

---

① 　王青:《西域文化影响下的中古小说》,中国社会科学出版社 2006 年版,第 241 页。

黄绿色,具有耐热的特性,可以经历火烧而不会焚毁,因此常被用作防火材料,古代也曾经用它制作衣物。中国东部沿海地区也出产石棉矿,但是早期的中国人并不知道石棉布的制作方法,因此最初秦汉时期人们所接触的石棉布大多来自域外,并被赋予了"火浣布"的名称,又由此衍生出了关于火浣布出自海外炎州炎火之山上火鼠毛的奇异传说。

关于火浣布在中国古代典籍中的最早记载颇有争议,《列子·汤问》中记述周穆王时西戎献锟铻之剑、火浣之布:"火浣之布,浣之必投于火;布则火色,垢则布色;出火而振之,皓然疑乎雪。皇子以为无此物,传之者妄。萧叔曰:'皇子果于自信,果于诬理哉!'"张湛注称"此《周书》所云"。①然而今本《尚书》及《逸周书》皆未见此段文字,张湛所谓之《周书》不知何所指。需要指出的是,现代学者普遍认为《列子》一书并非出自先秦,而是魏晋时期的作者所伪托,书中所谓"皇子以为无此物"之说亦与魏文帝曹丕事相似。干宝《搜神记》中称火浣布出于昆仑之墟旁的炎火之山,乃是用山上生于炎火之中的草木鸟兽之皮毛做成,汉朝时有外国人贡献此布,至魏初久不见于世,魏文帝著《典论》时遂认为火浣布不过是人们的谣传,又将其说刻于太学之外石碑,其后不久有西域使者进献此布,"于是刊灭此论,而天下笑之。"②火浣布在汉魏六朝时期是十分稀罕难得的事物,仅能通过外国使节的贡奉获得,《后汉书·西域传》记载大秦国"作黄金涂、火浣布",据《三国志》裴松之注和《后汉书》李贤注引《傅子》,汉桓帝时权臣梁冀曾穿着火浣布做成的单衣参加宴会,故意打翻酒杯弄脏衣服,并让人将衣服烧掉,布经火烧后反而更加洁白,如同用灰水洗过,火浣布的奇异特性引起共同参加宴会的大臣们的一片哗然③。由此可见,东汉时期火浣布已十分罕见,即便是王公大臣也不熟悉它的特性。到了三国时期,曹

① 杨伯峻:《列子集释》,中华书局 2012 年版,第 181 页。
② 李剑国:《新辑搜神记·新辑搜神后记》,中华书局 2007 年版,第 450 页。
③ 【南朝宋】范晔:《后汉书》,中华书局 1965 年版,第 118 页。

丕贵为皇帝却怀疑历史上关于"火浣布"记载的真实性,可知当时中原已无火浣布实物存在。到了魏明帝时,火浣布又从西域传入,在当时又引起了很大的轰动。

古代中国人并不知道火浣布的具体制作工艺,这种不同于普通织物的神奇布料仅能通过偶然的域外进贡而得,民间于是产生了各种各样关于火浣布来源的猜想和传说。这些猜想和传说又被志怪小说作家所采用,与先秦以来流传的海外世界传说相结合,形成了一套完整的关于火浣布来源的叙事体系。干宝的说法较有代表性,当时人们无法相信矿石可以做成衣物,于是幻想火浣布出自火山之上的耐火动物或植物,正如西胡人同样无法相信中国人可以用蚕虫所吐丝线织成衣物一样。葛洪亦曾述及此事,《抱朴子·内篇·论仙》中也记述了曹丕著《典论》认为"天下无切玉之刀,火浣之布"的故事,其后"二物毕至",曹氏统治者只得"遽毁斯论"。①葛洪还曾详细记述他想象中火浣布的来历,《艺文类聚》卷八十引《抱朴子》云:"南海之中,萧丘之中,有自生之火,常以春起而秋灭。丘方千里,当火起时,此丘上纯生一种木,火起正着此木,木虽为火所着,但小燋黑,人或以为薪者,如常薪,但不成炭,炊熟则灌灭之。后复更用,如此无穷。又夷人取木华,绩以为火浣布;木皮亦剥,以灰煮为布,但不及华细好耳。"②干宝和葛洪的记述虽然并不符合火浣布制作的实际情况,但却代表了当时人的普遍看法。当时人们认为在海外有一座常年燃烧的山岛,山上的动植物皆不畏火,用这些动物的毛羽或植物的纤维就可以织成火浣布。关于火浣布的这一叙事在不同的博物类志怪小说作品中反复出现,并且不断增加细节。此后关于火浣布的来源六朝时期人们又分成植物来源说和动物来源说两种不同的说法。

由于古代除蚕丝以外的绝大部分衣物纤维都来自于植物,因此汉魏六朝

---

① 王明:《抱朴子内篇校释》,中华书局1985年版,第15—16页。
② 【唐】欧阳询:《艺文类聚》,上海古籍出版社1965年版,第1365页。

时期的博物学者大多青睐火浣布来源于植物的说法,《太平寰宇记》引三国吴朱应《扶南土俗传》中称火浣布乃是火洲土人用洲上独特植物的皮纺织而成①。《扶南土俗传》是记载海外扶南国奇异事物的博物体笔记,扶南国则是东南亚的一个古国,由于与中原地区相隔辽远,遂产生了许多关于此地的海外传说。此说在六朝时期流传甚广,《玄中记》亦称火浣布乃扶南国东炎火之山上生于火中的草木枝条编织而成。②植物来源说也多得六朝史家称述,《梁书·诸夷列传》亦载火浣布出于扶南国东海中自然大洲,洲上有树木生于火中,土人剥去树皮纺织,即成火浣布。③

　　除扶南国以外,还有关于出产火浣布之火洲在斯调国的说法,《洛阳伽蓝记》卷四引僧人拔陀云:"斯调国出火浣布,以树皮为之。其树入火不燃。"④《三国志》卷四裴松之注引杨孚《异物志》亦称火州在南海中斯调国,州上树木可在野火之中生长,土人采其皮织以为布,即成火浣布。⑤《史记·大宛列传》正义引万震《南州志》中也记载:"海中斯调洲上有木,冬月往剥取其皮,绩以为布……世谓之火浣布。"⑥斯调国有人认为即今之斯里兰卡,也有人认为是今印度尼西亚附近某古国。由于博物学者和历代史家的反复称引,火浣布来源于南海某洲岛上奇异植物之说成为当时最为流行的看法。但是,这一说法显然并不符合火浣布来源于矿物质原料的真实情况。

　　与博物学者和历史学家青睐火浣布的植物来源说不同,神仙家和方术士们更青睐火浣布的动物来源说。火浣布来源于动物的说法较典型的文本见于《神异经》和《海内十洲记》,《神异经》中记载南荒外火山上有火鼠,重达百斤,

①　【宋】乐史:《太平寰宇记》,中华书局 2007 年版,第 3380 页。

②　鲁迅:《鲁迅辑录古籍丛编·古小说钩沉》,人民文学出版社 1999 年版,第 454 页。

③　【唐】姚思廉:《梁书》,中华书局 1973 年版,第 788 页。

④　【北魏】杨衒之:《洛阳伽蓝记》,中华书局 2013 年版,第 155 页。

⑤　【晋】陈寿:《三国志》,中华书局 1964 年版,第 117 页。

⑥　【汉】司马迁:《史记》,中华书局 1959 年版,第 3163 页。

毛长二尺,生长于火中,遇水则死,取其毛可织成火浣布。①《海内十洲记》中也记载了火浣布的来历,称炎州之外有火林山,山上有火光兽,大小如鼠,毛长三四寸,取其毛可织为火浣布,并称山上"亦多仙家"②。《神异经》和《海内十洲记》中对于火浣布来历的描述对后世道教徒们影响甚大,《云笈七签》卷二十二中对火浣布的记载即采用《海内十洲记》的说法,并称得火光兽之毛者可使"仙人降形"③。由此可见,道教徒在吸收了六朝志怪小说关于火浣布来源的奇异叙述基础上,又将这些故事作为了神仙世界实有的证据。

　　由于火浣布的珍贵与难得,加之与之有关叙事的神异性,火浣布遂成为神仙实有的标志和证明,《列异传》中记载了一则故事,叙述三国吴官吏刘卓卧病在床,梦见有一人赐给他一件"白越单衫",并称:"汝着衫污,火烧便洁",刘卓醒来之后发现果然有一件白衫在身旁,乃是火浣布制成。④三国时期火浣布久已不见于世,以至于曹丕会怀疑火浣布存在的真实性,但在民间却流传着关于火浣布来源于神仙世界的传说,以至于《列异传》亦将此类故事收录其中。《搜神后记》中也记载了一则"火浣布"故事,叙述豫章人刘广年少时在路旁遇见一位女子,女子自称是"何参军女",十四岁时夭折,被西王母收养,奉西王母之命"与下土人交",刘广将女子带回家中,发现女子裹鸡舌香所用之手巾乃是火浣布。⑤此则故事属于典型的叙述神女降临情节的"遇合"故事,火浣布则成为"何参军女"来自神仙世界的证据。

　　汉魏六朝志怪小说中记载的与火浣布相类似的域外织物还有吉光裘,《西京杂记》卷一载:"武帝时,西域献吉光裘,入水不濡。上时服此裘以听朝。"⑥

---

① 王国良:《神异经研究》,台北文史哲出版社 1985 年版,第 66 页。
② 王国良:《海内十洲记研究》,台北文史哲出版社 1993 年版,第 63—64 页。
③ 【宋】张君房:《云笈七签》,中华书局 2003 年版,第 518 页。
④ 鲁迅:《鲁迅辑录古籍丛编·古小说钩沉》,人民文学出版社 1999 年版,第 414 页。
⑤ 李剑国:《新辑搜神记·新辑搜神后记》,中华书局 2007 年版,第 503 页。
⑥ 【晋】葛洪:《西京杂记》,中华书局 1985 年版,第 2 页。

吉光裘能"入水不濡",可能是用某种具有防水性质的织物编织而成的衣物,或即《汉书》中所说的"水羊毳",虽难得但也算不上神奇。但是,到了志怪小说中,作为普通贡品的吉光裘却被披上了奇异的外衣,《海内十洲记》载:"吉光毛裘黄色,盖神马之类也。裘入水数日不沉,入火不焦。"①故事中的吉光裘能"入水不濡",而且"入火不焦",并与"神马"联系在了一起。神马在魏晋时期又被称为"腾黄"或"吉光兽",并且被认为是长寿的灵物,《抱朴子·内篇·对俗》中称:"腾黄之马,吉光之兽,皆寿三千岁。"②葛洪从神仙家的角度进一步对吉光兽进行改造,将其纳入道教神仙灵物的叙事系统之中。在后世道教的叙事系统中,有关吉光兽的神异传说仍然不断衍生,《云笈七签》卷二十二中称吉光兽在海中央凤麟洲上,凤麟洲"上有仙家数千,凤麟为群",而吉光兽则是"如狸,能作胡语,声如梵音,与其国人通言",穿上吉光兽毛所做成的吉光裘更可以"寿同天地"③。经过志怪小说作家和道教徒的改造,"吉光裘"由一件域外进贡的普通衣物发展为十分神奇的仙衣,并衍成出海外凤麟洲吉光兽的神异故事。故事中吉光兽成了不但可以与人通言交流,而且穿着它的毛皮也可以"寿同天地"的神奇动物,同样被当成了海外神仙世界实有的证据。

秦汉文献中经常同火浣布一同进献的切玉刀也因为其神奇的特性而衍生出神异的故事,切玉刀又名"锟铻剑""昆吾刀",《列子·汤问》中称锟铻之剑出自"西戎",可以"切玉如切泥"④。切玉刀的原型应即金刚石,古代又被称为金钢,魏晋时人已知金刚石可用于切割玉石,《太平御览》卷八百一十三引三国吴万震《南州异物志》中称:"金钢,石也。其状如珠,坚利无匹。"⑤志怪小说《玄中记》中则称:"金钢出天竺、大秦国,一名削玉刀。削玉如铁刀削木。大者

---

① 王国良:《海内十洲记研究》,台北文史哲出版社 1993 年版,第 68 页。
② 王明:《抱朴子内篇校释》,中华书局 1985 年版,第 47 页。
③ 【宋】张君房:《云笈七签》,中华书局 2003 年版,第 519 页。
④ 杨伯峻:《列子集释》,中华书局 1979 年版,第 189 页。
⑤ 【宋】李昉:《太平御览》,中华书局 1985 年版,第 3614 页。

长尺许,小者如稻米。欲刻玉时,当作大金环,着手指间,开其背如月,以割玉刀内环中,以刻玉。"①这些记载与今天用金刚石切割玉石及玻璃的工艺已经十分接近。但早期的金刚石主要由域外传入,属于罕见器物,加之坚利无比的奇异特性,因此衍生出神异的故事,《海内十洲记》中记载昆吾石出自西海流洲,以昆吾石制成宝剑,"光明洞照,如水精状,割玉物如割泥",并称流洲之上"亦饶仙家"②。在博物故事中,金刚石成了海外神仙世界的特产,同时也成为"仙家"存在的证明。

　　除金刚石以外,玛瑙早期也是一种域外输入的珠宝。玛瑙是一种半透明或不透明的玉髓类矿物,秦汉魏晋时期又被称为"马瑙"或"马脑",《艺文类聚》卷八十四引曹丕《马瑙勒赋》称:"马瑙,玉属也,出自西域,文理交错,有似马瑙,故其方人因以名之"③。汉魏六朝时期,玛瑙在中国的产量不多,大部分都由域外而来,又由于玛瑙形态各异、变化多样,因此产生了许多关于玛瑙的神异传说。其中,最有代表性的说法是认为玛瑙是由马死后从其脑部变化而来的,《拾遗记》中就记载"码瑙石"出"丹丘之国",并称其国人有善识马者,听马鸣叫即知马脑颜色,待马死后破其头出脑,即可制成"码瑙石"。④除认为玛瑙由马的脑部制作而来的说法之外,还有传说认为玛瑙是由恶鬼之血所凝或由罗刹恶鬼所造,《拾遗记》中又载另一传说称:"马脑者,言是恶鬼之血,凝成此物。"⑤《太平御览》卷七百五十六引《凉州异物志》云:"方外殊珍,车渠马瑙。器无常形,为时之宝。视之目眩,希世之巧。罗刹所作,非人所造。"⑥这些神异的传说,都是由于域外事物在传入的过程中,由于路途遥远和语言不通等原因造成的以讹传讹。

---

① 　鲁迅:《鲁迅辑录古籍丛编·古小说钩沉》,人民文学出版社 1999 年版,第 461 页。
② 　王国良:《海内十洲记研究》,台北文史哲出版社 1993 年版,第 67 页。
③ 　【唐】欧阳询:《艺文类聚》,上海古籍出版社 1965 年版,第 1441 页。
④ 　齐治平:《拾遗记校注》,中华书局 1981 年版,第 19 页。
⑤ 　同上,第 19 页。
⑥ 　【宋】李昉:《太平御览》,中华书局 1960 年版,第 3355 页。

　　无论是石棉、金刚石还是玛瑙,都是早期在中原地区难得一见的事物,随着这些域外事物的传入以及它们身上所具有的新奇特性为百姓所知,在民间遂产生了关于这些事物的神异传说。这些传说经过不断的流播和重述,情节也不断增加和丰富,最终被六朝志怪小说作家所记录,成为六朝博物故事的重要组成部分。

二、“反生香”故事与域外香料的传入

　　战国秦汉之际,为了迎合帝王们追求长生不死的需求,神仙家和方术士们大量杜撰了关于不死仙药的传说,海外神仙世界则成了神仙家和方术士们口中不死仙药的所在地。最初人们普遍相信这种仙药来源于某种植物,《山海经》和《淮南子》中都提到昆仑山旁有“不死树”,地理博物类志怪小说《博物志》和《外国图》中则将不死树描绘为“食之乃寿”的长生之药[①]。到了《拾遗记》中,不死树的传说被进一步细化,并与海外神仙世界发生了联系,其中的一则故事称海外有祈沦之国,国人寿三百岁,长寿的原因是其国有寿木之林,在林中树木下休息即可长寿,若将其叶片带在身上则可以“终身不老”[②]。所谓寿木之林,显然正是“不死树”的一种变体。此后,六朝地理博物类志怪小说中反复称述海外存在着可以使人长寿甚至不死的神树,这一情节经过神仙家和方术士们不断的传衍,成为人们津津乐道的故事。

　　不死树当然并不存在,但自先秦时期开始,不断有神仙家和方术士们试图入海寻找传说中的不死树。汉魏六朝时期,随着域外事物的传入,由不死树

①　饶宗颐先生在《塞种与 Soma——不死药的来源探索》一文中认为中国古代传说中的不死药很可能来源于域外流行的一种从植物中榨出的汁液——Soma 的传说,这种药物具有使人兴奋的作用,在古代波斯、印度等地曾被认为是可以使人长生不死的神药。参见饶宗颐:《塞种与 Soma——不死药的来源探索》,载《中国学术》2002 年第 4 期。

②　齐治平:《拾遗记校注》,中华书局 1981 年版,第 123 页。

的传说又衍生出一种可以使人起死回生的神奇植物性香料——"反生香"的
故事。在"反生香"故事中,反生香被描述为一种由西域传入的奇异香料,这种
香料能祛病消灾,甚至令死者复生。《海内十洲记》中记载了汉武帝征和三年,
西胡月支国王派遣使者进献四两香料,这种香料"大如雀卵,黑如桑椹",汉武
帝最初以为是普通的香料,并没有认真对待,到了后元元年,长安城内兴起瘟
疫,城中百姓死亡大半,武帝下令试取月支神香于城内燃烧,已经死去而没有
超过三个月的人都活了过来,武帝才知神香的功效,但是这种神香最终却在
府库中不翼而飞,汉武帝也在第二年驾崩。《海内十洲记》中还详细记载了这
种神香的来源,称其出自西海聚窟洲人鸟山,山上有一种长相类似枫树的树
木名为"反魂树",扣其树即可听到如牛吼的声音,取出树根用火煎煮成药丸,
即成反生香,反生香又有惊精香、震灵丸、震檀香、人鸟精、却死香等不同的名
称,燃烧此香可以使死人复生。①《海内十洲记》中记载的"反生香"故事无疑给
西域香料奠定了神物的属性基调,其后的地理博物类志怪小说中也经常出现
对于这种神香的记述。

　　《海内十洲记》中的"反生香"故事在后世志怪小说中又衍生出多个版本,
《法范珠林》卷三六引《汉武故事》中记载了汉武帝时兜末国献兜末香的故事,
故事中的兜末香形如大豆,将其涂于门上即可"香闻百里",适逢瘟疫流行,死
者不断,取出此香燃烧瘟疫流行便即停止。②《博物志》中则记载了汉武帝时弱
水西国所献神香的故事,其国使者乘毛车渡弱水献香,其香大如卵,形如枣,
武帝以为是普通香料,将其置于府库,适逢长安城中有大瘟疫,使者请烧贡
香,香闻百里,宫中病者闻香皆痊愈。③《汉武故事》和《博物志》中所记神香与
《海内十洲记》中的"反生香"故事情节十分类似,应同出于当时广为流行的传

---

① 王国良:《海内十洲记研究》,台北文史哲出版社 1993 年版,第 72 页。
② 【唐】释道世:《法苑珠林校注》,中华书局 2003 年版,第 1164 页。
③ 范宁:《博物志校证》,中华书局 1980 年版,第 25 页。

说。《拾遗记》中亦载有波弋国神香故事,该香同样有使死人复生的功效,甚至用这种香"熏枯骨,则肌肉皆生"①。《拾遗记》故事中的这种神香已经带有明显的神仙道教色彩。无论是《海内十洲记》《汉武故事》《博物志》还是《拾遗记》中所记载的海外香料,都带有神奇想象的成分,代表着博物之学与志怪叙事及神仙道教思想的结合。这些关于反生香的故事大都包含两个基本的母题:一是这种神香来源于域外,二是这种神香可以起死回生。经过神仙家、方术士和志怪小说作家的反复衍述,遂衍生出了一系列关于反生香的神异故事。

任何一种香料当然都不可能真正实现令死者复生的目的,但是"反生香"故事的背后实际上有着一定真实的社会历史背景,这一背景正是西方香料在汉魏六朝时期的大规模传入。香料作为人类历史上重要的日用品,其主要的功能包括焚熏、佩戴、调味和医疗。在中国传统的香料中,焚熏和佩戴是最主要的使用场景,用于调味的香料则单独构成一个系列。而在医疗的功用方面,中国本土的香料虽然有时也可入药,但并没有由此衍生出神异的传说。与中国不同的是,中亚、西亚和南亚的许多地区多用香料敬神,香料因此被认为受到了神明的祝福而具有了超自然的神奇功效。同时,许多域外香料本身确实具有镇静、止血、消肿等药用价值,在古代中亚、西亚、南亚等地普遍被当作重要的药物来源,反生香的故事应即由此产生。

从史料的记载来看,自域外传来并经常被用作药物的香料主要有乳香、苏合香和安息香。乳香别名薰陆,是由乳香树树脂凝固后制成,其成品为透明或半透明状固体,圆如乳头,焚烧或嚼食均可,具有止血和镇痛的作用,古代主要产自大食(阿拉伯地区)、波斯、印度等地。苏合香由苏合香树树脂所制成,成品为黄色或棕黄色半透明状黏稠液体,可与其他香料混合为苏合香油,外敷具有清热阵痛的功效,古代主要产自印度和非洲沿岸。安息香是由安息香树的树脂制成,成品为黄黑色似松脂的块状物,唐段成式《酉阳杂组》中记

---

① 　齐治平:《拾遗记校注》,中华书局 1981 年版,第 91 页。

载:"安息香树,出波斯国……刻其树皮,其胶如饴,名安息香,六七月坚凝,乃取之,烧之通神明,辟众邪。"①这三种香料都产自域外,且都具有一定的药用价值,汉唐时期传入中国并被广泛使用。

关于传入中国的反生香具体是哪种香料,学者们提出了不同的意见。罗欣先生在《返魂香考》一文中根据《海内十洲记》中所述香料产自"西海聚窟洲",原料来自类似"枫木"的树木,在制作中要先将木根熬成"黑饧状",再制成丸等特性,判断此种香料应为苏合香,而所谓"西海聚窟洲"指的实际上是生产苏合香的条支国(在今叙利亚地区)。②温翠芳先生在《返魂香再考——兼与罗欣博士商榷》一文中根据志怪小说中所载香料的性状和医学功效认为此种香料并非苏合香,而是安息香,其产地则是来自中亚的乌弋山离国(在今阿富汗南部)。③王永平先生在《返魂香与伏虎兽:从罗马到汉朝——〈海内十洲记〉所记西胡月支国朝贡事发微》一文中认为苏合香实际上是安息香的一种,同属安息香属。④美国学者薛爱华在《撒马尔罕的金桃——唐代舶来品研究》一书中也认为中国古代对于苏合香和安息香的区分并不明确,"中国人说的'安息香'——即帕提亚香——具体所指的并不止一种物质。"⑤书中提出造成这一状况的原因是古代中国人对于域外香料的产地和性状的区分并不明确,甚至将不同香料统称为"安息香"。

由此可见,反生香很有可能是苏合香、乳香、安息香等外来香料的统称,它们的共同特点是都具有一定的药用价值,只不过香料的药用价值因香料与神明的关系而被夸大,并在传播的过程中不断衍生出神异故事,甚至产生了

---

① 许逸民:《酉阳杂俎校笺》,中华书局 2015 年版,第 1329 页。
② 罗欣:《返魂香考》,载《社会科学战线》2009 年第 1 期。
③ 温翠芳:《返魂香再考——兼与罗欣博士商榷》,载《经济与社会发展》2012 年第 2 期。
④ 王永平:《返魂香与伏虎兽:从罗马到汉朝——〈海内海内十洲记〉所记西胡月支国朝贡事发微》,载《河北学刊》2017 年第 1 期。
⑤ 薛爱华:《撒马尔罕的金桃——唐代舶来品研究》,吴玉贵译,社会科学文献出版社 2016 年版,第 420 页。

这些香料可以使死人复生的传说。"反生香"故事传入中原以后,受到了寻求海外神仙世界的神仙家、方术士与道教徒们的欢迎,并被他们写入志怪小说和仙传文学之中。

三、"伏虎兽"故事与域外动物的传入

虎在中国文化中扮演着重要的角色,一直被视为百兽之王,中国古代很多民族和地区都出现了对于虎的崇拜,并衍生出各种各样的传说。[1]作为大型肉食猛兽,现实中的虎在自然界中几乎没有天敌,但是在中国古代的传说中,却出现了能伏虎甚至食虎的动物,这些动物很多来源于当时人的幻想,以及对域外传说中的动物的神化。先秦秦汉的典籍中已经出现了关于能伏虎甚至食虎的奇异野兽,其中最有代表性的是驳,《山海经·西山经》和《山海经·海外北经》中都有关于驳的记载,其中驳乃是一种如马的怪兽,"白身黑尾,一角,虎牙爪,音如鼓音",这种猛兽长有"锯牙",可以"食虎豹"。[2]《尔雅》卷十中也记载了驳这种猛兽,称其"如马,倨牙,食虎豹"[3]。《说文解字·马部》亦称:"驳兽如马,倨牙,食虎豹。"[4]单纯根据《山海经》等书中对于驳形象的描述,很难想象这到底是一种什么样的动物,或许是当时人将域外传入的犀牛、斑马、鳄鱼等动物的特征混杂在一起形成的一种想象中的猛兽。

除驳以外,先秦秦汉间还流传着其他几种伏虎兽的传说,包括兹白、酋耳、鼩犬,皆载于《逸周书·王会解》:"正北方义渠以兹白,兹白者若白马,锯牙,食虎豹。""史林以尊耳,尊耳者身若虎豹,尾长三尺其身,食虎豹。""渠叟

---

① 参见本书第二章第二节。

② 袁珂:《山海经校注》,巴蜀书社1996年版,第294页。

③ 《十三经注疏》整理委员会:《尔雅注疏》,北京大学出版社1999年版,第334页。

④ 【汉】许慎:《说文解字》,中华书局1963年版,第201页。

以䝓犬,䝓犬者,露犬也,能飞,食虎豹。"①《逸周书》中记载的这三种伏虎兽都带有神异色彩,其中兹白与驳的形象相似,晋代孔晁注此文时即认为"兹白,一名驳者也"。至于尊耳,有些版本或作"酋耳",宋代王应麟以为即《山海经》中之䮠吾,《山海经·海内北经》载:"林氏国有珍兽,大若虎,五采毕具,尾长于身,名曰䮠吾,乘之日行千里。"②至于䝓犬,或称露犬,王应麟以为即《山海经》中之天马,《山海经·北山经》载:"有兽焉,其状如白犬而黑头,见人则飞,其名曰天马,其鸣自讯。"③这三种伏虎兽在后世也被视为是神兽或瑞兽,并被附以神异的传说,《太平广记》卷四百二十六引《朝野佥载》中记载唐代涪州有虎患,忽有一兽似虎而大,将当地为患的老虎噬杀,地方官奏报后,皇帝命人"检瑞图",查出此兽"乃酋耳,不食生物,有虎暴则杀之也"④。所谓"瑞图",应即指《逸周书》,而"不食生物,有虎暴则杀之"的特征则明显带有某种神性。

　　先秦秦汉的伏虎兽大多难以确定具体指的是哪种动物,或出自人们的想象,或出自域外传说,或是二者的结合。汉代以后,伏虎兽与一种现实中的猛兽——狮子联系在了一起。从考古发现来看,印度和西亚都曾有狮子分布,但中国至今没有发现古代狮子的化石,也没有任何古代中原地区有狮子分布的记载。因此,在域外的狮子传入中国以前,中国古人对于狮子并不了解。古代文献中关于狮子的最早记录见于《汉书·西域传》:"乌弋地暑热莽平……有桃拔、师子、犀牛。"⑤乌弋即乌弋山离,是两汉之际存在于亚洲西部、伊朗高原东部的一个国家,其地植被以稀树草原为主,正是狮子的良好栖息地。从《汉书》的记载来看,两汉之际中原地区的人们已经知道狮子这种猛兽的存在,但当

---

①　黄怀信:《逸周书汇校集注》,上海古籍出版社 1995 年版,第 903—909 页。

②　袁珂:《山海经校注》,巴蜀书社 1996 年版,第 368 页。

③　同上,第 104 页。

④　【宋】李昉:《太平广记》,中华书局 1961 年版,第 3471 页。

⑤　【汉】班固:《汉书》,中华书局 1962 年版,第 3889 页。

时能够亲眼见过狮子的人并不多。狮子在西汉时期入贡以后,便被当作异兽圈养在皇家园囿,《汉书·西域传》记载当时"汗血之马充于黄门,钜象、师子、猛犬、大雀之群食于外囿。"①《太平御览》卷一百九十七引《三辅故事》曰:"师子圈在建章宫西南",又引《汉宫殿疏》曰:"有师子圈,武帝造。"②可见当时中国虽已有观赏用的狮子,但能够见到狮子的人仅限于宫廷,而民间则难得一见,以致催生出许多关于狮子的传说,其中就包括狮子乃伏虎兽的说法。

汉代以后,伏虎兽的故事被与狮子的形象联系在了一起。《海内十洲记》记载西胡月支国王曾遣使献猛兽一头,"形如五六十日犬子,大似狸而色黄","使者抱之,似犬羸细秃悴"。汉武帝见了奇怪,认为此兽并非猛兽,使者却说此兽可"却百邪之魅鬼"。武帝下令将此兽付上林苑,命虎食之,虎见兽来,却惊惧俯伏,小兽走到虎头上,向虎口中便溺,虎则闭目不动③。这则故事的情节离奇,伏虎小兽的形象给人深刻印象。此事又见《博物志》,只不过《博物志》中进献伏虎兽的不是"西胡月支国王",而是"大苑之北胡人",其他情节与《海内十洲记》大致相同。从这种猛兽"似犬""大似狸而色黄"的形象来看,很可能就是当时人在狮子形象的基础之上增饰而成的一种猛兽。狮子的入贡在西汉时期曾引起过不小的轰动,伏虎兽的传说应即根据当时的传闻衍生而出。

自此以后,狮子的形象便与伏虎兽联系在了一起,汉魏六朝时期人们普遍相信狮子能伏虎,北魏孝庄帝还专门做过以狮子伏虎豹的试验,《洛阳伽蓝记》卷三记载北魏孝庄帝曾命人捕捉二虎一豹,送往帝囿华林园以试当时波斯国进贡的狮子,虎豹见到狮子皆闭目不动,庄帝又名人将华林园中的一头盲熊牵来,盲熊闻到狮子的气息,"惊怖跳踉,曳锁而走"④。以虎试狮子的事件在后世也屡有发生,宋周密《癸辛杂识》中记载当时有使者贡狮子,官员们以

①　【汉】班固:《汉书》,中华书局 1962 年版,第 3928 页。
②　【宋】李昉:《太平御览》,中华书局 1960 年版,第 950 页。
③　王国良:《海内十洲记研究》,台北文史哲出版社 1993 年版,第 72—74 页。
④　【北魏】杨衒之:《洛阳伽蓝记》,中华书局 2013 年版,第 113—114 页。

为与画像上的狮子不像，怀疑并非真狮子，便让人将所贡狮子牵至虎牢，虎见到狮子便俯伏不动，狮子则在虎首便溺，众人才知此为真狮子。①元陶宗仪《南村辍耕录》卷二十四"帝廷神兽"条也记载当时帝廷宴会时会将各种猛兽放于帝囿万岁山，虎豹熊象等野兽先出，而狮子后至，狮子"身材短小"，看起来像家养"金毛猱狗"，但诸兽见到狮子都"畏惧俯伏，不敢仰视"，饲养者喂食诸兽以鸡鸭野味，其他猛兽都用爪子捉住咬食，唯独狮子用手掌擎起野味轻轻一吹，"毛羽纷然脱落"②。故事中明显对狮子进行了神化，狮子吃鸡鸭也并不能做到"吹之毛羽纷然脱落"的效果，但这种说法体现了以"伏虎兽"故事为代表的对狮子进行神化的思想倾向。

随着狮子形象被人们所熟知，伏虎兽的形象又逐渐与狮子相分离，甚至衍生出了神异小兽伏狮子的传说。《博物志》中记载曹操伐匈奴时，经过白狼山，遇到狮子，军士与狮子搏斗，死伤甚众，忽然从林中跃出一头形如狸的小兽，跳到狮子头上，狮子便伏地不动，小兽遂将狮子杀死，曹操将小兽带回洛阳，三十里之内无鸡犬之声。③此类故事并非中国所独有，钱锺书先生在《管锥编》中引述古罗马人《博物志》中所载故事，叙述亚历山大大帝东征时，阿尔巴尼亚国王进献一头"巨犬"，亚历山大大帝命人牵巨犬与熊、野猪搏斗，巨犬却全然没有斗志，亚历山大大帝发怒将巨犬杀掉，阿尔巴尼亚王又献一头，并称"当令御狮象，不宜以小兽试之也"，亚历山大大帝命人牵巨犬与狮、象搏斗，果然将狮、象制服。④

总之，汉魏六朝时期的地理博物类志怪小说中所述及的关于域外事物的神异故事大多由某种传入中原的真实域外事物的奇异特性衍生而出，再经过神仙家、方术士和道教徒的不断改造之后，这些真实存在的域外器物和动植

---

① 【宋】周密：《癸辛杂识》，中华书局 1988 年版，第 176 页。
② 【元】陶宗仪：《南村辍耕录》，辽宁教育出版社 1998 年版，第 280 页。
③ 范宁：《博物志校证》，中华书局 1980 年版，第 35 页。
④ 钱锺书：《管锥编》，中华书局 1979 年版，第 643—644 页。

物就成了海外神仙世界的特产和神仙世界实有的证明。志怪小说作家们将这些传说和故事大量采入志怪小说之中，形成带有一定系统性和类型化的博物故事系列。

第三节　"远国异民"故事与想象中的海外神仙世界

自先秦时期开始，域外的文化知识便以传闻的形式传入中原，先秦的神仙家与方术士们利用这些传说造作了大量关于海外世界的传说，并将自己对于神仙世界的想象建立于其上。在此基础之上，海外世界就成了传说中不死仙人生活的场所，而生活于海外世界的居民也成了长寿真仙的样子。六朝地理博物类志怪小说中有着大量关于海外异民的故事，这些故事的背后既有神仙家、方术士和志怪小说作家们的想象，又有传入中原的域外宗教信仰和神话传说的影子。

一、"不死民"故事与海外仙境传说

自战国至于秦汉，神仙家、方术士、早期道教徒和文学家们不断追寻和建构着一个虚幻的神仙世界，而这一神仙世界最初被设定的位置就是海外。《史记·封禅书》中记载先秦时期燕人宋毋忌、正伯侨、充尚、羡门高等人"为方仙道，形解销化，依于鬼神之事"①。在这些神仙方士的影响下，齐威王、齐宣王、燕昭王乃至秦始皇和汉武帝都曾不断派人入海求仙药。自此之后，大海之外就成为人们想象神仙世界的图纸，并不断吸收着海外传说和博物故事进入这一叙述系统之中。

长生不死是海外神仙世界的典型标志，自《山海经》《淮南子》开始，历代

---

① 【汉】司马迁：《史记》，中华书局 1963 年版，第 1368—1369 页。

博物之书中都记载了大量海外神仙世界的传闻,其中既有以"不死"为地名者,如《山海经》中即载有"不死之山"①,又有可食而不死的植物或药物,《淮南子·地形训》中记昆仑墟中有不死树,又有神泉水可以调和百药,饮之不死。同时,《山海经》中还记载了许多长生不死的海外异人,在一些记载中则出现了不死民是因为食用了不死药或不死树的枝叶而得以不死的传说,如《山海经·大荒南经》中即称:"有不死之国,阿姓,甘木是食。"郭璞注云:"甘木即不死树,食之不老。"②《山海经》和《淮南子》中对于不死树、不死药、不死山、不死国、不死民的记载,代表了早期人们对于域外世界的想象,这些想象很多都被汉魏六朝的志怪小说所继承。

　　随着不死国和不死民传说的流行,海外世界成了神仙家和方术士们寄托和描述不死仙境的场所,《神异经》和《海内十洲记》中不遗余力地塑造了海外不死仙境的奇妙图景,《神异经·南荒经》中记载南方大荒之中三百岁作花,九百岁作实,名为"如何"的奇花,"食之者地仙,不畏水火,不畏白刃。"③《神异经·西北荒经》中则记载了西北荒中可以使人"不生死"的"玉馈之酒"④。《海内十洲记》中详细描述海外三神山的仙境世界,蓬莱山"盖太上真人所居,唯飞仙能到其处耳。"⑤方丈洲则是"群仙不欲升天者"所居,其上有"仙家数十万"⑥。瀛洲上的"玉醴泉"可以"令人长生"⑦。《神异经》和《海内十洲记》中描述的海外神仙世界显然受到了先秦以来神仙家之说的影响,同时又对后世的地理博物类志怪小说所描述的海外世界影响深远。

　　受到神仙家和方术士思想的影响,汉魏六朝时期地理博物类志怪小说颇

---

① 袁珂:《山海经校注》,巴蜀书社 1996 年版,第 504 页。

② 同上,第 425 页。

③ 王国良:《神异经研究》,台北文史哲出版社 1985 年版,第 69 页。

④ 同上,第 91 页。

⑤ 王国良:《海内十洲记研究》,台北文史哲出版社 1993 年版,第 86 页。

⑥ 同上,第 82 页。

⑦ 同上,第 61 页。

为流行,出现了一大批以记载海外山川地理为主的志怪小说集,如《括地图》《外国图》《博物志》等。《艺文类聚》卷九引《括地图》记载负丘山上的"赤泉"可以使人"饮之不老","神宫"中的"英泉"则可以使人醉眠"三百岁",之后便"不知死"。①《太平御览》卷五十三引《外国图》亦称:"员丘之上有不死树,食之乃寿。有赤泉,饮之不老。"②《括地图》和《外国图》中关于不死树和赤泉的说法与《山海经》和《淮南子》基本一致。在此基础之上,地理博物类志怪小说中还出现了许多关于海外不死之民的传说,《太平御览》卷三百七十六引《括地图》曰:"无咸民食土,死即埋之,其心不朽,百年复生,去玉关四万六千里……细民肝不朽,死八年复生,穴处,衣皮。"③《太平御览》卷七百九十七又引《外国图》曰:"无继民,穴居食土,无夫妇。死则埋之,心不朽,百年复生。""录民,穴居食土,无夫妇。死则埋之,肺不朽,百二十年复生。""纳民,陛居食土,无夫妇。死埋之,其肝不朽,八年复生。"④这些传说中可以器官不朽、死而复生的海外之民,无疑给当时中原地区的人们带来了极大的心理震撼,也更加在心理上证实了海外神仙世界的实有。

按照神仙家和方术士们的说法,想要到达海外神仙世界,必须要经历一段与现实世界完全不同的海路,《史记·封禅书》中所说的三神山"未至,望之如云;及到,三神山反居水下。"⑤到了魏晋志怪小说中,海外神仙世界的这种玄虚缥缈的特性又衍生出了新的故事,其中一个典型的代表就是《拾遗记》中所记载的泥离国人的故事,《拾遗记》卷二中的一则故事叙述周成王时来朝的泥离国人自称"从云里而行,闻雷霆之声在下",又称"入潜穴,又闻波涛之声在上"⑥,代表了当时人对于海外居民的神异想象。《拾遗记》卷五又载汉惠帝

---

① 【唐】欧阳询:《艺文类聚》,上海古籍出版社 1965 年版,第 166 页。
② 【宋】李昉:《太平御览》,中华书局 1985 年版,第 257 页。
③ 同上,第 1736—1737 页。
④ 同上,第 3541 页。
⑤ 【汉】司马迁:《史记》,中华书局 1963 年版,第 1370 页。
⑥ 齐治平:《拾遗记校注》,中华书局 1981 年版,第 49 页。

时泥离国人再次来朝,自称曾见女娲蛇身及燧人氏钻木取火。①《拾遗记》将先秦以来神仙家和方术士们口中找寻不到的海外仙境变为域外的泥离国,又借看似真实存在的泥离国人之口诉说了海外仙境世界的美丽和海外异民的长寿,极大增强了海外仙境世界存在的可信性和吸引力。

　　这种托名海外世界以表达自己对于神仙世界想象的做法在魏晋时期十分普遍,如《山海经·海外西经》中记载:"轩辕之国在此穷山之际,其不寿者八百岁。"②《博物志》中则称:"轩辕国,在穷山之际,其不寿者八百岁。渚沃之野,鸾自舞,民食凤卵,饮甘露。"③《博物志》在《山海经》所载域外传说的基础上又增加了对于轩辕之国想象式的描绘,代表了六朝地理博物类志怪小说与先秦秦汉博物传说之间一脉相承的关系。《列子》中又根据战国以来轩辕国的传说,创作了一个黄帝游华胥国的故事,故事中的华胥国人"不知乐生,不知恶死,故无夭殇","入水不溺,入火不热。斫挞无伤痛,指擿无痟痒","山谷不踬其步,神行而已"④。《列子》中对于华胥国的描述出于当时人对海外神仙世界的想象,但这些想象颇似后来佛教徒所描绘的佛国世界,因此唐宋以后许多人将华胥国与天竺国联系在一起,《广弘明集》卷一中即引王劭云:"(华胥国)即天竺也。"⑤《云笈七签》卷一百亦称:"帝游华胥国,此国神仙国也,帝往天毒国居之,因名轩辕国。"⑥《广弘明集》及《云笈七签》中的说法虽然都是附会《列子》而来,却也表现出魏晋以来人们对于海外仙境世界的向往之情。

　　总之,先秦秦汉以来的神仙家、方术士和早期道教徒共同塑造了一个想象中的海外神仙世界,并根据流传的域外传说附会出许多关于海外异人长寿

---

① 齐治平:《拾遗记校注》,中华书局1981年版,第123—124页。
② 袁珂:《山海经校注》,巴蜀书社1996年版,第266页。
③ 范宁:《博物志校证》,中华书局1980年版,第21页。
④ 杨伯峻:《列子集释》,中华书局1979年版,第41—42页。
⑤ 【日】高楠顺次郎等编:《大正藏》第52册,台北佛陀教育基金会出版部1990年版,第98页。
⑥ 【宋】张君房:《云笈七签》,中华书局2003年版,第2177页。

甚至不死的神异传说。这些传说最初创作的目的是佐证海外神仙世界的实有,但随着传说的不断流传,大部分此类故事进入了志怪小说的叙述系统,成为六朝博物故事的重要题材。

二、"羽民"故事与东西方神话的融合

在六朝博物故事中出现了各种不同形态的远国异人,其中尤以"羽民"故事最具代表性。羽民又称羽人,即身体上长满毛羽或生有鸟类器官的异人。羽民在汉魏六朝的域外传说和地理博物类志怪小说中经常被描述为一种海外异人,《山海经》和《淮南子》中都出现了海外羽民国的说法,《山海经·海外南经》载:"羽民国……其为人长头,身生羽。"郭璞注称:"能飞不能远,卵生,画似仙人也。"①《山海经·大荒南经》亦载:"有羽民之国,其民皆生毛羽。"②《淮南子·地形训》所载海外三十六国中亦有羽民国,同时还称"洋水……入于南海羽民之南",同样认为羽民国在南海之外。

《山海经》和《淮南子》中关于海外羽民国的记载为后世地理博物类志怪小说提供了极大的想象空间,早期的地理博物类志怪小说中都出现了关于羽民国的记载,其内容多与《山海经》《淮南子》相似。《太平御览》卷九百一十六引《括地图》载:"羽民有羽,飞不远。多鸾鸟,食其卵。去九疑四万二千里。"③同书卷七百九十又引《外国图》称:"羽民,羽飞不能远。其人卵产。去九疑四万里。"④同样的故事也见于《博物志》⑤。

羽民国的故事并非单纯的海外传说,而是中国古代信仰与域外神话传说

① 袁珂:《山海经校注》,巴蜀书社 1996 年版,第 228 页。
② 同上,第 423 页。
③ 【宋】李昉:《太平御览》,中华书局 1960 年版,第 4059 页。
④ 同上,第 3498 页。
⑤ 范宁:《博物志校证》,中华书局 1980 年版,第 22 页。

相结合的产物。人的身体上能够生长出鸟的翅膀，并且在天空中展翅翱翔，这
是早期人类的一个共通的理想。无论是在东方还是西方，早期的神话和宗教
中都出现了长有翅膀的神明形象。我国早在上古时期就已经出现了背生双翅
的神明，殷商时期人们就已经将羽人作为崇拜的对象。考古工作者于 1989 年
在江西省新干县商代墓中发现了名为"侧身羽人佩饰"的随葬玉器，其形象即
为"粗眉、大耳、钩喙；头顶部着高冠，冠作鸟形"，研究者认为这一造型"更多
地具有神人意味"①。孙作云先生认为羽人的形象来自于鸟图腾崇拜，古代崇
拜鸟的先民"处处模做鸟，学鸟的样子与动作"，"以鸟的羽毛为衣，以象其图
腾鸟"②，因而形成了羽人的传说。

　　先秦时期出现了鸟形态神明的神话传说，《墨子·明鬼》中记载郑穆公曾
于宗庙中见一鸟身人面神明，郑穆公恐惧欲逃，鸟身神自称句芒，制止郑穆公
逃走，并称自己乃受天帝之命赐予郑国"国家蕃昌，子孙茂"③。郑穆公所见到
的神明句芒在后来被认为是象征春季的东方之神，《礼记·月令》中称："孟春
之月……其帝大皞，其神句芒。"④《淮南子·天文训》亦称："东方，木也，其帝太
皞，其佐句芒，执规而治春。"⑤《山海经·海外东经》中也有句芒神出现，其形象
为"鸟身人面，乘两龙"⑥。人首鸟身的句芒之神，正是在中国古代鸟图腾崇拜
基础之上形成的羽人神话传说的早期形态。

　　自战国时期开始，羽人的形象被广泛地与仙乡联系在一起，《楚辞·远游》
中即有"仍羽人于丹丘兮，留不死之旧乡"⑦的说法，认为羽人生活在不死的仙
乡世界。秦汉时期，随着神仙方术和不死传说的流行，出现了大量与羽人有关

---

① 江西省文物考古研究所：《新干商代大墓》，文物出版社 1997 年版，第 159 页。
② 孙作云：《孙作云文集·中国古代神话传说研究》，河南大学出版社 2003 年版，第 604—605 页。
③ 吴毓江：《墨子校注》，中华书局 1993 年版，第 338 页。
④ 李学勤主编：《十三经注疏·礼记正义》，北京大学出版社 1999 年版，第 445 页。
⑤ 刘文典：《淮南鸿烈集解》，中华书局 2017 年版，第 105 页。
⑥ 袁珂：《山海经校注》，巴蜀书社 1996 年版，第 314 页。
⑦ 【宋】洪兴祖：《楚辞补注》，中华书局 1983 年版，第 167 页。

的神仙传说。在汉代画像砖石中有为数众多的羽人形象,他们大多出现于天界或神仙世界,或腾空飞翔,或与珍禽异兽为伴。《论衡·无形篇》中引述当时人的通行说法,将羽人与仙人相等同:"图仙人之形,体生毛,臂变为翼,行于云,则年增矣,千岁不死。"①《抱朴子·内篇·对俗》中亦引当时俗说称:"古之得仙者,或身生羽翼,变化飞行。"②由此可见,羽人即仙人的说法在秦汉魏晋之际颇为流行。

同样自秦汉时期开始,羽人的故事又受到了域外传说的影响,演变为新的故事形态。秦汉时期,域外事物和海外文化大量涌入中原,许多域外的神话传说和宗教故事也被带到中原地区,并与中原本土的神话传说结合在一起。徐中舒先生在《古代狩猎图像考》一文中就认为战国至汉代的羽人形象很大程度上受到了埃及、米诺、巴比伦、希腊、印度等地的雕刻、造像或传说的影响。③从考古发现的情况来看,古代亚欧地区原本广泛流传着大量关于有翼神明的信仰和传说。古代亚述王国的守护神即为一种人首、兽身、有翼的神兽,考古工作者曾在两河流域发现了许多这种神兽的巨大雕像,这些神明"身躯或兽爪属于狮子,蹄子或胸部属于牛,翅或爪属于鹰,面部总是属于人类。"④古波斯帝国时期琐罗亚斯德教所尊奉的天神阿胡拉·马兹达的形象也通常被塑造为有翼的神人形象,而琐罗亚斯德教在六朝隋唐时期大规模传入中原,在六朝隋唐时期拥有着大量信众。此外,埃及、巴比伦、希腊、印度等地的神话传说中也都存在着许多有翼神明的形象。这些有翼神人的形象随着中外文化交流的不断加强,与中国本土的羽人信仰相结合,形成了新的羽人传说。

从中国本土考古发现的羽人形象来看,也带有这种东西方融合的特征,羽人造像很多都具有胡人的形象特点,即短发、长耳、高颧骨、长鼻、长颊等外

---

① 张宗祥:《论衡校注》,上海古籍出版社 2013 年版,第 34 页。
② 王明:《抱朴子内篇校释》,中华书局 1985 年版,第 52 页。
③ 徐中舒:《徐中舒历史论文选辑》,中华书局 1998 年版,第 292 页。
④ 郭涛:《守护之神——大英博物馆藏亚述人首飞牛飞狮像探析》,载《美术大观》2015 年第 5 期。

形特征。如 1964 年出土于西安市西关南的跪坐铜羽人像,发掘者称:"铜羽人的形状很奇特,长脸尖鼻,颧骨、眉骨隆起,两个大耳竖立,高出头顶,脑后梳有锥形发髻。"①铜羽人的体貌特征中的很多细节都符合胡人形象的特点。其后,在洛阳又出土了一尊东汉中晚期的鎏金铜羽人像,其羽人的造型与西安出土的羽人几乎一致, 同样也呈现出胡人形象的特征。而在西安十里铺 162 号东汉墓中出土的一件铜制羽人像则呈现出背生双翼的裸体幼童形象,孙机先生认为:"此翼童有些像西方神话的 Eros, 造型与汉代艺术的风格全然不同。其所持之钹又名铃盘,4 世纪时才传入我国。故此像可能也是外来之物。"②外来的羽人形象和羽人传说与秦汉时期神仙家与方术士们所描述的海外仙境世界不谋而合,遂被当作海外神仙不死世界真实存在的佐证,并在此基础上衍生出了大量与羽人有关的带有仙话和博物特点的志怪故事。

秦汉以后海外羽民国的传说与先秦以来神仙形象的羽人正式结合在了一起,在流传的过程中关于海外羽民国的传说也变得更加丰满和具体,并衍生出许多故事细节。《汉武洞冥记》中记载了"勒毕国人"的故事,叙述勒毕国人身高三寸,有翼能飞,善言语调笑,饮丹露为食。③《神异经·西荒经》中记载了西海之中的"鹄国民"的故事,其中鹄国民身长七寸,年寿三百岁,"人行如飞,日千里",唯独畏惧海鹄,被海鹄遇到就会被吞入腹中,不过鹄国民在海鹄腹中仍然可以不死。④两则故事中羽民的共同特点是身材矮小, 并且能够飞翔,与西方神话传说中的精灵或天使的形象十分相似。《拾遗记》中也记载了一则与羽人有关的"勃鞮国人"故事,叙述溟海之北有勃鞮国,国人有羽毛,"无翼而飞","凭风而翔,乘波而至",且能"寿千岁"。⑤《博物志》中记载的"骧

---

① 西安市文物管理委员会:《西安市发现一批汉代铜器和铜羽人》,载《文物》1966 年第 4 期。
② 孙机:《汉代物质文化资料图说》,上海古籍出版社 2011 年版,第 527 页。
③ 鲁迅:《鲁迅辑录古籍丛编·古小说钩沉》,人民文学出版社 1999 年版,第 509 页。
④ 王国良:《神异经研究》,台北文史哲出版社 1985 年版,第 87 页。
⑤ 齐治平:《拾遗记校注》,中华书局 1981 年版,第 17 页。

兜国"故事和"孟舒国"故事也明显受到羽民传说的影响,《博物志·外国》中记载的驩兜国民"人面鸟口","尽似仙人",孟舒国民则是"人首鸟身","凤凰随焉"①。

　　总之,六朝地理博物类志怪小说中出现了大量关于羽民的记载,这些生活于海外的羽民大多具有凭空飞行的本领和长寿的特征。从"羽民"故事发展演变的过程来看,早期的"羽民"故事表现出本土鸟图腾信仰和海外有翼神明传说各自流传的特征。但是,随着秦汉六朝时期神仙之说的流行,羽民的形象十分符合人们对于仙人的理解,因此中、外两种传说出现了合流。从六朝博物类志怪小说中的"羽民"故事的情况来看,这些故事大多着力展现海外羽人飞行与长寿的特征,表现出浓重的仙话色彩,代表着域外传说和本土的神仙传说的结合。六朝地理博物类志怪小说则是这些传说流传和进一步演变的载体。

---

① 　范宁:《博物志校证》,中华书局 1980 年版,第 21 页。

参考文献

古籍及其整理注释本

【明】杨慎：《升庵全集》，商务印书馆 1935 年版。

【唐】段公路：《北户录》，商务印书馆 1937 年版。

【汉】司马迁：《史记》，中华书局 1950 年版。

【汉】宋衷：《世本八种》，商务印书馆 1957 年版。

王明：《太平经合校》，中华书局 1960 年版。

【宋】李昉：《太平御览》，中华书局 1960 年版。

【宋】李昉：《太平广记》，中华书局 1961 年版。

【清】郭庆藩：《庄子集释》，中华书局 1961 年版。

【汉】班固：《汉书》，中华书局 1962 年版。

【汉】许慎：《说文解字》，中华书局 1963 年版。

【晋】陈寿：《三国志》，中华书局 1964 年版。

【南朝宋】范晔：《后汉书》，中华书局 1965 年版。

【唐】欧阳询：《艺文类聚》，上海古籍出版社 1965 年版。

【南朝梁】萧子显:《南齐书》,中华书局 1972 年版。

【唐】李百药:《北齐书》,中华书局 1972 年版。

【唐】姚思廉:《陈书》,中华书局 1972 年版。

【唐】魏征:《隋书》,中华书局 1973 年版。

【北齐】魏收:《魏书》,中华书局 1974 年版。

【唐】房玄龄等:《晋书》,中华书局 1974 年版。

【唐】李延寿:《北史》,中华书局 1974 年版。

【南朝梁】沈约:《宋书》,中华书局 1974 年版。

【唐】李延寿:《南史》,中华书局 1975 年版。

【后晋】刘昫:《旧唐书》,中华书局 1975 年版。

【元】脱脱:《宋史》,中华书局 1977 年版。

【晋】干宝:《搜神记》,汪绍楹校注,中华书局 1979 年版。

范宁:《博物志校证》,中华书局 1980 年版。

朱东润:《梅尧臣集编年校注》,中华书局 1980 年版。

闻一多:《天问疏证》,生活·读书·新知三联书店 1980 年版。

齐治平:《拾遗记校注》,中华书局 1981 年版。

王利器:《风俗通义校注》,中华书局 1981 年版。

王明:《无能子校注》,中华书局 1981 年版。

【宋】洪兴祖:《楚辞补注》,中华书局 1983 年版。

【宋】周密:《齐东野语》,中华书局 1983 年版。

逯钦立:《先秦汉魏晋南北朝诗》,中华书局 1983 年版。

【晋】葛洪:《西京杂记》,中华书局 1985 年版。

王明:《抱朴子内篇校释》,中华书局 1985 年版。

【南朝梁】萧统:《文选》,上海古籍出版社 1986 年版。

任乃强:《华阳国志校补图注》,上海古籍出版社 1987 年版。

【南朝梁】宗懔:《荆楚岁时记》,宋金龙校注,陕西人民出版社 1987 年版。

【清】王先谦:《荀子集解》,中华书局 1988 年版。

【宋】曾慥:《类说》,书目文献出版社 1989 年版。

孙猛:《郡斋读书志校证》,上海古籍出版社 1990 年版。

【日】高楠顺次郎等编:《大正藏》,台北佛陀教育基金会出版部 1990 年版。

程俊英、蒋见元:《诗经注析》,中华书局 1991 年版。

王利器:《盐铁论校注》,中华书局 1992 年版。

【清】苏舆:《春秋繁露义证》,中华书局 1992 年版。

【南朝梁】释慧皎:《高僧传》,中华书局 1992 年版。

【清】周中孚:《郑堂读书记》,中华书局 1993 年版。

吴毓江:《墨子校注》,中华书局 1993 年版。

王利器:《颜氏家训集解》,中华书局 1993 年版。

【日】安居香山、中村璋八辑:《纬书集成》,河北人民出版社 1994 年版。

【清】陈立:《白虎通疏证》,中华书局 1994 年版。

【宋】赵彦卫:《云麓漫钞》,中华书局 1996 年版。

【南朝宋】刘敬叔:《异苑》,中华书局 1996 年版。

袁珂:《山海经校注》,巴蜀书社 1996 年版。

【南朝宋】刘敬叔:《异苑》,中华书局 1996 年版。

周生春:《吴越春秋集校汇考》,上海古籍出版社 1997 年版。

【清】段玉裁:《说文解字注》,浙江古籍出版社 1998 年版。

何宁:《淮南子集释》,中华书局 1998 年版。

刘文典:《庄子补正》,云南大学出版社 1999 年版。

严可均:《全上古三代文》,商务印书馆 1999 年版。

李学勤主编:《十三经注疏》,北京大学出版社 1999 年版。

鲁迅:《鲁迅辑录古籍丛编》,人民文学出版社 1999 年版。

【宋】朱熹:《楚辞集注》,上海古籍出版社 2001 年版。

徐元诰:《国语集解》,中华书局 2002 年版。

【清】马骕：《绎史》，中华书局 2002 年版。

王子今：《睡虎地秦简〈日书〉甲种疏证》，湖北教育出版社 2002 年版。

【唐】刘恂：《岭表录异》，广陵书社 2003 年版。

张继禹主编：《中华道藏》，华夏出版社 2004 年版。

赵贞信：《封氏闻见记校注》，中华书局 2005 年版。

【宋】洪迈：《夷坚志》，中华书局 2006 年版。

任继昉：《释名汇校》，齐鲁书社 2006 年版。

华学诚：《扬雄方言校释汇证》，中华书局 2006 年版。

陈桥驿：《水经注校证》，中华书局 2007 年版。

李剑国：《新辑搜神记·新辑搜神后记》，中华书局 2007 年版。

【宋】乐史：《太平寰宇记》，中华书局 2007 年版。

【明】姚旅：《露书》，福建人民出版社 2008 年版。

许维遹：《吕氏春秋集释》，中华书局 2009 年版。

朱谦之：《新辑本桓谭新论》，中华书局 2009 年版。

【明】胡应麟：《少室山房笔丛》，上海书店出版社 2009 年版。

杨伯峻：《春秋左传注》，中华书局 2009 年版。

甘肃省文物考古研究所编：《天水放马滩秦简》，中华书局 2009 年版。

胡守为：《神仙传校释》，中华书局 2010 年版。

余嘉锡：《世说新语笺疏》，中华书局 2011 年版。

李剑国：《唐前志怪小说辑释》，上海古籍出版社 2011 年版。

【南朝梁】陶弘景：《真诰》，中华书局 2011 年版。

【清】郭庆藩：《庄子集释》，中华书局 2012 年版。

张宗祥：《论衡校注》，上海古籍出版社 2013 年版。

【北魏】杨衒之：《洛阳伽蓝记》，中华书局 2013 年版。

王承略、刘心明主编：《二十五史艺文经籍志考补萃编》，清华大学出版社 2014 年版。

【宋】陈振孙：《直斋书录解题》，上海古籍出版社 2015 年版。

许逸民:《酉阳杂俎校笺》,中华书局 2015 年版。

论著:

刘叶秋:《魏晋南北朝小说》,中华书局 1959 年版。

钱锺书:《管锥编》,中华书局 1979 年版。

陈鹏翔:《主题学研究论文集》,台北东大图书公司 1983 年版。

王国良:《魏晋南北朝小说研究》,台北文史哲出版社 1984 年版。

王国良:《〈神异经〉研究》,台北文史哲出版社 1985 年版。

钟敬文:《钟敬文民间文学论集》,上海文艺出版社 1985 年版。

乌丙安:《中国民俗学》,辽宁大学出版社 1985 年版。

胡朴安:《中华全国风俗志》,河北人民出版社 1986 年版。

王国良:《六朝志怪小说考论》,台北文史哲出版社 1989 年版。

王小盾:《原始信仰和中国古神》,上海古籍出版社 1989 年版。

【美】艾布拉姆斯:《欧美文学术语辞典》,朱金鹏、朱荔译,北京大学出版社 1990 年版。

【美】斯蒂斯·汤普森:《世界民间故事分类学》,郑海等译,上海文艺出版社 1991 年版。

张承宗等:《六朝史》,江苏古籍出版社 1991 年版。

【英】爱德华·泰勒:《原始文化》,连树声译,上海文艺出版社 1992 年版。

王国良:《海内十洲记研究》,台北文史哲出版社 1993 年版。

乌丙安:《中国民间信仰》,上海人民出版社 1996 年版。

恰白·次旦平措等:《西藏通史》,西藏古籍出版社 1996 年版。

杨义:《中国叙事学》,人民出版社 1997 年版。

鲁迅:《中国小说史略》,上海古籍出版社 1998 年版。

乐黛云:《中西比较文学教程》,高等教育出版社 1998 年版。

胡适：《胡诗文集》，北京大学出版社 1998 年版。

田兆元：《神话与中国社会》，上海人民出版社 1998 年版。

梁启超：《梁启超全集》，北京出版社 1999 年版。

宋兆麟：《巫觋——人与鬼神之间》，学苑出版社 2001 年版。

林富士：《疾病终结者——中国早期的道教医学》，台湾三民书局 2001 年版。

【日】小林正美：《六朝道教史研究》，李庆译，四川人民出版社 2001 年版。

陈寅恪：《金明馆丛稿初编》，生活·读书·新知三联书店 2001 年版。

陈寅恪：《寒柳堂集》，生活·读书·新知三联书店 2001 年版。

刘守华主编：《中国民间故事类型研究》，华中师范大学出版社 2002 年版。

吴光正：《中国古代小说的原型与母题》，社会科学文献出版社 2002 年版。

李剑国：《中国狐文化》，人民文学出版社 2002 年版。

【法】列维-施特劳斯：《图腾制度》，渠东译，上海人民出版社 2002 年版。

李鹏飞：《唐代非写实小说之类型研究》，北京大学出版社 2004 年版。

石昌渝主编：《中国古代小说总目（文言卷）》，山西教育出版社 2004 年版。

顾颉刚：《秦汉的方士与儒生》，上海古籍出版社 2005 年版。

【英】爱德华·泰勒：《原始文化：神话、哲学、宗教、语言、艺术和习俗发展之研究》，连树声译，广西师范大学出版社 2005 年版。

李剑国：《唐前志怪小说史》，天津教育出版社 2005 年版。

叶舒宪：《中国神话哲学》，陕西人民出版社 2005 年版。

余英时：《东汉生死观》，侯旭东等译，上海古籍出版社 2005 年版。

【美】阿兰·邓迪思：《民俗解析》，胡晓辉编译，广西师范大学出版社 2005 年版。

【奥】弗洛伊德：《图腾与禁忌》，文良文化译，中央编译出版社 2005 年版。

【俄】普罗普：《故事形态学》，贾放译，中华书局 2006 年版。

【俄】普罗普：《神奇故事的历史根源》，贾放译，中华书局 2006 年版。

【英】弗雷泽：《金枝》，徐育新等译，新世界出版社 2006 年版。

【日】小南一郎：《中国古代的神话传说与古小说》，孙昌武译，中华书局 2006 年版。

吴成国:《六朝巫术与社会研究》,武汉出版社 2007 年版。

祁连休:《中国古代民间故事类型研究》,河北教育出版社 2007 年版。

湖南省博物馆编:《湖南出土殷商西周时期青铜器》,岳麓书社 2007 年版。

王小盾:《中国早期思想与符号研究——关于四神的起源及其体系形成》,上海人民出版社 2008 年版。

丁乃通:《中国民间故事类型索引》,华中师范大学出版社 2008 年版。

牛天伟、金爱秀:《汉画神灵图像考述》,河南大学出版社 2009 年版。

万建中:《中国民间散文叙事文学的主题学研究》,北京大学出版社 2009 年版。

饶宗颐:《饶宗颐二十世纪学术文集》,中国人民大学出版社 2009 年版。

李丰楙:《神化与变异——一个“常与非常”的文化思维》,中华书局 2010 年版。

田余庆:《东晋门阀政治》,北京大学出版社 2012 年版。

刘守华:《中国民间故事史》,商务印书馆 2012 年版。

赵益:《六朝隋唐道教文献研究》,凤凰出版社 2012 年版。

刘慧卿:《佛经文学与六朝小说母题》,中国社会科学出版社 2013 年版。

顾希佳:《中国古代民间故事类型》,浙江大学出版社 2014 年版。

王焕然:《谶纬与魏晋南北朝文学》,河南人民出版社 2016 年版。

罗欣:《汉唐博物杂记类小说研究》,中国社会科学出版社 2016 年版。

杨宽:《中国上古史导论》,上海人民出版社 2016 年版。

李剑锋:《唐前小说史料研究》,山东教育出版社 2016 年版。

鲁迅:《汉文学史纲要(外二种)》,江苏凤凰文艺出版社 2017 年版。

赵章超:《汉魏至唐五代小说佚文辑证》,人民出版社 2017 年版。

论文:

余永梁:《西南民族起源神话——盘瓠》,载《中山大学语言历史学研究所周刊》1928 年第 35 期。

叶德均:《鬼车传说考》,载《文学期刊》1934 年第 1 期。

叶德均:《猴娃娘型故事略论》,载《民俗》1937 年第 1 卷第 2 期。

凌纯声:《畲民图腾文化的研究》,载《中央研究院历史语言研究所辑刊》1947 年第 16 期。

刘敦愿:《马王堆西汉帛画中的若干神话问题》,载《文史哲》1978 年第 4 期。

唐金裕:《汉初平四年王氏朱书陶瓶》,载《文物》1980 年第 1 期。

刘敦愿:《中国古代艺术中的鸮类题材研究》,载《新美术》1985 年第 4 期。

汪玢玲:《天鹅处女型故事研究概观》,载《中国民间文化》1991 年第 3 期。

马昌仪:《石狮子的象征与陆沉神话》,载《首都师范大学学报》1993 年第 4 期。

李丰楙:《行瘟与送瘟——道教与民众瘟疫观的交流和分歧》,载《民间信仰与中国文化国际研讨会论文集》,台北汉学研究中心 1994 年版,第 421 页。

刘守华:《蚕神信仰与嫘祖传说》,载《寻根》1996 年第 1 期。

王育成:《南李王村陶瓶朱书镇墓文与相关宗教文化问题研究》,载《考古与文物》1996 年第 2 期。

王小盾:《汉藏语猴祖神话的谱系》,载《中国社会科学》1996 年第 6 期。

刘守华:《"羽衣仙女"故事的中国原型及其世界影响》,载《湖北民族学院学报》1997 年第 2 期。

王政:《〈诗经〉与"不祥鸟"》,载《民族艺术》2001 年第 3 期。

李道合:《女鸟故事的民俗文化渊源》,载《文学遗产》2001 年第 4 期。

金荣华:《"情节单元"释义——兼论俄国李福清教授之"母题"说》,载《湖北民族学院学报》2001 年第 3 期。

李零:《绝地天通——研究中国早期宗教的三个视角》,载《法国汉学》第六辑,中华书局 2002 年版,第 568 页。

李修松:《"鳖灵"传说真相考》,载《安徽大学学报》2002 年第 5 期。

孙新周:《鸱鸮崇拜与华夏历史文明》,载《天津师范大学学报》2004 年第 5 期。

王子今:《"斩蛇剑"象征与刘邦建国史的个性》,载《史学辑刊》2008 年第 6 期。

叶舒宪:《玄鸟原型的图像学探源——六论"四重证据法"的知识考古范式》，载《民族艺术》2009 年第 3 期。

赵旭冉:《魏晋志怪小说中谶应类型研究》，载《哈尔滨师范大学社会科学学报》2014 年第 2 期。

孙蓉蓉:《谶纬与汉魏六朝的志怪小说》，载《中国文化研究》2011 年夏之卷，第 47—58 页。

王青:《古典小说与幻术》系列文章，载《古典文学知识》2014 年第 4、6 期，2015 年第 2、4、6 期，2016 年第 2 期。

邝向雄:《魏晋南北朝的谶纬学术》，载《兰台世界》2015 年 11 月下旬刊。

王小盾:《论新石器时代鸟崇拜兼及月蛙信仰的起源》，载《中原文化研究》2016 年第 4 期。